CB059190

Copyright © 2023 Ler Editorial

Texto de acordo com as normas do novo acordo ortográfico da língua portuguesa (Decreto Legislativo Nº54 de 1995).

Todos os direitos reservados. Proibida a reprodução total ou parcial, de qualquer forma ou por qualquer meio, mecânico ou eletrônico, incluindo fotocópia e gravação, sem a expressa permissão da editora.

Editora – Catia Mourão
Capa – Joice Dias
Diagramação – Catia Mourão
Revisão – Halice FRS

CIP-BRASIL. CATALOGAÇÃO NA PUBLICAÇÃO
SINDICATO NACIONAL DOS EDITORES DE LIVROS, RJ

R694p

Rosa, Daniella
   Princesa das sombras / Daniella Rosa. - 1. ed. - Rio de Janeiro : Ler, 2023.
   288 p. ; 23 cm. (Sombras do mundo ; 3)

   ISBN 978-65-5055-048-6

   1. Ficção brasileira. I. Título. II. Série.

23-85711
CDD: 869.3
CDU: 82-3(81)

Meri Gleice Rodrigues de Souza - Bibliotecária - CRB-7/6439
21/08/2023   23/08/2023

Foi feito o depósito legal.
Direitos de edição:

Ler Editorial

Princesa das Sombras

Série Sombras do Mundo

Volume 3

DANIELLA ROSA

1ª edição
Rio de Janeiro — Brasil

SUMÁRIO

005 PRÓLOGO
007 CAPÍTULO 1
013 CAPÍTULO 2
019 CAPÍTULO 3
025 CAPÍTULO 4
033 CAPÍTULO 5
042 CAPÍTULO 6
047 CAPÍTULO 7
052 CAPÍTULO 8
058 CAPÍTULO 9
063 CAPÍTULO 10
072 CAPÍTULO 11
081 CAPÍTULO 12
090 CAPÍTULO 13
099 CAPÍTULO 14
107 CAPÍTULO 15
116 CAPÍTULO 16
127 CAPÍTULO 17
137 CAPÍTULO 18
146 CAPÍTULO 19
157 CAPÍTULO 20
171 CAPÍTULO 21
179 CAPÍTULO 22
189 CAPÍTULO 23
197 CAPÍTULO 24
221 CAPÍTULO 25
230 CAPÍTULO 26
238 CAPÍTULO 27
245 CAPÍTULO 28
255 CAPÍTULO 29
265 CAPÍTULO 30
278 EPÍLOGO
285 NOTA DA AUTORA
287 AGRADECIMENTOS

Prólogo

A revelação avassaladora de que Antoni, aquele que eu conhecia tão bem, era o temível general do misterioso Clã, abalou todas as minhas certezas. Foi como ter o chão arrancado sob meus pés, uma vertigem incontrolável que me lançou em um abismo de confusão. Descobrir essas verdades perturbadoras sobre alguém que você admira é como olhar diretamente para a escuridão que habita a alma humana, e isso pode abalar até mesmo os alicerces mais sólidos de nossa compreensão do mundo.

Era natural que eu me sentisse desorientada, dilacerada entre a ilusão da pessoa que eu achava que Antoni era e a realidade sombria que agora se descortina diante de mim. A decepção é um fardo pesado de se carregar, uma traição dos próprios sentimentos que me faz questionar quem eu era... Quem *ele* era e, acima de tudo, o que isso significaria para a minha vida de agora em diante.

Contudo, era importante lembrar que pessoas eram complexas, multidimensionais. Nenhum de nós era completamente bom ou completamente mau. O passado de Antoni podia ser manchado por ações questionáveis, mas acreditava que isso não o definia, não tudo o que ele era como um indivíduo. A mudança e o crescimento eram possibilidades reais para todos nós, e era possível que ele tenha deixado para trás os pecados do passado, trilhando um caminho de transformação.

No entanto, não conseguia deixar de sofrer com a inquietante dúvida: será que podia confiar em sua aparente mudança ou estava apenas me iludindo, permitindo que a esperança obscureça minha visão? A incerteza era uma névoa densa que envolvia meus pensamentos, tornando difícil reconhecer os sinais.

Agora, mais do que nunca, precisava resolver esse quebra-cabeça, havia peças faltantes e segredos inconfessáveis que precisavam ser esclarecidos. Não podia permitir que a complexidade desses eventos me paralisasse, mas devia encarar o desconhecido com a coragem de quem sabia que a verdade nem sempre seria aquilo que esperávamos, mas que precisávamos enfrentar, ainda que nos desmontasse.

Não havia garantias de que a jornada seria fácil, tampouco que encontraria respostas satisfatórias. Mas era justamente nesse território incerto que residia a essência da minha busca incessante por peças que se encaixassem. Não podia me contentar com respostas superficiais ou ilusões reconfortantes. Precisava olhar nos olhos do desconhecido e confrontar a realidade, por mais cruel que ela fosse.

Meu coração pulsava com uma mistura de apreensão e determinação, pois eu compreendia que a verdade tinha dois lados, capaz de ferir e curar ao mesmo tempo.

E eu escolhia a cura.

Capítulo 1

Tontura, névoa e confusão. Essas palavras eram o que me definiam. Fragmentos quebrados de um eu que mal reconhecia. Não sabia como, nem por que, mas lá estava aprisionada em uma realidade turva e distorcida. A cada despertar, como se emergisse de um abismo profundo, os sons indescritíveis ecoavam em meus ouvidos, como o vento sussurrando segredos. E entre a incerteza e a escuridão, eu lutava para encontrar respostas, para decifrar os enigmas de minha própria vida.

Mas quem ou o que restou de mim?

Em um desses raros lampejos de lucidez, percebi que tinha um pouco mais de tempo antes de apagar novamente, antes que a névoa densa voltasse a me engolir. Mais confusão, mais desespero. Algum fragmento de memória me indicava que eu estava sob o efeito de uma magia desconhecida, uma névoa maldita que aos poucos se dissipava. No entanto, a realidade que se revelava ao meu redor era tão distante e desconexa que eu me sentia perdida em um labirinto de sensações aterrorizantes. Um lugar que se alimentava de esperanças perdidas, onde a luz não ousava penetrar.

Onde diabos eu estava?

Sozinha, encolhida em um ambiente gélido, úmido e repleto de tristeza. Era como se meu coração, antes vibrante e vivo, tivesse se transformado em cinzas, um fogo apagado que não encontrava forças para reacender.

Minha mente, em um constante estado de agonia, sangrava sob o peso opressor de pecados e culpas que eu carregava como uma cruz. E mesmo com os efeitos de uma magia que eu podia sentir formigar pelo meu corpo, dissipando-se lentamente, a realidade que se revelava ao meu redor era um emaranhado confuso e distante. Eu me sentia perdida em um labirinto de sombras, onde os corredores se contorciam em agonia, desafiando minha sanidade. A cada momento de clareza, uma verdade cruel se revelava, empurrando-me cada vez mais para a profunda perdição que se estendia à minha frente. E eu estava à beira de cair.

A esperança, antes uma chama tênue em meu peito, agora parecia só uma fábula, um conto de fadas imaginário. O vazio que me envolvia era dominador, alimentando minha tristeza como um predador insaciável. Eu estava presa, não apenas por correntes visíveis, mas por grilhões invisíveis que se entrelaçavam em minha alma. E mesmo que as algemas físicas fossem quebradas, eu ainda seria uma prisioneira de meus próprios demônios.

Enquanto a influência da magia enfraquecia, eu lutava para recuperar minha identidade, para desvendar os segredos ocultos nas dobras sombrias de minha consciência fragmentada. Não havia mapa ou bússola para me guiar nessa jornada, apenas a determinação feroz de reencontrar a mim mesma e enfrentar as trevas que ameaçavam me engolir por completo.

Em meio a uma frágil lucidez, flashes de lembranças invadiram minha mente, fragmentos de momentos que pareciam pertencer a outra pessoa. Eu me lembrei de estar com meus amigos em uma floresta que parecia encantada, mas então tudo mudou. Saímos de um estado de admiração e encanto para um terror absoluto quando um som estranho e perturbador ecoou pela floresta, como um aviso de que não estávamos sozinhos.

Olhamos ao redor, buscando identificar a origem daquele som inquietante. Os pássaros que antes voavam alegremente agora se agitavam, soltando chamados agudos e seguindo em todas as direções. As folhas douradas nas árvores tremulavam freneticamente, como se estivessem reagindo ao desconhecido.

A atmosfera que antes era serena e acolhedora ficou carregada de um ar sombrio e misterioso. O cheiro doce das flores foi substituído por um odor estranho e metálico, que pairava no ar como um aviso silencioso. Até os raios de sol pareciam lançar sombras ameaçadoras entre as árvores.

Enquanto nos mantínhamos em alerta máximo, tentando entender de onde vinha o que parecia ser uma ameaça, percebemos movimentos entre a vegetação. Como um trovão na calada da noite, fomos surpreendidos por criaturas ancestrais, vindas das profundezas do tempo; eram forças sombrias. Seus olhos sem brilho penetravam nossa alma, mãos esqueléticas pendiam por mangas largar de túnicas pretas como a morte, elas não se moviam, ainda assim nos aprisionava em um abraço implacável e frio. Em seus rostos, a marca do esquecimento, uma essência obscura que silenciava nossas vozes e apagava nossas memórias.

Então a escuridão engoliu tudo ao nosso redor e quando finalmente emergi desse torpor, percebi que estava sozinha, perdida em um labirinto de dor e confusão. Enquanto minha mente clareava aos poucos, eu sentia o fardo de minhas memórias despedaçadas pesando sobre mim. Cada flash, cada fragmento, era como uma ferida aberta, trazendo consigo não apenas a lembrança de quem eu era, mas também a dolorosa consciência do que eu havia perdido. A lembrança do nome "vigias esquecidos" surgiu como uma brisa leve. A voz de quem os nomeava era muito familiar, mas eu não fui capaz de me lembrar.

Aquelas criaturas haviam roubado mais do que minha liberdade física, elas haviam saqueado minha essência, deixando apenas cicatrizes e vazios em seu rastro. Eram emissárias do esquecimento, devoradoras de identidades, e eu era sua mais recente vítima.

Dois dias antes...

A notícia sobre o passado obscuro de Antoni atravessou meu peito como uma faca afiada, cortando minha confiança em pedaços. Impossível não me lembrar de como as minhas pernas, trêmulas como galhos ao vento, mal sustentavam meu peso, ou o gelo que percorreu minha espinha como um arrepio de medo, um presságio sinistro pairando no ar. A sensação de que um segredo obscuro tivesse emergido das sombras e me agarrado, sussurrando verdades indesejadas aos meus ouvidos, voltava toda vez que eu focava aqueles olhos escuros e misteriosos.

Meu coração gritava em silêncio, clamando por respostas que eu não sabia se estava pronta para ouvir. Uma enxurrada de perguntas e exigências se amontoava dentro de mim, esperando para ser liberada, mas eu me forçava a contê-la.

A verdade nunca era um pedido extravagante. Era um direito inegociável, uma necessidade que latejava em cada fibra do meu ser. Mas, por mais que eu almejasse por ela, também temia o que poderia encontrar quando finalmente a desvendasse totalmente. O passado era uma ferida aberta, descobrir sua profundidade podia ser uma jornada assustadora e dolorosa.

No entanto, não havia alternativa senão enfrentar a verdade, mesmo que ela fosse um monstro horrendo que abalasse os alicerces da minha realidade. Eu estava determinada a encarar o desconhecido, a desvendar os segredos que se escondiam nas sombras. Pois, no final das contas, a verdade era a única coisa que poderia me libertar da prisão do engano e da incerteza.

Agora, enquanto vagava pelos corredores sombrios do nosso refúgio, as vozes à minha volta se misturavam em um zumbido ininteligível. Eu estava ali, fisicamente presente, mas minha mente flutuava em algum lugar distante, desconectada da realidade que se desenrolava diante dos meus olhos. Era como se eu fosse uma espectadora impotente, observando uma tragédia se desenrolar sem ter o poder de intervir. A sensação de impotência era sufocante, como um nó apertado em minha garganta.

A angústia, implacável, apertava meu peito, sufocando-me lentamente.

Queria confrontá-lo, lutar contra ela com todas as minhas forças, mas algo me mantinha imóvel, uma força invisível que me deixava paralisada. Era uma batalha entre a raiva e o desamparo, uma luta interna que me dilacerava por dentro.

E nem sabia se o que me incomodava mais era o fato de ele ter sido esse algoz cruel ou por ter omitido uma informação tão importante todo esse tempo.

Sentia-me sozinha em meio ao tumulto emocional, perdida em um mar de confusão. A carga de decepção e traição era avassaladora, e eu me via tentando equilibrar as emoções que ameaçavam me engolir por completo. Era uma mistura de raiva e tristeza, um vendaval de sentimentos que fazia meu coração arder.

Dramático demais, eu sei!

Infelizmente estava vivendo em um looping naquele momento. Diante dos últimos acontecimentos, Antoni era a pessoa em quem eu mais confiava no mundo, ele não podia ter escondido isso de mim. Aquela notícia se tornou uma presença constante em minha mente, fazendo-me reviver a sensação de choque e desconforto toda vez que eu pensava nela. Quem poderia imaginar Antoni um inimigo declarado do Ministério, caçado como uma presa, vivendo nas sombras, fugindo e se escondendo; o grande e temido general do clã. Se alguém me contasse, eu jamais acreditaria.

Depois que encontramos Hiertha, fomos avisados que havia uma refeição nos aguardando. Assim que entrei no refeitório, fiquei impressionada com o ambiente. Tudo era moderno demais, com muita tecnologia para um simples galpão no meio do nada. Nas paredes, monitores de tela plana exibiam imagens do mundo exterior, mostrando notícias e previsões do tempo. O chão brilhava como se tivesse acabado de ser polido; algum tipo de resina. As mesas eram feitas de madeira maciça, escura e elegante.

Eu me perguntava quem seria o responsável por manter tudo aquilo funcionando, mas o que realmente chamou minha atenção foi a comida. Uma grande variedade de pratos e iguarias estava disposta sobre as mesas, o cheiro delicioso me fez esquecer completamente as preocupações que nos acompanhavam até agora. Havia pães recém-assados, carnes assadas com perfeição, saladas frescas, frutas suculentas e sobremesas tentadoras.

Eu me sentei à mesa e, ainda maravilhada com o lugar, comecei a encher meu prato. Cada mordida era uma explosão de sabores deliciosos e eu me permiti aproveitar cada momento. Enquanto comia, toda a angústia se esvaiu, talvez pela fome ou pela conversa agradável com os meus amigos. Eu tentava desfrutar aquele momento de paz antes de embarcar na próxima aventura ou ter de lidar novamente com a realidade.

Apesar de saber que tínhamos um grande desafio pela frente, a refeição foi uma pausa bem-vinda.

De barriga cheia, fomos levados a vestiários. Em minha mente surgiu a imagem dos vestiários do colégio, escuros e com cheiro de umidade, mas claro que em um lugar tão moderno encontraríamos um ambiente bem diferente. Ao entrar no vestiário feminino, fui imediatamente tomada pelo cheiro fresco de limpeza que preenchia o ar. O lugar era espaçoso, com paredes brancas e azulejos claros, refletindo a luz branca e brilhante que vinha do teto. As fileiras de armários metálicos que se estendiam ao longo do espaço eram organizadas e meticulosamente etiquetadas, apesar de só ter um nome em uma delas — Olivia —, em todas as outras estava escrito "visitante".

Duas toalhas brancas estavam penduradas à entrada de cada boxe, sobre um banco grande no meio do largo corredor, havia duas mudas de roupas limpas.

Sem dizer nada, Alamanda e eu sorrimos satisfeitas. Cada uma de nós entrou num dos chuveiros e foi impossível não suspirar.

— Nossa! Como a gente subestima um bom banho quente! — exclamou a loira.

— Concordo. Isso é muito, muito bom! — concordei em êxtase.

Tomei um banho quente e relaxante, sentindo a água limpa escorrer pelo meu corpo cansado. As preocupações e os medos desapareceram por um momento. A sensação de estar limpa e cheirosa era indescritível. No mínimo, sentia-me renovada e pronta para enfrentar o que viesse pela frente.

A roupa que recebi era simples, mas confortável. A blusa branca era macia ao toque e a calça jeans se ajustava perfeitamente ao meu corpo. A jaqueta preta dava um toque de estilo ao conjunto. Eu me sentia quase como uma pessoa normal, o que era estranho depois de tudo o que havia acontecido.

Deixamos o vestiário e seguimos ao encontro dos outros. Ouvimos som de televisão e algumas vozes, então seguimos nesta direção. Logo chegamos a uma sala de descontração, com um jogo de sofá em frente a uma grande televisão, uma pequena cozinha do lado esquerdo e uma mesa de jogos no centro. Will estava sentado em um sofá de couro preto com um celular na mão. Dois homens mexiam na geladeira ao lado de uma pequena pia, eles conversavam e riam como se não nos vissem. Quando passaram por nós, em direção à saída da sala, e acenaram com um movimento de cabeça, percebi que não estávamos invisíveis.

— Que celular é esse? — perguntei, aproximando-me de Willian.

— Acabei de ganhar. Todos nós ganhamos um, na verdade.

Ao seu lado havia mais três aparelhos.

Antoni entrou na sala e minha atenção foi imediatamente atraída para ele. Ele parecia tão diferente, vestindo roupas casuais e sem aquele sobretudo escuro e pesado que costumava usar. Seu cabelo molhado e sua jaqueta preta leve davam a ele um ar de normalidade que nunca tinha visto antes. Parecia um novo homem, a porção dark ainda estava ali, no olhar, na atitude, ainda assim, eu podia dizer que aquela era uma versão melhorada do general.

Fiquei impressionada, e um pouco preocupada com a dificuldade que tive para desviar os olhos dele. Eu realmente não podia negar que Antoni estava muito bonito naquela roupa casual, mas tentei disfarçar minha reação e procurei olhar para Will.

Minha intenção era ocultar meu interesse, só me esqueci de um importante detalhe: meu amigo estava nitidamente se divertindo com a situação, então me lembrei do que ele era capaz de fazer. Will estava dentro da minha mente e rindo dos meus pensamentos pecaminosos. Mas eu precisava manter o foco, havia muito a ser feito.

Saí de perto depois de dar um soco em seu braço e segui em direção à porta. Antoni me observava sem dizer nada, mas quando eu cheguei perto o suficiente, ele segurou meu braço. O choque me fez entortar a boca.

— Posso falar com você?

— Eu não sei se quero ouvir mais mentiras, Antoni. — Devolvi, soltando o braço do aperto leve da sua mão.

Encará-lo tão perto, tão bonito e cheiroso, deixou-me tensa de novo. Eu podia ter elogiado sua transformação, mas apesar do novo e agradável visual, ele ainda era o ex-general, o amigo mentiroso. Definitivamente aquele não era um bom momento para a conversarmos. Eu não queria ser influenciada pela súbita vontade de abraçá-lo e dizer que estava perdoado.

Capítulo 2

Rick entrou na sala antes que ele pudesse dizer mais alguma coisa, logo atrás entrou Alamanda, também de calça jeans e uma bata branca de mangas compridas que parecia ter sido feita para ela; transmitia bem sua personalidade tranquila.

— Bem, vejo que estão todos prontos. Podemos começar nosso tour — declarou o homem, animado em sua cadeira de rodas supermoderna.

Iniciamos uma espécie de missão de reconhecimento do local, seguimos Rick, que circulava com facilidade pelos largos corredores. Todos os ambientes estavam preparados para sua mobilidade.

Alamanda deixou Will seguir a nossa frente, juntando-se a Antoni e Rick, e caminhou ao meu lado. Segurando a minha mão, ela sorriu para mim e senti os batimentos do meu coração desacelerarem. Claro que eu não gostava de estar sob a influência de seu poder, mas naquele momento agradeci, foi como me devolver o ar que eu não sabia estar faltando toda vez que encarava Antoni.

Livre daquela angustia, passei a observar com atenção o lugar onde estávamos. Percebi que internamente era completamente diferente do que se podia imaginar quando vi o exterior do galpão, este era feio e antiquado, nada em sua fachada nos preparava para que encontraríamos lá dentro. Havia uma mistura de elementos minimalistas e tecnológicos que davam uma sensação de sofisticação e modernidade.

Caminhamos pelos corredores, eu estava atenta a tudo. Observei as paredes revestidas por painéis de vidro que refletiam a luz das modernas luminárias de teto, estilo industrial. À medida que aprofundávamos na missão, notei que as salas também estavam equipadas com tecnologia de ponta, desde aparelhos de televisão ou monitores modernos até as cadeiras ergonômicas de última geração. Cada detalhe era meticulosamente projetado para oferecer conforto e eficiência, desde os móveis até o sistema inteligente de iluminação.

Senti-me como se visitasse um laboratório secreto de pesquisas futuristas.

Não havia muitas pessoas, os dois homens que vimos antes não estavam mais por perto, talvez fossem seguranças ou vigias, já que usavam roupas exatamente iguais; pretas e discretas. A maioria dos ambientes estava vazia, apenas quando chegamos a uma sala bem maior que as outras, encontramos seres vivos além dos que já conhecíamos; dois homens e uma mulher concentrados nas telas de seus computadores.

Ao entrar na sala, percebi que ali deveria ser o centro de comando, fiquei imediatamente impressionada pelo número de equipamentos especializados que vi. As paredes eram forradas por grandes painéis de controle, com telas e botões coloridos que emitiam luzes vibrantes e chamativas.

Uma grande mesa retangular se estendia no centro da sala, com confortáveis cadeiras azuis a sua volta. Do teto pendia um monitor enorme preso a uma estrutura metálica, fixado em um ângulo onde era possível ser visto por todos que estivessem sentados. A imagem no monitor estava dividida em seis partes, cada uma delas mostrava imagens de diferentes câmeras e sensores, espalhados por todo o ambiente o galpão. As telas que vimos na entrada deviam ser apenas para alertas, porque nem se comparava a quantidade de equipamentos funcionando naquela sala.

No canto direito da sala, havia um conjunto de computadores de alta tecnologia, conectados por cabos e fios que se entrelaçavam em uma intricada rede. Imaginei que aqueles computadores, dentre outras coisas, processavam as informações captadas pelos sensores e câmeras, transformando-as em dados úteis e prontos para serem usados em decisões importantes. Talvez até monitorassem o Ministério secretamente, assim como eles faziam com os celsus.

Na parede mais próxima da mesa, havia um grande mapa com marcações e informações precisas sobre as localizações dos pontos de interesse. Nesse mapa, era possível ver informações de clima, trânsito e eventos recentes. Um dos mapas mostrava uma teia que interligava pessoas e lugares pelo mundo.

Seria uma espécie de monitoramento de atividades relacionadas aos celsus ou a eventos anormais?

Fiquei curiosa, perguntaria em um momento mais oportuno.

Na sala estavam quatro pessoas. Três homens de pé em frente a uma bancada no fundo da sala e uma mulher sentada a uma mesa menor e ainda mais distante da porta por onde entramos, ela permanecia concentrada na tela do seu computador mesmo depois que entramos. Rick iniciou as apresentações. Um dos homens era Beni, ainda mais baixo do que eu me lembrava, talvez por estar perto dos outros que eram bem mais altos.

— Este é Nathaniel, nosso especialista em rastreamento — indicou Rick, aproximando-se do mais alto deles.

Nathaniel era um homem misterioso, de aparência sombria e com olhos que pareciam brilhar no escuro. Seu cabelo claro acinzentado contrastava com sua pele morena. As costas largas, mais do que o comum, também chamaram minha atenção.

— Este é Max, ele é nosso... — Rick hesitou. — Programador.

Eles riram juntos deixando claro que não era apenas isso.

Max era bem exótico, com cabelo espetado e completamente branco, corpo esguio e muito definido, uma figura interessante. Mas seus olhos, azuis demais e curiosos demais, me deixaram um pouco desconfortável, quando analisaram meu corpo de cima abaixo com uma agilidade e malícia difícil de explicar.

— E essa garota, é a nossa especialista em segurança, ninguém neutraliza ameaças cibernéticas igual a ela. Olivia, esse é Antoni e alguns amigos.

— E aí? — disse ela, levantando a mão em um cumprimento estranho ao mesmo tempo em que erguia os olhos apenas o suficiente para não parecer mal educada.

Fosse o que fosse que estivesse fazendo, devia ser muito importante ou mais interessante que um bando de estranhos invadindo seu espaço.

Já Max e Nathaniel, antes com interesse limitado, apesar do olhar avaliativo, aproximaram-se de nós assim que ouviram o nome "Antoni". Era possível ver o brilho e a admiração em seus olhos.

— Uau! Nunca pensei que conheceria você pessoalmente — falou Max, mostrando-se empolgado.

— É uma honra recebê-lo — disse Nathaniel antes de levar o braço direito sobre o peito, seguido por Max na saudação. — O que achou do lugar? É como imaginou?

— Não mesmo, é muito melhor! Fizeram um trabalho incrível aqui — Antoni respondeu com um brilho diferente nos olhos, observando em volta e sorrindo.

Eu me perguntei que relação Antoni teria com aquele lugar, principalmente porque ele nem sequer sabia onde ficava. A amizade com Rick era bem evidente, e mesmo com Beni, apesar de quase matá-lo. Ficou claro para mim que ele não considerou que o companheiro de clã podia ter desertado, assim como ele e Rick.

Nesse mundo oculto tudo era muito diferente do que eu conhecia. Sair de um esquadrão de elite no mundo normal provavelmente era algo comum, sem grandes implicações, mas deixar o clã dos legados parecia ser uma missão quase impossível. Quase porque estava diante de três ex-legados, sendo um o próprio general. Parece que Antoni abriu um precedente perigoso, talvez esse fosse o motivo que o transformou em um fugitivo perpétuo, sempre um passo à frente das garras do Ministério.

— Graças a sua ajuda, meu amigo! — afirmou Rick. — Por que não se sentam aqui para conversarmos um pouco sobre nossos próximos passos? — disse ele, indicando a grande mesa de madeira.

Esperei até que todos se sentassem, não queria correr o risco de ficar perto de Antoni. O que não foi muito inteligente já que acabei sentando de frente para ele e senti o peso dos seus olhos sobre mim enquanto Rick começava a explicar como funcionava a segurança em volta do castelo de Handall, onde possivelmente estariam sendo mantidas Seretini e Twilla.

Antoni não parecia prestar atenção em nada do que o homem falava. Sem desviar os olhos de mim, ele o parou.

— Desculpe por interromper, meu amigo, mas acho que devo algumas respostas.

Will e Alamanda se acomodaram como se estivessem se preparando para ver um filme. Eu não mexi nem um fio de cabelo. Embora fosse exatamente o que eu estava esperando que ele fizesse, agi como se não estivesse ansiosa por aquele momento.

Sim, ele me devia explicações, porém nada do que dissesse faria com que aquela sensação de traição desaparecesse.

— O Clã dos Legados é formado por um grupo de celsus poderosos, muito bem treinados...

— Eu não chamaria aquilo de treinamento — interrompeu Beni, complementando a explicação.

— Não deixa de ser, mas também inclui sacrifícios e uma espécie de ritual. — Antoni olhava para todos enquanto explicava. — Posso dizer que ficamos realmente muito... comprometidos com a missão dos legados. É como uma lavagem cerebral, só que é feita por dentro, direto na mente, não apenas utilizando ferramentas da neurolinguística. Por isso, passamos a priorizar nosso grupo e nosso líder acima de qualquer coisa. Seja família ou mesmo a própria vida.

— Neste caso o líder é Handall? — indagou Will, já sabendo a resposta.

— Quem estiver à frente do Ministério, o posto mais alto. Hoje, sim, é Handall.

— Mas quando você entrou era Solomon — concluí com pesar.

Dividíamos essa dor, perder meu pai foi a coisa mais difícil e enfrentei até hoje, imagino que para ele não tenha sido diferente. Lembrei do quando estava entristecido ao relembrar do assunto quando me contou sobre a doença e depois a morte de Frederick Solomon. Antoni era o tipo que remoía suas tristezas e ficava lambendo as feridas, mas sempre que falava sobre a morte do pai uma nuvem de angústia o consumia. Sua energia ficava ao mesmo tempo densa e cinza. Como se revivesse todo o sofrimento, o desalento e a raiva.

Ele assentiu, respirando profundamente e pigarreando antes de prosseguir:

— Solomon me convenceu a entrar para o clã, segundo ele, foi para me proteger.

— Cara, o perigo devia ser muito grande, para um pai fazer isso. Ser um legado é praticamente uma condição permanente. Ninguém havia desertado antes, você foi o primeiro que conseguiu — comentou Beni naturalmente, sem saber que estava revelando um dos muitos mistérios que cercavam aquela figura complexa que era Antoni.

— Puta merda! — Espantou-se Will.

Alamanda não expressou nenhum comentário, porém seus olhos arregalados revelavam a mesma surpresa. Eles não sabiam que Antoni era filho do poderoso Solomon, que esteve no comando do Ministério por muitos anos, um dos altivos mais respeitados da história dos celsus. Nesse momento vi algumas dúvidas passarem pelos olhos de Will, assim como algumas conclusões. Ser filho de Solomon mudava algumas perspectivas sobre o nosso amigo sinistro.

Willian, um homem de espontaneidade e transparência, ao contrário de Antoni, não se escondia por trás de olhares enigmáticos. Era evidente como água límpida que ele revirava sua memória em busca de qualquer fragmento de informação sobre o altivo. Descobrir mais sobre esse general misterioso era quase um entretenimento para ele.

Quanto a Solomon, as peças do quebra-cabeça que eu tinha em mãos não preenchiam as dúvidas e lacunas que ainda pairavam no ar. Ele era um celsu poderoso, um incubus como o filho. Antoni, apesar de sua natureza, possuía habilidades que transcendiam sua própria espécie, algo inexplicável para mim.

Segundo meu conhecimento, um incubus tinha o poder de invadir os sonhos de outros, comunicar-se e até mesmo interagir através deles. No entanto, de alguma forma o general estava envolvido com magia maligna, que emergia como tentáculos de fumaça quando ele ficava nervoso ou em situações perigosas. Testemunhei essa aura maligna envolvendo-o, como se fosse uma névoa soturna, quando ele quase tirou a vida de Beni, assim como quando enfrentou aquela bruxa no Submundo.

E é exatamente nesse ponto que reside o mais intrigante dos mistérios sobre ele: por que não foi tragado para a Fenda após ceifar a vida de um celsu?

Embora nunca tenha sido discutido explicitamente, ficou subentendido que eu jamais deveria mencionar o que ocorreu naquele dia com qualquer outra pessoa. Nunca tive a oportunidade de abordar o assunto com ele, e assim permaneceu em um território obscuro e não explorado.

— Solomon sempre esteve dois passos à frente de todos. Se ele fez isso, com certeza teve suas razões. — A voz veio da porta e todos olhamos nessa direção. Hiertha estava parado junto ao batente com os braços cruzados. — Vamos ficar quanto tempo ainda na parte das explicações?

Rick e Beni pareciam respeitar Hiertha, eles se entreolharam, mas nada disseram. No entanto, senti que não estavam felizes com a postura prepotente do homem.

— Não precisam perder tempo com essas parafernálias de tecnologia — disse apontando para os computadores na mesa ao lado. — Posso localizá-la, só preciso de algo que se conecte com ela.

— Seu sangue não é suficiente? — indagou Beni.

— Não somos irmão de sangue, então... receio que não.

— Já vi utilizarem sentimentos como elo entre duas pessoas, então isso os liga de qualquer forma — afirmou Will.

Isso tudo era novidade para mim, só consegui pensar na carta de Twilla e no amor da "flor do deserto", deixando escapar a primeira frase que veio a minha mente:

— Então, Antoni também pode ajudar?

Hiertha cerrou os lábios e balançou a cabeça.

— Receio que também não vá funcionar, não mais... — afirmou olhando para mim com os olhos semicerrados.

— Mas eu pensei que...

— Não, nem adianta perdermos tempo com isso — ele interrompeu, ainda me observando, então fez uma careta que indicava que eu estava errada em minha conclusão. — Precisamos nos concentrar em uma solução real, Seretini não tem laços suficientes com ninguém aqui além de mim, porém, se vou fazer o feitiço, não posso ser o canal ao mesmo tempo. Seria um desastre.

Eu observava atentamente os olhares trocados entre Antoni e Hiertha, sentindo-me como uma peça em um jogo de palavras não ditas. Era como se Antoni estivesse tentando desviar o rumo da conversa, evitando falar sobre seu relacionamento com Seretini.

A incômoda sensação crescia dentro de mim, alimentando suspeitas e inseguranças.

Eu notava o desconforto estampado no rosto de Antoni ao mencionar o nome de Seretini. Havia algo estranho ali, como se entre eles existisse uma história mal resolvida. Parecia que essa mulher exercia algum tipo de poder sobre Antoni, uma influência que eu não conseguia ignorar.

Eu me questionava se havia segredos não revelados sobre esse romance entre Antoni e Seretini, um vínculo que eu não conseguia compreender completamente.

Eu queria acreditar que o passado fosse apenas um eco distante e manter a compostura, mas esse turbilhão de pensamentos se desenrolava dentro de mim. Eu tentava não deixar transparecer minha inquietação e conclui que mudar o rumo da conversa talvez não fosse tão ruim.

— Preciso lembrar que só teremos uma chance — disse Antoni tranquilamente, tirando-me do devaneio.

Max girava a cabeça de um para o outro, exatamente como Antoni fazia antes, ou estava muito interessado ou completamente perdido.

— E por que só temos uma chance? — perguntou, inseguro.

— A magia deixa rastros. A menos que queiramos dizer onde estamos, só temos uma chance de entrar e sair sem sermos percebidos — esclareceu Hiertha. — De qualquer jeito, eu não estava falando dela. Não temos nenhuma ligação com Seretini, mas temos com Twilla. Se elas estiverem no mesmo lugar, encontramos as duas — concluiu, erguendo os ombros.

Era óbvio que a ligação era eu. Todos pareciam concordar até Antoni assumir uma postura de ataque, apoiando as duas mãos sobre a mesa, fuzilando o mexicano com os olhos ao declarar:

— Isso não vai acontecer!

Capítulo 3

— Twilla é uma rainha, a última do mundo oculto. Ela provavelmente tem mais poder do que todos nós juntos, acha mesmo que prendê-la em uma torre pode contê-la? — considerou ele enquanto observava o amigo feiticeiro. — Se está sendo mantida contra sua vontade é muito simples concluir que esteja sob efeito de algum tipo de feitiço. Sabem tanto quanto eu, do que Racka e Mordon juntos são capazes de fazer.

Antoni olhou para Rick e Beni ao concluir, depois focou em Hiertha.

Imaginei que aquela troca de olhares estava relacionada à vida deles no período em que fizeram parte do clã, com certeza realizaram o mesmo tipo de ritual e sofreram a influência de Mordon e Racka.

— Será que só eu não sei do que estão falando? — falei, esperando ouvir uma explicação.

Falar sobre minha mãe sempre me deixava desconfortável. Antes eu não podia descrever o que sentia, mas agora, depois de reviver tantas memórias enquanto estávamos na casa de campo, eu sentia um aperto no peito, um misto de tristeza e saudade. Saber que ela não me abandonou simplesmente, como por anos acreditei, permitiu que o meu amor por ela fluísse sem culpa, sem travas. Minhas lembranças ainda eram limitadas e isso não ajudava muito, ainda assim, eram suficientes para que eu me sentisse um pouco menos quebrada.

Beni olhou de mim para Antoni em uma declarada insegurança, depois de um aceno com a cabeça de seu antigo general, ele teve permissão para explicar:

— Racka pode entrar na sua mente e vasculhar tudo que quiser, mesmo o que tenta esconder. Tudo que já viveu, pessoas que conheceu, sofrimentos, alegrias, tudo. Mordon pode reprogramar tudo isso. Ele consegue ver e acessar os seus sentimentos, tirar seu medo ou criar um novo que vai te perseguir para sempre. Juntos eles podem chegar ainda mais longe e implantar desejos que você não tem e colocá-los como prioridade. Você não consegue lutar contra isso.

— Que horror! Eu vi o que Mordon pode fazer, é um feiticeiro, mas... E Handall? — perguntei já sentindo meu coração bater na garganta.

Só em pensar que a minha mãe estava nas mãos deles, meu estômago embrulhava.

— É um maldito Djinn — respondeu Rick. Ele carregava muito rancor na voz enquanto descrevia as características de Handall. — Ele pode sentir seu desejo e alterar a realidade com base nele. O famoso "conceder desejos", que não passa de uma ilusão. Eles não concedem de verdade. São criaturas de natureza vingativa, talvez por não terem poder de fato. Dizem que podem sentir os desejos de alguém só de olhar para elas. Antes que perguntem, Racka é um telepata, mas ele não se limita a se comunicar através da mente, ele vasculha tudo, encontra segredos que nem a própria pessoa sabia ter. Não preciso dizer que isso ferra com a cabeça de qualquer um, não é? Eu não sei como Hiertha conseguiu nos livrar desse fardo, mas sou muito grato a isso.

Em sua conclusão havia um sinal de agradecimento ao bruxo.

Hiertha, focado em Rick, fez o mesmo movimento com a cabeça e depois olhou na direção de Antoni, que estava completamente fechado em si mesmo. Nem sei se ele havia escutado tudo que Rick falou, parecia em outro mundo, perdido em suas próprias memórias.

Com os olhos semicerrados e ainda focados em Antoni, Hiertha declarou concordar com o amigo, seria inútil tentar uma conexão com minha mãe, arriscaríamos sermos descobertos ou algo mais grave.

Não entendi o que seria pior, mas minha atenção estava toda voltada ao general, fiquei preocupada com sua reação ou a falta de uma. Ele tinha as mãos fechadas em punho, parecia com raiva. Por fazer parte do tal clã, deduzi que aqueles três homens haviam passado por momentos traumáticos demais nas mãos de Handall e aquela conversa os fazia reviver um pouco de tudo isso. Senti por ele, por Rick e por Beni, mas também senti meu peito doer ao pensar em Twilla.

O que estariam fazendo com ela? Toda aquela história de alterar os desejos de alguém me fez questionar quem eu encontraria quando chegássemos até ela. E se ela não quisesse mais me ver?

A sensação de abandono que alimentei por anos voltou com tudo e de repente o ar ficou pesado demais para que eu pudesse respirar.

Levantei e saí da sala, sentindo uma vontade insuportável de ficar sozinha por um instante. Eu precisava organizar meus pensamentos e processar tudo que havia acontecido até aquele momento. Segui em direção a uma área de convivência pela qual havíamos passado antes. Eu queria apenas um copo de água para hidratar minha garganta seca, mas a verdade era que também precisava de um momento para mim.

Eu estava encostada na pia, com o copo na mão, quando ele entrou atrás de mim. Fiquei surpresa, mas não o suficiente para demonstrar. Eu não queria que ele percebesse o quanto eu estava abalada por tudo o que havia escutado. Então, mantive a postura e continuei bebendo a água em silêncio.

— Não precisa ficar nervosa. Twilla é forte, muito mais do que nós. Falo sério quando digo que ela é uma rainha e carrega muito poder. Não acredito que Handall se atrevesse a entrar na mente dela desse jeito, ele conhece os riscos.

— Se ela é tão poderosa, por que ainda está lá com ele? — perguntei girando o corpo para não encará-lo. — Por que nunca apareceu para me ver? Não sei mais o que pensar!

— Por você — respondeu como se fosse óbvio. — Any, ela não sabe o que está acontecendo aqui fora, não acredito que alguém tenha contato sobre as nossas aventuras e fugas. — Tentou sorrir. Sua energia era densa e sombria, ainda assim, ele estava tentando me deixar menos preocupada. — Além disso, se fez um acordo com Handall, não tem como mudar, não é tão simples romper um acordo que foi selado com magia, e eu acredito que tenha sido exatamente assim. Ele não aceitaria menos que isso.

Antoni estava perigosamente próximo, tão próximo que seu hálito quente acariciava meu rosto. Nossos olhares se prenderam em um silêncio perturbador. O ar ao nosso redor vibrava com uma tensão elétrica, prestes a romper as barreiras do controle. Meu coração, num ritmo novo para mim, disparava desenfreado dentro do meu peito, ameaçando escapar e revelar toda a turbulência que se escondia em meu ser. Minha respiração, traiçoeira, falhava como se a força magnética entre nós roubasse o próprio ar dos meus pulmões.

Antoni deu mais um passo, reduzindo a pouca distância que ainda existia, seu olhar fixo criando uma conexão intensa que parecia prender minha alma. Eu lutava internamente, uma batalha silenciosa, desejando desviar os olhos, mas incapaz de vencer aquele magnetismo que nos envolvia. Era como estar sob o domínio de um encantamento sombrio, uma maldição que me arrastava para o desconhecido.

Eu me sentia presa, aprisionada em uma teia de emoções inquietantes, que apesar de assustadora... se mostrava como um desafio tentador demais para fugir. Era como se os próprios alicerces da minha existência estivessem sendo desafiados, balançando perigosamente à beira do colapso.

O que estava acontecendo comigo?

Aquela interação intensa e misteriosa era um sussurro sedutor que me arrastava para um irresistível precipício.

— Até que enfim, achei vocês!

Will tinha o olhar de curiosidade, mas não disse nada a respeito. Ele estava parado à porta da sala com as mãos nos batentes, talvez a mais tempo do que imaginávamos.

— Venham, estamos tentando falar com Carol. Estão esperando por vocês lá na sala.

Antoni deslizou para o lado, abrindo espaço para que eu pudesse passar. Senti meu coração acelerar ainda mais com a proximidade, mas tentei disfarçar meu desconforto. Eu não queria que Will percebesse a tensão entre nós, desejei que ele tivesse acabado de chegar e fosse desatento o bastante para não perceber que o ar estava pesado e comprometedor.

Como se pudesse ler meus pensamentos, Antoni soltou uma risada contagiante, que me fez virar para trás e encará-lo.

Seus olhos brilhavam com um sorriso radiante, como se tivesse acabado de ouvir uma piada. Eu não pude deixar de sentir uma pontada de irritação, mas ao mesmo tempo, senti um alívio por ver a energia daquele general muito mais leve do que antes.

Ele podia ouvir pensamentos agora? Ou apenas se divertia por perceber o quanto me deixou desnorteada?

Quando entramos na sala de controle, Beni falava sobre o príncipe. Rick, um homem loiro de olhos grandes e verdes escuros como uma floresta densa e profunda, estava com o rosto vermelho de raiva.

— Aquele covarde! Apesar de tudo, é uma desonra para o clã tê-lo como general — disparou, com uma voz carregada de indignação.

Max, sempre curioso, perguntou sobre o tal príncipe, questionando se havia mesmo algum traço de realeza ou era apenas um apelido. Antoni tomou a palavra e respondeu assim que entramos na sala.

— Ah, sim. Ele é o último príncipe dos lobos, agora general do clã dos legados e também o chefe dos insurgentes — disse Antoni, de forma serena.

Will e Olivia, perplexos, falaram em uníssono:
— Nossa!

Mas Rick não parou por aí, reforçando suas críticas.
— Não esqueçam que ele é também um maldito covarde e um traidor da causa dos insurgentes — disparou com um olhar feroz. — Por isso eu pergunto se vocês realmente querem procurar a Carol Hale. Eu não confiaria nela.

Busquei o olhar de Will e Alamanda, na esperança de que soubessem do que Rick estava falando.

Por que ele estava falando da Carol? O que eu perdi?

No entanto, seus olhares estavam tão confusos quanto o meu. Restou-me olhar para Antoni, que parecia ter uma carranca pensativa e um olhar de quem estava maquinando uma resposta cuidadosa.

— Carol tem algum tipo de amizade com o príncipe, ou teve. Não sei dizer com certeza. — Antoni falou, deixando um rastro de dúvida no ar.

— Só pode ser brincadeira! — Will levantou da cadeira e começou a andar de um lado a outro. — Por isso ela não queria que Santiago se aproximasse de você, Alany. Eles eram amigos, certo? Santiago e esse príncipe.

Confirmei com a cabeça e ele concluiu:
— Então, ela já conhecia Santiago e nunca disse nada.

Meu amigo estava se sentindo traído e eu entendia exatamente como era isso. Descobrir que sua melhor amiga escondia informações importantes como aquela era um choque dos grandes. Ainda assim, só quem vive esse tido de situação entende o peso dessa mágoa. Eu sei que as pessoas têm segredos, mas isso... não é fácil de engolir, é como se você não fosse confiável o bastante.

— Mas também não precisa de tanto drama — interveio Antoni. — Carol jamais contaria tudo a vocês, ela faz parte do conselho mais poderoso do mundo oculto. Acham mesmo que ela sairia falando tudo que sabe? Não sejam tão ingênuos. Às vezes, vivemos situações que nos forçam a mentir ou omitir informações para não colocar a vida das pessoas em risco.

Antoni intercedeu por Carol, como sempre foi objetivo e sensato, mas isso não diminui o ressentimento. Claro que também percebi a indireta em suas palavras, mas ignorei.

— Mas o fato é que ela nos ajudou antes, e acredito que ajude novamente. Ela gosta mesmo de você e não quer que seja capturada pelo Ministério. Disso, não tenho dúvida. Nenhum de vocês — Antoni remendou, percebendo o quanto Will ficou incomodado com a descoberta, não precisava também fazer com que se sentisse excluído.

Como se não fosse suficiente estar sendo caçada como uma presa, meu mundo estava, mais uma vez, desmoronando diante dos meus olhos. Eu tinha acabado de fazer descobertas tão chocantes que meu cérebro mal conseguia processá-las.

Sabe quando você tem vontade de sacar um caderno do bolso e anotar tudo que descobriu para não se esquecer dos detalhes?

Queria criar um quadro de investigação, parecido com o que havia na parede daquela sala, para conectar todas as peças do quebra-cabeça, como nos filmes de investigação quando a gente vê linhas vermelhas que ligam os acontecimentos a uma peça central, geralmente, um suspeito. Infelizmente, eu ainda não tinha todas as informações necessárias para conectar tantas descobertas, mas estava no caminho certo. A tensão estava me consumindo, mas havia muito mais luz do que escuridão agora.

Desde o dia em que conheci Santiago minha vida ganhou um ritmo insano. Sinto que, apesar do que ele fez, me entregando aquele colar que funcionou como um localizador e das suspeitas de traição, preciso falar com ele e saber por que fez tudo isso. Apesar de Eleonor ter dito que os sentimentos podem atrapalhar meu julgamento, eu sinto que tem alguma coisa nessa história que não se encaixa, justamente porque confio na minha intuição.

Sou perfeitamente capaz de identificar meus sentimentos, mesmo não querendo aceita-los.

— Alany? Hey?

Alamanda abana a mão na frente do meu rosto buscando minha atenção e percebo que estão todos me observando, aguardando alguma resposta e não tenho a menor ideia de qual tenha sido a pergunta.

— Desculpem... Eu não estava prestando atenção!

Antoni me fuzilava do outro lado da mesa e não entendi sua cara feia, quem deveria estar brava aqui era eu. Devolvi o olhar gélido, mas ele não desvia. Sorri sem humor, mas bem que poderia mesmo ser engraçada a maneira como me olhava com reprovação, sabia lá Deus a razão, quando era ele quem ainda me devia explicações.

Essa história de general ainda estava entalada na minha garganta.

Will estava com a mão estendida segurando um celular.

— Precisamos falar com a Carol.

— Ok e por que sou eu quem tem de ligar?

— Estamos em uma missão quase de guerra, tentando descobrir o paradeiro de duas pessoas sabendo que vamos mexer em um vespeiro, mas a mocinha parece ter coisa mais urgente em mente agora — ironizou Antoni enquanto continuava me olhando como se eu tivesse dito algum absurdo.

— Você não estava ouvindo nada mesmo, não é? — Will pergunta retoricamente. — Como sabe, perdemos nossos celulares e ninguém aqui se lembra do número dela, queremos saber se você se lembra.

— Ah... Isso! Claro que me lembro.

Peguei o celular da sua mão e digitei os números, apertei o verde e devolvi o aparelho a ele.

— Fique à vontade. Hoje já bati minha cota de atenção para mentirosos.

O olhar de Antoni mantinha o teor acusatório, mas sua postura recuou depois da indireta.

Capítulo 4

— *C*arol?
Antoni mais uma vez tomou a frente, ele imaginava que Willian se recusaria ou pelo menos evitaria falar com ela. Depois do que descobriu ele precisava de um tempo para digerir.
— *Antoni? Puta merda, até que enfim! Cara, está a maior confusão por aqui. Handall está cuspindo fogo, colocou tudo mundo atrás de vocês. Estão todos bem?*
— Estamos bem. Mas precisamos da sua ajuda com algumas informações...
— Também queremos saber da Nara — interrompi, já que estava em viva-voz, antes que Antoni pudesse continuar.
Eu confiei em Carol quando garantiu que Nara ficaria bem, talvez por isso só voltei a tê-la em meu radar de preocupações agora. Minha cabeça estava tão cheia de novos problemas que mal tinha espaço para os antigos.
— *É sobre isso mesmo que preciso falar. Escutem, eu não sei onde vocês estão e nem quero saber, mas preciso da ajuda de vocês. Sei que estão aqui na cidade, porque não se fala em outra coisa e eu não posso ir até Nara agora. Não com toda essa confusão que vocês causaram.*
— Mas você disse que a resgataria. Não me diz que ela ainda está com o Ministério!
Meu coração já dava sinais de arritmia.
— *Calma, Any. Ela está bem. Eu a tirei de lá e levei para outro lugar, um lugar onde jamais a encontrariam, mas prometi buscá-la hoje, só que estão vigiando todo mundo por aqui, cada passo meu é arriscado. Até falar com vocês é complicado.*
Carol tinha a voz alterada como nunca havia ouvido antes. Ela era sempre uma pessoa controlada e controladora também. Parecia sempre saber o que dizer e quando dizer. Nunca percebi sua energia confusa ou em conflito com o que fazia, sempre foi coerente, e isso foi um dos motivos pelos quais me surpreendi tanto quando descobri a verdade sobre ela, ou pelo menos uma parte da verdade.
Ela era consistente, firme e decidida, sempre. Claro que caso eu fizesse as perguntas certas saberia que estava mentindo, no entanto, nossas conversas sempre orbitaram sobre faculdade, provas, namoros e assuntos

banais. Ela sempre esteve muitos passos a minha frente, prevendo qualquer possível mudança de contexto que a fizesse cair num deslize. Também ajudou o fato de ser a maior defensora da barreira que ela me ajudou a criar para "me proteger", incentivando que eu a mantivesse sempre ativa e fortalecida para que a energia das pessoas não me afetasse, assim ocultando suas próprias intenções.

— O que está acontecendo, Carol? — perguntei, já preocupada.

— *Eu a deixei em segurança. É sério! Mas... Olha só, foi o melhor que pude pensar na hora. Imaginem o que aconteceu quando Handall descobriu que perdeu uma prisioneira e que isso só aconteceu porque obviamente foi traído, ele a caçou em todos os lugares, imaginando que encontrá-la o levaria até vocês. Eu não podia vacilar e também não podia sumir, ou seria a primeira de quem ele suspeitaria.*

— Espera! Você está se justificando? — A indignação de Will era a mesma que a minha.

Isso não era mesmo do feitio dela, estava rolando alguma coisa muito bizarra.

— *Ela está bem, gente, só não pode ficar lá por muito mais tempo.*

Antoni franziu o cenho e coçou a têmpora, antecipando problemas.

— Onde ela está, Carol? — ele perguntou pausadamente.

— *Eu sei que está tudo bem...*

— Onde, Carol? — insistiu, impaciente, interrompendo uma nova justificativa.

Comei a sentir que ela não tinha tanta certeza de que nossa amiga estivesse mesmo bem.

— *No Golix* — confessou por fim.

As reações negativas foram instantâneas. Olívia e Nathaniel indagaram em uníssono:

— O quê?

— Minha nossa! — Hiertha também demonstrou sua surpresa.

Enquanto Beni e Rick balançavam a cabeça, desaprovando a decisão.

Alamanda e Will também pareciam alarmados quando se encararem com olhos arregalados.

Olívia, sempre tão distante da conversa, tinha as mãos à boca e olhos arregalados, o que me deixou quase em pânico.

Com certeza, eu era a única que não estava entendendo nada.

Afinal, que merda de lugar era esse?

— No Golix, tipo... No Golix? Aquele Golix? — perguntou Max, incrédulo.

— O que tem de errado com esse lugar? Se é que é um lugar — perguntei, correndo os olhos por todos na sala em busca de respostas.

— Porra, Carol! Não tinha um lugar mais perigoso, não? — Antoni questionou, visivelmente tenso, levando as mãos unidas até sua testa.

Carol suspirou, compreendendo Antoni.

— *Entendo a preocupação, mas foi a única opção que tive naquele momento...* —declarou Carol, vencida.

A voz perdeu qualquer traço de confiança que antes ela tentava preservar.

— *Golix é um lugar extremamente arriscado, mas também é impossível de rastrear. Pensei que seria o local mais seguro para esconder a Nara temporariamente, eu não esperava que vocês fossem aparecer e causar todo esse alvoroço. Apesar de ter sido providencial, afinal eles acham que essa fuga está de alguma maneira ligada diretamente a essa aparição de vocês, eu fiquei presa aqui, sem qualquer condição de sair sem levantar suspeitas.*

O silêncio reinou por alguns segundos enquanto eu sentia crescer o medo dentro de mim. Esse lugar devia ser mesmo muito perigoso para causar tantas reações ruins, meu estômago revirou.

— *Eu sei que parece egoísmo da minha parte, e, em minha defesa... Apesar de colocar tudo a perder, e tem muito em jogo, eu estava decidida a arriscar. Então, vocês ligaram...*

Antoni passou a mão pelo cabelo, com expressão pesada e aflita.

— Tudo bem, acho que já entendemos. Mas precisamos agir rápido. Não podemos deixá-la lá por muito tempo.

— Quem é Nara? — perguntou Nathaniel, com os olhos semicerrados.

— Nossa amiga. Ela foi sequestrada pelo Ministério há alguns dias — respondeu Will.

— E há quanto tempo ela está na fenda? — questionou Max.

— Umas dez ou doze horas.

— Então, talvez ela já deva estar começando a...

— Não — respondeu Will, provavelmente ouvindo os pensamentos do Max ou simplesmente deduzindo algo que eu não fazia ideia do que era. — Isso não vai acontecer, ela é humana.

— *Gente...*

O chamado de Carol do outro lado da linha foi ignorado, o mesmo não aconteceu com o comentário de Olívia.

— Nossa! Legal essa Carol, hein? Tira a garota do Ministério para deixá-la sozinha na fenda? Grande amiga! Ela deve estar curtindo muito o passeio.

Então tudo ficou mais claro, esse tal de Golix ficava na fenda; o lugar mais sinistro e aterrador que conheci. Um local onde as criaturas sobrenaturais não possuíam mais seus poderes ou habilidades, e os criminosos eram condenados a uma eternidade de tormento, desfazendo-se dia após dia, perdendo sua humanidade e se transformando em sombras vazias de seus antigos seres. Onde a escuridão envolvia tudo, como uma névoa sufocante de desespero.

Antoni suspirou, provavelmente pesando nas consequências que uma humana teria ao permanecer naquele lugar por muito tempo, ou será que só eu pensava nisso?

Será que ela estaria vulnerável e exposta a todos os horrores que habitavam naquele local maldito? Comecei a imaginar os pesadelos que ela enfrentaria, as criaturas agoniadas que cruzariam seu caminho, o medo constante que a assombraria e senti um frio correr minha espinha.

— Mas sendo humana, Nara não será afetada, certo? — perguntei, insegura.

Talvez eu já soubesse a resposta. Não foi nada agradável quando estive lá e também não me pareceu um lugar seguro para ninguém, fosse humano ou celsu.

Observei que cada um deles se calou. Um franziu a testa, outro fez bico, enquanto Will e Max desviavam os olhos para não me encararem. Até Carol ficou calada. Eu sabia que Antoni não fugiria, por isso foquei os olhos nele.

— *Antoni* — Carol chamou mais uma vez, apenas para ser ignorada de novo.

— Ela não é afetada como os celsus, mas isso não quer dizer que seja seguro. Imagine que as criaturas alcançam suas formas mais primitivas depois de certo tempo presas na fenda, tornam-se corrompidas e sedentas por morte. Isso quer dizer que ela pode ser atacada por um deles.

E, quando o ar começou a me faltar, ele concluiu:

— Mas é claro que a Carol sabe disso. Ela deve tê-la deixado com alguma proteção.

— *É o que estou tentando dizer, eu não seria tão maluca de deixar Nara naquele lugar sozinha.*

— Por que eu sinto que não vou gostar nada disso? —Antoni retrucou, azedo.

— *Eu sei que não vai, mas tem um bom motivo para eu ter feito isso e eu não vou...*

— Não precisa se justificar de novo, só fala quem é — Antoni a interrompeu novamente, já nitidamente irritado.

— Ela está com Santiago — revelou, insegura.

— O quê? — Will e Alamanda fizeram coro novamente.

— Você só pode estar de brincadeira!

— *Quando fui resgatar Nara, descobri que Santiago foi enganado e sequestrado também.* — Ela alterou a voz para ser ouvida por sobre as vozes que se misturavam ralhando indignação.

— Mas como isso é possível...

— *Alany* — Carol interrompeu. — *Santiago não sabia que Ziki estava ocupando a função de general do clã. Isso é até difícil de engolir, ninguém esperava que ele estivesse tão... iludido com os encantos do Handall.*

Não sei se foi impressão minha, mas percebi mágoa em sua voz.

— Ziki? — indagou Will, talvez para si mesmo.

Ainda assim, Rick decidiu esclarecer:

— Zaxai Azikiwe, o príncipe lobo. Esse desgraçado... Queria saber como Handall o convenceu.

Eu fazia ideia do interesse desse tal Ziki, Antoni também, mas tanto eu quanto ele estávamos ocupados demais para ficar debatendo teorias. Nara voltou a ser a nossa prioridade, considerando que foi sequestrada por nossa causa e só serviu ao Ministério como ameaça por terem encontrado rastros de uma possível amizade entre eles, ainda que não fosse totalmente verdade. O simples fato de encontrem a imagem dele nas memórias da minha amiga, levou Handall a essa direção.

— Carol deve saber melhor do que a gente — disparou Hiertha.
— *Quem está falando?* — perguntou Carol.
— Isso não importa — interveio Antoni, irritado. — Como você pode ter certeza de que Santiago foi enganado? Confiar nele mais uma vez não está nos meus planos.
— *Ele estava preso, Antoni. Nara viu quando o jogaram lá, no mesmo lugar em que ela estava.*
— Você entende que isso pode ser mais uma armadilha, não é?

O assunto levantou várias teorias, desde Santiago estar trabalhando para o Ministério quanto para os insurgentes, que, até então, seguiam ordens do príncipe. Foram várias vozes falando ao mesmo tempo até que, alto o bastante para, de novo, sobrepor-se às bocas inquietas Carol falou:
— *Jogaram o Carpophorus na mesma sela com ele.*

Meu estômago revirou. A cena de Santiago sendo espancado e quase morto nas mãos daquele guerreiro surgiu como um filme na minha cabeça e me encolhi na cadeira. Eu não estava convencida da inocência dele, mas se fosse verdade, ele não merecia passar por todo aquele sofrimento de novo.

— E por que esse idiota ainda está vivo? — indagou Antoni, incrédulo e evitando olhar para mim.

Talvez ele estivesse incomodado com o falatório ou se sentisse perturbado pela dúvida sobre as intenções de Santiago, mas de fato aquela conversa havia amargado qualquer resquício de bom humor.

— *Digamos que eu cheguei a tempo. Por muito pouco, aliás. Na verdade, Nara conseguiu ganhar tempo. Não me perguntem como, eu não tenho a menor ideia, mas o guerreiro ficou curioso e tentou se aproximar dela, como se Santiago não existisse.*

— Esse Santiago por acaso é um metamorfo? Porque eu conheço a lenda do Carpophorus — perguntou Nathaniel.
— Lobisomem — Will e Alamanda responderam juntos.

Nathaniel fez careta e balançou a cabeça.
— Não consigo imaginar como o bestiarri desviou a atenção desse jeito, e para uma humana... Não faz sentido.

Max e Olívia estavam perdidos, com certeza não conheciam a tal lenda. Percebendo isso, Nathaniel explicou:
— Bestiarri é um guerreio imortal forjado em rituais ancestrais unicamente para matar bestas. Ainda que esteja em sua forma humana, não demoraria muito até que ele sentisse a energia da fera. Santiago em forma de lobo conseguiria facilmente se livrar de uma cela, mas não poderia se transformar na presença do Carpophorus sem ser atacado.

— Bizarro — comentou Max.

Ele tinha olhos curiosos e estava gostando de toda aquela história.

— *Vocês não podem perder tempo, precisam ir agora...* — Carol apenas sussurrou a última frase antes de finalizar a ligação. — *Merda! Preciso desligar.*

— Não podemos simplesmente ir lá sem um plano — argumentou Will.

— Concordo — acrescentou Hiertha. — Precisam de um plano bem elaborado antes de fazer qualquer movimento. É a porra de Golix, cara, não é o submundo.

— Com ou sem plano, precisamos ir agora — falei sentindo os efeitos da conversa martelarem meu estômago.

Senti alguns olhares questionadores.

— Você não sabe o que é esse lugar, sabe? — perguntou Willian.

Fiz uma careta, indicando que ele tinha razão, eu não tinha ideia do que era essa merda de Golix.

Antoni, que estava calado e pensativo, maquinando um plano com certeza, olhou nos meus olhos e falou:

— Explica para ela, Will. E você, Max, mostre para mim tudo que tem de informações sobre a fenda e Golix, entradas e saídas, mapas... Enfim, tudo que tiver.

— Claro, senhor!

Em seguida, Antoni deixou a mesa acompanhando Max até uma bancada do outro lado da sala, perto de onde havia alguns mapas fixados na parede. Eu nunca pensei que pudesse existir um mapa da fenda, mas pelo jeito, eu não sabia de muitas coisas.

Willian começou a me explicar que antigamente o Ministério estava localizado no centro da fenda, que o lugar na época, ainda não era chamada assim.

Foi um período de trevas, em que a guerra implacável entre humanos e seres sobrenaturais consumia tudo ao seu redor. Os humanos, cegos pela ganância e ambição desmedidas, haviam seduzido os celsus com promessas ilusórias de poder e liberdade. Alguns celsus inescrupulosos, movidos pela mesma ambição, uniram-se a eles para travar uma guerra de proporções catastróficas.

Enquanto os humanos estavam acostumados a lutar entre si por poder, as outras espécies sempre se preservaram, tendo em mente um princípio básico de sobrevivência: união. No entanto, agora estavam enfrentando a batalha mais sangrenta de todas, colocando em risco a existência de todas as criaturas sobrenaturais.

Valtor Darkspell, o líder do Ministério na época, um feiticeiro de grande renome, conhecido por sua sabedoria e liderança pacífica, testemunhou a destruição e o sofrimento causados por essa guerra sem fim. Sua companheira, uma vidente de rara habilidade, previu a extinção de inúmeras espécies caso o conflito continuasse. Determinado a pôr um fim à carnificina, ele manipulou o combate, levando as forças do Ministério e os humanos envolvidos no embate, até os portões de Golix.

Mas para isso, ele teria que pagar um preço alto demais. E foi o que fez.

Com a coragem de um verdadeiro herói, o feiticeiro deu sua vida em sacrifício para acabar com a guerra, para tanto, precisou recorrer à magia maligna. Todos sabiam que magia maligna não era um recurso recomendado, principalmente quando sua intenção é a paz, mas diante de tamanha traição de sua própria espécie, Valtor se viu sem opção. Ele criou um feitiço que amaldiçoou aquelas terras, criando um lugar onde todos seriam iguais, sem poderes, um espaço neutro, para que assim pudessem compreender que era inútil permanecer em conflito, que de uma maneira ou de outra, sempre haveria uma saída e Valtor estava lhes dando uma segunda chance. Todos que estavam ali para lutar e derrubar Golix, perderam suas habilidades. Mas o feitiço tinha outras consequências, não apenas maculou o solo, hoje conhecido como "fenda", como determinou que nenhum ser sobrenatural pudesse matar outro sem que ele mesmo perecesse.

E assim, como o despertar de uma sinistra profecia, a magia maligna cobrou seu preço implacável. A fenda, outrora um lugar comum, símbolo de poder e sede do antigo Ministério, transformou-se em um território tenebroso de tormento eterno para os celsus. Essas criaturas foram vítimas da maldição que os assolava, rapidamente os modificando, distorcendo-os até se tornarem seres mortais e selvagens, aprisionados nos limites daquele domínio amaldiçoado. O feitiço, impiedoso em sua disseminação, avançou rapidamente, como uma praga insaciável, devorando qualquer sinal de humanidade em seu caminho.

A transformação dos celsus foi tão violenta que sua essência primitiva prevaleceu, extinguindo qualquer vestígio de razão e compaixão que um dia possuíram. Consumidos pela escuridão, eles não hesitaram em saciar sua sede de sangue, devorando impiedosamente todos os humanos que se aventuraram em seu território condenado. Aqueles que ousaram se aproximar, trazidos pelo destino ou por curiosidade insensata, foram varridos do mundo dos vivos, tragados por uma espiral de horror sem fim.

Dentro do alcance nefasto daquela magia sombria, ninguém escapou ileso. A maldição, qual teia implacável, envolveu a todos, arrastando-os para a perdição de formas cruéis e inimagináveis. Uns pereceram nas garras das criaturas abomináveis, enquanto outros sucumbiram lentamente à loucura e ao desespero. O preço da magia maligna se fez sentir, deixando apenas vestígios de um passado já apagado. De um jeito ou de outro, todos foram arrancados do mundo dos vivos, condenados a vagar nas sombras, eternamente aprisionados em um destino sinistro e irrevogável.

Não demorou até que os seres sobrenaturais percebessem que aquele seria um destino muito pior que a morte, e assim vivessem em um estado de medo constante. Golix hoje deve estar em ruínas, mas dizem que ainda é possível sentir a força da magia que o cerca.

— Isso quer dizer que, se Nara for encontrada por alguma daquelas criaturas, ela pode ser devorada?

Will confirmou com a cabeça.

— E Santiago pode ficar preso lá para sempre e virar uma daquelas criaturas?

— Dizem que se um celsu ficar lá por mais de um dia, não conseguirá mais sair. A fenda é como uma prisão de almas. Aos poucos você deixa de existir, mas seu corpo permanece vagando por lá.

Só de pensar na minha amiga presa naquele lugar, um calafrio percorreu a minha espinha. Eu não conseguia imaginar o que ela estava passando. Só conseguia pensar que precisávamos agir rápido.

Capítulo 5

Claro que ninguém quis se arriscar. Percebi que celsus tinham mais medo da fenda do que do próprio Ministério. Não à toa, os altivos se apropriaram da punição criada pelo feitiço e a usam para nos controlar, como se pudessem escolher quem vai ou não cumprir pena sob aquele solo amaldiçoado. Segundo Antoni, Handall e Mordon eram capazes disso, eles criaram alguma espécie de prisão física que mantinha um celsu na fenda por tempo suficiente para que este não fosse mais capaz de sair. Era como encontrar uma brecha nas leis do feitiço.

Apenas Will, Alamanda, Beni, Antoni e eu seguimos para o tal Golix.

À medida que nos aproximávamos, eu sentia meu coração acelerar e meu corpo todo ficar rígido, tenso. A atmosfera mudava, como se um véu de escuridão se fechasse ao nosso redor. O ar ficava mais pesado e opressivo, parecia até mais difícil respirar.

A sensação de estarmos sendo observados por algo invisível aumentava a cada minuto, e eu não conseguia evitar a sensação de que algo ou alguém nos seguia, escondido nas sombras. Seguíamos de carro pelas ruas estreitas e aparentemente desertas da fenda, por entre aquelas vielas escuras poderia mesmo ter algo ou alguém espionando, esperando para atacar.

Jamais saberíamos, a escuridão funcionava como um escudo.

Eu procurava não olhar para os lados, com medo de avistar um par de olhos dourados, os mesmos que me assombraram em minha rápida e inocente passagem por esse lugar esquecido. No entanto, ao mesmo tempo, eu queria desesperadamente ficar atenta para poder me preparar caso fosse necessário. Mas tudo que eu conseguia ver eram as sombras de árvores e construções abandonadas ou em ruínas pelo caminho, cada sombra parecia se mover e se contorcer, como se fossem seres vivos e conscientes de nossa presença.

Elas me faziam tremer, certamente não sairiam da minha lembrança tão cedo.

Antoni sabia exatamente por onde ir até chegar a tal fortaleza, por isso estava ao volante, ainda que sua forte personalidade, dificilmente, permitiria que estivesse me outra posição. Apesar do medo, eu agradecia termos apenas a escuridão como companhia nessa missão; mais perigosa agora que estávamos nela, do que eu imaginava antes de chegar.

De repente, algo chamou minha atenção. A princípio era um ruído baixo, que foi ficando mais alto e mais alto, a cada segundo ganhava força e forma. Como se uma manada estivesse se aproximando lentamente, fazendo o chão tremer. Busquei a escuridão com mais atenção, apesar do som continuar nada havia mudado. Meus olhos desviaram quando ouvi Will, que estava sentado no banco de trás, comentar:

— Dizer que não estamos sozinhos seria desnecessário, mas... tem alguma coisa se aproximando. Com certeza, está vindo em nossa direção.

Olhei para ele, intrigada, todos sabiam que na fenda nossas habilidades eram nulas.

— Não me olhe assim, consigo ouvir tanto quanto você — justificou.

Eu ainda olhava para Willian quando um forte tranco sacudiu minha cabeça para frente e para trás. Quando consegui firmar os olhos, o carro estava parado diante de uma figura, como um animal. Meu coração disparou em meu peito quando aquela criatura selvagem me encarou. Era como se o próprio pesadelo tivesse ganhado forma e se materializado diante dos meus olhos. Parecia um lobo gigantesco, tão negro quanto a escuridão que nos cercava, mas não era um, seus olhos brilhantes e famintos, suas presas afiadas refletindo a luz fraca dos faróis.

O ar ficou denso, carregado com o cheiro de medo. Meus dedos se entrelaçaram no cinto de segurança, como se isso fosse realmente me proteger daquela fera. Antoni, com um misto de coragem e desespero, desviou do animal, acelerando para longe daquela ameaça sinistra.

A visão daquela criatura disforme permaneceu gravada em minha mente, seu corpo retorcido e grotesco, revelando uma existência além dos limites da compreensão humana. Era como se uma força obscura tivesse moldado sua forma.

Respiramos aliviados e ficamos atentos a novos movimentos na escuridão. Mas acho que nada nos deixaria preparados de verdade, não para aquele rugido assustador e ensurdecedor que ecoou pela fenda. O som se espalhou pelo ar, fazendo meu coração disparar mais uma vez, meu sangue gelou nas veias. Eu me virei imediatamente em direção ao som e vi a besta emergindo das sombras, imponente e aterrorizante. Seus olhos brilhavam como brasas, dando a impressão de que ela não era deste mundo. Ela agora andava sobre duas patas, ereta e medonha, deve ter alcançado mais de dois metros de altura. sem qualquer dificuldade e começou a correr atrás do carro.

Antoni pisou fundo no acelerador, mas a criatura continuava nos perseguindo, sua respiração ofegante e rosnados ameaçadores preenchendo o ar. Estávamos em alta velocidade pela estrada sinuosa, mas a criatura parecia tão rápida quanto o carro podia ser, sempre em nossa cola. Com movimentos rápidos e ágeis, ela nos alcançou e chegou a arranhar a lateral do carro, o som de garras contra o metal era desesperador.

Eu segurava firme no banco, sempre olhando para trás.

A cada arranhão na lateral do carro, meu coração pulsava com uma mistura de medo e angústia. A cada vez que a criatura parecia se aproximar, minha mente girava em busca de uma saída, de uma solução para escapar dessa perseguição sobrenatural.

Antoni mostrava uma habilidade excepcional ao volante, suas mãos firmes e precisas, mas a criatura persistia em sua caçada implacável. Cada curva fechada, cada aceleração brusca, eram manobras desesperadas para nos livrar do abraço mortal daquela entidade abominável.

O tempo parecia esticar, cada segundo se arrastando como uma eternidade de agonia. Enquanto o medo se entrelaçava em meus pensamentos, eu me perguntava até quando poderíamos suportar essa perseguição insana.

Meu coração estava a ponto de sair literalmente pela boca quando, finalmente, avistamos a fortaleza ao longe e Antoni virou à esquerda tão rápido que quase capotamos. A criatura ainda nos seguia, fixa. A adrenalina e o medo corriam pelo meu corpo enquanto eu me agarrava desesperadamente a algum tipo ingênuo de esperança.

Antoni mantinha o controle do carro, mas a criatura não desistia. Ela parecia ter um desejo de nos alcançar a qualquer custo, sua determinação era assustadora. Eu olhava para Antoni, com a esperança de que ele tivesse um truque na manga, mas sua expressão era tão tensa quanto a minha.

Podíamos ver a fortaleza, mas a àquela altura nem sequer sabíamos se conseguiríamos alcançá-la. Foi então que aconteceu o inesperado. Os portões de Golix eram estruturas de ferro enormes, altos e intimidadores como se guardassem um segredo obscuro. Apesar de muita névoa cercando a construção em ruínas, ali estava ele, reluzente como se não sofresse danos com o avançar do tempo, contrastando com os muros que os sustentavam; eles estavam cobertos por musgos e sujeira indicando anos de negligência.

Inexplicavelmente a criatura parou, de repente. Imaginei que estava se preparando para um novo ataque, mas ela apenas recuou devagar, de volta para as sombras. Eu não conseguia entender o que havia acontecido, mas uma coisa era certa: não estávamos seguros ali. Eu me perguntava o que encontraríamos de tão ruim que foi capaz de assustar até uma fera como aquela.

Seguimos com medo, porém sem o desespero de antes. Com certeza, todos naquele carro amargavam a mesma dúvida que a minha, porém ninguém teve coragem de dizer.

Em um determinado momento, o carro não podia mais avançar. A estrada estava cheia de galhos enraizados no chão, eles se cruzavam sobre o asfalto, que quase não existia mais sob as grossas raízes. A fortaleza ainda estava distante, podíamos vê-la no alto, no fim da estrada, porém havia alguns metros até chegar aos portões.

— Este é o limite do carro — disse Antoni, tenso. — Teremos de continuar a pé.

Teríamos de caminhar no centro da fenda, entre os becos e casas abandonadas e ruas assustadoras. Não era como da primeira vez que passei por ali. Na ocasião, percebi que era isolado, abandonado, mas parecia apenas um lugar frio e solitário. Agora estávamos exatamente no centro da região amaldiçoada, onde até o ar era diferente, a escuridão mais profunda e os sons aterrorizantes.

Acreditava que não daria para gastar todo medo que sentíamos ou eu já estaria aliviada àquela altura. Eu podia sentir uma nova remessa de medo se acumulando em mim, a sensação de que algo estava nos observando, espreitando-nos de todos os lados, continuava a incomodar.

Não sei dizer quanto tempo demoramos a descer do carro, por um tempo apenas olhamos pela janela esperando que mais alguma criatura surgisse para nos atacar. Apesar do pavor, descemos do carro e seguimos a pé, tentando utilizar as lanternas que Max nos deu antes de sairmos.

As ruas eram estreitas, as casas estavam abandonadas há um bom tempo. Minha imaginação já me pregava peças, fazendo-me enxergar silhuetas se escondendo em cada esquina, em cada beco escuro. Eu mantinha meus olhos fixos à frente, tentando ignorar os sons que ecoavam por toda parte. Folhas secas pelo chão, vento sussurrando em nossos ouvidos, portas ou janelas batendo leve e insistentemente.

O ar parecia ficar cada vez mais pesado, como se houvesse algo tóxico e maligno permeando a atmosfera. Minha respiração estava ofegante, e eu podia sentir o suor frio escorrendo pela minha testa. Meus sentidos estavam em alerta máximo, prontos para reagir a qualquer ameaça. Se fosse viável, retornaríamos para o carro e sairíamos daquele inferno, mas nada me faria deixar a minha amiga naquele lugar.

Cada passo parecia mais difícil, como se algo estivesse me puxando para trás, tentando me impedir de continuar. Eu não podia parar ou recuar, nós não podíamos.

Avancei com passos hesitantes, sentindo o arrepio percorrer minhas costas ao perceber a magia que parecia bem viva naquele ponto, sombria e aterrorizante. A sensação de abandono e decadência pairava sobre cada pedra solta, fazendo-me sentir pequena e vulnerável diante daquele ambiente hostil. O solo árido e rachado parecia esquecido pelo tempo e pela natureza, como se estivesse implorando para ser deixado em paz. As casas abandonadas, feitas de madeira, agora podre, estavam em ruínas, com janelas quebradas e portas balançando com o vento.

Um verdadeiro cenário de filme de terror.

Árvores sinistras se erguiam em volta das construções, parecendo estarem retorcidas em angústia. Os becos escuros eram longos e estreitos, esconderijos perfeitos para ocultar criaturas e os horrores que marcaram aquelas ruas. A luz dos postes era fraca e trêmula, mal iluminando o caminho. Mais adiante, mesmo essa iluminação precária nos abandonaria, o caminho nos levava a adentrar uma névoa densa e macabra. Não demorou até que a escuridão se tornasse uma entidade viva que nos cercava e nos ameaçava a cada passo.

A sensação claustrofóbica e perturbadora era avassaladora, fazendo-me sentir como se estivesse presa em outro mundo, nefasto e mortal. Entre tantos medos que me dominavam, um se sobressaiu, o de não conseguirmos sair desse lugar. Meu coração batia acelerado e a respiração estava difícil, eu quase precisava engolir o ar para que entrasse em meus pulmões. Tentei manter a calma e seguir em frente, mas não conseguia ignorar o pavor que me fazia tremer.

O ruído de nossos passos ecoava no asfalto como se contassem os nossos segredos. A visão dos portões nos trouxe um breve momento de alívio, uma esperança fugaz em meio à escuridão sufocante. No entanto, o ar carregado de tensão deixava claro que nossa jornada ainda não havia chegado ao fim, o que se confirmou quando começamos a escutar novos sons, ruídos baixos, indecifráveis a princípio. Mas aos poucos foram ganhando forma, eram gemidos de agonia, suspiros, risadas macabras, como se a própria fenda fosse algo vivo e se divertisse com nosso desespero.

Aceleramos o passo e os sons ficaram mais altos, mais audíveis. Eram murmúrios estranhos, como se vozes sussurrassem segredos ao nosso redor, ao pé do ouvido, mas não podíamos ver ninguém. E então, olhos dourados começaram a brilhar na escuridão; um par depois do outro. Quando já não era mais possível contar, as criaturas começaram a se revelar entre a névoa. Pareciam ter saído de um conto de horror. Eram silhuetas sinistras, indefiníveis e etéreas, como se feitas de fumaça e pesadelos. No entanto, os olhos brilhantes, faíscas de pura maldade, eram vívidos e reais em contraste com a escuridão.

Elas andavam em nossa direção, lentas, porém aterrorizantes.

— Não olhem nos olhos deles — ordenou Antoni.

Os sons ao nosso redor ficaram mais intensos e os olhos dourados se multiplicaram. Podíamos ouvir o som de algo rastejando no chão, e as criaturas chegavam cada vez mais perto. Não conseguia afastar da minha mente o pensamento de que estavam prestes a nos atacar, ainda que seguissem calmas e lentas.

Antoni parou bruscamente, seus olhos transbordando urgência, enquanto suas mãos tremiam, implorando para que acelerássemos. O pânico me invadiu, pois, não sei como, eu sabia que o tempo estava se esgotando e qualquer segundo perdido poderia custar nossa vida.

Engoli em seco, desejando silenciar as batidas frenéticas do meu coração que ecoavam em meus ouvidos, temendo que aquelas criaturas sobrenaturais pudessem detectar minha presença.

Alamanda, alguns passos atrás de mim, parecia ainda mais abalada. Seu corpo trêmulo e frágil demonstrava a angústia que a consumia. Cada passo que ela dava era uma luta, eu sentia a dor de sua fraqueza refletida em minha própria alma. Não era apenas o medo que a debilitava, havia algo mais sinistro pairando sobre ela, sugando sua vitalidade.

Desacelerando meu ritmo, permiti que Alamanda se aproximasse, oferecendo-lhe meu apoio. Ela se agarrou a mim, buscando amparo como uma náufraga se agarrando a uma tábua de salvação. Senti seu aperto desesperado em meu braço, suas mãos trêmulas implorando por socorro silencioso. Era evidente que havia algo além do temor que nos assolava, algo que ameaçava sugar nossa essência e nos deixar enfraquecidos.

Will percebeu que havia algo errado e correu em socorro. Sem aviso, ele jogou Alamanda nos ombros, como um homem das cavernas. Ela estava tão fraca que não o viu se aproximar. Assustando-se com a ação repentina, soltou um grito baixo. Baixo, porém não o bastante para passar despercebido, foi o suficiente para agitar as criaturas. Nós estávamos perto do portão, mas não parecia que fôssemos alcançá-lo.

Aqueles seres disformes estavam próximos demais e ganharam velocidade depois que o grito viajou pelo ar. De alguma maneira, ainda que tivessem olhos vivos e brilhantes, elas não conseguiam nos ver, não como nós as víamos e, ainda assim, continuavam a se multiplicar a cada metro vencido.

Começamos a correr em direção à estrutura de ferro como se ela fosse nos salvar, apesar de não sabermos o que encontraríamos depois dela ou mesmo se a partir dali conseguiríamos nos livrar daqueles olhos dourados e braços esfumaçados que representavam perigo.

Todos estavam na minha frente, Will era mais rápido que eu mesmo carregando a Alamanda, Beni e Antoni andavam sempre na dianteira como guias, eu quase não os via mais. Eu ficava cada vez mais cansada.

Os sussurros aumentaram, em quantidade e altura. Corríamos o mais rápido que era possível, até que senti algo gelado tocando meu braço, como um tecido frio passando pela pele. Então, senti um arrepio quando aquele toque envolvendo meu braço e me puxou para trás, não era como alguém me segurando, estava mais para uma corda de gelo amarrada ao meu corpo.

Eu gritei por ajuda, mas as criaturas me cercaram, seus corpos sem vida se acumulando em cima de mim. Consegui gritar mais antes que aquelas criaturas me dominassem completamente. Eu estava se forças, sentia várias delas me segurando e me puxando para baixo, eu estava me afogando em um mar de criaturas.

Então era assim que eu morreria, em um lugar estranho e hostil sem qualquer chance de me defender?

Senti o que restava de minhas forças se esvaindo, elas não apenas me arranhavam e seguravam, também drenavam minha energia. Talvez esse fosse o significado de "devorar" nesse lugar.

Como um sonho, a voz de Antonio soava desesperada, distante. Ele chamava meu nome, mas eu não era capaz de responder. Nem sequer pensei que fosse real. Fechei os olhos por não suportar mais olhar para aqueles olhos dourados assustadores, deixei meu corpo ser levado pelas cordas de gelo enquanto sentia a consciência se perdendo aos poucos, abandonando minha mente.

No ápice do desespero, quando todas as esperanças pareciam se diluir com o vento, uma dor lancinante percorreu meu corpo e descobri que as cordas também cortavam a pele, como lâminas afiadas e muito, muito geladas. Aquela dor, que rasgava a carne, era a prova de que ainda estava viva, com um esforço sobre-humano, abri meus olhos relutantes, sabendo que o que encontraria diante de mim seriam faces macabras e esfumaçadas, pairando como espectros sinistros.

Contudo, um par de olhos no meio das sombras me chamou a atenção, eles não eram dourados, sim, escuros e aflitos. Naquele olhar, encontrei uma centelha de esperança que havia se perdido. Concentrei minha visão, lutando contra as amarras que me prendiam, e ergui minha mão trêmula em direção àquele resquício de humanidade. Milagrosamente, fui içada para junto do corpo de Antoni, passando pelas criaturas como se fossem meros devaneios nebulosos. A sensação de ultrapassar aquelas formas fantasmagóricas era quase surreal, como se eu mesma me tornasse uma sombra.

Antoni fixou seus olhos nos meus e sorriu. Nada naquele momento parecia divertido, tampouco aquele sorriso carregava qualquer humor, senti um novo arrepio percorrer minha espinha.

Ficamos parados no meio daqueles seres deformados sem conseguirmos sair, elas formavam paredes ao nosso redor. Antoni tinha um olhar resignado e eu não gostei nada disso. Algo não estava certo. Não deveríamos estar imóveis, aguardando a morte inevitável, sim, correndo em busca de sobrevivência.

As criaturas se agrupavam, contorcendo-se e formando uma teia de pesadelos que nos aprisionava. Antoni, arqueando o corpo em agonia, soltou um urro de dor que ecoou alto até onde o vento foi capaz de levar. Imaginei que estivesse sentindo os mesmos cortes gélidos que marcaram minha pele.

Sob sua expressão angustiada, uma ordem desesperada escapou por entre os dentes cerrados:

— Quando eu pedir... Corra!
— O quê? Não!

Antoni se afastou, permitindo que seu corpo pendesse perigosamente entre as criaturas famintas. Sua ação ousada e aparentemente suicida os atraía como mariposas seduzidas pela chama, desviando a atenção nefasta de mim e me proporcionando uma chance fugaz de escapar daquele tormento.

— Não! Soltem-no...
— Corre, Any!

Fiquei petrificada, testemunhando em meio ao caos a mais horrenda das cenas que jamais poderia ter imaginado presenciar. As criaturas, ávidas e famintas, erguiam Antoni do chão, suas garras vorazes rasgando impiedosamente sua pele durante o processo. Gotas rubras e agonizantes se misturavam ao ar sufocante, tingindo o cenário com uma grotesca pintura de horror.

Lutei contra as lágrimas que ameaçavam embaçar minha visão, eu não estava acreditando no que acontecia bem à minha frente sem que eu

pudesse impedir. Minhas forças voltaram a se desmanchar e minha determinação a falhar.
Então um grito.
— Alany!
A voz não era de Antoni, mas mesmo assim meu coração disparou. Eu vasculhei freneticamente a névoa densa, buscando desesperadamente por qualquer sinal de vida. O desespero tomava conta de mim, fazendo-me questionar minha própria sanidade.
Em um piscar de olhos, a cena à minha frente mudou. O lugar onde Antoni estava sendo arrastado desapareceu, junto de todas as criaturas. Um vazio esmagador preencheu o espaço, e eu me vi perdida, gritando seu nome em vão.
Meus olhos ficaram turvos por lágrimas e meu sangue parecia nem correr mais nas veias quando senti um toque em minhas costas. Alguém se aproximou e me agarrou. Apesar do susto, não fui capaz de oferecer resistência, não tinha mais forças para lutar, não depois de perdê-lo. Então percebi que, na verdade, aquele toque era um abraço.
A respiração em meu pescoço denunciava que não era nenhuma daquelas criaturas, já que elas não pareciam respirar, eu as tive próximas o bastante para perceber isso. A voz familiar ao pé do meu ouvido fez meu coração voltar a bater.
— Calma! Sou eu. Estou aqui, está tudo bem.
Antoni apoiou sua cabeça na minha e apertou seus braços ao meu redor com mais força, como se temesse que a qualquer momento eu pudesse desaparecer. Eu precisava vê-lo, ver seus olhos, ter a certeza de que ele estava mesmo ali, que estava mesmo bem.
Com um movimento brusco, virei-me para encará-lo, e lá estavam eles, os olhos mais determinados e destemidos que já tinha visto na vida. Antoni havia se sacrificado por mim, colocado sua própria vida em jogo, e as palavras pareciam fugir da minha boca, incapazes de expressar a gratidão que eu sentia. Seu rosto, marcado pelos traços da batalha, exibia feridas recentes, com o sangue escorrendo pelo canto da boca e os braços marcados por arranhões profundos. Ele havia enfrentado a força da escuridão, e agora, diante de mim, seu corpo parecia prestes a ceder ao cansaço.
— Você está bem?
Confirmei com um movimento silencioso, sentindo meu coração apertado pela mistura de alívio e angústia. Antoni segurou meu rosto entre as mãos trêmulas, seus dedos explorando cada detalhe do que via; como se quisesse se assegurar de que eu estava verdadeiramente inteira. Seus olhos, cansados, encontraram os meus e um sorriso trêmulo surgiu em seus lábios. Era um sorriso carregado de emoção, uma resposta mútua que transcendia as palavras.
Naquele momento, envoltos pela tensão do perigo enfrentado e pela vulnerabilidade que nos cercava, compreendi a profundidade de nosso vínculo. Antoni havia se tornado minha força, meu escudo, e eu sempre

retribuiria esse cuidado. Enquanto nossos olhares se entrelaçavam, percebi que estaríamos unidos, não apenas pela sobrevivência, mas por uma conexão indissolúvel que nem mesmo a mais escura das ameaças poderia abalar.

— Está sentindo alguma coisa? — perguntou; eu sabia exatamente a razão.

— Nada! — respondi.

— Exatamente — anuiu e rimos juntos, aliviados.

Não sentir aqueles choques irritantes, foi como estar livre de algum tipo de prisão invisível.

— Alany! — Aquela voz de novo, muito mais perto agora.

Eu conheço essa voz!

— Nara?!

Saindo da nevoa vinha minha amiga, desorientada pela pouca visibilidade, seguindo em nossa direção.

— Ah, meu Deus, Nara! — gritei e corri para encontrá-la.

Capítulo 6

Com um misto de alívio sufocante e emoção à flor da pele, meus braços envolveram Nara em um abraço cheio de saudade e remorso.

Nara retribuiu com um forte aperto, e eu senti por ela uma onda de gratidão e amor. Ela era uma verdadeira amiga, alguém em quem eu podia confiar em qualquer situação. A certeza de minhas decisões me envolveu como um abraço reconfortante e senti aos poucos aquele sentimento de recompensa tomando o lugar de toda a angústia de antes. Enfrentar aquele pesadelo foi o preço a pagar para ter minha amiga de volta, intacta.

— Como você está? — Afastei o abraço para olhá-la nos olhos.

— Eu estou bem, mas, e vocês? Ouvi um grito e corri. Eu não sabia quem era, mas alguma coisa me dizia que poderia ser vocês. Que alívio! Ainda bem que estão todos bem!

— Estávamos preocupados com você — disse Antoni, logo atrás de mim. — Mas, cadê o lobo que não está protegendo você?

— Ele está ajudando Alamanda e Will.

— Ele está bem?

Lembrei-me do fato de estarem na fenda mais tempo do que o recomendado, o que poderia enfraquecê-lo. Nós estávamos ali há menos de uma hora e eu sentia os efeitos da magia. Alamanda foi ainda mais afetada, imaginei que os outros também sentiram o quanto estávamos vulneráveis enquanto permanecêssemos nesse solo amaldiçoado.

— Ele está bem. Já sei tudo sobre esse lugar e garanto que estamos melhores do que vocês — constatou Nara, passando os olhos de Antoni para mim, apontando para os nossos ferimentos.

— Bom saber. Mas precisamos sair daqui o mais rápido possível — declarou Antoni, impaciente.

— E para onde vamos? Carol disse que viria me buscar quando fosse seguro.

— Ela não conseguiu vir, por isso pediu que buscássemos vocês — expliquei brevemente.

— Por que ainda estamos aqui, perto dessas criaturas? — indagou Antoni nos empurrando delicadamente para andarmos em direção a fortaleza.

— E o que aconteceu com elas, por que simplesmente sumiram? — indaguei olhando ao redor enquanto caminhávamos.

— Eu não faço ideia. Elas desapareceram como se o vento as tivesse varrido para longe. Foi como acordar de um sonho e perceber que nada era real.

— Mas era real. Muito real — refutei, sentindo um arrepio.

Estranhamente, minha energia e vitalidade estavam completamente recuperadas naquele momento. Talvez, quanto mais perto dos portões, menos sentíssemos aquela força opressora que roubava nossa vida aos poucos.

— Como são? — perguntou Nara. — As criaturas.

— Malignas e tristes. Perversas também — respondi o que veio à cabeça.

— Você não viu nenhuma em todo esse tempo? — indagou Antoni, intrigado.

— Não. Parece que elas não podem entrar aqui na fortaleza. Mas durante o trajeto ouvi alguns barulhos estranhos. Até que gostei, eu me senti dentro de um filme de terror, mas não vimos nada.

— E Santiago realmente não sentiu nenhum afeito da magia da fenda? - — questionou Antoni, reforçando minha dúvida.

— Ele parece normal para mim.

Seguimos ao encontro dos outros. Eles estavam à entrada da fortaleza, ou o que restou dela, o lugar tinha poucas paredes e muitos escombros. Apenas um ambiente estava preservado no interior da antiga construção., De onde eu estava, podia ver um sofá velho e até quadros em uma parede intacta.

Aquilo era bizarro, uma sala íntegra em meio à tamanha destruição e abandono.

Alamanda continuava sentindo os efeitos da fenda, nos braços de Will e parecendo muito confusa.

Encontramos uma cena caótica, de um lado Will tentando manter a loira acordada e de outro, Santiago sentado no chão, cansado. Não parecia nada bem para mim.

— Ainda bem que apareceram... Precisamos sair daqui, agora — anunciou Will, caminhando com a loira nos braços. — Não vou conseguir segurar Alamanda por muito tempo — declarou nos fazendo entender que também se sentia fraco.

— O que ela tem? — perguntou Nara, aproximando-se deles.

— É a maldição da fenda — respondeu Santiago, com a voz num sopro.

Visivelmente Santiago estava afetado também. Olhei para Antoni e vi que ele tinha o cenho franzido, tão curioso quanto eu. Nara garantiu que San estava bem, talvez ele tenha mentido para não causar preocupação.

Claro que a sensação de ter a magia maligna pressionando o ambiente afetava a todos nós, mas com exceção do momento em que eu estava sob o domínio daquelas criaturas fantasmagóricas, sentia-me apenas um pouco cansada. Porém, estava forte o bastante para deixar aquele lugar sem pensar duas vezes e pronta para enfrentar novos desafios que, provavelmente, ainda encontraríamos no caminho de volta.

Antoni seguiu em direção a Will. Tirou uma mecha de cabelo que estava sobre o rosto de Alamanda e perguntou como se sentia.

— É uma fraqueza, não sei explicar — respondeu ela em tom quase inaudível.

— Precisa se concentrar em algo bom, na sua terra pode ser uma boa ideia. Vamos sair daqui agora, mas não sei o que vamos encontrar no caminho, você terá de se esforçar, não permita que a escuridão desse lugar entre em você.

Nunca o vi tão compadecido. A atitude do general com Alamanda sempre me surpreendia.

— Eu não entendo, Santiago estava normal até agora, até a hora que eu saí para encontrar vocês... — considerou Nara, servindo de apoio para que ele se levantasse.

— Vamos logo embora desse lugar — disse Beni já andando na frente.

Fiquei olhando para San sem saber o que dizer, estava preocupada com seu estado, porém não queria estar. Não podia dizer que me sentia totalmente convencida sobre a sua inocência. Mesmo assim, ajudei Nara servindo de apoio do lado oposto ao que ela estava.

Seguíamos adiante, mergulhados em um silêncio sepulcral que ecoava em nossos ouvidos como um presságio de perigo iminente. Cada passo cauteloso, cada respiração contida, era uma dança delicada entre a esperança e o medo, pois não sabíamos o que nos aguardava a cada curva sinuosa.

Antoni, destemido e determinado, liderava nosso pequeno grupo, adentrando as sombras como um guerreiro destemido, mas eu não tinha certeza de que estava totalmente recuperado. Seus passos eram firmes, seu olhar atento, revelando um misto de coragem e cautela. Seguindo de perto, encontrava-se Beni, um companheiro leal e silencioso, cuja presença era um alento em meio à incerteza do ambiente hostil que nos cercava. Ele assumiu uma postura protetora ao ver seu antigo general fragilizado e ferido.

Beni, fiel como sempre, percebia o estado de fragilidade e ferimento do amigo. Como um escudo humano, colocou-se à frente para enfrentar os perigos desconhecidos que nos aguardavam. Sua determinação era impressionante, e mesmo Antoni jamais admitindo estar novamente fraco, era visível que Beni compreendia as sutilezas da condição do seu companheiro de batalhas. Era um gesto de lealdade e cuidado.

A cada passo, eu observava a dinâmica entre os dois; Antoni com sua valentia obstinada, e Beni com seu olhar vigilante e protetor. Era uma sinfonia de força e fragilidade, de coragem e vulnerabilidade. Os papéis se invertiam momentaneamente, e eu me perguntava se Antoni encontrava conforto na presença vigilante do amigo. Talvez, em meio à escuridão e à incerteza, a existência de Beni ali, ao seu lado, trouxesse um alento, uma chama de esperança em seu coração combalido o deixando menos sobrecarregado.

Enquanto avançávamos pela escuridão, os sentidos aguçados, procurávamos decifrar os enigmas do breu que nos envolvia. Ouvíamos sussurros furtivos, ruídos misteriosos que pareciam dançar entre as folhas secas espalhadas pelo chão. Cada estalido, cada farfalhar de galhos, fazia nossos corações dispararem, deixando-nos em alerta constante.

E, entre os lampejos de nossa imaginação e a realidade, vislumbrávamos vultos indistintos, silhuetas fantasmagóricas que pareciam nos espreitar do além, ocultas nas profundezas insondáveis da escuridão. Nossos olhos se fixavam em formas efêmeras, enquanto a dúvida obscurecia a fronteira entre o que era real e o que era fruto de nossa imaginação assombrada.

Santiago se sentia melhor a cada passo, pude perceber o peso diminuindo até que ele não precisou mais do nosso apoio, garantindo estar mais forte e quase recuperado, o que era intrigante, já que continuávamos na fenda.

— Eu acho que estou melhor também... — declarou Alamanda ganhando alguma força. — Pode me colocar no chão, Will.

Mais uma vez busquei o olhar do Antoni, estávamos estranhamente em sintonia.

A poucos metros de distância do carro, sem nenhum ataque sinistro, mesmo ainda no centro da fenda, não entendi o que aconteceu para que eles se recuperassem tão inesperadamente, mas ambos andavam sozinhos e sem muito esforço, praticamente renovados.

Nossa atenção estava concentrada no carro, há pouco mais de dois metros de distância. A presença do enorme animal com olhos em chamas quase passou despercebida, talvez até mesmo tivesse sido ignorada não fosse pelo rosnado baixo que ele soltou enquanto caminhou lentamente em posição de ataque na direção de Beni. Em meio ao silêncio tenso, o animal soltou outro rosnado, desta vez mais profundo e ameaçador. Seus olhos pareciam arder em chamas, refletindo uma ferocidade indomável. Aqueles olhos penetrantes o desafiavam a enfrentar seu destino.

Beni, com sua determinação inabalável, não recuou um passo sequer. Seu corpo se enrijeceu, seus músculos prontos para o embate. Um olhar de coragem e determinação cruzou entre Beni e Antoni, uma comunicação silenciosa que transcendia as palavras. Era um pacto implícito de confiança e apoio mútuo, um laço de irmandade que não seria quebrado por nenhuma ameaça.

Com um gesto ele demandou que seguíssemos para o carro, passando por trás dele enquanto encarava o animal.

Não sei de onde vinha tamanha coragem, mas Beni estava determinado a controlar a situação até que todos nós estivéssemos seguros.

— Rápido, entrem no carro! — ordenou Antoni.

Ao passarmos por ele e, consequentemente, em frente à criatura, os olhos ardentes perderam o brilho; a postura ameaçadora do animal cedeu espaço a uma expressão de reverência e submissão.

Ela se abaixou, curvando-se como um sinal de respeito. O poder maligno que emanava dela, pouco a pouco, dissipou-se no ar, como se sua ferocidade estivesse sendo redirecionada para um novo propósito.

Enquanto nos acomodávamos dentro do veículo, Antoni olhou para trás, observando a criatura que agora se mantinha prostrada em reverência. Seus olhos se encontraram com os meus por um breve momento, transmitindo um misto de admiração e espanto. Estávamos todos cientes de que algo extraordinário havia acontecido, algo que desafiava as fronteiras da nossa compreensão.

Antoni me deu a mão assim que ligou o motor. Sentada ao seu lado na frente, segurei-a sem pressa. Provavelmente seria nosso último contato sem aqueles malditos choques e essa certeza me deixou um pouco confusa, percebi uma pontada de tristeza em meio à euforia de sair daquele lugar.

O silêncio dentro do carro era enlouquecedor, mas necessário. Cada um de nós absorvia tudo que aconteceu a seu modo. Eu olhava pela janela e observava a paisagem desoladora passar. Deixamos a fenda como se fosse apenas um lugar normal, nada mais aconteceu, nenhum susto, ruídos ou olhos em chamas nos perseguindo.

— Parece que estamos no filme "Um Lugar Silencioso". Nossa!

Olhei para Nara pensando: talvez porque acabamos de quase morrer.

Então, notei que todos a estavam olhando com a mesma expressão, mas em um segundo tínhamos um leve sorriso no rosto.

— É bom ter você de volta, Nara! — constatou Will.

— É bom estar de volta! — respondeu Nara com brilho nos olhos.

Capítulo 7

Enquanto isso, Antoni continuava dirigindo, concentrado na estrada. Eu estava pensando em tudo o que havia acontecido, em como a minha vida tinha mudado tão drasticamente em tão pouco tempo. Mas também estava grata por ter conhecido essas pessoas incríveis que agora estavam ao meu lado.

— Vocês acham que vamos encontrar alguma explicação para tudo o que aconteceu? — perguntei a ninguém em específico, quebrando o silêncio.

Antoni olhou pra mim, depois para sua própria mão e respondeu:

— Eu não sei... Mas o importante é que estamos juntos e seguros agora. Uma coisa de cada vez. Podemos começar pelo Santiago explicando que porra aconteceu com ele e por que nos entregou ao seu amigo peludo!

Antoni sempre irascível. Naquele momento percebi que realmente tínhamos voltado mesmo ao normal. E foi um alívio.

Acomodei-me no banco para observá-lo enquanto respondia. Eu queria muito ouvir essa explicação. Agradeci em silêncio por Antoni ter feito a pergunta que me atormentou por vários dias.

— Em primeiro lugar, eu não sabia que Ziki estava trabalhando para o Ministério, eu devia ter desconfiado quando... Na verdade, eu desconfiei, só que eu não podia imaginar que ele estaria fazendo parte do clã — confessou Santiago, tentando não demonstrar sua irritação com a postura de Antoni.

— Espera! Você desconfiou quando? — indagou Antoni, impaciente.

Respirando fundo, San explicou:

— Ziki é... Era meu melhor amigo, há muito tempo. Sempre confiei nele, éramos como irmãos, mas nos distanciamos um pouco quando deixei o grupo dos insurgentes. Eu sabia que ele estava procurando por Antoni, embora eu não o conhecesse pessoalmente, não é nada difícil ligar o nome à pessoa — explicou erguendo as sobrancelhas. — Então eu meio que contei para ele onde você estaria, por isso os insurgentes o pegaram naquela vez, na floresta da morte.

Santiago terminou em tom mais baixo do que quando começou.

O carro freou bruscamente e fomos jogados para frente com violência.

— Eu vou matar você! — disse Antoni entredentes, fuzilando o lobo pelo retrovisor.

— Não, não vai! — gritei e segurei Antoni pelo braço.

A merda do choque havia voltado, mas eu não o soltei até ficar insuportável. Não tive dúvidas de que Alamanda fazia sua mágica, já que eu vi a energia dele se abrandar.

— Deixe que ele termine! — enfatizei encarando Antoni e voltei a questionar Santiago: — Então, você também era um insurgente?

— Sim, fiz parte do grupo por um tempo. A causa deles sempre foi nobre, depois de um tempo percebi que, na verdade, não passava de uma utopia.

— Qual é a causa deles?— perguntou Nara.

— Liberdade. Poder ser você mesmo, sem precisar se esconder... — Ele sorriu sem humor, como se aquilo fosse uma piada.

— Isso não é uma utopia — afirmei.

— Você esteve no meu apartamento, acha que aquilo é ter liberdade? Éramos caçados o tempo todo. Mesmo hoje, anos fora do grupo, estou sempre em alerta. Não vejo como isso pode um dia trazer o que eles buscam. É só um grupo de celsus com o mesmo desejo, porém sem força para alcançá-lo.

— Os insurgentes são rebeldes sem muita organização, foram responsáveis por vários conflitos pelo mundo, mas o Ministério sempre consegue abafar e criar uma narrativa que os favoreça — interveio Beni. — É mesmo uma utopia, pelo menos, enquanto o Ministério estiver com Handall no poder.

Santiago concordou em silêncio.

— Olha só... Eu sei que fiz merda! Mas não imaginei que Ziki faria isso, nunca pensei que os insurgentes estivessem a mando do Ministério. Vocês não entendem o quanto isso não faz sentido? Ele me falou que precisava apenas conversar com você, mas ninguém conseguia te encontrar — concluiu olhando para o homem em fúria ao volante.

— Nós sabemos disso, por isso você estava tão arrependido... — confessei.

Relembrei o período que ficamos juntos na casa de campo, a energia que o cercava era de puro remorso, ele mal conseguia olhar nos meus olhos. Foram muitos momentos tomados por um grande mal-entendido. Eu pensei que ele estava arrependido de me conhecer ou de ter, de alguma forma, se envolvido comigo. O peso que ele carregava era tão grande que o deixava distante e frio. Mas não era nada disso, ele não conseguia me encarar por saber que era o culpado por quase matarem Antoni.

Embora ele não soubesse sobre as minhas habilidades, não estranhou meu comentário. Acreditava que arrependimento a gente mostrava de várias maneiras; com o olhar, atitudes e até assumindo uma postura insegura. Não precisava ser celsu para perceber o quanto ele estava angustiado.

— Sim, eu não queria que nada disso acontecesse. Eu sinto muito mesmo.

Olhei para Antoni e ele pôde ver nos meus olhos, San não estava mentindo. Ele ainda carregava aquela cruz de arrependimento, mas falar sobre isso a deixou um pouco mais leve. Foi como confessar um pecado e assim tirar um peso enorme das costas.

— Quando chegamos à cidade, Carol e eu nos separamos. Segui para encontrar algumas pessoas, na tentativa de descobrir o paradeiro da Nara. Eu sabia que alguns antigos amigos, aqueles que ainda fazem parte dos insurgentes, poderiam me dar informações, e foi o que aconteceu. Descobri onde ela estava. Pelo menos foi o que eu pensei — confessou ele com uma careta. — Então passei a localização para Carol e fui para lá, mas quando cheguei, descobri que era uma emboscada. Com certeza Ziki se antecipou e deixou todos avisados que eu poderia aparecer, estavam orientados.

— Como ele sabia sobre o amuleto? — questionei, sentindo-me uma inquiridora cruel. — Ziki.

— Isso é coisa de lobo. A pergunta certa é: como ele sabia sobre você? — Devolveu, olhando bem nos meus olhos. — Você sabe que Carol e Ziki...

— Sabemos — respondemos em coro.

— Eu não sei — disse Nara.

— Eles são amigos, tipo, bem amigos — San respondeu, inseguro sobre o que realmente poderia contar. — Quando nos conhecemos, Carol pediu que Ziki falasse comigo, para me tirar do seu caminho. Por isso ele soube que estava rolando... alguma coisa. Ele me procurou e pediu que eu me afastasse de você.

— Covarde! — debochou Antoni.

Santiago ignorou.

— Como Carol não sabia que esse tal Ziki estava trabalhando para o Ministério? Afinal, pelo que entendi, eles têm algum tipo de relacionamento e ela faz parte do conselho desse mesmo Ministério. Não parece estranho que ela, entre todas as pessoas, não saiba nada sobre isso.

Eu não sabia dizer se Nara realmente estava nos perguntando ou tentando encaixar as peças dançando perdidas dentro da sua cabeça.

Ninguém respondeu, porém todos nós nos concentramos na pergunta e percebemos que não tínhamos uma resposta com 100% de certeza. Carol sempre foi muito misteriosa. Nem Will, seu amigo inseparável, conhecia todos os seus segredos. Eu não me surpreenderia com mais nada que descobrisse a respeito dela.

— Se armaram para Santiago, e ele não teve tempo de avisá-la, como Carol sabia que eu não estava mesmo lá? E se ela foi até o local, por que não foi descoberta? — ela continuou com as teorias.

Realmente Nara assistia a filmes demais, estava atacando de Sherlock Holmes e nos deixando com um nó na cabeça.

— Acho que não temos essas respostas — concluiu Will, pensativo e exausto.

— Não sei se é hora de vocês criarem tantas teorias da conspiração. Carol até agora parece estar ajudando — interveio Alamanda. — Por exemplo, e se a emboscada foi apenas para pegar Santiago e realmente não tinha mais ninguém lá quando ela chegou? — argumentou deixando alguns o silêncio tomar conta por alguns segundos. — Tudo pode ter uma explicação razoável, não tem com saber o que realmente aconteceu apenas com suposições.

— Alamanda tem razão. Vamos nos concentrar nos próximos passos. Por enquanto, nosso inimigo é Handall. Nada mudou! — interpôs Antoni, encerrando o assunto.

Apesar de ter finalizado com palavras firmes, o peso da incerteza ainda pairava sobre Antoni, visível em seu olhar carregado de dúvidas. Eu compreendia o que ele buscava transmitir sem pronunciar uma única palavra, ele queria apenas mudar o rumo daquela conversa. Nara nos puxava para uma atmosfera de dúvidas na qual não precisávamos entrar agora.

Enquanto meu olhar se encontrava com o de Antoni, um silêncio carregado de significados se estabeleceu entre nós. Ambos sabíamos que havia segredos a serem desvendados, mistérios envolvendo Carol que permaneciam guardados a sete chaves. No entanto, reconhecíamos a importância crucial que ela desempenhava no tabuleiro do jogo que estávamos envolvidos. Ela era uma peça valiosa, um elemento-chave do qual não podíamos simplesmente abrir mão.

Havia muitas perguntas sem resposta e o futuro ainda parecia incerto, mas estávamos unidos em nossa determinação de encontrar a verdade. Pela primeira vez, em dias, eu senti que todos naquele carro estavam comprometidos com o mesmo objetivo.

— Para onde vamos? — direcionei a pergunta ao motorista, mais para quebrar o silencio desconfortável que ficou depois daquela conversa.

— Para um lugar seguro — respondeu Antoni, mais uma vez, sucinto e objetivo, causando nova quietude incômoda.

Enquanto seguimos pelas movimentadas ruas de Nova York, a cidade se revela diante de nossos olhos com toda sua grandiosidade e energia vibrante. Os arranha-céus se erguem majestosamente, parecendo tocar o céu, enquanto luzes brilhantes se entrelaçam nas fachadas dos prédios, criando um espetáculo visual que reflete a diversidade e a intensidade dessa metrópole.

Já era noite, mas as ruas estavam repletas de vida, com uma profusão de pessoas apressadas caminhando pelas calçadas, cada uma com seus propósitos e destinos. O burburinho constante de vozes, o som dos carros buzinando e a música que ecoava dos estabelecimentos comerciais formavam uma sinfonia urbana que preenchia o ar com frescor da juventude e a agitação urbana.

À medida que avançamos pelas avenidas, passamos por uma variedade de estabelecimentos comerciais, desde lojas de grife até pequenas cafeterias acolhedoras. As vitrines exibem uma infinidade de produtos, atraindo olhares curiosos de pedestres que se entregam ao fascínio das possibilidades de consumo.

As luzes neon piscam nos letreiros dos cinemas, teatros e casas noturnas, oferecendo uma promessa de entretenimento e diversão. À medida que nos aproximamos de bairros específicos, a paisagem urbana se transforma, revelando uma atmosfera única em cada um deles. No coração da cidade, os prédios comerciais dominavam o horizonte, exibindo suas fachadas modernas e envidraçadas. Os táxis amarelos cruzavam as ruas em um frenesi constante, parecendo se mover em uma coreografia caótica e perfeitamente sincronizada.

Enquanto seguíamos adiante, pudemos avistar pontos icônicos de Nova York, como o Central Park, com suas árvores imponentes que ocultavam lagos serenos, um oásis de natureza no meio da selva de concreto. Por entre as ruas, também podemos observar a diversidade cultural que caracteriza a cidade. Lojas e restaurantes de diferentes origens étnicas exibem suas cores vibrantes, aromas sedutores e sabores únicos, convidando os transeuntes a se aventurarem em uma jornada gastronômica ao redor do mundo.

A cidade de Nova York se revela como um mosaico de experiências e possibilidades, uma mistura frenética de sonhos, desafios e oportunidades. E no meio dessa efervescência urbana, nosso destino final se aproxima. Percebi isso pela mudança na postura de Antoni. Rígido e muito mais atento do que o normal, ele seguia reduzindo a velocidade e olhando para todos os lados.

Ele estacionou, mas não disse nada, ficou apenas muito concentrado. Olhei para trás e todos estavam em alerta máximo. O silêncio naquele carro era quase obrigatório. O único som que eu ouvia era o motor ainda ligado e nossas respirações pesadas e aflitas.

Ainda em silêncio total, o carro ganhou novo movimento. Seguimos devagar pelas ruas tranquilas de um bairro não muito distante do centro da cidade. Logo encontramos uma vaga para estacionar nas proximidades, percebi que a rua tinha um ar nostálgico. Ladeada por edifícios clássicos, com fachadas imponentes e janelas ornamentadas. Lojas e cafés se alinhavam ao longo da via, acrescentando à atmosfera uma sensação de vida e movimento. Alguns poucos pedestres caminhavam calmamente pela calçada, dando vida à cena e proporcionando um contraste interessante com o cenário histórico.

Antoni desceu do carro ainda quieto, porém menos apreensivo. Seguimos seus passos como aprendizes disciplinados. Logo o grupo estava reunido na calçada, com um misto de curiosidade e apreensão. Meus olhos percorreram os imponentes edifícios ao redor, imaginando que ali poderíamos encontrar mais algumas respostas.

Contudo, antes que minha mente pudesse divagar mais longe, a firme ordem de Antoni me trouxe de volta à realidade.

— Vamos!

E novamente o seguimos.

Capítulo 8

Antoni caminhava tranquilamente pela calçada e nós admirávamos a aparência clássica das construções, contrastando com alguns poucos imóveis modernos de estilo industrial. Nós nos aproximamos de um prédio com tijolos à vista, a arquitetura imponente se destacava entre os demais edifícios da rua. O prédio revelava sua elegância clássica, com detalhes ornamentais esculpidos em pedra nas janelas e no portal de entrada. O estilo arquitetônico remetia aos antigos edifícios residenciais, com sua imponência e charme intemporal. Só podia ser ali, o covil do misterioso Antoni.

Enquanto nos aproximávamos, a sensação de estar em um local especial se intensificava. O ambiente ao redor parecia ganhar uma brisa mágica, como se estivéssemos prestes a entrar em um reino de histórias e segredos antigos muito bem guardados. Foi nesse cenário encantador que Antoni escolheu morar. Pelo menos era o que eu achava, já que estávamos diante de um edifício que refletia uma paixão pelo passado. O prédio em si era um testemunho da sua personalidade, um refúgio onde ele pode encontrar paz e inspiração em meio ao caos da cidade.

A entrada do prédio era majestosa, com uma porta de madeira maciça, talhada com ornamentos delicados. Sua presença imponente nos convidava a adentrar um mundo de mistério e elegância.

Ninguém precisou perguntar onde estávamos, suspeitamos pelo estilo do edifício e tivemos a confirmação quando a porta foi aberta assim que apontamos na frente dela. Seguimos por um saguão vazio e escuro até alcançarmos a escadaria de madeira do na lateral.

— Você sabe que tem um elevador aqui, certo? — perguntou Will apontando para uma caixa de metal muito antiga; parecia até que era movida a manivela.

— Se quiser tentar a sorte, fique à vontade. Sexto andar — respondeu Antoni subindo a escada tranquilamente.

Willian ficou em dúvida, mas decidiu não arriscar.

O som da porta se abrindo ecoou, preenchendo o silêncio do corredor. Depois que Antoni abriu por completo e nos deu autorização muda para que entrássemos quando se colocou de lado abrindo espaço, uma ampla sala se revelou como uma verdadeira cápsula do tempo, um refúgio imerso em nostalgia e elegância.

Enquanto admirava os detalhes cuidadosamente selecionados e a atmosfera que envolvia o apartamento de Antoni, percebi que cada objeto e mobília foram escolhidos com dedicação e amor pela estética clássica. Móveis de época, como um sofá *Chesterfield* em couro envelhecido e uma poltrona de veludo vermelho coexistiam harmoniosamente com elementos clássicos, como um aparelho de som moderno e uma coleção.

Uma estante de madeira maciça, repleta de livros raros e antigos, era o cenário perfeito para quem apreciava o conhecimento e a História.

A sala de estar era um verdadeiro tesouro de antiguidades e objetos de arte vintage. Um gramofone muito antigo repousava sobre um aparador de mogno ao lado de discos de vinil, trazendo à cabeça o som nostálgico das músicas da década de 30. Cortinas pesadas em tecido brocado emolduram as janelas. A única imagem que destoava eram os chicletes, muitas caixas soltas dentro de um vaso sobre uma pequena mesa de canto.

As paredes eram revestidas com painéis de madeira ricamente entalhados, que contam histórias silenciosas do passado. Pinturas a óleo de mestres renomados adornam os espaços vazios, transportando-nos para uma época distante.

— Uau! — Foi o que consegui dizer enquanto observava cada detalhe.

— Será que esse prédio é tipo uma máquina do tempo? — comentou Nara.

— Acomodem-se! — disse Antoni, fechando a porta e seguindo para a cozinha.

Com conceito aberto com o balcão passa-prato reunia os dois ambientes de maneira bem harmoniosa, sendo a cozinha um espaço onde se via algumas peças que se destacavam entre os azulejos vintage em tons pastéis e utensílios de cobre reluzentes, por serem modernos demais em comparação ao restante do lugar.

Nós nos acomodamos por onde deu, Will e Santiago se jogaram no sofá de couro; Alamanda e eu nos sentamos em dois bancos altos dispostos a frente do balcão de madeira que ficava entre a cozinha e a sala. Antoni se ocupou de nos servir água e bebidas mais fortes para quem desejava. Beni pediu licença e seguiu para o que imaginei ser o banheiro, sua familiaridade com o lugar sugeria que não era sua primeira vez por ali.

Sabíamos que não tínhamos muito tempo para nos acostumar àquele conforto, mas alguns minutos de descanso não faria mal.

— O que vamos fazer agora? — perguntei.

— Max está levantando todos os pontos fracos do castelo, onde acreditamos que acontecerá a cerimônia de casamento.

— Acreditamos? — indagou Santiago em tom amistoso, porém curioso.

— Ainda estamos confirmando, mas de um jeito ou de outro, preciso saber quem está dentro. Se alguém aqui não se sente confortável com essa missão, que devo dizer ser um tanto suicida, a hora é agora — declarou Antoni. E todos se entreolharam sem nada dizer. — Sendo assim, vamos seguir criando o plano com um papel para cada um de vocês, só unindo nossas habilidades podemos ter alguma esperança de sucesso.

Eu olhava ao redor da sala, observando os rostos tensos e determinados de todos. Ali estávamos, unidos pela amizade e pela necessidade de sobreviver. Éramos uma equipe improvável, mas nos tornamos aliados no mesmo jogo perigoso. O Ministério estava contra nós, caçando-nos como presas indefesas. Não havia muitas opções onde pudéssemos nos esconder.

As palavras de Antoni pairavam no ar, ecoando em nossos ouvidos. O silêncio que se seguiu era pesado, carregado de expectativa e o peso da responsabilidade que cada um de nós aceitou. Sabíamos que estávamos prestes a entrar em uma batalha muito difícil, mas estávamos dispostos a enfrentá-la, confiando em nossas próprias habilidades e na força que tínhamos juntos.

Nossos olhares se encontraram, expressando uma mistura de medo, coragem e determinação. Não éramos guerreiros, mas eu esperava que fôssemos destemidos, mesmo diante da incerteza, preparados para enfrentar um mal bem conhecido.

Enquanto a sala permanecia envolta em silêncio, eu senti uma chama de esperança arder dentro de mim. Juntos, éramos mais fortes do que qualquer obstáculo que o Ministério colocasse em nosso caminho. Eu precisava acreditar nisso.

— Onde eu me encaixo em tudo isso?

As palavras de Nara ecoaram como um lembrete cru da realidade que enfrentávamos. Era fácil se perder nas teias intricadas de tantos mistérios, mas agora eu percebia que minha amiga também estava em busca de seu lugar nessa trama. Seu olhar expressava confusão e um profundo anseio por respostas, e eu me sentia culpada por não ter percebido antes o quanto ela estava perdida.

Enquanto tentava reunir meus pensamentos dispersos, uma onda de empatia e compreensão me tomou. Eu sabia exatamente como era se sentir afogada em um oceano de perguntas sem respostas, de segredos ocultos que pareciam inalcançáveis. Era uma jornada injusta, assombrada pela impotência e pelo desconhecido.

A voz de Antoni me trouxe de volta ao momento presente, suas sobrancelhas franzidas revelando uma determinação oculta. Era visível que ele também compreendia a importância da presença de Nara em nosso grupo, mesmo que ainda não tivéssemos todas as peças do quebra-cabeça.

— Ainda não sei exatamente qual é o seu papel nisso tudo, Nara, mas sinto que você é essencial. Algo me diz que ainda vamos precisar muito de você — respondeu ele, sua voz carregada de sinceridade.

Compartilhei um olhar significativo com Nara, transmitindo a ela a confiança que eu mesma estava tentando encontrar. Apesar das dificuldades e dos obstáculos que estavam por vir, sabia que não estávamos sozinhos. Éramos um grupo unido pela busca da verdade e juntos encontraríamos nosso lugar nessa narrativa complexa e enigmática.

— Como o Ministério nunca encontrou você, morando aqui, bem debaixo do nariz deles? — perguntou Will, quebrando o clima estranho que ficou no ar.

Antoni sorriu.

— Tenho meus segredos...

— E, se contar, deixarão de ser segredos. Saquei! — Will foi rápido, prevendo a frase evasiva do anfitrião.

— Beni, preciso de você com os outros. Max e Nathaniel estavam fazendo um levantamento detalhado sobre as possíveis localizações, veja como estão evoluindo com isso. Quero que fique de olho em Hiertha. — Antoni cerrou os olhos e entendi que havia uma alerta no gesto.

— Fica tranquilo, sabemos bem quem abrigamos. Temos uma dívida eterna com ele, mas conhecemos a natureza sombria daquele bruxo. Acho que todos nós temos um pouco dela dentro de nós agora. O lado bom é que fica mais fácil reconhecer o mal quando se carrega um pouco dele.

Depois de se despedir, Beni deixou o apartamento enquanto Antoni observava pela janela sua saída. Ele nos deixou com o carro, dizendo que precisávamos mais do que ele e acho que estava certo.

Antoni escolheu cuidadosamente cada palavra, consciente de que suas explicações determinariam o rumo de suas próximas ações. Sua expressão era séria e determinada, enquanto buscava estabelecer um contexto para toda aquela "loucura" que se tornou a nossa vida.

— Nara, há muito mais em jogo do que simplesmente libertar Twilla — começou ele, pausando brevemente para escolher as palavras certas. — Um casamento no mundo oculto transcende as fronteiras do representa um relacionamento para vocês. É um pacto de poder, uma conexão que vai além de qualquer entendimento humano. O que Handall está buscando é uma aliança com uma rainha do mundo oculto, o que o tornaria um rei não apenas em título, mas em poder.

O silêncio que se seguiu foi quase palpável, enquanto cada um processava a magnitude daquelas palavras. Os olhos de Antoni buscaram os de cada pessoa na sala, transmitindo a importância do objetivo que estavam prestes a enfrentar. Era necessário estabelecer uma conexão profunda, uma compreensão mútua do que estava em jogo. A jornada seria árdua, mas a causa era justa.

— Mas o Ministério já não é um símbolo de poder entre os celsus? Sendo ele o líder, já não tem tudo que poderia querer? — indagou Nara, com olhar maximizado.

— De fato, ele já possui muito poder, porém limitado. O Ministério organiza uma rede de apoio para governar a porção celsu do mundo, controlar nossas ações públicas e punir quem não as cumpre. Mas ele nada pode fazer quanto aos seres humanos. Aliás, eles mal conseguem controlar casa célula do Ministério espalhada pelo mundo.

— Mas eles não são tipo um ponto de apoio, principalmente para aqueles que nascem celsu em uma família humana? — Foi a vez de Will questionar.

— Deveriam, mas há algum tempo não se preocupam mais com isso. Esse e outros pontos eram defendidos pelo meu pai, e essa é a questão, o líder não tem poder suficiente para tomar uma decisão que não seja aprovada pelo conselho. O que não era ruim, até Handall começar a minar o bom senso da maioria do conselho. Ele conseguiu plantar ideias radicais de que os humanos estavam preparando uma guerra contra os celsus. O que, se acontecesse, concordo que seria um desastre, não estamos organizados o bastante para nos defender. Mas essa é uma ameaça vazia.

— Os insurgentes são caçados por tentarem mostrar a verdade, que os celsus não representam uma ameaça, por isso Handall os persegue como se fossem criminosos. Entendo que eles quebrem os tratados, mas a intenção não é ruim. Alguns do grupo alertavam há algum tempo sobre um possível golpe sendo arquitetado de dentro, que seria muito mais desastroso do que qualquer coisa que eles já tentaram fazer — explicou Santiago. — Não duvido que seja sobre isso.

— É possível. Ele deve ter muitos planos na manga, para executar depois do casamento que, se acontecer, tornará o poder de Handall exponencialmente maior. Com essa aliança, ele teria uma influência que se estenderia muito além das fronteiras do mundo oculto — ponderou Antoni, cauteloso nas próximas palavras. — É como ter carta branca para deixar o mundo do jeito que ele quiser. Imaginem o que isso significaria para os seres humanos e para nós. Ele manipularia os governos, os líderes e, quando percebêssemos, não teríamos mais chance nenhuma de revidar. Seríamos para sempre pequenos grupos de insurgentes que, por mais boa vontade que tenhamos, não criaríamos barulho bastante para realmente fazermos a diferença.

— Rainha? — disse Nara com olhos arregalados. — Então, você é uma...

— Não! — respondi antes que ela pronunciasse a palavra "princesa".

Nara franziu a testa e chacoalhou a cabeça.

— É sim...

— Não, eu não sou. Sou híbrida, portanto não tenho direito a esse... "título". — Fiz uma careta indignada. — De tudo que ele falou, você só ouviu isso?

Nara deu de ombros.

— Claro que não. Eu ouvi tudo, mas isso ficou martelando na minha cabeça até eu conseguir uma brecha para falar.

Já era estressante o bastante ser uma híbrida com habilidades e perseguida por isso. Que culpa eu tinha por ser assim? Não era justo. De jeito nenhum aceitaria essa conversa de princesa. Nunca.

— Na verdade, eu acho que tem, sim... — contestou Antoni, muito pensativo e inseguro como dificilmente o via.

— Não! Não tenho e não quero ter. — Dei o assunto por encerrado. — Como Antoni estava dizendo, Handall vem planejando há décadas reduzir a população de seres humanos para que os celsus prevaleçam. Ele tem infiltrado seus capangas em todas as esferas do poder, ou seja, muitos políticos e influenciadores podem ser celsus se passando por humanos ou humanos comprometidos com esse plano insano... — interrompi a fala ao perceber o quanto algo havia afetado o antigo general.

Antoni ficou estranho de repente, os olhos fixos em algum ponto distante e o cenho cerrado, como se estivessem presos em um mundo paralelo. Um arrepio percorreu minha espinha, uma sensação inquietante de que algo havia sido despertado dentro dele. Fiquei intrigada, tentando decifrar o que poderia ter perturbado sua mente a ponto de deixá-lo sem palavras. Seria uma lembrança dolorosa que ressurgia das profundezas de sua memória?

— Antoni, você está bem?

Como se saísse de um transe ele respondeu:

— Estou... Estou bem. Mas, onde paramos?

Repeti parte do que havia acabado de explicar e ele completou:

— Isso porque ninguém era capaz de distinguir um celsu de um humano. Até agora.

Ao se calar, voltou a ser o Antoni de sempre, com aquele ar de superioridade.

— Digam que não estou dormindo, por favor! Isso é muito melhor do que um filme! — Nara se animou, sem perceber o perigo por trás de toda aquela história, ou percebendo e adorando.

Nara, definitivamente, não era uma pessoa normal.

— Você pode fazer isso? — indagou Santiago, fixo em mim com o olhar afetado.

— Sim, e também posso ver quando alguém está mentindo ou fingindo boas intenções. Os sentimentos e as sensações de vocês não são um segredo para mim.

O ambiente ficou impregnado de tensão quando revelei minha habilidade especial. Os olhares trocados entre mim e Santiago carregavam uma mistura de surpresa, incredulidade e uma pitada de nostalgia. O tempo que passamos juntos ganhava uma nova perspectiva, enquanto ele provavelmente refletia sobre os momentos compartilhados, agora ciente de que esteve sob um olhar muito mais atento e invasivo do que o normal.

A sensação de intimidade violada pairava no ar.

— Eu sinto muito, mas não podia contar nada a ninguém. Não podia arriscar ser descoberta como uma híbrida com... poderes estranhos.

Talvez, compartilhando meu receio, ele aceitasse melhor. Era uma revelação que eu guardara por necessidade de segurança, ainda assim, senti um pouco de remorso.

Com um menear de cabeça, Santiago demonstrou compreensão, mas não havia satisfação em seu tom de voz quando disse:

— Eu entendo, não era seguro se revelar.

— Ainda não é, por isso, tudo que fizermos ou o que dissermos, fica entre nós — concluiu William, duramente.

Senti que Antoni não queria se meter naquela conversa, como se assim estivesse nos dando alguma privacidade.

— O que mais eu preciso saber? — perguntou Nara, animada como uma criança no parque prestes a conhecer todas as atrações.

Ela vagava os olhos por todos nós, ansiosa pela próxima revelação.

Capítulo 9

William explicou quem era Alamanda e o que era capaz de fazer, depois contou sobre o passado duvidoso de Antoni e o clã dos legados. Também falou brevemente sobre Carol e sua posição no Ministério. Eu escutava a história atentamente, não porque gostava de ouvir o desenrolar da nossa vida conturbada, mas porque a cada revelação eu ia fazendo um *check* mental nos tópicos esclarecidos. Perceber que ainda faltavam várias lacunas a serem preenchidas, fez minha cabeça doer.

Will relatava com detalhes os terríveis acontecimentos vividos na fenda durante nossa arriscada missão de resgate. Seu relato era assustador, despertando uma agonia que me causou arrepios com a lembrança. Porém, antes que pudesse concluir, com sua voz trêmula expressando um misto de medo e aflição Alamanda interrompeu:

— Eu faço o que for preciso, só não me façam voltar àquele lugar. Nunca senti aquilo antes, foi como se algo sugasse minha energia aos poucos. Senti minha consciência se perdendo, como se a visse deixando meu corpo sem conseguir segurá-la. Alguém sentiu isso?

— Eu senti algo parecido, mas foi quando estava sendo literalmente afogada por aquelas coisas — respondi, sentindo um calafrio percorrer meu corpo.

— O mais bizarro foi que eu senti exatamente o que está descrevendo — relatou San, apontando para Alamanda. — Mas só depois que me encontrei com vocês, antes eu estava absolutamente normal.

— Acredito que qualquer sídhe se sinta assim ao entrar na fenda. Vocês são seres muito sensíveis, só carregam coisas boas e aquele lugar... talvez seja o mais sombrio da Terra, tomado por magia maligna. Uma magia como nunca vi antes, é como se tivesse uma força vital independente, alimentando-se dos seres que terminam ali por alguma razão — considerou Antoni.

E lá estava o Antoni estranho, ou melhor, o normal; depende do ponto de vista.

O fato era que ser gentil nunca foi a vibe dele, mas com Alamanda... Tudo era diferente. Não apenas nas palavras, mas no tom de voz também. Eu não entendia, não conseguia enxergar uma boa razão para aquele excesso de cuidado ao falar com ela, não era típico dele, nem um pouco.

— Eu também me senti fraco, quando já estávamos alcançando a fortaleza. Não chegou nem perto do que vocês sentiram, mas a sensação não foi nada boa. O que achei curioso foi que não sentia mais nada quando voltamos. Era como se não estivéssemos mais na fenda — declarou Will, com o olhar perdido.

Ele parecia imerso em suas lembranças, buscando desesperadamente algum indício que pudesse justificar aquele padrão sinistro.

Observar Will compartilhar sua experiência de fraqueza ao nos aproximarmos da fortaleza, acendeu um alerta. Embora sua sensação não se equiparasse ao que os demais haviam vivido, era evidente que a experiência não foi nada agradável.

Enquanto o escutava, percebi que também tinha fragmentos de memórias que até então haviam passado despercebidos. No calor do momento, o instinto de sobrevivência se sobrepunha a qualquer outra coisa, tornando difícil absorver os detalhes mais sutis.

Ao enfrentar criaturas malignas, quem conseguia se preocupar em algo além de sobreviver?

— É verdade. Eu me lembro daquele momento, quando finalmente deixamos para trás a fortaleza. Foi como se uma corrente invisível se quebrasse. Como se algo nos libertasse das garras daquela magia. Antes, só havia escuridão e medo, e de repente, simplesmente desapareceram — completei, relembrando a sensação de alívio que senti.

Ainda sentia medo, afinal, continuávamos naquele inferno, contudo não havia mais aquela fraqueza ou a sensação de que a minha energia estava sendo drenada.

— Acho que todos nós sentimos isso. Foi um alívio tão intenso, quase surreal. Não sei dizer quando, mas num momento, não havia mais o constante sussurro maligno, não havia mais a sensação de estar sendo observada ou perseguida. Era como se estivéssemos livres de toda a opressão que nos atormentou desde o início. É estranho pensar nisso agora, depois de tudo o que passamos — comentou Alamanda, pensativa.

O assunto cessou quando o celular do Will vibrou em seu bolso. Como era um número novo, só podia ser Carol ou alguém do grupo do Rick que, provavelmente, procurariam Antoni, não Will, caso tivessem novidades. O que me fazia acreditar na primeira opção. Ele lia a mensagem e fazia careta. Parecia confuso.

— É uma mensagem de Carol, mas eu não entendi nada. Escutem... *Oi, estou pensando em algumas coisas sobre a gente. São pensamentos estranhos, eu sei, inofensivos sozinhos, mas quando misturados, tornam-se uma força destrutiva. Na escuridão do meu pensamento, como um intruso, sinto que algo se aproxima. Minha mente parece ter um escudo frágil como um tecido, que protege segredos ocultos, o que me protege de você e assim me salva, impede que o pior aconteça. E se tudo for revelado, ainda que escondido? Talvez seja importante proteger o coração e a mente para tudo que virá e manter essa proteção pelo tempo que for necessário. Precisamos conversar... Agora!*

Um ponto de interrogação praticamente brotou no meio da sala.

— Só pode ser um código — deduziu Nara Holmes, nossa detetive de plantão. — Não sei exatamente o que significa, mas definitivamente parece um aviso importante — alertou minha amiga, mostrando cada vez mais interesse em desvendar mistérios.

Revirei os olhos, exasperada com a insistência dos enigmas que pareciam nos perseguir. Bufei, consciente de que o tempo estava contra nós e não tínhamos luxo para decifrar mensagens enigmáticas. Cansada, deixei meu corpo afundar no aconchego do sofá, cedendo o papel de detetive entusiasmado para Nara, que parecia ansiosa por esse desafio desde que a resgatamos.

Antoni se aproximou de Will e pediu o celular. Depois de ler o conteúdo, em silêncio devolveu o aparelho ao dono e se sentou num dos bancos altos.

Will passou o aparelho para mim, sem muita vontade, li o pequeno texto com o máximo de atenção que consegui. Eu estava exausta, tive dúvidas de que fosse capaz de decifrar qualquer coisa nesse momento.

Parecia mesmo uma mensagem codificada, um alerta em meio a um mar de enigmas, desafiando nossa compreensão. As palavras escritas pareciam dançar na tela, sussurrando segredos que eu não conseguia entender. Cada uma delas era cuidadosamente escolhida, com uma intenção secundária. Então, passei o aparelho para Nara, que estava sentada no sofá ao meu lado. Se havia alguém perspicaz o bastante e com a mente mais descansada nessa sala, ela era.

Nara leu a mensagem lentamente, colocando muita atenção nos detalhes. Em seguida ela se levantou e entregou o celular para Alamanda. Porém, antes que pudesse dar um passo, voltou rapidamente, pegando o aparelho de volta.

— Deixe-me ver de novo, por favor! — Nara franziu a testa enquanto relia a mensagem. — Eu acho que ela está falando sobre a Seretini.

Todos nós olhamos para ela, curiosos, esperando que desenvolvesse seu raciocínio. Como havia chegado a tal conclusão.

— Ela não é uma vidente? — Nara indagou, com ar de professora. — Então só ela pode revelar tudo o que estamos fazendo ou o que pretendemos fazer. Quer dizer, poderia ser qualquer vidente, mas no caso eu acredito que deve ser ela porque...

— Seretini jamais entregaria qualquer informação a Handall — Antoni interrompeu, antes que a minha amiga se estendesse mais em seus argumentos para convencer a si mesma de que sua teoria fazia sentido.

— Tudo bem, mas escutem... *"Na escuridão do meu pensamento, como um intruso, sinto que algo se aproxima"*. Esse intruso pode ser Racka, que vai entrar na mente dela e assim conseguir ter acesso as visões e tudo será revelado — insistiu ela.

— Racka não tem tanto poder para vasculhar a mente dela — explicou Antoni quase sorrindo, confiante. De todos ali, ele era o único que conhecia a vidente, e muito bem pelo que eu soube. — Seretini é poderosa demais para ele.

— Bem, ele vasculhou a minha mente, eu sei que sou só uma humana, mas não pareceu que tenha sido fácil, ele tentou algumas vezes e ficou bem impressionado. Pelo menos foi o que deixou transparecer. Ele até falou que fui a humana mais resistente que já viu — relatou Nara, orgulhosa. — Mas, enfim, ele me disse: "É melhor eu conseguir na próxima vez ou vou ter de buscar outra maneira, e garanto que você não vai gostar disso. Vou pedir pela última vez, não resista e você ficará bem" — disse, engrossando a voz numa imitação ruim. — Eu não sei por que, mas acreditei nele, então só relaxei e ele conseguiu o que queria.

Antoni, Will e Santiago olhavam curiosos para Nara, pude ver a confusão de cores se formando em volta deles. E, ainda que eu não tivesse essa habilidade, as rugas nas testas e os olhos semicerrados me diriam a mesma coisa. Apesar da sua mania de comparar tudo a cenas de filmes, sua mente não era fantasiosa a ponto de inventar histórias, sempre foi sensata e realista. Além disso, eu saberia se ela não estivesse relatando o que realmente aconteceu quando esteve na presença de Racka.

Não por acaso, meus amigos desviaram a atenção dela para mim, como se eu fosse uma prova real ambulante. Com um aceno validei a história.

— Como conseguiu resistir a Racka? — perguntou Santiago, tão curioso que chegou a escorregar o corpo para a ponta da poltrona em que sentava.

Todo aquele interesse na história e a surpresa que ela causou, levou-me a perceber que Seretini era mesmo muito poderosa, superior ao famoso Racka, uma telepata do próprio Ministério.

— Eu não tenho ideia — respondeu ela, erguendo os ombros.

— Ele pode ter tentado e não conseguido ter acesso a mente de Seretini, então pediu ajuda, poderes combinados podem ter um grande efeito — acrescentou Will, olhando para Antoni. — Não foi isso que eles fizeram com vocês?

— Não exatamente. Os dois juntos vasculhando o futuro teria um efeito devastador... — emendou Antoni, sua voz carregada de preocupação. — Se Mordon se unir a Racka com essa intenção, eles podem destruir a mente dela... Não, ele não seria capaz de... —Antoni parou abruptamente, sem concluir a frase.

— "*Inofensivos sozinhos, mas quando misturados, tornam-se uma força destrutiva*" — Nara e Will falaram juntos.

Era evidente que Antoni estava imaginando um destino cruel para a mulher que ele conhecia tão bem. Sua mão se fechou com tanta força que os nós dos dedos perderam a cor. Eu não tinha muitas informações sobre o relacionamento que eles tiveram, mas Antoni sempre afirmou que tinha chegado ao fim. Apesar de ter escondido tantos segredos no passado, eu sabia que ele não era um mentiroso dissimulado. Mesmo que Hiertha tenha descartado a possibilidade de um envolvimento emocional entre eles, eu não podia deixar de pensar que algum sentimento ainda existia, mesmo que fosse apenas amizade ou carinho.

— Você disse que eles fariam isso com Nara quando a levaram, por que não fariam com a Seretini? — perguntei.

Antoni fez uma pausa, sua expressão tensa. Os traços de ansiedade se misturavam com uma pitada de medo. Ele respirou fundo, como se estivesse reunindo coragem para prosseguir.

— Eles não têm qualquer consideração pelos humanos, agiriam sem pensar nas consequências. Mas quando se trata de alguém como nós... — Ele engoliu em seco antes de continuar: — Existem regras, embora o Ministério insista em ignorá-las. — Um suspiro carregado de descontentamento escapou de seus lábios. — Preciso falar com Hiertha.

A angústia evidente no semblante do ex-general revelava o quanto ele havia sido profundamente abalado.

— Bem... — Voltou a falar nossa amiga detetive. — Essa parte de escudo eu não sei o que quer dizer, mas deve ter alguma informação importante: *"Minha mente parece ter um escudo frágil como um tecido, que protege segredos ocultos, o que me protege de você e assim me salva, impede que o pior aconteça. E se tudo for revelado, ainda que escondido?"*

— "E se tudo for revelado, ainda que escondido" — repeti para mim mesma.

Tinha alguma coisa aí. Foi a frase que mais chamou minha atenção.

— Esse escudo frágil pode ser um tipo de véu? — indagou Alamanda, que até então parecia distraída olhando pela janela.

Como se saindo de um transe, Antoni e Santiago fizeram coro matando a charada:

— O Véu de Éter!

Alamanda apenas concordou e sorriu. Ao que parecia, a garota desvendou uma parte importante da mensagem. E, mais uma vez, eu estava boiando. Mas pelo menos agora tinha Nara para compartilhar minha frustração.

Capítulo 10

— Alguém pode explicar o que é isso? — indagou Nara.

Eu, assim como a minha amiga humana, fiquei curiosa e ansiosa para ouvir a resposta. Compartilhávamos da mesma ignorância sobre aquele assunto específico.

— Ao longo dos séculos, um antigo artefato foi criado por um poderoso grupo de feiticeiros, destinado a proteger aqueles que possuíam o bem maior em seus corações e estavam dispostos a enfrentar o mal. Esse artefato, conhecido como "O Véu de Éter", possui propriedades mágicas que confundem e distorcem as visões de videntes, tornando-se um escudo impenetrável contra seus poderes de premonição — explicou Antoni enquanto abria uma das caixas de chicletes.

— Eu não posso acreditar que vocês já sabiam disso e não deduziram desde o começo... — repreendeu Nara, expressando sua frustração de forma incisiva. — Amadores!

Um sorriso escapou dos meus lábios diante da franqueza de Nara. Mesmo em meio à tensão do momento, a ironia não podia ser ignorada, e sua observação sarcástica trouxe um breve alívio ao ambiente carregado. Todos nós rimos brevemente, mas logo voltamos nossa atenção para a mensagem.

— O Véu de Éter é uma peça única e raríssima, composta por uma mistura de elementos místicos e uma combinação de energias. Foi criado com a finalidade específica de neutralizar as habilidades da vidente, impedindo que ela visse o futuro de qualquer um que esteja sob sua proteção. Para funcionar como um escudo, precisamos estar todos sob o véu quando eles entrarem na mente da Seretini.

Tinha sempre um "mas", então apenas esperei que Santiago concluísse:

— Se ela diz que precisamos fazer isso "agora", estamos com problemas, porque, que eu saiba, ninguém conhece a localização do Véu.

As palavras de Santiago ecoaram no silêncio tenso que se instalou na sala. Era uma verdade incontestável: sem saber a localização do Véu de Éter, nossos esforços estavam fadados ao fracasso.

— Precisamos encontrá-lo. Será muito arriscado, mas Hiertha vai precisar entrar em contato com Seretini, ela tem de saber o que estamos fazendo. Mas para funcionar precisamos estar com o Véu e fazer o ritual — explicou Antoni para ninguém, concentrado em suas próprias palavras.

Ah, não! E ainda tem um ritual? Já imaginei ser um tipo de dança estranha, com a cara pintada e roupas de peles de animais.

Voltamos à parte onde as coisas ficam muito estranhas.

— Você falou ritual? — questionou Nara, e agradeci ao Universo por ela estar ali e saber praticamente tanto quanto eu sobre tudo aquilo.

— Sim, o Véu vai identificar todos que estão comprometidos com essa missão, mas não precisa ficar assustada, não tem nada de sacrifícios ou bebidas desconhecidas — garantiu Antoni achando graça. — É um tipo de invocação, onde pedimos a proteção do Véu para os possíveis desdobramentos de nossas ações.

— *"E se tudo for revelado ainda que escondido"* — repeti lentamente, enquanto meus olhos encontravam o olhar de Antoni, que silenciosamente confirmava minha interpretação.

A frase enigmática da mensagem de Carol tinha um propósito claro: salvar Seretini. Ela deveria revelar suas visões, dar acesso ao telepata, sabendo que o verdadeiro segredo, o que estava oculto até mesmo para ela, poderia ser a chave para a sua própria salvação. Ela poderia ver tudo e ainda assim não estaria vendo nada. Nada que não quiséssemos que fosse visto.

— Então Racka deve tentar mais uma vez, ele pode ter dado um aviso final, como fez comigo. Não deve demorar a tentar novamente. Só não sei como Carol sabe de tudo isso... — A última frase foi baixa e mais para si mesma, provavelmente um pensamento que ganhou voz de forma involuntária.

Nara andava bem intrigada com o papel de Carol em tudo o que estava acontecendo. Era verdade, a participação de bruxa nesse intricado jogo de sombras despertava questionamentos em todos nós. O fato de ela saber de tantos detalhes e informações cruciais só provava que havia muito mais em seu envolvimento além do que conhecíamos até agora.

Nossos olhares se encontraram, refletindo a confusão e a incerteza que permeavam nossos pensamentos. No entanto, apesar das dúvidas que nos rondavam, também tínhamos uma confiança mútua construída ao longo das adversidades enfrentadas juntos. Carol estava sendo uma aliada valiosa até o momento, não podíamos ignorar isso, mas eu também não fecharia os olhos para os sinais.

Talvez todos nós tenhamos chegado à mesma conclusão sobre o assunto "Carol", porém, ninguém quis tecer comentários a respeito. Afinal, havia coisas mais urgentes a serem resolvidas.

Antoni já estava ligando para Rick quando me levantei do sofá. Logo reconheci a voz que escutamos pelo viva-voz.

— Nathaniel, precisamos de uma ajuda. Estamos enfrentando uma situação urgente e temos de encontrar o Véu de Éter. Você tem algum conhecimento sobre esse artefato?

— Ah, o Véu de Éter... Uma peça mística intrigante, repleta de lendas e mistérios. Posso dizer que estudei muito sobre sua história e seus poderes. É capaz de neutralizar as habilidades...

— De um vidente, isso nós já sabemos — Antoni interrompeu, impaciente.

— Isso é ótimo! Se você sabe tanto sobre o Véu, talvez possa nos ajudar a encontrá-lo. Tem alguma pista sobre sua localização? — perguntei com o ânimo renovado.

Não apenas eu, mas vi os olhares de todos brilhando, tomados por uma pontada de esperança.

— Infelizmente, a localização do Véu sempre foi um enigma. As histórias falam de uma floresta perdida, de caminhos tortuosos e guardiões que protegem o artefato. Mas, sinceramente, não há uma informação precisa sobre onde exatamente o Véu está localizado.

Antoni suspirou, nitidamente frustrado.

— Então, tudo o que sabemos é que precisamos encontrar o Véu, mas não temos ideia de onde procurar. Isso é desanimador...

— Mas... Nathaniel, né? — indagou Nara retoricamente. — Se você estudou tanto sobre o Véu, não há nenhuma pista, nenhuma teoria que possa nos ajudar a encontrar essa floresta perdida?

— *Sim, esse é o meu nome. E você é quem?* — replicou o homem de voz grave.

— Desculpe, sou Nara.

— Ah, Nara, a humana presa em Golix. Vejo que está bem, isso é bom. Sobre o Véu... Entendo a frustração de vocês, mas mesmo com meus estudos aprofundados, a localização da tal floresta permanece um mistério, se é que ele está mesmo em uma floresta. As lendas são cheias de simbolismos e interpretações diversas, o que dificulta a precisão das informações. Lamento não poder fornecer uma resposta concreta.

— Então, estamos novamente sem um caminho definido para seguir. Parece que estamos presos em um labirinto de enigmas sem solução — comentei, pensando alto. — Só para variar.

As palavras de Nathaniel ecoavam em minha mente, ressaltando a falta de pistas concretas sobre a localização do Véu de Éter. A realidade do desafio à nossa frente pesou como um fardo. Estávamos diante de um enigma milenar, uma busca por um objeto de poder incomensurável, e as pistas escassas nos deixavam à beira do desespero.

Toda aquela esperança escorreu pelo ralo. Evitei olhar para qualquer um dos meus amigos. Só encontraria desânimo e eu não poderia oferecer nada melhor, minha confiança estava abalada.

Antoni pediu que ele buscasse em todas as fontes possíveis, qualquer coisa que nos ajudasse a chegar a uma dica que fosse sobre a localização, depois pediu que falasse com Hiertha.

A conversa entre eles foi tensa e Antoni, que havia tirado do viva-voz, precisou afastar o celular algumas vezes; o homem estava furioso.

Irritado, o mexicano simplesmente desligou na cara dele.

— Parece que ele não está muito feliz... — ironizou Antoni erguendo as sobrancelhas com um sorriso sarcástico.

Antes que pudéssemos processar o que tinha acabado de acontecer, o celular tocou novamente. Era Hiertha, e Antoni decidiu colocar a chamada no viva-voz, provavelmente para não enfrentar a situação sozinho, caso o feiticeiro desligasse novamente sem aviso ou despedida.

— *Como pretendem chegar até o véu?* — indagou Hiertha com um tom impaciente.

— Bem, é isso que estamos tentando descobrir — respondeu Antoni, tentando manter a calma.

— *Não sabem como chegar a Hoia Baciu? Porque receio que não tenhamos tempo para planejar o melhor caminho, já deveriam estar num maldito avião...*

Hiertha falava rápido e misturava xingamentos em espanhol no meio das frases, era possível sentir a raiva em seu tom de voz. Um homem excêntrico e irritadiço, porém, amava muito a irmã e parecia disposto a tudo para salvá-la.

— Espera, Hiertha. O que está falando? O que é Hoia Baciu? — Antoni o interrompeu.

— *Estou falando da Floresta Hoia Baciu, onde está o Véu de Éter.*

Nós nos olhamos com um misto de alívio e incredulidade. A resposta estava bem na nossa frente. O Universo parecia finalmente estar conspirando a nosso favor.

— E onde fica essa floresta? — indaguei, sentindo o ânimo retornar.

— *Não me digam que vocês não sabiam onde o véu estava?* — disparou Hiertha em tom de bronca. — *Por que não perguntaram logo? Como são amadores!*

Nara ergueu a mão em um gesto de concordância, seu sorriso travesso iluminando o rosto, dizendo sem palavras: "Foi o que eu disse."

Antoni, mesmo com sua expressão séria, não conseguiu conter um leve sorriso, e naquele momento quase rimos da ironia da situação, mas não tivemos tempo.

— *Fica perto da cidade de Cluj-Napoca, na Romênia* — revelou Max, tomando a frente e ignorando as reclamações do feiticeiro rabugento. — *A floresta é conhecida por sua densa vegetação, árvores torcidas e aparência sinistra, o que contribui para a sensação de que tem algo sobrenatural por lá. Existem várias histórias de eventos inexplicáveis na região.*

A notícia de que teríamos de ir para a Romênia deixou Will agitado.

— Como vamos para a Romênia, se não podemos nem pisar em um aeroporto? — ele questionou, expressando a frustração que todos nós começávamos a sentir.

— Por que não podemos pisar em um aeroporto? — perguntou Nara, encolhendo o corpo, envergonhada por estar por fora do assunto, de novo.

— Seríamos capturados assim que pisássemos lá. Aeroportos, terminais de ônibus e câmeras de trânsito devem estar em alerta máximo — explicou Antoni sem qualquer ânimo na voz.

— Mesmo que não tivesse um oceano no meio do caminho, ainda seriam muitas horas de viagem e não temos tempo para isso — comentou Santiago, tão angustiado quanto Will.

Levando as mãos à cabeça, San se pôs a andar pela sala.

— *Vamos avaliar algumas maneiras de ajudar por aqui, retornamos quando surgir alguma ideia* — despediu-se Max, deixando-nos sem opções.

A frustração tomava conta de mim, mas eu sabia que não podíamos nos render tão facilmente. Havia muito em jogo, e a ideia de sermos impedidos por uma simples limitação geográfica era difícil de aceitar depois de tudo o que já havíamos enfrentado.

Estresse e tensão se acumulavam, era inevitável que as emoções se exacerbassem. Antoni se soltou novamente sobre o banco alto. Santiago andava de um lado a outro, Will analisava a parede como se ali fosse encontrar uma solução, e Alamanda, ainda ao lado da janela, olhava para a rua, como se alheia à nossa frustração. Nara, ainda sentada no sofá, estava apenas pensativa.

— Pretende gastar o chão até chegar à Romênia? — zombou Antoni.

San em resposta, apenas fez uma careta, mas não se deteve no gesto, decidiu entrar na provocação.

— Você sabe que não vai demorar a descobrirem onde fica seu covil, não é? Se é aqui que traçamos planos, ou pelo menos tentamos, é isso que vai aparecer nas visões de Seretini — salientou Santiago, sabendo que tocava num ponto fraco.

Por anos tentaram encontrar onde Antoni se escondia, e agora seu refúgio estava prestes a ser descoberto.

Antoni sorriu sem humor. A boca em apenas uma linha fina no rosto.

— Ao menos todos nós estaremos sendo caçados pelo mesmo nível de traição ao Ministério. O que determinará sua sobrevivência será a capacidade de se esconder. Algo que venho fazendo com sucesso há muito tempo. Não fosse por certa traição, nem os insurgentes me achariam.

— Ah, sim, porque você tem seus segredos, não é? — ironizou Santiago fazendo careta como se estivesse com medo dos segredos do general.

— E quem não tem? — Antoni retrucou, aproximando-se de San, que ainda se movia pela sala. — Imagino que não adiante pedir ajuda ao seu amigo Ziki, já que ele o jogou em uma cela com o Bestiarri. Parece que a amizade de vocês anda um pouco abalada.

Todos nós vimos o rosto de Santiago tingir como o céu no pôr do sol de outono. Por muito pouco não se colocaram em posição de luta.

— Ah, claro. Brigar realmente vai nos ajudar muito agora! — disse Will, colocando-se rapidamente entre os dois e interrompendo qualquer possibilidade de um contato físico.

Os nervos estavam mesmo à flor da pele, tanto que não me incomodava a briga entre os dois. Eu também estava irritada, angustiada. Normalmente era eu quem estaria entre os dois, mas não tive a menor vontade. Aliás, eu quase queria vê-los brigando, rolando pelo chão como dois adolescentes.

Aos poucos aquela frustração foi diminuindo e algum otimismo foi me invadindo, sem que realmente existisse um motivo. A tensão no ar se dissipou gradualmente, à medida que nos olhávamos era como se renascesse uma determinação já abandonada.

Só podia ser obra de Alamanda! Merda!

— Lá vem você, mexer com a cabeça da gente — acusei a mulher que permanecia calada junto à janela, minha voz cheia de frustração e descontrole.

Apesar de sentir sair de mim a frustração por não enxergar uma maneira de conseguirmos o Véu, algo ainda maior surgiu no lugar.

Antoni tentou intervir e apaziguar a situação. Sua voz era calma e ponderada, mas eu não estava disposta a ouvir razões naquele momento.

— Ela só quer ajudar, Any — ele argumentou, buscando uma compreensão mútua.

Revirei os olhos, irritada com sua defesa constante de Alamanda. Sua interferência só me azedou ainda mais.

— Claro que quer. Ela sempre está certa, não é? — indaguei com sarcasmo, sentindo a tensão aumentar entre nós.

Antoni ficou de frente para mim. Seus olhos se estreitando em uma expressão séria.

— Ninguém está certo ou errado... — Começou a dizer, mas fui rápida em interrompê-lo.

— Sério?! — exclamei, minha voz carregada de descrença. — Pois não é o que parece. Não com você, senhor dono da razão.

A raiva que eu sentia crescia cada vez mais, o efeito calmante de Alamanda parecia apenas intensificá-la em vez de acalmá-la, agitando meus pensamentos e emoções. Eu não estava conseguindo me controlar ou segurar a minha língua.

— No meu ponto de vista, você pode esconder coisas, pode mentir e está tudo bem, temos de aceitar de bom grado suas frágeis explicações e, pelo visto, Alamanda é uma flor rara que nunca erra assim como você. Estou cansada disso... — Esfreguei as têmporas e respirei fundo.

— Se temos algum problema a ser resolvido, não precisa envolver Alamanda. — Antoni ficou ainda mais sério, suas palavras ecoando no ar com um tom de autoridade que só serviu para aumentar minha irritação. — Se eu a defendo é porque sei o que ela representa e garanto que não merece esse tratamento! — Ele segurou meus ombros com firmeza, sua respiração quente batendo em meu rosto. — Entendo que esteja irritada comigo, mas não faça nada do qual se arrependa. Quer me falar o que realmente está te incomodando?

A raiva borbulhava dentro de mim como o fogo de um dragão, e quando Antoni tentou me acalmar, eu o empurrei com força, afastando-me dele.

— Me solta! — gritei, minha voz ecoando no espaço enquanto meu coração pulsava descompassado. — Advinha, Antoni? Você não é a solução para todos os problemas do mundo — afirmei com escárnio.

Olhares preocupados acompanhavam a nossa discussão, mas a tempestade de emoções dentro de mim era tão intensa que eu mal conseguia ouvi-los tentando me acalmar.

Antes que ele pudesse responder, Nara se colocou entre Antoni e eu, puxando-me pela mão com urgência. Ela me arrastou para longe daquele ambiente, levando-me para um quarto, o único do lugar, consequentemente, o quarto do Antoni. Quando percebi onde estávamos e a porta se fechou atrás de nós, isolando-nos dos outros, tentei me acalmar e busquei pelo ar que estava me faltando. O ambiente era silencioso, proporcionando um momento de alívio temporário daquela discussão acalorada.

Nara segurou minhas mãos com delicadeza, seus olhos cheios de compaixão e compreensão.

— O que está rolando, Any? Você não é assim...

Eu não era. Mas quando pensei em responder, a porta foi aberta por Alamanda, que entrou sem aviso ou autorização e a fechou em seguida.

— Nem vem, sua bruxa da paz. Agora não! Eu preciso dessa raiva, às vezes, perder um pouco do controle pode fazer bem, sabia? — perguntei com sarcasmo, minha voz repleta de desdém.

— Nem pensei em me meter nessa. Vocês são bem grandinhos para resolver os seus problemas. Eu só preciso dizer que você perdeu o controle por minha causa.

— Do que está falando?

— Está incomodada com Antoni desde o momento em que descobrimos sobre ele ter sido o general, e não a culpo. Você vem remoendo isso todo esse tempo, deixando que a mágoa se acumule em seu coração. Eu também ficaria magoada se estivesse em seu lugar.

Alamanda respirou fundo, com seus olhos demonstrando sinceridade.

— Lembra quando falei que usar minha habilidade nem sempre traz consequências positivas? Posso influenciar o estado emocional das pessoas, potencializando o que já está dentro delas, geralmente o equilíbrio natural é sereno, ligado a um desejo ou um instinto básico pela paz interior. Estar ou desejar a paz, não necessariamente é algo tranquilo, livre de caos ou de barulhos, como a palavra sugere. Paz muitas vezes representa estar livre do que o atormenta, como angústias e questões mal resolvidas. Você pode estar em paz no meio de uma guerra se for o que o seu coração deseja e precisa para chegar ao equilíbrio. No seu caso, amplifiquei sua agonia e frustração, tornando-as mais intensas e descontroladas. Isso porque esses sentimentos já estavam aí dentro.

Ela apontou na direção do meu coração e acrescentou;

— E você estava conseguindo controlá-los muito bem, até que eu interferi, potencializando tudo.

Nesse momento, lembrei-me do dia em que encontramos Beni no estacionamento do aeroporto, quando Antoni foi tomado por uma ira incontrolável após ser afetado por essa estranha habilidade. Enquanto aqueles que nos atacavam pareciam se resignar, como se nada mais os afetasse ou incomodasse, o efeito em Antoni foi o oposto, como se outro lado dele tivesse sido despertado, ainda mais sombrio e selvagem.

Lembrar as sombras que vi circulando seu corpo, fez meu estômago revirar.

— Agora entendi tudo — afirmou Nara. — Vocês são incríveis. Adoro isso! — Nara tinha um sorriso infantil no rosto. — Estou vivendo dentro de um filme da Marvel, isso é demais! E eu podia jurar que você estava com ciúmes do Antoni.

Finalizou estalando a língua e revirando os olhos.

Voltei minha atenção à minha amiga, Nara, sentindo os olhos de Alamanda me acompanhando. Provavelmente com receio que eu ficasse irritada novamente com o comentário. Acontece que as palavras dela me tranquilizaram muito mais do que sua habilidade, ou será que ela estava fazendo de novo?

Abandonei a dúvida tão rápido quanto a criei. Agora que estava calma, não permitiria me deixar afetar novamente. Nunca mais queria voltar a ver aquela Alany descontrolada, não a conhecia.

Ciúmes? De onde ela tirou isso?

— Ah, Nara, você realmente assiste filmes demais — comentei sorrindo. Ciúmes... Até parece!

Sentei na cama, aliviada. Apesar de mais calma, faltava-me coragem para ir até a sala encarar os olhares curiosos.

— Não fica brava, é que... está na cara que não rola mais nada entre você e Santiago e eu vi como Antoni olha para você... Enfim, sei lá. Eu vou buscar um pouco de água. Fica aqui, eu trago um copo para você — pediu Nara saindo do cômodo.

Aproveitei para dar uma boa olhada no quarto de Antoni.

Apesar de seu estilo minimalista, os detalhes antigos e encantadores presentes no restante da casa também estavam ali. As paredes eram pintadas em tons suaves, com apenas alguns quadros delicadamente pendurados, retratando paisagens bucólicas. Uma cômoda de madeira escura, com acabamentos entalhados à mão, ocupava um canto do quarto, exalando uma sensação de tradição e história. Uma pequena mesinha de cabeceira, adornada com um abajur de estilo vintage, continha um livro antigo e uma caneca de chá.

Imaginei há quanto tempo ela devia estar ali.

No centro do quarto, uma cama simples, mas elegante, com lençóis de linho macios e uma colcha macia de cor cinza. Enquanto observava cada detalhe, senti uma aura de tranquilidade e serenidade, como se o próprio quarto fosse um refúgio, um lugar onde ele podia encontrar paz e equilíbrio. Eu nunca imaginaria que Antoni vivesse em um apartamento tão clássico, talvez em um loft moderno com decoração industrial ou em um galpão velho com decoração despojada, mas nunca, nunca em um lugar tão estilo vintage.

Esse pensamento me levou a ele; um cara que era o rei da desconfiança e de repente, entregou todos os nossos segredos a uma mulher que mal conhecia, incluiu-a nos nossos planos e considerava certo tudo que ela dizia. Ele parece domesticado perto dela e não se importava com isso. Era isso que me incomodava, isso e a mentira sobre o clã.

Não tinha nada a ver com ciúmes.

Estava decidido, falaria com ele e me desculparia pelo comportamento descontrolado, mas antes segui até o banheiro no pequeno corredor. Parei diante do espelho e fitei a figura desolada a minha frente. Triste figura.

"O espelho reflete exatamente a imagem que recebe e, não importa quão feia seja, ela nunca será capaz de quebrá-lo"

A lembrança da frase escrita atrás do pequeno livro que ganhei de Tituba, veio a minha mente como se fosse um sussurro ao meu ouvido. Olhei atentamente para o meu reflexo, buscando encontrar respostas para o turbilhão de emoções que me consumiam.

A frase ecoou, reforçando a ideia de que o espelho refletia apenas a imagem que lhe era apresentada. Naquele momento, compreendi que nós somos como o espelho; refletimos a imagem que recebemos. Fazendo uma analogia com a minha vida, entendi que por mais feia que fosse a verdade que eu descobrisse, ela jamais poderia me quebrar. Percebi que estava evitando, talvez inconscientemente, ou por estar envolvida com um novo drama a cada dia, a cada minuto, descobrir o que faltava para completar o quebra-cabeças da minha história.

Sorri para o espelho. Eu era mais do que aquele momento de descontrole e raiva. Eu era capaz de reconhecer meus erros e buscar a reparação, forte o bastante para aguentar qualquer revelação, ainda mais depois de tantas que surgiram durante essa aventura que se tornou a minha vida. Minha mente vagou para a pequena caixa de madeira com uma linda árvore entalhada.

Malum, Alany! Corrigi-me.

A voz de Tituba soou como um alerta.

"O Malum é um objeto poderoso. Ele é capaz de guardar feitiços, abrir portais e até, como você viu, prender criaturas mágicas."

— É claro! — A solução estava bem na minha cara o tempo todo. Deixei o banheiro aos saltos e segui para a sala, exaltada, com animação anunciei:
— Eu acho que sei como chegaremos até o Véu de Éter.

Capítulo 11

Antoni me encarava com preocupação, tentando avaliar se eu já estava recuperada do surto anterior. Caminhei pela sala em busca de minha bolsa, que havia deixado sobre uma poltrona, enquanto explicava a descoberta que fiz sobre Malum.

— O Malum... — falei, retirando a pequena caixa de madeira de dentro da bolsa. Depois retirei as minhas coisas de dentro dele e as guardei em um bolso pequeno no interior da bolsa. — Ele não guarda apenas segredos, mas também tem o poder de abrir portais. Só preciso descobrir como. Talvez Nathaniel ou Hiertha possam nos ajudar.

Observei atentamente as reações de cada um. Uma centelha de esperança surgiu nos rostos que me encaravam com cautela. Pareciam querer celebrar, compartilhar do meu entusiasmo, mas também estavam receosos.

— Tituba me disse que ele tem muitas utilidades, inclusive pode servir como um portal — acrescentei, fornecendo mais informações.

Antoni presenciou o momento em que o poder do objeto se mostrou para nós quando estávamos em Leezah. Compreendendo minha excitação, ele rapidamente ligou para Rick e colocou o telefone no viva-voz, pedindo que chamasse Hiertha. Assim que ouvimos a voz do mexicano, Antoni foi direto ao ponto.

— O que sabe sobre um objeto chamado Malum?

— Um Malum seria a solução para os nossos problemas. Por que a pergunta? Sabe onde encontrar um? — Hiertha questionou, demonstrando interesse.

— Sim, sabemos. Mas como poderíamos usá-lo para chegar ao véu? — Antoni se manteve evasivo.

— ¡Dios mío! Você tem ou não tem um Malum?

— Sim, nós temos um. Só precisamos saber se conseguimos usá-lo para chegar ao véu? — Tomei a frente, impaciente.

Hiertha pareceu irritado com a falta de clareza em nossas respostas.

— Vocês são incríveis... Por que queriam a localização se já têm um Malum? — repreendeu-nos, com um tom azedo.

— Hiertha, isso não importa agora — retrucou Antoni, já perdendo a paciência. — Você pode nos ajudar ou não? Ligamos em busca de ajuda, não para receber sermões.

— *Talvez eu possa ajudar. Mas não se animem tanto, o Malum é um objeto mágico muito sensível, ele não reage a qualquer pessoa...*
— Acredite, ele vai reagir à Alany — cortou Antoni, com convicção.
— *Espero que sim, ou então, ele vai acabar com ela* — anunciou Hiertha, sem qualquer sensibilidade.
— Espera! Como assim, vai "acabar com ela"? — preocupou-se Nara.
— *O Malum possui uma conexão intrínseca com a essência de quem o carrega. Ele tem a capacidade de reconhecer e responder à energia específica de certos indivíduos. Alany, se o que Antoni diz for verdade, você possui uma afinidade mágica com o Malum, e é por isso que ele reage a você* — explicou Nathaniel, antecipando qualquer possível resposta inadequada de Hiertha.

Meu coração começou a pulsar mais rápido com a perspectiva de ser a chave para desvendar os segredos do Malum e chegar ao véu. Senti como se todas as provações e desafios que enfrentamos até agora tivessem nos conduzido a esse momento.

— Então, o que precisamos fazer? — indaguei, ansiosa por mais detalhes.
— *Sinta-o e veja se ele sente você* — disse Hiertha com simplicidade.
— *Primeiro, é necessário que você estabeleça uma conexão profunda com o Malum. Toque-o, sinta sua energia, permita que ele reconheça a sua presença. Se o objeto responder, saberemos que estamos no caminho certo* — Nathaniel complementou o que foi dito pelo mexicano.

Enquanto segurava o Malum com cuidado, a madeira entalhada sob meus dedos transmitia uma sensação arrepiante, como se a árvore ancestral pulsasse com energia antiga e poderosa. Fechei os olhos e me entreguei àquele momento de comunhão, buscando uma conexão profunda com o objeto que poderia revelar os segredos tão almejados. Em meio ao silêncio tenso da sala, minha mente estava cheia de expectativa e temor. A responsabilidade de desvendar o mistério do Malum e abrir caminho para o véu recaía sobre os meus ombros. A intensidade dessa carga me fazia sentir uma mistura de excitação e apreensão, como se um turbilhão de emoções dançasse dentro de mim. Meu coração acelerava descompassado, prestes a saltar do peito. Uma combinação de empolgação e nervosismo se entrelaçava, formando uma espécie de dança frenética em meu estômago. A responsabilidade de ser a condutora dessa magia despertava uma sensação de inquietação, como se algo vivo estivesse sapateando dentro de mim, exigindo atenção e coragem.

Nesse momento crucial, eu me esforçava para encontrar equilíbrio e confiança. Sabia que a jornada até ali havia sido árdua, mas também me lembrava das forças ocultas que permeavam o mundo ao meu redor. O Malum era a chave, e eu estava determinada a abrir a porta para o desconhecido, enfrentando meus medos e incertezas com coragem e determinação.

Respirei fundo, buscando a calma em meio ao turbilhão interno. Eu estava pronta para enfrentar o desafio, ciente de que a magia exigia entrega e confiança. Com todas as emoções à flor da pele, abri os olhos e me preparei para testemunhar o poder do Malum e sua resposta à minha energia.

Um momento de silêncio tenso se estabeleceu na sala, enquanto todos observavam atentamente. O tempo parecia se arrastar, até que... uma vibração suave percorreu minhas mãos. Abri os olhos e vi o Malum emitindo uma leve luminescência, como se estivesse acordando de um longo sono.

— Funcionou! O Malum reconheceu Alany! — exclamou Alamanda, contagiada pela emoção do momento.

Hiertha aguardou até que o breve momento de comemoração passasse, então retomou a palavra, trazendo consigo uma aura de seriedade e mistério.

— *Agora que estabeleceram a conexão, precisamos desvendar o segredo para desbloquear o potencial do Malum como portal. Este é o momento mais delicado e perigoso do processo.*

Senhor! Por que ele não avisou antes?

Uma onda de preocupação se espalhou pelo grupo enquanto nos reuníamos ao redor da pequena caixa de madeira, ansiosos por mais informações sobre o próximo passo.

— *O Malum possui uma série de símbolos e runas gravados em sua superfície. Cada um deles representa um elemento e uma direção específica* — explicou Nathaniel. — *Para abrir o portal, Alany precisará ativar esses símbolos.*

— *Não apenas ativar, precisa ser na ordem correta* — acrescentou Hiertha.

Antoni olhou para mim, preocupado.

Respirei fundo, sentindo a responsabilidade que agora recaía sobre meus ombros. Era minha missão conduzir o grupo através do portal e enfrentar os possíveis desafios que aguardavam do outro lado. Com concentração e determinação, comecei a estudar os símbolos no Malum. Cada traço, cada linha, parecia contar uma história antiga e misteriosa.

Apreensivo, Antoni se aproximou e observou o objeto bem de perto.

— Não vejo nenhum símbolo — declarou ele, sua voz carregada de frustração. — O que acontece se ela não encontrar a sequência correta?

— *Isso porque eles não são visíveis... Pelo menos, não para você* — respondeu Hiertha.

Antoni insistiu:

— Mas o que acontece... O que acontece se errarmos?

— *Eu não sei... Ninguém voltou para contar* — respondeu o homem, sua voz um pouco trêmula revelando seu próprio nervosismo.

Hiertha, sempre cético e pragmático, parecia tão tenso quanto o resto de nós. Enquanto todos nós nos perdíamos em dúvidas e incertezas, minha mente começou a formar uma combinação. Uma sequência que parecia certa, uma sequência que abriria o portal.

— Eu acredito que seja assim — falei, apontando para os símbolos na ordem que imaginava.

Sabia que apenas eu podia vê-los, mesmo assim os mostrava inutilmente. Antes que eu pudesse tocá-los, Antoni segurou meu braço com firmeza, freando o movimento.

— Como assim, ninguém voltou? — ele indagou, esperando uma resposta do outro lado da linha.

— Se a sequência não for a correta, o portal é ativado sem controle. A pessoa será levada para qualquer lugar que o Malum desejar.

Os olhares de todos se voltaram para mim, depois para o Malum e, finalmente, voltaram a se fixar em mim. Não sabíamos o que aconteceria quando eu tocasse aqueles símbolos, mas estava decidida. Antoni se aproximou e segurou firmemente meu braço. Um olhar entre nós foi o suficiente para entender que ele me acompanharia, para onde quer que aquele portal nos levasse.

Meus amigos seguiram seu exemplo, formando uma corrente. Estávamos todos unidos, sem saber se seria o bastante para que eu não ficasse sozinha caso errasse a combinação e abrisse um portal para uma realidade paralela.

Eu sentia que estava certa. Não hesitei. Toquei os símbolos que representavam os elementos naturais. O destino aguardava do outro lado, e estávamos prontos para enfrentá-lo. Eu, com certeza, estava pronta.

De repente, o objeto em minhas mãos começou a vibrar, como se estivesse ganhando vida própria. Uma energia pulsante percorria meu corpo, alimentando minha determinação e preenchendo o ar ao nosso redor. O brilho que antes era apenas uma chama tênue agora se intensificava, lançando feixes de luz em todas as direções. O coração em meu peito batia descompassado, uma sinfonia de emoções se misturando em antecipação e medo.

Uma explosão de luz radiante irrompeu a sala, mostrando a abertura do portal, iluminando cada centímetro do ambiente em um espetáculo deslumbrante. Era como se o próprio Universo estivesse nos contemplando naquele momento. Os raios luminosos dançavam ao nosso redor, formando padrões complexos e hipnotizantes. O brilho era tão intenso que mal conseguíamos manter os olhos abertos, ao mesmo tempo era impossível desviar o olhar.

A sensação no ar era de que o tempo havia sido suspenso, enquanto a abertura do portal se expandia diante de nós, revelando um vislumbre do desconhecido. Era um convite irresistível, um chamado para adentrar uma nova experiência. Afinal, estávamos prestes a passar por um portal, quem sabe para onde nos levaria?

Embora eu estivesse concentrada na localização do véu, quem poderia garantir que a passagem por aquele limiar não nos levaria a lugares jamais imaginados, testando nossos limites e colocando em xeque tudo o que acreditávamos.

O coração pulsava em meu peito, um tambor frenético acompanhando cada batida de expectativa. Todos tinham olhares firmes e corajosos, compartilhavam a mesma sensação de vertigem e excitação.

Com o pulsar na garganta, dei um passo à frente, com a certeza de que não havia mais volta. O mundo que conhecíamos estava prestes a desaparecer atrás de nós, enquanto mergulhávamos de cabeça na imensidão do incerto.

Com passos firmes e corações acelerados, cruzamos o portal um a um, mergulhando em um espetáculo de cores e sensações arrebatadoras. A realidade estava aos poucos se transformado em um sonho febril, onde tons vibrantes dançavam em perfeita harmonia com uma energia mágica que parecia pulsar no ar. Nossos sentidos despertaram para uma dimensão além da compreensão, uma experiência transcendental que nos envolvia por completo.

Assim que passamos pelo portal, uma realidade completamente diferente de onde estávamos antes me impactou. Uma floresta mágica se estendia diante de nós, um cenário deslumbrante e exótico. A floresta se estendia em um horizonte infinito, uma vastidão verdejante e exuberante que desafiava a compreensão humana. As árvores, majestosas e imponentes, erguiam-se em alturas que pareciam tocar o céu, seus troncos sinuosos envoltos por cipós entrelaçados que formavam verdadeiras teias naturais. Cada árvore tinha sua própria presença única, emanando uma energia antiga e poderosa que envolvia todo o ambiente.

As folhas reluzentes, de matizes inacreditáveis, pareciam feitas de pura magia. Algumas brilhavam em tons de esmeralda resplandecente, enquanto outras reluziam em cores vívidas como rubis e safiras. Dos arbustos pendiam folhas douradas como pingentes de ouro. A luz filtrada pelos galhos criava um jogo de sombras dançantes no chão, como se a floresta estivesse viva, respirando em perfeita sincronia com os seres que a habitavam.

A vegetação exuberante e exótica exalava um aroma intoxicante, uma combinação de ervas raras, flores exóticas e madeira molhada. Cada inspiração preenchia os pulmões com uma energia revitalizante, uma essência que despertava os sentidos e nos conectava ao lugar. Era impossível não se encantar. Ficamos alguns minutos apenas admirando tudo ao nosso redor. Pequenos animais vinham nos saudar, pousando em nossos ombros ou voando em círculos. Eram insetos brilhantes e coloridos. Borboletas com cores florescentes e até pássaros com combinações de tons como nunca vi antes.

— Isso é incrível! — Nara soltou um suspiro de admiração, seus olhos brilhando com encantamento.

— Que lugar será esse? Não é possível que seja a Romênia — observou Santiago, girando para ver o lugar por diversos ângulos diferentes.

— Com certeza não é a Romênia — afirmou Alamanda, com o olhar perdido mirando o céu.

À medida que adentrávamos mais profundamente a floresta, trilhas sinuosas se formavam, entrelaçando-se em um labirinto natural. Pétalas de flores multicoloridas se espalhavam pelo caminho, formando um tapete vibrante sob nossos pés. Plantas exóticas, com formas e cores surreais, surgiam e se multiplicavam pelo caminho, como se tivessem sido moldadas pelos caprichos de um artista divino.

O som da vida ecoava por toda a floresta. O canto dos pássaros exóticos, desconhecidos por nós, preenchia o ar com melodias celestiais. O murmúrio dos riachos cristalinos, que serpenteavam entre as árvores, criava uma sinfonia líquida que nos envolvia em uma aura de tranquilidade e serenidade.

Contudo, por trás de toda a beleza e encanto, uma aura de mistério e perigo pairava no ar. Sombras dançavam nos recantos mais escuros da floresta, sussurros misteriosos se perdiam entre as árvores e um vento frio e arrepiante soprava ocasionalmente. A floresta era um lugar de dualidade, onde a magia e o perigo se entrelaçavam em uma dança perpétua.

Cada passo naquela terra sagrada parecia carregar um significado profundo. A cada nova clareira descoberta, surgiam antigos marcos de pedra, símbolos gravados que contavam histórias esquecidas e segredos ocultos. Era como se a própria floresta guardasse as memórias de civilizações antigas e de seres míticos que ali habitaram.

Era como se nossos sentidos estivessem sendo despertados para uma realidade extraordinária e desconhecida. Eu já havia sentido aquilo antes quando, com ajuda da Tituba, consegui me conectar com a energia pura da floresta de Leezah, mas aquilo era diferente. Era mágico.

— Isso é muito bizarro. Acho que caímos dentro de um livro de conto de fadas — sugeriu Will.

— Parece mesmo. Não estou certa de estarmos no lugar certo — comentei.

— Ainda não temos como saber disso, mas que é maravilhoso... Isso é — observou Alamanda.

Antoni nada disse, mas estava tão absorvido pela grandiosidade daquela sensação quanto os outros. Eu observava a reação de cada um deles ao sentirem e verem o que eu podia ver e todos os dias se deixasse, verdadeiramente, minha habilidade fluir. Claro que aquele lugar era muito exótico e especial, ainda assim, eles experimentavam a mesma sensação de estar conectado à natureza da maneira mais profunda possível.

Demorei a perceber que Antoni me observava em silêncio.

— Você pode ver tudo isso mesmo sem estarmos aqui, não é? — ele perguntou. — Em qualquer lugar.

Era mais uma constatação do que uma pergunta. Meu sorriso foi a resposta.

— Isso é incrível mesmo! — Seu olhar era de admiração.

Eu sentia que estávamos envolvidos pela energia daquela exuberante e enigmática floresta mágica. Os raios de sol se filtravam por entre as copas das árvores centenárias, criando um jogo de luz e sombras que dançava ao nosso redor. Respirei fundo para absorver o aroma doce das flores selvagens que preenchia o ar, mesclando-se com o cheiro terroso e fresco da vegetação.

Enquanto todos estavam sorrindo e olhando em volta para tudo que brilhava ou se movia, percebi que ali não era de fato o mundo que conhecíamos, o Malum não era apenas um objeto mágico, mas também um elo entre mundos.

— O que será esse lugar? — indagou Santiago.

— Parece um universo paralelo. Acho que estamos na Romênia, mas não no mesmo plano em que vivemos — deduziu Alamanda, respondendo minha pergunta. — Eu já ouvi sobre lugares assim, ou mundos assim. Mas nunca imaginei que realmente existissem, muito menos que eu conheceria um deles algum dia.

— Preciso estragar o clima e dizer que, com exceção de Alamanda, nada é só bom ou só mau... — gracejou Antoni.

Sua intenção, percebi depois, era fazer um alerta, mas ao me ver revirando os olhos, aproximou-se e, sorrindo, ao pé do meu ouvido sussurrou:

— Por acaso está com ciúmes?

— E por que eu estaria? — indaguei em tom desafiador, entrando no jogo.

Ele não respondeu, apenas ficou me encarando enquanto o sorriso ia deixando seu rosto aos poucos.

— O que você vê quando olha para ela? — desafiou-me.

— Uma fada linda e gentil — respondi rápido sem dar importância à pergunta.

— Não, Any. Quero saber quando você realmente a enxerga, do jeito que só você é capaz. Como é a energia dela?

— Você sabe que isso muda o tempo todo, não sabe?

A energia dela sempre era calma, serena e consistente. Embora eu não fosse admitir para ele, por várias vezes já havia feito esse reconhecimento, a garota era um ser de paz o tempo todo. Não havia muita variação, quando muito, ela apresentava traços de preocupação com pequenas nuances de cores, mas nunca nada perto de desespero, medo ou pensamentos negativos ou maldosos. Ela não julgava, não mentia e não carregava qualquer sinal de escuridão em sua aura. Era uma energia leve, pura e luminosa, como um raio de sol da manhã a qualquer hora do dia.

— Tudo bem se não conseguir enxergar muito dela, afinal ela é um tipo de fada, talvez tenha o poder de se esconder, até de você — insistiu ele, tentando me manipular.

Sorri e balancei a cabeça.

— Não acredita que pode mesmo me enrolar com essa conversinha, não é? — retruquei, sorrindo.

— Jamais.

Ele sabia que eu faria de um jeito ou de outro. Busquei a loira com os olhos e a mente aberta, deixando fluir a habilidade que me diferenciava entre os celsus e humanos.

Antoni observava atentamente minha expressão enquanto eu me conectava à energia de Alamanda. Seus olhos escuros captavam cada sinal, cada revelação que surgia em meu rosto.

Após alguns instantes de silêncio, eu voltei a encará-lo, com uma expressão carregada de admiração, respeito e rendição.

— A energia dela... é como um oásis de tranquilidade em meio a tempestades. É uma luz constante que ilumina todos ao seu redor, trazendo paz e esperança. Não importa o que aconteça, ela permanece serena e gentil, sempre pronta para ajudar e trazer conforto. É uma pureza que eu raramente encontro em outros seres. Aliás, que nunca encontrei antes.

Antoni assentiu lentamente, seu semblante sério agora refletia uma mistura de compreensão e apreciação.

— Exatamente. Ela nunca deseja nada além de paz, sua bondade é inabalável. Eu nem achava que isso existia, até conhecê-la — afirmou.

Eu me senti invadida por um misto de emoções ao ouvir as palavras de Antoni. Era raro vê-lo tão aberto, tão vulnerável. Senti uma conexão mais profunda entre nós naquele momento, uma compreensão mútua de que aquela garota de cabelo loiro e olhos brilhantes era verdadeiramente especial, e ele sempre soubesse.

— E como você sabe disso, está roubando minhas habilidades? — brinquei, provocando Antoni com um sorriso que dispersou qualquer sinal de irritação.

Ele soltou uma risada baixa, mas seu olhar permaneceu sério.

— Não chegam nem perto dos seus, mas também tenho alguns truques na manga. — Seu olhar era cortante.

— Então é por isso que você se tornou um defensor tão feroz... — concluí, desviando o olhar para evitar encará-lo diretamente, envergonhada por passar tanto tempo incomodada com a maneira como ela a defendia sempre que achava necessário.

— Tento manter alguns princípios quanto às coisas ou pessoas que defendo, dedicando energia ao que realmente vale a pena — declarou enquanto diminuía o espaço entre nós. — Por isso vou defender você sempre, mesmo quando estiver cansada de me ver por perto.

Suas palavras, carregadas de sinceridade e determinação, envolveram minha mente e meu coração. Enquanto ele falava, senti o calor do seu hálito acariciar delicadamente minha pele, provocando arrepios que percorriam todo meu corpo. Meus olhos se encontraram com os dele, mergulhando na profundeza daqueles olhos escuros cheios de promessas.

A gratidão inundou meu ser, misturada a uma ternura que se manifestava como uma chama suave e reconfortante. Eu sabia que podia confiar nele, que sua presença constante seria um apoio inabalável nos momentos mais difíceis. A promessa de sua defesa incondicional me envolveu como um abraço protetor, meu coração se encheu de gratidão e amor.

No entanto, mesmo que eu me sentisse imensamente grata por sua dedicação, também me dei conta da intensidade do momento. Minhas bochechas coraram, uma reação involuntária diante da proximidade física entre nós. Era constrangedor e ao mesmo tempo emocionante, uma mistura de sentimentos que fervilhava dentro de mim. Desviei o olhar por um instante, sentindo a timidez se misturar à felicidade. Aquele momento de vulnerabilidade compartilhada era especial e único, e eu sabia que nossas vidas estavam entrelaçadas de uma maneira que ia além de qualquer aventura ou mistério que enfrentássemos juntos.

Com um sorriso tímido, ergui meu olhar novamente, encontrando o par de olhos escuros e profundos fixados em mim. Ali, naquele instante mágico, eu soube que, independentemente dos desafios que viessem pela frente, teríamos um ao outro sempre.

Capítulo 12

Dizem que nada dura para sempre, essa é uma verdade inegável. É como se o Universo tivesse uma necessidade intrínseca de equilíbrio, onde tudo o que é bom eventualmente cede lugar ao que é ruim, e vice-versa.

Enquanto eu contemplava a grandiosidade do momento, sentindo a atmosfera repleta de paz e admiração, algo no ar começou a mudar. O vento, antes suave e reconfortante, agora parecia se agitar, trazendo consigo uma energia incomum. Era como se o equilíbrio estivesse prestes a ser quebrado, como se as forças das trevas estivessem à espreita.

Foi nesse momento que as palavras de Antoni ecoaram em minha mente com uma clareza assustadora: "nada é só bom ou só mau". Aquela frase que antes parecia uma reflexão abstrata, agora se materializava diante dos meus olhos. A harmonia que envolvia o ambiente era apenas a superfície de uma realidade muito mais complexa e perigosa.

A dualidade entre o encantamento e a ameaça estava presente em cada aspecto daquela floresta mágica. Eu senti a pulsação do desconhecido, a tensão entre o desejo de explorar e a necessidade de cautela, quando minha respiração começou a falhar. O aroma enigmático da vegetação, que antes parecia sedutor e encantador, agora tinha uma nota amarga e metálica. O vento transportava vozes misteriosas que ecoavam entre as árvores em forma de sussurros. A atmosfera se tornava cada vez mais carregada, como se estivéssemos sendo observados por forças desconhecidas e perigosas. Naquele momento, compreendi que aquele lugar, embora belo e fascinante, escondia um lado sombrio.

Os raios de sol que antes brilhavam com uma luminosidade acolhedora começaram a enfraquecer, dando lugar a uma penumbra densa e inquietante. As sombras das árvores se alongavam e se contorciam, como se ganhassem vida própria, envolvendo-nos em um abraço gélido.

O canto dos pássaros, antes melodioso e encantador, foi substituído por um coro dissonante de ruídos estranhos e arrepiantes. Enquanto avançávamos por entre os troncos maciços das árvores, os caminhos se tornavam cada vez mais intrincados e confusos. As raízes serpenteadas pelo chão pareciam querer nos prender e nos arrastar para um destino incerto e perturbador.

Nossos olhares se cruzaram em meio àquela atmosfera carregada de tensão. Reconhecíamos em nossos rostos a determinação e o receio que compartilhávamos. Sabíamos que estávamos adentrando um território perigoso, onde qualquer passo em falso poderia desencadear consequências catastróficas.

Enquanto a floresta mágica revelava seu lado sombrio, nossa determinação era posta à prova. Cada vez mais, era evidente que a jornada em busca do véu exigiria coragem; muita coragem.

— O que está acontecendo? — perguntou Nara, encolhendo-se.

— A floresta está nos mostrando seu lado sombrio. Talvez para nos assustar, talvez seja uma maneira de proteger o véu... —Alamanda tentou explicar, porém sem muita convicção.

À medida que avançávamos, o terreno se tornava traiçoeiro, com raízes retorcidas e pedras escondidas sob a vegetação. Cada passo era uma dança perigosa com o desconhecido, um desafio constante à nossa resistência.

O eco das nossas vozes parecia se dissipar rapidamente, engolido pela densidade da floresta, deixando-nos com uma sensação de solidão e vulnerabilidade.

Quando um som se sobressaiu, como o bater de grandes asas em meio a um vento forte, ficamos em choque, imobilizados. O ar parecia congelar ao nosso redor enquanto a fonte do som se aproximava rapidamente. Uma sombra imensa deslizava pelo céu, bloqueando a fraca luz que ainda restava. Era como se a própria escuridão tivesse ganhado forma física e estivesse se aproximando de nós.

De repente, das sombras da floresta, surgiram figuras imponentes e misteriosas.

Quatro seres sinistros desceram ao chão com uma graciosidade macabra, posicionando-se diante de nós como sentinelas implacáveis. Vestidos com túnicas negras que pareciam absorver a própria luz, seus capuzes ocultavam qualquer vestígio de rosto ou olhos, deixando apenas a escuridão profunda, ainda assim, podíamos sentir seu olhar fixo sobre nós, como se nos avaliassem com uma intensidade perturbadora, atravessando até mesmo a nossa alma.

Enquanto nos observavam com seus olhos ocultos, tive a sensação de que eles conheciam cada segredo e pecado que carregávamos. Seus silêncios transbordando mistério eram mais ameaçadores do que qualquer palavra proferida. Meu coração pulsava acelerado, incapaz de escapar do poder intimidante que essas figuras exerciam. Por mais que eu tentasse ver além, não havia mais nada ao redor deles, sua energia não se diferenciava da escuridão.

— São vigias esquecidos — nomeou Will, inseguro. — Com certeza, são guardiões do Véu de Éter.

Enquanto as palavras de Will ecoavam em nossos ouvidos, o peso da realidade se abateu sobre nós. Compreendemos que a jornada que tínhamos pela frente era muito mais perigosa e assustadora do que podíamos imaginar. Não tínhamos ilusões de que seria fácil, mas também não estávamos devidamente preparados para enfrentar aqueles vigias sombrios.

Segurando a mão de Antoni em busca de algum conforto, mesmo sabendo que segurança era algo ilusório diante da ameaça que enfrentávamos, senti a tensão percorrer meu corpo junto com o desconfortável choque, que diante da ameaça a nossa frente, pareciam apenas cócegas desagradáveis.

— Eles são devoradores de consciência, ladrões de memória e as usam contra nós mesmos. Eles mergulham nas profundezas da nossa mente, onde normalmente não conseguimos alcançar — explicou Antoni.

— O que vamos fazer? — perguntei com um fio de voz, consciente de que não havia uma resposta fácil.

Antoni suspirou, resignado diante da impotência da situação.

— Não há muito que possamos fazer. Os vigias devem nos desafiar de alguma forma, testar nossa coragem e determinação. Seja qual for o desafio que nos aguarda, não podemos impedir seu curso.

Santiago, visivelmente abalado, acrescentou:

— Dizem que os vigias têm o poder de enlouquecer os mais fracos, infligindo uma angústia insuportável.

Enquanto nossas mentes absorviam essas informações, um dos vigias quebrou o silêncio com uma voz que parecia rasgar o ar, cheia de mistério e ameaça.

— Aventureiros, ousaram adentrar nosso domínio sagrado, onde poucos têm permissão de pisar. Apenas os dignos podem prosseguir. Prove sua valia e poderão sair com suas vidas intactas.

Um arrepio percorreu minha espinha, enquanto a verdade sobre essas criaturas macabras se tornava clara em minha mente. Minha respiração ficou entrecortada, meu corpo tenso diante da sensação avassaladora de agonia.

Era como se cada escolha, cada pecado, cada sombra do meu passado ganhasse vida e peso, envolvendo-me em um manto de culpa e desespero. Cada vez mais, eu me sentia mergulhada no abismo das minhas próprias transgressões. A cada segundo, minha consciência parecia se desintegrar, fragmentos da minha existência sendo arrancados sem piedade. Senti minhas boas memórias se dissipando como névoa ao vento, enquanto lutava desesperadamente para segurar as peças frágeis que restavam.

Olhei para Antoni com os olhos arregalados, meu coração apertado no peito enquanto testemunhava sua gradual dissolução. Era como se alguém cruel e implacável o estivesse apagando lentamente, fazendo com que suas feições se desvanecessem, perdendo a nitidez à medida que ele se fundia com o ar ao nosso redor.

Desesperadamente, estendi minha mão na tentativa desesperada de segurá-lo, de mantê-lo ao meu lado, mas elas passaram pelo vazio que antes era ocupado pelo seu corpo sólido.

Um pânico avassalador tomou conta de mim, uma sensação de estar sendo tragada pela própria existência. Cada partícula do meu ser parecia se desintegrar, uma após a outra, como se eu fosse uma imagem desfocada desaparecendo. Minha pele se tornou translúcida, minhas extremidades tremiam incontrolavelmente, e minha forma física parecia perder consistência. Gritei desesperadamente, lutando contra uma força invisível que me envolvia, mas era como lutar contra um vento selvagem e impiedoso. Pouco a pouco, fui desaparecendo, assim como Antoni, mergulhando no abismo do nada.

E naquele momento de angústia e desespero, minha voz se dissipou em um grito silencioso, enquanto a realidade se desfazia ao meu redor. Eu me tornei apenas uma lembrança fugaz, uma sombra perdida entre o caos do desconhecido. Antoni e eu nos tornamos meras memórias, fragmentos de um passado que agora nos consumiam.

Num último momento de consciência, senti uma onda de escuridão avançando em minha mente, envolvendo-me em um turbilhão de confusão e desorientação. Quando finalmente abri os olhos, encontrei-me em uma cela sombria, mergulhada na penumbra. O ambiente era gelado e úmido, como se a própria umidade das paredes penetrasse em meus ossos. O ar era opressivo, impregnado com o cheiro pungente de mofo, que se misturava ao gosto metálico do medo.

Levantei-me lentamente, sentindo a tontura e a desorientação dominarem cada célula do meu corpo. Meus movimentos eram hesitantes. Nada fazia sentido. Perguntas sem respostas rodopiavam em minha mente: como eu havia chegado aqui? O que havia acontecido?

Meus pensamentos eram fragmentos soltos, uma colcha de retalhos confusa e desconexa. Meu coração pulsava desenfreado no peito, o ritmo acelerado ecoando em meus ouvidos como um tambor ensurdecedor. Cada batida era um lembrete constante de minha vulnerabilidade e incerteza. Lutei para trazer à tona as memórias dos momentos anteriores, mas tudo parecia um borrão indistinto. Minha mente era um campo de batalha, onde pedaços de lembranças haviam sido arrancados à força, deixando um vazio doloroso.

A confusão e o medo se entrelaçavam, formando uma teia implacável. Eu me sentia como uma navegadora perdida em um mar de incertezas, buscando desesperadamente uma bússola para me guiar. Cada pensamento era uma trilha tortuosa, uma tentativa frenética de decifrar minha situação atual. Mas as respostas permaneciam inalcançáveis, esquivando-se de mim como sombras inquietas.

A prisão, impiedosa e intimidante, envolvia-me como um abraço de ferro. Cada barra era um lembrete do quanto estava indefesa. Eu me sentia encurralada, aprisionada em um labirinto de incertezas e medo. As perguntas ecoavam incessantemente em minha mente, mas nenhuma resposta se materializava diante de mim.

Eu estava perdida em um vazio sombrio, sem pistas para me guiar. Uma nuvem de confusão e amnésia envolvia minhas memórias, deixando-me apenas com fragmentos desconexos. O meu nome, uma lembrança frágil e distante, ecoava em minha mente, mas parecia pertencer a uma vida anterior, como um eco distante em um sonho nebuloso. Uma voz desesperada chamava por mim, mas estava tão distante, como se pertencesse a outro mundo. Apenas uma lembrança fraca. Ou um sonho.

Enquanto meus olhos percorriam a cela sombria, o ar gélido e impregnado de desesperança invadia meus pulmões. Cada fio de energia parecia congelar diante da ausência de esperança. A confiança que um dia permeou minha existência, pelo menos nos últimos dias, agora era apenas uma miragem distante, desvanecendo-se como um truque de ilusão.

Sentia-me como uma viajante solitária em uma paisagem desolada, sem água e sem mapa. Cada passo adiante era incerto, mas eu sabia que precisava encontrar respostas, encontrar uma luz no meio da escuridão. Ainda que as paredes da prisão me apertassem, minha determinação se fortalecia. Eu estava determinada a desvendar os mistérios que me envolviam e recuperar a minha identidade perdida.

Com passos cautelosos, explorei cada canto da cela, procurando por pistas, por qualquer indício que pudesse me levar à compreensão do que havia acontecido. Mas o ambiente parecia vazio, desprovido de qualquer sinal que me levasse a alguma conclusão. Cada toque nas paredes ásperas apenas reforçava minha sensação de confinamento.

O desespero começava a se entrelaçar com a frustração, mas me recusava a desistir. Era como se o próprio ambiente conspirasse contra mim, alimentando-se do meu desamparo.

Mesmo com as memórias fragmentadas e a incerteza pairando sobre mim, havia uma chama ardente de determinação que queimava em meu interior. Eu precisava encontrar respostas, desvendar os segredos ocultos por trás daquelas paredes.

Com as pernas e as mãos trêmulas, circulei pela cela tocando as paredes frias, tentando encontrar alguma abertura, algum caminho para escapar daquela prisão. Mas nada se revelava, nada além de umidade e desespero.

Enquanto eu mergulhava nas profundezas do meu passado, as lembranças se fragmentavam e se reconstituíam, como cacos de um espelho quebrado tentando formar uma imagem coerente. A adrenalina ainda pulsava em minhas veias, relembrando os momentos de combate e perigo que havíamos enfrentado juntos. As cicatrizes em minha alma pareciam latejar, testemunhas silenciosas de cada batalha travada. Tudo se misturava em um emaranhado confuso de imagens e sensações. Mas uma coisa estava clara: eu não estava sozinha nessa jornada.

Aos poucos, os fragmentos iam se juntando e formando imagens coerentes. Em meio à nebulosidade das lembranças, o vínculo com meus amigos permanecia inabalável. Eu podia sentir a presença deles, mesmo que estivessem em lugares desconhecidos.

Cada imagem que surgia em minha mente era um vislumbre de suas faces, de suas vozes ecoando em minha cabeça. Eles também estavam enfrentando seus próprios desafios, seus próprios labirintos de provações. Eu sabia que, assim como eu, estavam lutando contra as sombras de seus próprios medos. O vínculo que compartilhávamos, a conexão profunda que nos unia, era uma força que transcendia as barreiras físicas. Eles estavam por perto, mesmo que não pudesse vê-los ou tocá-los, eu podia sentir. A certeza desse pensamento trouxe algum conforto em meio ao caos.

Respirei fundo, buscando o equilíbrio dentro de mim. Eu não poderia permitir que a escuridão tomasse conta de minha alma, não sem lutar. Eu era uma buscadora de verdades, uma portadora da luz que desafiaria até as sombras mais tenebrosas. Apesar de assustador, aquele desafio não conseguiu esvaziar minha determinação.

À medida que as memórias retornavam, um turbilhão de emoções me envolvia. Lembrava-me dos momentos de alegria e amor, mas também dos momentos sombrios em que tomei decisões erradas. O peso dos meus erros era avassalador, e a culpa me corroía por dentro.

Cada lembrança dolorosa era como uma lâmina afiada que penetrava em meu peito, trazendo consigo a sensação de arrependimento e remorso. Eu revivia cada momento, cada escolha errada que fiz, sentindo o peso insuportável da culpa sobre meus ombros. As imagens se entrelaçavam em minha mente, formando um quadro sombrio e angustiante do meu passado.

A lembrança daquelas transgressões, pequenas e grandes, inundava minha consciência. Sentia-me envergonhada e enredada em uma teia de mentiras e enganos, que eu mesma construí para me proteger. As noites insones em que a consciência pesava mais do que qualquer cobertor, os olhares evasivos e sorrisos falsos que escondiam a verdadeira pessoa que eu era. Era difícil encarar a minha própria escuridão, confrontar os fantasmas do passado que assombravam minha mente.

Cada erro cometido era como uma pedra colocada na mochila que carregamos ao longo da vida. Podemos até tentar ignorá-los, afastá-los de nossa consciência, mas eles permanecem lá, pesando sobre nós, lembrando-nos de nossa falibilidade e de nossas imperfeições.

Julgar alguém sem conhecê-lo de verdade, deixar-se levar pelas aparências e preconceitos, era um erro comum, mas que podia causar danos profundos. Aquela sensação de ter sido injusto, de ter machucado alguém com palavras ou ações precipitadas, ficava gravada em nossa mente, uma ferida silenciosa que nos lembrava de nossa capacidade de machucar os outros.

No entanto, há erros que vão além das pequenas transgressões. Aqueles que causavam efeitos danosos e irreversíveis. Causar ou testemunhar pacificamente algo que desencadeia sofrimento a alguém, era uma escolha que assombraria a mente para sempre. O peso dessa experiência traumática nos acompanharia, mesmo que tentássemos negá-la. O medo de enfrentar a verdade, de lidar com a dor e a responsabilidade daquela situação, levava-nos a construir muralhas em torno de nós mesmos, mas essas muralhas não nos protegiam, apenas nos isolavam.

Somente quando confrontávamos nossos erros, quando encarávamos a verdade, erra que poderíamos começar a curar as feridas que causávamos em nós mesmos e nos outros. Precisamos olhar para o espelho e admitir nossas fraquezas, nossas falhas, e ter coragem de seguir em frente, buscando reparar o que foi quebrado e aprender com nossos erros.

A jornada em busca de redenção podia ser árdua e insana, mas aquele desafio estava me fazendo entender que esse era um caminho necessário para crescer e evoluir como ser humano ou celsu. Atravessar o vale das sombras e encarar os fantasmas do passado me permitiria construir uma nova fundação, baseada na humildade, na compaixão e na busca pela honestidade.

Então, mesmo que os meus erros me acompanhem como sombras, eu não podia permitir que eles me definissem. Precisava reconhecê-los, confrontá-los e transformá-los em lições que me impulsionassem a ser melhor. Pois era na aceitação de nossa individualidade imperfeita que encontraríamos a força para seguir em frente.

As lágrimas se acumulavam nos cantos dos meus olhos, prontas para se derramarem a qualquer momento. A culpa, que por tanto tempo me consumiu, agora começava a perder sua força. Por anos, carreguei o fardo da responsabilidade pela morte de meu pai. A sensação de ter falhado com ele, de não ter sido a filha que ele merecia, corroeu minha alma e deixou cicatrizes profundas. Além disso, a ausência da minha mãe, o abandono que senti em minha infância, deixou uma marca dolorosa. A sensação de não ser boa o bastante, de não merecer o amor e a presença dela, danificou minha autoestima e minou qualquer traço de confiança. Era como se pedaços importantes da minha felicidade tivessem sido arrancados de mim, deixando um vazio amargo no lugar.

Mesmo após descobrir a verdade por trás desses eventos, a dor persistia. A verdade, por mais libertadora que pudesse ser, não conseguia apagar as marcas do passado. A ferida da perda e do abandono ainda doía, e a cicatrização era um processo lento e tortuoso demais.

Com cada lágrima que caía, eu deixava escapar um pouco da dor que me consumia. Não sei por quanto tempo fiquei assim, deixando a dor se esvair. Aos poucos, comecei a reconhecer que não poderia ter feito nada para mudar o passado. Percebi que a busca pela aceitação e pela felicidade não dependia da aprovação de minha mãe, sim, de minha própria capacidade de me amar e me aceitar como sempre fui.

Aos poucos, libertei-me das amarras do passado. Embora não pudesse alterar as experiências que moldaram minha vida, sabia que tinha o poder de moldar meu futuro.

Levantei-me lentamente na cela fria, sentindo a força retornar ao meu corpo. A fragilidade que me dominava antes começava a se dissipar, substituída pela determinação de seguir em frente. Eu era uma pessoa imperfeita, mas também era alguém capaz de aprender, crescer e buscar a redenção.

Enquanto me erguia, senti uma nova energia pulsar em minhas veias.

Meus olhos se arregalaram diante do inesperado.

A fechadura cedeu sobrenaturalmente, como se respondesse a uma força invisível. O rangido metálico da grade ecoou no ambiente, oferecendo-me a liberdade há tanto tempo ansiada. Tateei meu corpo em busca da bolsa lateral e o objeto de madeira que nos levou até ali, conferindo que ambos continuavam comigo, arfei em alívio.

Com cautela, adentrei o corredor escuro além da cela. Minhas mãos tocavam as paredes frias, enquanto meu coração acelerava em antecipação. Cada passo era carregado de expectativa e apreensão, pois não sabia o que me aguardava além daquelas paredes sombrias. A escuridão parecia me engolir. Mas, mesmo naquele ambiente lúgubre, uma chama de esperança brilhava dentro de mim. Eu sabia que aquela libertação não era mera coincidência. Algo maior estava em jogo, uma força desconhecida, guiando-me por um caminho que ainda estava por descobrir.

À medida que avançava pelo corredor estreito, os sons de minha própria respiração e os batimentos acelerados do meu coração preenchiam meus ouvidos. Cada passo era acompanhado pelo eco solitário que parecia sussurrar segredos sombrios. A ansiedade me envolvia, misturada com a determinação de desvendar os mistérios que me cercavam. Eu não podia voltar atrás, nem permitir que o medo me dominasse novamente. O meu destino estava à minha frente, e eu estava disposta a encará-lo, custasse o que custasse.

Enquanto seguia pelo corredor, a escuridão começava a ceder lugar a uma suave luminosidade. Uma porta se revelava à minha frente, entreaberta como um convite tentador. O coração acelerou ainda mais, pulsando no ritmo de uma esperança renovada.

Empurrei a pesada porta de madeira e adentrei um lugar bem diferente. Ela dava direto para um templo, suas paredes eram adornadas com mosaicos elaborados, que contavam a história dos antigos sábios e a união entre, o que pareciam ser, reinos mágicos. Cada detalhe ganhava vida à medida que a luz do sol penetrava pelas janelas altas, criando reflexos multicoloridos que dançavam e se moviam pelas superfícies.

No centro do templo, uma fonte se erguia majestosamente. Águas cristalinas jorravam pelas laterais da escultura de uma mulher, como uma deusa de pedra ricamente esculpida, formando uma cascata que descia em um leito de pedras polidas. A luz suave e misteriosa emanava da fonte, envolvendo o ambiente em uma aura de tranquilidade e renovação. Pequenas partículas brilhantes flutuavam no ar, criando um espetáculo de luz e magia.

O som suave da água corrente ecoava pelo templo, criando uma sinfonia calma e serena. Eu podia sentir a energia pulsante do lugar, como se estivesse sendo envolvida por uma força sagrada. Cada respiração que eu tomava parecia mais profunda e significativa, enquanto eu me permitia absorver a atmosfera de poder espiritual que permeava o templo.

À medida que eu avançava pelo templo, notava os detalhes meticulosos nas paredes e colunas esculpidas. Símbolos antigos e runas mágicas estavam entrelaçados nos mosaicos. A cada passo, sentia uma conexão mais profunda com a história e os segredos que o templo guardava.

Para mim, aquele templo era um verdadeiro santuário, como se tivesse encontrado um refúgio onde pudesse me reconectar com minha essência mais profunda.

— É muito tranquilo por aqui, não acha? — Uma voz suave cortou o silêncio, fazendo-me pular de susto.

Atrás de mim estava uma figura singular, com as mãos cruzadas atrás do corpo e um olhar simpático. Seu cabelo escuro como ébano caía em cachos selvagens, enquanto sua vestimenta era uma mescla de tecidos finos e padrões intricados, harmonizando com as cores do ambiente ao nosso redor. Seu rosto tinha uma pele morena e muito delicada. Parecia ser tão macia que dava vontade de tocar.

— Sim, muito. Mas... Onde estou?

— No Templo das Águas Luminosas. Um santuário de paz e renovação. Imagino que seja o mínimo depois de tudo pelo que passou — disse apontando para a porta. — Mas venha, tem algumas pessoas esperando por você.

— Espera. Quem é você?

— Meu nome é Philis — revelou com um sorriso simpático. — É um prazer conhecê-la, Alany Green.

— O prazer é meu, Philis — respondi, aceitando que naquele lugar tudo era enigmático; claro que ela saberia meu nome.

— Venha — convidou, segurando minha mão, fazendo-me acompanhá-la.

Diante de nós se estendia um jardim exuberante e encantador, com uma profusão de cores e fragrâncias inebriantes. Flores exóticas desabrochavam em uma sinfonia de tonalidades, seus perfumes preenchendo o ar com uma doçura envolvente. As plantas formavam um emaranhado harmonioso, seus caules e folhas entrelaçados como braços em um abraço afetuoso.

Animais exóticos percorriam o jardim, cada um mais fascinante do que o outro. Pássaros de plumagens vibrantes deslizavam pelo céu, deixando um rastro de cores em seu voo gracioso. Borboletas, com suas asas delicadas e ornadas, dançavam em meio às flores, em uma coreografia de beleza natural.

E ali, no centro desse paraíso botânico, encontrei minhas amigas, Nara e Alamanda. Seus olhos brilhavam com alegria e surpresa ao me verem. Ao lado delas, estava um homem jovem e extraordinariamente belo, cuja presença parecia ser uma extensão da própria natureza ao seu redor.

— Any — disseram em coro enquanto corriam ao meu encontro.

Meu coração se encheu de alívio.

Capítulo 13

A sensação de familiaridade e segurança que senti ao vê-las, fez com que aqueles momentos na cela parecessem um pesadelo distante. Naquele momento, agradeci por estar viva e poder abraçá-las novamente.

O alívio se misturava com uma melancolia persistente. A sombra da solidão e do desespero que senti na prisão ainda pairava em minha mente. Pensei que nunca mais veria o rosto de alguém que amava, que nunca mais sentiria um toque familiar ou ouviria uma voz conhecida. Quão frágil e efêmera a vida se mostrava naqueles momentos de isolamento.

— Vocês estão bem? — indaguei, andando rápido para alcançá-las.

— Sim. Ainda bem que você voltou, estamos esperando faz um tempão — respondeu Nara, aliviada.

— Sério? Eu pensei que... Nem sei. Acho que não estava conseguindo pensar direito. Onde estão os outros?

— Ainda não saíram. Cada um de nós ficou confinado com seus pecados e segredos. Eu não fiquei muito tempo — declarou Alamanda, causando zero surpresa. — Nara saiu um pouco depois e ficamos por aí, conhecendo o lugar e enquanto esperávamos por vocês.

— Olá! Você deve ser Alany — apresentou-se o rapaz de voz suave e macia. — Sou Aeson, muito prazer!

Ele estendeu a mão em um cumprimento de boas-vindas, que retribuí.

Enquanto nossas mãos se separavam, pude perceber um brilho sutil em seus olhos. Ele emanava uma aura de mistério, como se carregasse consigo séculos de experiência apesar do rosto jovem. Evidente que Aeson não era um mero espectador nessa história, ou onde estávamos.

— O que é esse lugar? — perguntei.

— Você está no reino de Elíria. Um mundo paralelo ao seu, estamos entre os véus, onde as fronteiras entre a realidade e a magia se misturam.

— Elíria... Soa como algo saído de um conto de fadas — murmurei, sentindo uma mistura de encanto e apreensão tomar conta de mim.

Por um momento pensei ainda estar naquela cela gelada e que tudo aquilo fosse apenas um sonho. O que não seria novidade dado meu histórico.

Aeson assentiu, com um sorriso enigmático nos lábios. Seus olhos brilhavam com uma intensidade diferente. Havia mais segredos ali, esperando o momento certo para serem revelados.

— Foi o que eu disse também — comemorou Nara, radiante com a empolgação compartilhada, e eu me sentia grata por ter alguém com quem dividir esse momento de encantamento.

Eu absorvia cada palavra de Aeson, sentindo uma mistura de fascínio e apreensão crescer dentro de mim. A sensação de estar no limiar entre dois mundos, com segredos e desafios, era ao mesmo tempo assustadora e emocionante.

Minha mente lutava para compreender o que ele dizia, aceitar como real. Elíria, um reino paralelo ao meu, onde realidade e magia se entrelaçavam, parecia saído diretamente de um livro. Era difícil acreditar, sem questionar a própria sanidade, que eu estava diante de algo tão extraordinário e surreal.

Por isso, apesar do fascínio que aquelas palavras me despertavam, uma parte de mim ainda hesitava em aceitar a realidade dessa nova dimensão. Será que aquilo tudo não passava de um delírio causado pelas privações e angústias que vivenciei na cela gelada? Mas as feições sérias de Aeson e a euforia de Nara me faziam questionar até mesmo essa possibilidade. No entanto, havia energia ao redor do rapaz, era diferente, e eu me sentia atraída por esse mistério, ainda que apreensiva em relação ao desconhecido.

— E você sabe por que estamos aqui? — perguntei, atenta à sua reação.

— Elíria é um reino onde, não apenas a magia flui livremente, tornando tudo tão especial como podem ver, aqui também guardamos segredos que podem consumir pessoas e destruir mundos. Os vigias esquecidos, as criaturas sombrias que você encontrou, são apenas um fragmento da complexidade deste lugar — disse Aeson, olhando profundamente em meus olhos. — Estão aqui porque precisam do Véu de Éter, e sei que sua causa é justa, porém um objeto tão precioso não pode simplesmente cair em mãos erradas. Precisamos ter certeza das intenções de todos vocês.

Eu queria me certificar de que estávamos no lugar certo e também testava a viabilidade de concluir nossa missão. Diante da frase sem maiores implicações, imaginei que não fosse algo impossível. Afinal, nossas intenções eram as melhores possíveis.

— E meus amigos, onde estão? O que aconteceu com eles? — indaguei, lembrando-me do momento em que me vi desintegrando ao lado de Antoni.

— Seus amigos estão seguros, Alany. Cada um deles está passando por uma jornada única, enfrentando suas próprias provações. Não se preocupe, vocês irão se encontrar novamente, quando chegar o momento certo.

Não era exatamente a resposta que eu queria ouvir, mas senti um grande alívio.

— Você tem algum conhecimento sobre o que acontece em outros mundos? — inquiriu Alamanda, provavelmente absorvida pelo mesmo tema que eu.

O que sabiam sobre os planos de Handall e como sabiam que a nossa causa era justa?

— Sim, nós temos uma boa visão do que acontece em todos os planos, mas talvez não seja de nosso conhecimento os detalhes. Por exemplo, o Ministério tem um líder com planos sombrios, dos quais não compreendemos bem os efeitos no mundo mortal, apenas entendemos que vocês estão dispostos a lutar contra isso em defesa de um povo... Não apenas por sua própria sobrevivência, e isso torna sua causa nobre o bastante para autorizarmos seu acesso ao grande véu.

— Então, também deve saber que não temos muito tempo — expliquei, esperando que ele compreendesse que estávamos perdendo tempo enquanto conversávamos ou esperávamos que os outros completassem sua jornada. Nem sequer sabia há quanto tempo estávamos ali, por quanto tempo estive inconsciente naquela cela.

— Desde que chegaram em Elíria, estão sobre a proteção do véu, não há com o que se preocupar — esclareceu, alargando o sorriso.

— Você acha que eles ainda vão demorar muito? — especulei.

Alguma coisa naquele sorriso estava me incomodando. Por mais que eu tentasse ver além do que ele mostrava, só conseguia bater em uma parede de energia colorida e sólida. Nunca oscilava ou hesitava.

— Não é possível prever — respondeu, sucinto. — Por que não caminhamos para que possam explorar e conhecer as belezas do nosso reino? — sugeriu Aeson, sempre cordial.

Respirei fundo e concordei, ainda mantendo um olhar cauteloso sobre ele.

O vale parecia um cenário tirado de um sonho, com suas colinas suaves e revestidas de um tapete exuberante de grama verde-esmeralda. Flores selvagens pontilhavam a paisagem, espalhando cores vibrantes que contrastavam com o azul do céu. A brisa suave acariciava meu rosto, trazendo consigo o perfume doce das flores e o som distante de uma melodia encantadora.

Enquanto caminhávamos pela relva macia, o vale parecia ganhar vida ao nosso redor. Borboletas dançavam graciosamente no ar, revelando suas asas multicoloridas. Pássaros desconhecidos entoavam melodias mágicas, criando uma sinfonia única que parecia ecoar em todos os cantos.

Ao longe, avistei um pequeno riacho que serpenteava entre as árvores. Suas águas cristalinas refletiam a luz do sol, formando pequenos prismas que brincavam com os raios solares.

Maravilhada com a visão do riacho, minha curiosidade me impulsionou a me aproximar. A cada passo que eu dava, o som suave da água corrente preenchia meus ouvidos, criando uma melodia serena que ecoava pela floresta. As árvores ao redor do riacho eram altas e majestosas, criando um dossel verde que filtrava a luz do sol, fazendo com que os raios dançassem em meio às folhas. Pequenos feixes de luz iluminavam o caminho, parecia até que a floresta estava me guiando por aquele cenário mágico.

Chegando à beira do riacho, a delicadeza das águas cristalinas me encantava. O reflexo do sol na superfície formava pequenos prismas multicoloridos, que brincavam com os raios solares em um espetáculo hipnotizante.

Uma brisa suave percorria a floresta, carregando consigo o aroma fresco e revigorante das plantas. Fechei os olhos por um momento, inspirando profundamente, sentindo a conexão com a natureza ao meu redor.

Parte do riacho corria entre as pedras, criando pequenas quedas d'água que produziam um som calmante. À medida que seguia seu curso, ele se escondia por entre as árvores, convidando-me a explorar mais desse reino misterioso.

Sentamos à beira do riacho, deixando que nossas mãos tocassem a água fresca. Era como se cada gota trouxesse consigo um fragmento do poder mágico de Elíria, envolvendo-nos em uma sensação de calma e renovação.

Enquanto observávamos a correnteza suave, Aeson compartilhava histórias sobre as criaturas que habitavam essas águas. Ele falava com reverência sobre os espíritos das águas, seres sábios e antigos que protegiam e mantinham o equilíbrio no reino. Suas palavras davam vida aos contos, fazendo-me imaginar as formas brilhantes que se moviam sob a superfície, dançando em perfeita harmonia com a natureza.

Caminhamos por trilhas sinuosas que nos levavam a cachoeiras escondidas, envolvidas por uma névoa suave que realçava sua beleza magnífica. A energia que fluía nesses lugares era intensa, como se a própria essência de Elíria estivesse concentrada ali.

Enquanto nos aventurávamos pelo vale de Elíria, eu me sentia cada vez mais envolvida por sua magia e mistério. Cada passo revelava novos encantos e maravilhas, despertando em mim um desejo insaciável de explorar ainda mais.

No entanto, mesmo diante de toda essa beleza e encantamento, não conseguia deixar de sentir que algo estava errado. Aeson, apesar de sua aparente cordialidade, mantinha uma reserva constante. Seus olhos sempre fugindo dos meus, e eu sabia que não poderia baixar a guarda completamente. *Nada é só bom ou só ruim.*

Conforme nos aventurávamos pelo vale, fomos guiados por trilhas sinuosas até chegarmos a uma vila encantadora. Os moradores, à primeira vista, pareciam ser como qualquer pessoa comum. Jovens caminhavam pelas ruas, trocando sorrisos e cumprimentos amigáveis, enquanto senhores e senhoras conversavam animadamente nos bancos da praça central. Crianças brincavam despreocupadas, correndo e rindo, trazendo uma sensação de alegria contagiante.

A aparência dos moradores era diversa e única, refletindo a variedade de origens e histórias que compunham a vila de Elíria. Havia moças com cabelos de várias cores diferentes, azul, lilás, verde e preto, todos brilhavam ao sol, jovens com olhos cintilantes de cores ainda mais inusitadas e senhores com barbas brancas que pareciam acumular conhecimentos milenares.

Cada rosto que encontrávamos exibia uma beleza singular, marcada pela harmonia e pela vitalidade. As mulheres vestiam roupas leves e coloridas, adornadas com flores e elementos naturais, enquanto os homens exibiam trajes simples e elegantes, combinando com a atmosfera tranquila da vila. Sobressaiam as tatuagens pelo rosto e corpo de todos eles, exceto na pele dos mais velhos. Até as crianças exibiam contornos que formavam símbolos e palavras desconhecidas.

Alguns nos observavam com curiosidade, outros fingiam não nos ver, olhando apenas de soslaio. Passamos por eles sorrindo e cumprimentando aqueles que nos encarava até chegarmos à frente dos portões de uma fortaleza. Os imponentes portões de madeira, abertos para nos receber, revelaram um castelo majestoso diante de nossos olhos. A estrutura se erguia altiva, com suas torres pontiagudas que alcançavam o céu. As paredes de pedra cinzenta, desgastadas pelo tempo, contavam histórias antigas.

Adentramos os portões e fomos recebidos por um pátio espaçoso, cercado por colunas de mármore adornadas com hera e flores coloridas. O chão de pedra polida refletia a luz do sol, criando um brilho suave que iluminava o ambiente. No centro do pátio, uma fonte jorrava água cristalina, trazendo vida e serenidade ao lugar. À medida que atravessávamos o pátio interno, notamos a presença de moradores de Elíria que circulavam pelos arredores. Eles possuíam uma aparência simples e acolhedora, sempre em trajes que refletiam a vida em harmonia com a natureza. Alguns trabalhavam nos jardins, enquanto outros se reuniam em pequenos grupos para conversar e compartilhar histórias.

O castelo em si era uma obra-prima arquitetônica, com torres imponentes e muralhas antigas. Suas paredes, revestidas de pedra, conferindo-lhe uma aparência sólida. Janelas altas e adornadas com vitrais coloridos pontuavam a fachada, permitindo que a luz do sol se infiltrasse, criando reflexos mágicos em seu interior.

À medida que nos aproximávamos da entrada principal, avistamos uma figura intrigante. Era um senhor de cabelo prateado e olhos azuis penetrantes, vestido com roupas simples que em nada, segundo os nossos padrões, denotavam qualquer autoridade. Ele nos recebeu com um sorriso gentil.

— Fiquem à vontade. São meus convidados aqui. Luan os levará para conhecerem o castelo — disse Aeson com uma reverência.

— Vejo que conseguiram encantar Aeson. Ele não costuma trazer os visitantes até aqui — gracejou o homem simpático. — Venham! — convidou-nos a adentrar o castelo.

Sua energia era clara e tranquila, quase transparente ela me mostrava estar diante de um homem sábio e generoso. Não havia nada de enigmático naqueles olhos. Não como Aeson.

As paredes do castelo eram adornadas com tapeçarias coloridas, que retratavam cenas da vida cotidiana em Elíria, desde os trabalhos nos campos até as festividades comunitárias. Móveis de madeira rústica, esculpidos à mão, preenchiam os salões, criando espaços acolhedores onde os moradores podiam descansar e compartilhar momentos de convívio. Não havia aspectos de nobreza, do tipo que se distancia das pessoas comuns. Aquele castelo pertencia ao povo.

Conhecemos apenas alguns pontos na entrada do castelo, depois saímos em uma área externa, na parte de trás. Onde havia um pátio grande e um belo jardim.

Durante nossa exploração, nos deparamos com crianças brincando nos corredores e nos pátios internos. Elas tinham rostos alegres e cheios de curiosidade, e seus olhos brilhavam com a inocência da infância. Rapidamente nos envolvemos em suas brincadeiras, tornando-nos parte daquela atmosfera acolhedora e familiar.

Enquanto interagíamos com os moradores de Elíria, compartilhávamos histórias e sorrisos, imergindo na cultura e nas tradições daquele mundo. Em nenhum momento fomos interrogados por qualquer um deles, foi como estar em casa. Apesar de alguns olhares curiosos, nenhum era desafiador ou maldoso.

Eu me vi rodeada por um grupo de crianças animadas, seus rostinhos curiosos e cheios de vida me atraíram instantaneamente. Elas corriam em todas as direções, buscando esconderijos mirabolantes enquanto acompanhávamos o movimento frenético.

Fomos surpreendidas por uma garotinha de olhar doce, que nos observava detrás de um banco de madeira, revelando seu esconderijo. Seu cabelo enrolado e totalmente azul, preso no topo da cabeça, capturou nossa atenção, assim como sua voz suave ao dizer quase sussurrando:

— Vocês precisam procurar a gente!

Intrigadas e animadas pelo desafio, entreolhamo-nos e aceitamos prontamente a proposta da garotinha.

Nara, Alamanda e eu nos dispersamos, cada uma seguindo seu instinto para encontrar os pequenos escondidos. A atmosfera estava carregada de expectativa e risadas abafadas, enquanto explorávamos cada cantinho do pátio em busca das crianças. Eu me movia silenciosamente, observando atentamente todos os detalhes ao meu redor. Cada risada, cada movimento furtivo, era um indício de que uma criança se escondia ali por perto. Segui os sons e as pistas, percorrendo os corredores e o pátio, determinada a encontrar cada um deles.

Em um momento de sorte, deparei-me com um sorriso travesso escondido atrás de uma árvore frondosa. Era um menininho com sardas no rosto e olhos brilhantes, que mal conseguia conter a alegria de ter sido encontrado. Trocamos risos cúmplices e segui em busca das outras crianças. Em meio à busca, encontrei Nara em um jardim encantador, cercada por um grupo de crianças risonhas e curiosas. Parece que ela havia encontrado várias de uma só vez.

Continuando nossa busca incansável, explorei os cantos mais remotos do jardim. Entre árvores e arbustos, deparei-me com uma pequena menina de cabelo trançado, que se escondia em um barril vazio. Seus olhos brilhavam com alegria quando a encontrei, e um sorriso brincalhão iluminou seu rosto.

Por fim, encontrei Alamanda em outra parte do pátio ensolarado, onde várias crianças saltitavam de alegria. Ela estava no centro da diversão, compartilhando risadas e abraços calorosos. Juntei-me a eles, sentindo-me parte daquela atmosfera mágica e acolhedora.

Lembrei-me da minha infância, quando ninguém me chamava para a brincadeira, provavelmente porque eu nunca perdia. Na época eu não entendia que não era justo. Para mim, sempre foi natural ver um brilho ao redor das pessoas, mesmo quando as crianças estavam escondidas eu podia ver as sombras dançando ao redor delas, embaixo de um banco ou atrás de algum móvel, às vezes, até pela fresta atrás de uma porta.

Foi a primeira vez que participei de uma brincadeira de maneira tão natural. Se, anos atrás, eu soubesse que brincar sem usar minha habilidade seria assim, tão divertido, minha infância teria sido um pouquinho mais fácil.

Enquanto me envolvia nas atividades com as crianças, compartilhava histórias de minhas próprias aventuras, despertando ainda mais a curiosidade dos pequenos. Eu os encorajava a sonhar alto, a explorar o mundo e a acreditar em suas próprias capacidades. Cada palavra que saía de meus lábios era um incentivo para que nunca deixassem de ser curiosos e corajosos.

Ao olhar para aquelas crianças com seus sorrisos inocentes e olhos cheios de curiosidade, percebi o quanto aquele momento de brincadeira havia nos aproximado delas e do espírito acolhedor da vila de Elíria. Éramos estrangeiras naquele mundo encantado, mas ali, naquele instante, nos sentíamos em casa.

A tranquilidade que permeava o ar foi repentinamente interrompida quando percebemos que uma das garotinhas havia desaparecido. Sem perder tempo, senti uma onda de preocupação me envolver e, instintivamente, iniciei uma busca frenética pela pequena, seguida de perto pelas outras crianças que chamavam o nome dela:

— Ana! Ana!

O coração batendo acelerado, eu me entreguei à tensão do momento, deixando de lado qualquer o bloqueio. Minha conexão entrou em sintonia com a brincadeira, e não demorou muito até que a encontrasse, sua energia brilhava no alto de uma árvore. Como uma garotinha tão pequena havia alcançado aquele lugar, permaneceu um mistério para mim, mas havia algo diferente nela.

Enquanto a ajudávamos a descer da árvore, percebi que sua aura emanava uma energia única, uma mistura densa e oscilante de tons cinza e roxo. Era uma sensação completamente diferente de todas as outras que havia experimentado naquele mundo encantador de Elíria. Todas as pessoas daquele lugar tinham tanta leveza e tranquilidade que todas tinham energias muito parecidas, com sombras de tons claros e esvoaçantes. No entanto, não havia maldade ou algo sinistro em Ana, apenas uma peculiaridade que a tornava única entre as crianças.

A pequena ruiva expressou sua gratidão com um abraço caloroso, e eu retribuí com ternura. Não importava o que a distinguia, pois ali prevalecia a inocência e a pureza de uma criança. Com um último abraço, nos despedimos, e as outras crianças nos cercaram, felizes por termos encontrado sua companheira.

A interação com as crianças em Elíria foi uma lembrança de que a inocência e a criatividade infantil são tesouros preciosos que devemos valorizar. Naquele dia, compartilhamos risadas, aventuras e amizade, criando memórias que me acompanhariam para sempre, talvez as acompanhassem também, e mesmo com a aura peculiar daquela garotinha, não podia negar que criança era criança em qualquer mundo.

— Eu não canso de ver esse lugar, é tudo tão perfeito — declarou Alamanda encantada.

— Exatamente — anuiu Nara, sem o mesmo entusiasmo. — Perfeito.

Nós nos olhamos, cúmplices. Carregávamos a mesma sensação; era perfeito demais.

— Pois saibam que deram sorte, chegaram no dia do baile do Destino — anunciou Aeson, surgindo de repente, como se brotasse do chão. — Por isso eu quis trazê-las aqui, é um dia muito especial para todos nós. Todos estão muito animados, como puderam ver. E já que terão de esperar até que os outros se juntem a nós, pensei que gostariam de participar da festa.

— Agradeço o convite, mas não acredito que tenhamos tempo para isso, precisamos voltar para o nosso mundo — declinei do convite e percebi um bico se formando nos lábios da Nara.

Olhando em volta, não encontrei o senhor que nos recebeu, parece ter sumido misteriosamente, assim que Aeson surgiu do nada.

— Compreendo que o mal não concede trégua, não é mesmo? — Aeson ponderou, seu sorriso se alargando ainda mais. Se pretendia trazer um alívio cômico, falhou miseravelmente, apenas agravando minha apreensão.

— No entanto, participar do baile não afetará sua estadia nem alterará o fluxo do tempo em nosso mundo. Eu propus isso apenas para que possam desfrutar de uma distração agradável enquanto esperam. Este baile é uma cerimônia de profunda importância para nosso povo, uma dança que mescla beleza e enigma. Seria uma verdadeira tragédia estarem aqui e deixarem escapar a oportunidade de participar dessa bela cerimônia de atribuições.

— Atribuições? — perguntamos em uníssono, intrigadas.

Aeson cerrou os olhos, a expressão se tornando mais sinistra à medida que seu sorriso se alargava, como se tivesse alcançado o objetivo desde o início: prender nossa atenção e despertar uma chama voraz de curiosidade.

— A cerimônia de atribuições é quando nossos jovens recebem suas marcas do destino, aquelas que vocês puderam ver em suas peles. As crianças já nascem com os contornos, porém na maturidade elas florescem e completam o caminho, formando as inscrições que os guiaram em sua vida adulta. São como missões de vida, habilidades e aptidões onde terão êxito.

Eu fiquei em dúvida sobre essa história de atribuições. Seriam essas atribuições uma bênção que revelava a verdadeira vocação, traçando um caminho claro e definido para suas existências? Ou seriam grilhões invisíveis, confinando-os em um destino predeterminado, negando-lhes a liberdade de escolher um rumo diferente?

Aeson observou nossas expressões, saboreando o tormento que se agitava dentro de nós. Seus olhos ardiam de ansiedade.

— Imagino que seja uma linda cerimônia, mas... acho que não ficou muito claro essa coisa de marcas e atribuições — revelou Nara, sua voz carregada de incerteza.

Aeson, com seu sorriso enigmático, assentiu lentamente, como se estivesse esperando por aquela pergunta.

— Compreendo sua hesitação, Nara. As marcas e atribuições não são meramente ditames imutáveis, são um complexo conjunto de pistas, guias para um destino que pode ser moldado e interpretado de diferentes formas. Elas são como mapas, que revelam trilhas e encruzilhadas, mas cabe a cada um decidir como seguir por elas.

A expressão de Nara se suavizou levemente, enquanto absorvia as palavras de Aeson. Era como se uma pequena centelha de esperança se acendesse não apenas na cabeça dela, eu também deixei de lado as reservas quanto ao tema. Decidimos aceitar o convite com a condição de sermos avisadas imediatamente assim que um, ou os três, estivesse livre de sua jornada.

Capítulo 14

Aeson nos levou até uma grande sala de costura onde algumas mulheres e homens trabalhavam em peças brilhantes e floridas. A sala estava repleta de vida, com os sons suaves das agulhas e linhas se entrelaçando para criar obras de arte em forma de vestidos deslumbrantes. As paredes eram adornadas com tecidos coloridos e estampas floridas.

— Alguém viu a Sophi? — indagou o homem apontando na porta do cômodo. Cabeças sacudindo de um lado a outro lhe deram a resposta, então ele concluiu: — Busco ajuda para preparar nossas visitantes, elas participarão do baile e precisam de trajes adequados.

Não precisávamos. Guardei o pensamento para não constranger Aeson, ainda que minha vontade fosse voltar atrás e recusar o convite. Aquelas roupas coloridas demais e brilhantes demais embrulhavam meu estômago só de pensar em vesti-las.

Olhos arregalados me denunciaram e ele sorriu ao me encarar.

— Não precisam se trocar se não quiserem, mas quero que veja as opções antes de decidirem. No entanto, sugiro que não se preocupem com isso, por aqui não julgamos muito. É um bom hábito — ele garantiu.

Uma jovem garota de Elíria se aproximou e percebi o alívio nos olhos de Aeson. Tinha cabelo bem curto, os fios lilás eram a representação da diversidade de cores que havia naquele mundo. A pele morena formava o conjunto perfeito de uma beleza cativante.

— Aí está você. Terei de deixar essas moças encantadoras aos seus cuidados. Pode ajudá-las a se aprontarem para o baile?

— Claro! Será um prazer — afirmou a jovem, animada. — Venham comigo!

Aeson apenas piscou e permaneceu onde estava, enquanto seguíamos Sophi pelo largo corredor, nossos passos ecoando em harmonia. Sentia-me cada vez mais insegura, mas não queria parecer ingrata ou mal-educada. Por isso, tentei expressar minha incerteza a Sophi.

— Sophi, Aeson nos disse que não precisamos mudar nossas roupas se não quisermos, então... não precisa ter trabalho — falei, buscando transmitir minha gratidão, mesmo que ainda estivesse relutante.

A jovem sacudiu a cabeça.

— Claro que ele disse, mas... — Ela fez uma careta alargando demais o sorriso e erguendo as pálpebras. — Vocês sempre poderão fazer o que quiserem, só me deixem pelo menos tentar. Prometo que, se não gostarem, não insistirei.

Não sei o que exatamente me convenceu, se os olhos brilhantes transbordando ansiedade ou a energia tranquila e sincera de Sophi.

Algo dentro de mim decidiu que era hora de abrir espaço para a possibilidade de algo diferente, algo que eu não havia experimentado antes. Além disso, embora tentassem ocultar, Nara e Alamanda estavam animadas com o tal baile. Parecia que estávamos dentro de um livro infantil, e quem não gosta de um bom conto de fadas?

A garota sorriu satisfeita quando aceitamos ver as tais vestimentas. Tão animada quanto Nara, ela nos levou a uma suíte e ficou parada nos observando de cima a baixo.

— O que está fazendo? — perguntou Alamanda, desconfiada.

— Só analisando o perfil de vocês. Eu volto logo, fiquem à vontade aqui.

— Sophi — chamei. — Que hora começa esse baile?

— Às dez. Ainda temos algum tempo — concluiu e deu meia-volta, deixando-nos a sós.

— Temos? Onde essa garota vai conseguir roupas que nos sirva, faltando vinte minutos para o tal baile?

— O quê? — espantei-me. — São quase dez horas?

— Sim, eu vi um relógio na parede quando entramos — explicou Nara.

— Mas ainda tem sol lá fora — exclamei apontando para a janela.

— Nossa, é verdade. Bem, aqui é Elíria, não sabemos nada sobre esse lugar, talvez nem tenham noite aqui — especulou Alamanda, tentando parecer tranquila.

O cômodo onde esperávamos era bastante comum, apenas um quarto de vestir pequeno. Das araras em uma das paredes, pendiam algumas peças de roupas, o chão era de concreto como o resto do castelo e cortinas rosa adornavam o par de janelas. Como não poderia faltar, um espelho que se erguia do chão até o teto era a peça que chamava mais atenção no ambiente.

— Vocês não estão achando tudo isso demais?

As duas se olharam, pensativas.

— Demais de legal ou de exagerado? — Alamanda indagou, rompendo o silêncio. Sua pergunta carregava uma ponta de curiosidade e graça.

— Demais de exagerado. Quer dizer... É tão acolhedor e lindo. — Tentei explicar minha cisma, esperando encontrar uma aliada ou duas. — Mas, não sei, não parece real.

Nara concordou, revelando suas próprias incertezas.

— Confesso que também achei tudo muito suspeito, no início. Agora já não sei, todos são encantadores. Eu procurei os sinais e não achei nenhum, pelo menos até agora.

— Sinais? — perguntei, confusa.

— Sim. Em todos os filmes sempre surgem sinais que as pessoas nunca prestam atenção. Uma pessoa olhando de longe com olhar sinistro ou alguém que solta uma frase de duplo sentido ou cometendo um ato falho. Não vi ninguém que tivesse uma simpatia forçada ou agindo de forma suspeita. Na verdade, você é a pessoa mais indicada para nos dizer se tudo isso é mesmo tão incrível, Any.

Ela estava certa. Eu deveria ser capaz de decifrar a verdade, mas minha confiança em minhas habilidades em Elíria era abalada por uma nuvem de incerteza.

— Eu não sei, as pessoas são simpáticas de verdade, não vi nada que me indicasse o contrário, mas... aqui não é o nosso mundo, não sei se posso confiar totalmente no que vejo.

— É verdade, tudo aqui pode ser diferente. Eu também não consegui captar nada neles além de gentileza e bondade. O mais estranho é perceber que é isso o que nos assusta, de onde viemos, não existe um lugar assim. Onde não encontramos maldade, ambição, inveja... Não confiamos nesse lugar, nessas pessoas, porque estamos acostumados a viver na defensiva — observou Alamanda.

Um silêncio carregado pairou no ar enquanto nos encarávamos, cientes de que havíamos adentrado um reino desconhecido, onde as leis da nossa realidade pareciam se dissolver. Era como se estivéssemos mesmo em uma trama de conto de fadas, onde a bondade e a harmonia reinavam, mas o receio persistia em nossos corações.

Pensamentos conflitantes se entrelaçavam em minha mente, uma batalha entre o desejo de acreditar naquele lugar mágico e as reservas que brotavam de nossas experiências de vida.

O mundo ao qual pertencíamos era um lugar traiçoeiro, onde malícias, mentiras e egoísmo pareciam se enraizar em cada esquina. Era difícil confiar, difícil baixar as defesas e abrir o coração sem o medo constante de sermos machucadas. Aquela desconfiança era uma armadura que nos protegia das decepções e das feridas que a vida muitas vezes nos infligia.

E agora, diante da possibilidade de algo diferente, algo puro e livre de artimanhas, víamo-nos frente a uma encruzilhada. Nossas experiências de vida nos moldaram de tal maneira que parecia quase impossível olhar para alguém e não erguer uma barreira de proteção, até que o tempo e as circunstâncias provassem a verdadeira essência daquele indivíduo.

No entanto, ali, em Elíria, as pessoas pareciam desprovidas dessas sombras. Eram seres que emanavam bondade genuína e sinceridade, como se a maldade não tivesse lugar em seus corações. Parecia tão simples a resposta e ao mesmo tempo tão bobo. Seria inocente demais acreditar que tudo aquilo era real, isso era o que diria minha avó. Quase podia ouvir sua voz me advertindo.

Um vento suave soprou pelas janelas abertas, trazendo consigo o aroma adocicado das flores dos jardins. Era um lembrete de que estávamos imersas em algo verdadeiramente extraordinário. Quanto a isso não havia dúvida.

Sophi bateu na porta avisando gentilmente que entraria dando fim aquela conversa.

— Espero ter captado o gosto de vocês — declarou, dançando ao entrar, animada.

A figura vibrante de Sophi entrou na suíte, irradiando energia contagiante. Seu cabelo lilás parecia uma extensão de sua personalidade audaciosa. No entanto, o que mais me cativava era o seu sorriso, tão genuíno que iluminava todo o ambiente e fazia com que minhas preocupações se dissipassem.

Ela dançava pelo quarto, como uma fada em meio a um caleidoscópio de cores e tecidos esvoaçantes. A vivacidade em seus gestos e o rubor em suas bochechas eram testemunhos da sua animação contagiante. Não pude evitar sorrir em resposta, sentindo o calor reconfortante que seu entusiasmo trazia.

Sophi estava empenhada em nos ajudar, em nos proporcionar uma experiência inesquecível naquele baile do destino. Talvez sua missão mais do que nos ajudar com o baile, talvez ela estivesse encarregada de compreender nossas hesitações buscando dissipar nossas reservas.

Naquele momento, todas as minhas dúvidas e desconfianças ficaram menores. Senti-me acolhida e à vontade, envolta por uma atmosfera de amizade. Os pensamentos desconfiados que me assombravam foram temporariamente afastados, dando lugar a uma sensação de paz e conexão. Apeguei-me a gratidão e me permiti mergulhar na atmosfera do baile do Destino. Por agora, eu podia deixar de lado minhas preocupações e desfrutar desse momento de encanto e mistério.

Olhei para o vestido que Sophi me oferecia. Era diferente de todos os outros, um reflexo do meu espírito rebelde e apegado à minha identidade, enquanto as cores vibrantes dançavam nas vestes de Nara, o branco se sobressaía no vestido de Alamanda, transmitindo a mesma paz que havia em seus olhos. O meu vestido era uma composição de preto e cinza, uma combinação que transmitia delicadeza, mas também um estilo despojado e único.

Aceitei o vestido com gratidão, sentindo o tecido leve e macio deslizar entre meus dedos. Não tive dúvidas se o usaria depois que o vi. Era como se cada fio tivesse sido tecido com cuidado exclusivo, uma obra-prima artesanal.

Decidi manter meus tênis desgastados nos pés, uma pequena manifestação da minha individualidade em meio àquele mundo de maravilhas. O contraste entre o calçado preto informal e o vestido refinado era um lembrete de que eu era uma visitante em Elíria, com uma ligação inquebrável com meu próprio mundo.

Quando me olhei no espelho, a imagem refletida revelou uma mistura curiosa de dois mundos contrastantes. O vestido, com seu tecido leve e esvoaçante em tons de preto e cinza, era uma obra de arte em si. Sua delicadeza se opunha ao aspecto casual dos meus tênis puídos, fiéis companheiros de tantas jornadas.

Eu era uma visitante em Elíria, com um pé em cada mundo, ligada por laços inquebráveis com meu próprio Universo.

Quando deixamos o quarto ouvimos a suave música ecoando pelo corredor. Uma mistura de emoções se agitando dentro de mim.

— Sophi, explica para a gente como funciona esse lance de "atribuição". Como isso acontece? Como surgem essas tatuagens? — perguntou Nara, com a voz carregada de ansiedade.

— Tatuagens? — A garota franziu a testa e fitou minha amiga, confusa.

— Essas marcas na sua pele. Nós chamamos de tatuagens — explicou ela.

— Ah! As marcas do destino. Se eu contar como elas se completam durante a cerimônia vai estragar a surpresa — garantiu, esfregando as mãos como se aguardasse esse momento a vida toda. — É um momento muito especial, vocês vão gostar. Confiem em mim.

— E vocês costumam receber muitos visitantes? — Nara puxava um novo assunto.

— Ah, sim, no dia do baile recebemos pessoas de todos os cantos de Elíria, ou você acha que esse mundo só tem esse vale? — brincou Sophi.

— Eu quero dizer pessoas do meu mundo, ou de outros, talvez — insistiu.

— Oh, entendi. Não. Essas visitas são muito raras.

Enfim, chegamos às grandes portas duplas que nos conduziriam ao tão aguardado baile. Sophi se virou para nós, seus olhos cheios de entusiasmo, e compartilhou suas palavras finais antes de abrir as portas majestosas. Sua voz era quase abafada pela música que ganhava intensidade a cada passo que dávamos.

— Por isso estou tão animada com a presença de vocês, parecem pessoas ótimas e é sempre bom ter novos integrantes na nossa comunidade. Pessoas de fora sempre trazem perspectivas diferentes, é maravilhoso — revelou com um brilho diferente nos olhos.

Com um gesto gracioso, Sophi abriu as portas diante de nós, revelando um salão de proporções grandiosas. O espaço se estendia diante dos nossos olhos, iluminado por inúmeras luzes cintilantes, enquanto a música envolvia cada canto do salão, convidando-nos a adentrar o mundo deslumbrante do baile.

Era um cenário de tirar o fôlego, repleto de cores vibrantes, arranjos florais exuberantes e pessoas elegantemente vestidas, dançando e se divertindo. O salão era ainda maior do que havíamos imaginado, com seus pilares majestosos e um teto adornado com pinturas sobrenaturais. Parecia um verdadeiro portal para um reino encantado, onde sonhos se tornavam realidade.

Diante de tal visão, meu coração acelerou, e eu me vi envolvida em uma sensação intensa de pertencimento, mas isso não parecia certo. Enquanto Nara acompanhava a garota de cabelo lilás para o meio do salão, Alamanda se aproximou e falou no meu ouvido:

— Ela disse mesmo "novos integrantes da nossa comunidade"?

— Eu acho que sim.

A frase soou com um alerta e arregalamos os olhos um para a outra.

— Olá, estão gostando do baile?

A voz de Philis nos fez pular de susto. Ela precisou elevar o tom para que fosse audível diante da música que preenchia o salão.

— Oi! Sim, acabamos de chegar, mas parece ótimo — respondeu Alamanda, sobressaltada.

Eu apenas sorri, minha mente estava em outro lugar caçando as possibilidades presentes na frase de Sophi.

— Vejo que conheceram Sophi, ela é incrível. Sempre animada — disse a misteriosa Philis, elevando a voz novamente antes de se afastar.

— Nossa! Eu achei que ele tinha nos escutado — observou Alamanda, novamente bem próxima ao meu ouvido.

— Ele?

Ela deu de ombros.

— Eu pensei que fosse ela — comentei.

— Ela? Não... —Alamanda ponderou, seus olhos se estreitando em uma expressão pensativa. — Agora que falou, eu realmente não tenho certeza

— Só reparei agora que ela, ele... Tanto faz! Não tem as marcas do destino.

— É verdade. Será que isso é possível? Ninguém falou nada sobre alguém não ter as marcas — observou Alamanda, mais uma vez intrigada.

Nara e Sophi retornaram com alguns copos que aceitei por educação, porém decidida a não provar do que quer que fosse aquele líquido vermelho.

— Você viu Philis? — perguntei para nenhuma em específico.

— Ainda não, ele passou por aqui?

— Ele? — indagamos juntas, Alamanda e eu.

— Ele ou ela. Philis não se identifica com nenhum, então tanto faz — elucidou nossa dúvida, fazendo-nos sentir certo embaraço.

Apesar de extremamente comum tal situação, aqui ou no nosso mundo, encarei nossa reação como desatualizada. Afinal, porque essa necessidade de usar o pronome que julgamos correto? A naturalidade da resposta de Sophi era o que deveria acontecer em todo lugar. Qualquer reação diferente disso é um reflexo de estarmos presos a velhos paradigmas que não fazem o menor sentido. Mais um dos velhos hábitos sendo dissolvido.

Eu observava o baile com atenção, absorvendo a energia animada e leve que emanava de cada pessoa que se juntava à festa. Quando Sophi se afastou para cumprimentar alguns conhecidos à distância, Alamanda e eu puxamos nossa amiga para um canto, mantendo certa distância das demais pessoas.

— Precisamos falar com você — esclareci com seriedade.

— Tem alguma coisa estranha acontecendo. Você prestou atenção no que Sophi disse quando entramos?

— Que estava animada porque "é sempre bom ter novos integrantes na nossa comunidade"? Claro! Por isso procurei ficar sozinha com ela e descobri que alguns visitantes nunca foram embora. Como Philis, por exemplo, ele veio de outro plano há algum tempo e não pretende voltar. Só não tive tempo de descobrir se essa decisão foi voluntária.

A loira ficou boquiaberta e eu com olhos arregalados. Nara era mesmo nossa Sherlock Holmes.

— Você é o máximo, Nara — declarei beijando seu rosto, animada. — Precisamos dar um jeito de descobrir se conseguimos chegar até aquelas celas, e qual foi o maior tempo que alguém já ficou preso lá. Sinto que não devemos ficar muito tempo por aqui.

— Apesar de ser um lugar incrível, temos um mundo para salvar e pessoas para ajudar — anuiu Nara, sua voz carregada de determinação e propósito.

Eu a observei com surpresa e admiração. Pensei que convencê-la seria uma tarefa árdua, considerando o quanto estava fascinada com tudo ao nosso redor. Não esperava por tanta maturidade.

— Pensei que fosse resistir — comentei, revelando minha apreensão. — Você parecia tão animada com tudo...

Nara me olhou com um brilho nos olhos e um sorriso iluminando seu rosto.

— Fala sério, Any. Isso aqui é maravilhoso... — ela disse, abrindo os braços em um gesto de extensão ao ambiente encantador que nos cercava. — Quando teríamos a chance de vivenciar um momento tão mágico? Nós literalmente pulamos dentro da luz que saiu de uma simples caixa de madeira e fomos transportadas para dentro de um livro de contos de fadas. Cara, se isso não é incrível, eu não sei o que mais poderia ser — concluiu em êxtase. — Mas isso não quer dizer que quero ficar aqui para sempre.

Suas palavras só reforçavam minha admiração pelo senso de aventura que a impulsionava, que apesar de ter uma mente imaginativa, sempre manteve os pés no chão. Nara estava certa. Mesmo com a responsabilidade que carregávamos, não poderíamos negar a grandiosidade e a magia do mundo em que estávamos imersas.

— Ah, meu Deus! Ele está tão... — Nara tinha o olhar solto pelo salão que se estendia atrás de mim.

Ela levou as mãos à boca freando o final da frase, porém incapaz de esconder o brilho em seus olhos. Virei o corpo e descobri que a razão daquele olhar maximizado era Santiago. Ele estava impecavelmente vestido em um traje social elegante, com o cabelo preso em um rabo de cavalo baixo. Sim, ele estava muito bonito.

Busquei com os olhos por entre a multidão, na esperança de encontrar alguém ao seu lado, mas, para minha surpresa e decepção, ele estava sozinho. Seus olhos percorriam o salão com uma expressão curiosa, como se estivesse buscando algo ou alguém.

Meus olhos continuaram a seguir Santiago enquanto percorríamos o salão em sua direção. Sua expressão curiosa se transformou em um sorriso radiante quando finalmente nos avistou. Em um gesto acolhedor, ele esticou os braços e nos abraçou, envolvendo as três de uma só vez.

Naquele abraço, senti uma mistura de emoções transbordando dentro de mim. Um turbilhão de pensamentos e palavras se acumulava em minha mente, ansioso para sair. Eu precisava saber sobre os outros. Mas, por um momento, decidimos apenas ficar ali, abraçados, deixando que a música suave embalasse aquele reencontro. Santiago devia ter passado momentos difíceis naquela cela, e eu sabia muito bem que tipo de marca aquela "jornada" deixava gravada, não na pele, mas na alma.

Capítulo 15

$\mathcal{S}$antiago acabou com a minha esperança quando se antecipou a mim na pergunta:
— Que alívio! Tive sérias dúvidas se veria qualquer pessoa conhecida de novo. Antoni e Willian estão com vocês?
Suas palavras abriram um buraco na minha confiança. Eu me perguntava o que aconteceria se eles jamais saíssem. Mas, claro que isso não era possível. Ou era?
— Não, eles ainda não voltaram — respondeu Nara, com a voz carregada de pesar.
A atmosfera do salão, que antes estava repleta de expectativa, transformou-se instantaneamente quando a música começou a diminuir gradualmente. Uma agitação contida se espalhou entre os presentes, e todos pareciam saber exatamente o que fazer. De forma coordenada e ensaiada, os moradores e convidados abriram um espaço amplo no meio do salão, criando um corredor que se estendia desde a imponente porta dupla, por onde havíamos entrado, até uma parede que ocultava uma segunda porta.
Era como se estivéssemos em um espetáculo cuidadosamente coreografado. Todos agiam com uma precisão impressionante, sem a necessidade de comandos ou instruções. Cada passo, cada movimento, era feito com graciosidade e elegância, criando uma cena curiosa diante dos nossos olhos.
Aquela segunda porta, embora camuflada, era igualmente majestosa e harmoniosa com as demais imagens que adornavam a parede. Seus desenhos intricados lembravam as marcas que floresciam na pele dos jovens de Elíria. Era uma obra-prima de arte e magia, meticulosamente concebida para passar despercebida aos olhos desatentos.
À medida que as portas duplas ocultas se abriram completamente, revelando o espaço ao ar livre, percebemos que o céu estava agora estrelado, a noite já havia caído. O grande pátio que se estendia além da passagem estava envolto por um belo e bem cuidado jardim.
O cenário era convidativo, ainda assim, ninguém se mexeu. Decerto aguardavam o momento certo para fazê-lo.

Então, quando as grandes portas dentro do salão se abriram, um silêncio absoluto tomou conta de todos os presentes de repente. Como se estivéssemos conectados por uma força invisível, nossos corações pareciam bater em uníssono, capturados pela beleza e grandiosidade da cena diante de nós.

Através das portas, adentraram pessoas desconhecidas para nós, suas vestimentas revelando uma variedade de cores e estilos que evocavam os reinos distantes de Elíria. Eram seres de uma beleza incomum, com olhos brilhantes e sorrisos enigmáticos. Suas presenças exalavam um ar de mistério e poder, deixando-nos maravilhados e curiosos sobre quem eles poderiam ser. Pensei neles como seres celestiais.

Mas nem todos eram desconhecidos, o último a entrar era Aeson, sorrindo e buscando algo na multidão. Não demorou a nos encontrar, apesar de nunca deixar de sorrir, não foi capaz de esconder a surpresa por ver Santiago ao nosso lado.

Enquanto esses seres avançavam pelo corredor formado pela multidão, os murmúrios de inquietação cediam lugar a uma quietude reverente. Deixando claro que as pessoas de Elíria conheciam a importância desses recém-chegados e o significado de sua presença. Nós estávamos cheios de expectativa, aguardando as palavras e ações que seriam realizadas por aqueles que, aparentemente, conduziriam a cerimônia.

Eu observava com fascinação cada movimento daqueles seres misteriosos. Seus trajes e adornos brilhavam sob a luz da lua, parecendo se mesclar perfeitamente ao ambiente etéreo do jardim. Eles caminhavam com uma graça sobrenatural, como se flutuassem em vez de pisar o chão.

— Isso é tão emocionante, não acham? — indagou Sophi, com a voz baixa e, ainda assim, nos fazendo pular de susto.

— Credo! De onde você saiu? — ralhou Nara, com a mão sobre o peito.

— Eu estava ali atrás. Querem saber quem são eles? — perguntou apontando para a fila de pessoas que seguiam pelo corredor improvisado até o lado de fora do castelo. — São os guardiões da magia. Eles são tão perfeitos!

Era visível a admiração que ela e todos tinham por aqueles seres.

Ao todo, oito guardiões passaram por nós até chegarem do lado de fora. Assim que todos se juntaram no pátio, os moradores e visitantes de Elíria os seguiram, inclusive nós, que quase fomos empurrados pela eufórica garota de cabelo lilás.

— Vamos — dizia ela, incentivando-nos a andarmos mais rápido.

Quando passamos pela grande passagem, nós nos deparamos com um cenário ainda mais inebriante. O jardim, iluminado por uma luz suave e etérea, exibia uma profusão de cores e aromas que pareciam transcender a realidade.

Flores exóticas desabrochavam em um balé sinuoso, suas pétalas exibindo uma variedade de tonalidades radiantes. Árvores majestosas e frondosas se erguiam em harmonia, abrigando pequenos seres alados que dançavam entre os galhos, emitindo um suave brilho incandescente.

No centro do jardim, um círculo mágico havia sido desenhado no chão com runas ancestrais, irradiando um brilho suave. Flores multicoloridas brotavam ao seu redor, exalando fragrâncias envolventes. Eram conhecidas como "Flores dos Destinos", segundo Sophi.

O silêncio reverente deu lugar a um murmúrio que percorria a multidão. Conhecendo os próximos passos da cerimônia, as pessoas se agrupavam em lugares estratégicos para terem boa visão.

— Quem é esse? — perguntou Sophi, com a voz baixa e o rosto muito próximo ao meu ouvido.

Mal sabia ela que Santiago poderia ouvi-la ainda que apenas sussurrasse.

— Este é Santiago, um dos nossos amigos. Ele conseguiu sair, mas dois continuam lá, na tal jornada — respondi sem humor e aproveitei para tentar conseguir mais informações. — Sophi, você acha que eles ainda vão demorar muito? É comum que demore tanto?

— Isso depende — disse ela, observando San sempre que possível —, eles devem ter muita coisa de que se arrependam. Mas, pensando bem... Eu nunca soube de ninguém que tenha demorado tanto — revelou despretensiosamente.

— O quê? Como assim?

Minha pergunta foi abafada pelo discurso de Aeson.

— Sejam todos bem-vindos. É com imensa alegria e gratidão que nos reunimos aqui hoje para dar início à cerimônia mais importante do ano — anunciou, sua voz ressoando pelo ambiente em tom solene e cativante. Seu olhar perpassou a multidão, transmitindo confiança e serenidade. — Estamos diante de um momento de revelação e celebração. Elíria, nosso amado reino, é abençoado com a magia que flui em suas veias, uma energia que nos conecta e nos guia. E é aqui, nesta cerimônia, que testemunhamos o despertar e a manifestação desse poder mágico em cada um de vocês, jovens de Elíria.

Aeson fez uma breve pausa, permitindo que as palavras ecoassem e se acomodassem nos corações daqueles que o ouviam. Seu olhar sereno encontrou os olhos de cada jovem presente, transmitindo respeito e encorajamento.

Em seguida uma mulher chamada Lina, de cabelo prateado que caía em cascata e olhos verdes profundos irradiando calma e compaixão, deu um passo a frente. Ela usava vestes feitas de folhas e peles de animais, e em seu ombro repousava um pequeno corvo, seu companheiro animal.

— Cada um de vocês traz consigo um dom único, uma essência especial que ecoa nas marcas que adornam sua pele. Elas são o reflexo de sua identidade mágica, da sua atribuição no grande tecido da existência. São lembretes constantes de sua conexão com Elíria, com a magia que flui através de suas veias. Como guia e guardiã da essência da magia, espero que mantenham o respeito por ela, nutram seu dom com humildade e usem-no para o bem de todos.

Aeson escrutinou a multidão com um olhar profundo e, com voz firme, concluiu seu discurso:

— Que a magia de Elíria encontre morada em seus corações e ilumine o caminho à frente. Que cada um de vocês seja uma chama brilhante e inspiradora, guiada pelo amor, pela coragem e pela busca incessante pela justiça e pelo equilíbrio. Que a cerimônia de atribuição seja apenas o início de uma jornada grandiosa e repleta de significado. Parabéns, jovens de Elíria! Que essa noite seja eternamente lembrada.

Ao finalizar suas palavras, Aeson se curvou em um gesto de respeito e gratidão, permitindo que a energia da cerimônia permeasse o ar, envolvendo a todos com um sentimento de magia e propósito.

O breu envolvente parecia devorar toda a luminosidade ao nosso redor, transformando o ambiente em um vácuo de escuridão absoluta. Minhas mãos se estenderam instintivamente, buscando o contato reconfortante das mãos de Alamanda e Nara, embora a escuridão não permitisse distinguir claramente quem estava ao meu lado.

Em meio a essa profunda escuridão, uma faísca de luz começou a brilhar timidamente entre as pessoas ao nosso redor. Era como se um toque mágico as acariciasse, despertando algo adormecido em seus corpos. No entanto, não eram todos que estavam sendo agraciados pela luz misteriosa. Aos poucos, compreendi que eram as marcas em suas peles que se iluminavam, florescendo em um espetáculo de cores e brilhos fascinante.

Os símbolos e padrões que outrora pareciam tatuagens comuns agora se revelavam como verdadeiros portadores do poder do destino. Cada marca resplandecia de forma única, como se fossem portais para um universo de possibilidades e atribuições. A própria essência da magia estava se manifestando através dessas marcas, pintando um quadro iluminado e perfeito.

Cada um deles era único, cada marca era diferente uma da outra, elas não apenas adornavam a pele, conferiam uma identidade mágica e singular aqueles jovens.

A escuridão que nos envolvia já não era mais um vazio total, sim, um cenário de maravilhas reveladas e brilhantes.

Os oito guardiões, em um gesto sincronizado, estenderam seus braços em direção ao centro do jardim. Uma energia pulsante fluía de seus corpos, saltitando em uma dança silenciosa que envolvia cada ser vivo presente.

De repente, um som melodioso encheu o ar, ecoando suavemente várias vozes por todo o jardim. Era uma canção ancestral, cantada em uma língua desconhecida para nós, mas que ressoava em nossos corações de maneira profunda e emocionante. As palavras pareciam contar a história de Elíria e sua conexão com a magia que permeava cada canto do reino.

Um a um, os jovens, com suas novas marcas brilhantes como estrelas no céu noturno, juntavam-se aos guardiões, em um círculo de harmonia. Quando de mãos dadas, uma forte luz dourada fechou o círculo criando uma barreira protetora, selando aquela nova fase. E então os jovens deram um passo à frente e iniciaram uma dança ensaiada, eram movimentos de pura leveza que seguiam o ritmo da canção que entoavam. Um verdadeiro espetáculo. Os passos marcados e elegantes lembravam bailes antigos, desses que só vemos em filmes. Era realmente o baile do destino.

Quando o canto e a dança terminaram, foi a vez de Aeson dar um passo a frente. No centro do círculo, ele ergueu as mãos e, com voz firme e reverente, entoou palavras antigas. À medida que suas palavras flutuaram pelo ar, a luz dourada se intensificava, envolvendo todos nós. A sensação foi de um calor reconfortante que nutriu nossas almas com energia vital.

Os guardiões da magia, imponentes e serenos, irradiavam uma aura majestosa, um brilho incandescente que foi ficando mais forte até ser quase impossível olhar para eles.

Nesse momento, senti meu corpo leve, como se pudesse flutuar. Então, tudo a minha volta ganhou nova cor. As pessoas, ainda envolvidas com a canção, pareciam embaçadas, envoltas por sombras como névoa. Os guardiões da magia eram feitos de camadas, eu conseguia ver uma sobrepondo a outra em um ciclo de energia mística.

Eu sorria enquanto meu olhar vagava pelos guardiões, era tanta leveza, tanto brilho. Imaginei que fossem seres tão evoluídos que acumularam vidas e experiências o bastante para justificar aquelas camadas. Quando cheguei a Aeson, meu sorriso desapareceu, ele era o único com sombras escuras e densas, sobrepujando as mais claras, uma mistura de cinza e roxo.

Embora eu tentasse, nunca consegui enxergar mais do que um bloqueio, uma parede de energia que encobria quem ele era de verdade. Mas naquele momento de desprendimento e elevação, Aeson não conseguiu manter a proteção. Estava completamente exposto. E eu não gostei do que vi.

Permaneci um tempo o observando e, talvez ele tenha sentido o peso do meu olhar, por isso me fitou de volta. Por um instante seu rosto ficou desfigurado e sombrio, os olhos sumiram ainda que os sentisse sobre mim. A imagem, que durou por segundos de desespero, atormentou minha mente. Com um passo atrás, respirei fundo para me recompor.

Não olhei mais em sua direção. Buscando mudar o foco, olhei para baixo, fugindo dos olhos de Aeson. Ao olhar para minhas mãos, descobri que havia algo acontecendo.

— Nossa! — exclamei, levantando os braços. — Eu estou transparente.

Confirmei, vendo que minha pele estava de fato translúcida, porém o que via por baixo dela não era carne ou veias, eram cores circulando como se meu sangue não fosse apenas vermelho.

— Está mesmo — concordou Santiago, observando, espantado.

Quando olhei em seus olhos, agora duas estrelas cintilantes que me transportaram para o dia em que o vi como lobo pela primeira vez, descobri que não era só eu que estava diferente. Mesmo mantendo a forma humana, San exibia olhos dourados.

— E você está com olhos de lobo — informei.

Alamanda ganhou um brilho amarelado, como se estivesse radioativa. O que combinava perfeitamente com sua personalidade e dom. De alguma maneira, nossas habilidades estavam refletidas em representações físicas.

— Caramba. Isso é demais! — Animou-se Nara, chamando a atenção para si.

Nós três a observamos atentos enquanto ela olhava de um para o outro sem acreditar no que via. No entanto, nós ficamos mais surpresos do que ela. Nossa amiga tinha marcas por toda a pele, tatuagens que não existiam de verdade, mas não como as atribuições dos jovens de Elíria, eram símbolos bem diferentes, rústicos, tribais.

— O que foi? — ela indagou, percebendo nossa cara de espanto. Apenas apontei para o seu braço. — O que é isso? — Alarmou-se. — O que isso quer dizer? Eu sou de Elíria agora?

— Não, Nara. Essas tatuagens não têm nada a ver com as marcas do destino — observou Alamanda. — São padrões completamente diferentes.

— Isso — disse, levantando as mãos, salientando minha pele translúcida —, tem mais relação com as nossas habilidades do que com Elíria. Se eu estiver certa, existe algo sobre você que não sabemos.

— Acho que nem você sabe — completou Santiago.

Num momento raro, Nara ficou sem palavras.

Tão rápido quanto surgiram, aqueles efeitos desapareceram. Todos voltaram ao que eram antes. Os guardiões não estavam mais brilhando assim como as marcas dos recém-atribuídos, apesar de estarem gravadas em suas peles, agora tinham a aparência igual as marcas de todos em Elíria, como tatuagens normais.

Então, do céu, uma chuva de pétalas douradas começou a cair, como se fossem lágrimas celestiais, envolvendo o jardim em uma cascata radiante. Cada pétala flutuava graciosamente no ar, iluminando a noite com sua luz suave e mágica. Tive a impressão que o próprio céu derramava sua beleza sobre nós, oferecendo um vislumbre do divino.

Enquanto as pétalas tocavam o chão, criavam um tapete resplandecente, transformando o pátio em um carpete vibrante e inusitado. Caminhar sobre aquelas pétalas era como dançar em um mar de ouro, sentindo a energia da magia fluir através de nossos corpos. O aroma adocicado que elas exalavam enchia o ar, perfumando nossos sentidos e se entrelaçando em nossa memória olfativa para sempre.

— Assim terminamos a nossa cerimônia! — Voltou a discursar Aeson. — Desejo que a magia de Elíria guie cada um de vocês para o propósito maior que os espera. Celebrem este momento com gratidão e reverência. Todos aqui têm sua própria atribuição.

Ele fixou os olhos em mim.

— Como sempre, foi uma noite memorável, mas lembrem-se de que a magia não é apenas individual, sim, coletiva. Cultivem a união entre vocês, compartilhem suas experiências e apoiem-se mutuamente. Que a energia desta cerimônia os inspire, fortaleça seus corações e ilumine seu caminho. Nós nos encontramos no grande salão.

Assim terminamos a cerimônia, com as palavras de Aeson ressoando pelo ambiente. Seus olhos penetrantes se encontraram com os meus por um breve instante, revelando um conhecimento que eu preferia manter oculto. Ele sabia que eu havia testemunhado mais do que devia, mais do que ele desejava revelar.

Como ele podia ter conhecimento disso? Aquela troca de olhares foi como uma advertência silenciosa, uma promessa de que teríamos muito a conversar.

Sophi quebrou meus devaneios ao se aproximar, encostando-se em meus ombros e mais uma vez me assustando com sua súbita presença.

— E aí? Gostaram? Claro que sim, é muito lindo — perguntou e respondeu, com uma animação contagiante.

Seu olhar se perdeu em direção a Santiago, que sorriu sem graça, deixando escapar um momento de desconforto.

Sem alternativa, voltamos ao centro do salão, cercados pela multidão animada. Enquanto a música envolvente ecoava pelo salão, os aromas tentadores de comidas e bebidas preenchiam o ar. O salão estava repleto de iguarias desconhecidas, instigando os convidados a se deliciarem com seus sabores exóticos.

No canto do salão, um pequeno palco abrigava uma banda talentosa, cujas melodias envolventes fluíam com animação, potencializando o clima de festa. As músicas, embora desconhecidas para nós, pareciam tocar profundamente os corações dos presentes, arrancando sorrisos e movimentos ritmados.

Enquanto minha mente se concentrava em encontrar Aeson entre a multidão, meu olhar cruzou com algumas garotas que passavam por nós, seus olhares curiosos e risos soltos despertaram minha atenção. Era estranho, pois desde que chegamos a Elíria, não havia presenciado tanta curiosidade direcionada a nós, estranhos visitantes de outro plano. Mas o que mais me intrigava era que, toda vez que meus olhos se fixavam nelas, elas pareciam estar nos observando atentamente, sussurrando entre si com uma mistura de interesse e segredo.

Decidi deixar essas dúvidas de lado, focando em minha busca por Aeson. Afinal, era ele quem eu queria confrontar, desvendar a energia sombria que eu havia percebido em seus olhos. Mas, por mais que eu vasculhasse a multidão, ele parecia escapar de minha visão, ou talvez não estivesse mais participando da festa.

No entanto, aquelas garotas, com seus olhares curiosos e sorrisos sugestivos, me desconcentraram. Talvez elas soubessem algo que nós ignorávamos.

Só tinha um jeito de descobrir o que era sem precisar abordá-las.

— Sophi, você sabe por que aquelas meninas estão olhando para a gente desse jeito?

Olhando na direção indicada, Sophi balançou a cabeça com olhar desdenhoso.

— Ela são tão... indiscretas. Estão olhando para Santiago, elas o consideraram o mais bonito da festa — revelou aproximando a boca do meu ouvido. — Eu disse que estão exagerando, mas gosto é gosto, né? Isso porque ainda nem viram Willi...

Ela interrompeu a frase, mas não antes que fosse tarde demais.

Eu fingi não ter ouvido a parte final de sua fala, ocultando minha ansiedade sob uma expressão neutra. Não era o momento de revelar nada. Sophi, um tanto aflita, esvaziou seu copo e propôs buscar mais bebidas, perguntando se alguém queria acompanhá-la. Nara prontamente aceitou, e logo elas se afastaram do grupo.

Assim que tomaram distância, aproveitei a oportunidade para me comunicar rapidamente com Alamanda e Santiago.

— Precisamos fazer Sophi me seguir. Estarei no quarto onde nos trocamos. Há algo importante que preciso contar a vocês, mas antes preciso falar com ela, só que não aqui. Só confiem em mim — falei e segui para as portas duplas.

Em poucos minutos estava aguardando dentro do quarto, andando de um lado a outro, remoendo as palavras da garota. Sophi era muito gentil e calorosa, no entanto, estava claro para mim que ela sabia mais do que nos contava.

Apesar de sentir uma apreensão e um nervosismo latente, uma sensação de alívio me invadiu. Era estranho e contraditório, porque esse alívio implicava que não havia um lugar totalmente puro, onde as mentiras não existissem. Então me senti mal por estar aliviada.

Respirei fundo, tentando acalmar meus pensamentos tumultuados. Não podíamos mais nos permitir ser enganados pelas aparências ou ignorar os sinais perturbadores que nos cercavam. Havia algo sombrio e desconhecido se desenrolando em Elíria. Enquanto esperava, meu coração batia descompassadamente no peito. Cada segundo parecia uma eternidade, a ansiedade se intensificava a cada instante.

Finalmente, a porta se abriu e Sophi entrou no quarto. Seus olhos revelavam uma mistura de preocupação e dúvida.

— Alany, você está bem? Quer que eu chame um médico?

Fechei a porta e me aproximei da garota de cabelo lilás e bochechas rosadas.

— Eu estou ótima, Sophi. Mas você... parece estar preocupada — falei, lançando um olhar rápido para meus amigos, que compartilhavam da mesma apreensão que ela. — Serei direta. Onde eles estão?

Sophi hesitou por um momento, seu olhar vacilante refletindo a confusão e o medo que a consumiam. Alamanda arregalou os olhos ao ouvir que se tratava de Willian. Ela seguiu em minha direção, colocando-se na frente da garota, que agora estava assustada.

— Eles quem? Eu não sei do que está falando — alegou, seus olhos se movendo rapidamente entre mim e Alamanda, como se buscasse algum apoio.

Sophi tentou se afastar, buscando as portas atrás de si para evitar o confronto que se aproximava. Santiago e Nara bloquearam o caminho, impedindo sua passagem.

— Vocês precisam me deixar sair. Não sei o que está acontecendo com vocês, mas não fazemos esse tipo de coisa por aqui... — Suas palavras eram um apelo angustiado, mas não nos deixaríamos enganar tão facilmente.

A tentativa de Sophi em nos repreender soou como uma piada para mim. Não consegui conter uma risada de escárnio.

— Deixe-me te explicar uma coisa, eu posso ver que está mentindo, essa é a minha habilidade no meu mundo. E, advinha? — Fiz uma pausa dramática, deixando que minhas palavras a fizesse pensar sobre o assunto. — Funciona perfeitamente aqui, então não adianta tentar me enrolar. Posso ver que é uma pessoa maravilhosa, adoraria ser sua amiga, de verdade. Mas no momento estamos em lados opostos e eu preciso que seja sincera. Sei que você viu Willian e não teria como isso acontecer se ele ainda estivesse na cela, então... só me fala onde ele está, ou onde eles estão.

Sophi parecia dividida entre o desejo de escapar e a necessidade de confiar em nós. Seus olhos oscilavam entre o medo e a incerteza, como se lutasse contra sua própria consciência. Por um momento, pensei que ela cederia e revelaria o que sabia, mas então um lampejo de determinação se acendeu em seu olhar.

— Eu sinto muito, mas não sei de nada.

— Você não é uma boa mentirosa. Nem preciso ter as habilidades da Alany para ver que está mentindo — declarou Alamanda.

Voltei meu olhar para Alamanda ao meu lado, esperando que ela compreendesse minhas intenções. Era hora de agir e incentivar Sophi a confessar a verdade.

— Ela está em dúvida, talvez esteja com medo de alguém, mas está considerando nos contar a verdade — revelei para que minha amiga entendesse que era hora de fazer a sua mágica. Se alguém podia fazer Sophi confessar, era ela. — Acho que precisa de um empurrãozinho.

Tive um sorriso em resposta. Alamanda havia entendido.

Sophi levou as mãos ao rosto, parecendo segurar o ar com força antes de soltar em um suspiro angustiado.

— Não tinha permissão para dizer nada até amanhã — relatou, seus olhos marejados demonstrando sua angústia — Não queria mentir, mas eles insistiram, disseram que era para o bem de vocês. Só concordei depois que me levaram até ele e vi que estava bem. Sei que não têm motivo para isso, mas precisam acreditar em mim — suplicou.

Ela não estava mentindo.

— Ele? — indaguei, sentindo falta de mais um nessa conta.

Sophi assentiu com a cabeça, parecendo consciente de como suas palavras afetavam a atmosfera do momento, e revelou:

— Só Willian saiu da cela.

Capítulo 16

Apesar do medo e da incerteza, ela tomou uma decisão corajosa.
— Eu vou ajudar vocês. Vou levá-los até onde Willian está — afirmou, sua voz soando firme e decidida.

Não havia mais nada a dizer. Talvez ela estivesse certa sobre Antoni ainda estar na cela ou talvez escondessem a verdade até mesmo dela. Deixei para lidar com isso depois que encontrássemos Will.

Sophi nos guiou pelos corredores do castelo, evitando o máximo possível chamar a atenção. Sua familiaridade com os arredores facilitava a nossa progressão, assim como o fato de todos estarem na festa. O caminho nos levou até a cozinha, essa, sim, bastante movimentada.

As pessoas olhavam Sophi e a cumprimentavam sem prestarem muita atenção em seus acompanhantes. Passamos pelo meio do amplo cômodo até um corredor que terminava em uma porta de madeira que, descobri depois, dava para o lado de fora do castelo. Porém, nunca chegamos a ela. Na parede do lado esquerdo, oculta por uma tapeçaria, havia uma passagem estreita, um túnel escuro e frio.

A garota esperou até que todos nós estivéssemos juntos além da passagem, para fechá-la apenas movendo sua mão no ar, sem realmente tocá-la. Em seguida estalou os dedos e tochas se acenderam iluminando o corredor rústico e antigo, o que não era de se admirar. Fazia sentido que todos em Elíria desfrutasse de certa intimidade com a magia.

Os corredores agora iluminados revelavam uma atmosfera ainda mais misteriosa. As chamas dançavam caprichosamente nas tochas, criando sombras grotescas nas paredes de pedra. Cada passo que dávamos ecoava pelo corredor, enchendo o ambiente com um silêncio inquietante.

Enquanto caminhávamos, o ar impregnado de umidade e magia se tornava mais intenso, enchendo nossos pulmões com uma sensação estranha e eletrizante, uma mistura de adrenalina e medo.

Sophi nos conduziu pelo túnel estreito e sinuoso, como se estivéssemos adentrando um mundo completamente novo. As paredes de pedra pareciam exalar antiguidade, trazendo consigo a história e os segredos que já circularam por aquela passagem secreta. O ambiente era reminiscente de um cenário medieval, com a porta de madeira maciça apresentando sinais de desgaste e envelhecimento, como uma testemunha silenciosa de séculos passados.

Ao abrir a porta lentamente, fomos recebidos por uma visão totalmente inesperada. Estávamos no exterior do castelo, diante de uma vila semelhante àquela que havíamos atravessado mais cedo. As construções, com sua arquitetura rústica e encantadora, se erguiam em harmonia com a natureza ao redor. As ruas de paralelepípedos levavam a casas de cores vibrantes, paredes de tijolos a vista e janelas coloridas.

Sophi nos indicou o caminho para seguirmos em frente, adentrando a vila em busca de respostas e, principalmente, de Willian.

— É ali. A casa de Aeson fica no final dessa rua.
— A casa de Aeson?
— Sim, é lá que Willian está.

Nós nos olhamos empertigados, mas continuamos seguindo a garota. A música que tocava na festa soando baixo como a trilha sonora de um filme de aventura.

Não foi difícil descobrir qual era a casa. Ela se destacava das outras, com telhado preto e janelas marrons, conservando um aspecto antigo, como uma casa que se recusou a ser modernizada mantendo as características originais.

Não perdemos tempo com explicações, claro que estávamos curiosos sobre a razão para Will estar na casa de quem o aprisionou, mas primeiro eu precisar confirmar se ele realmente estava lá dentro.

Forcei a porta, estava aberta.

— Will — chamei já entrando na casa. — Sou eu, Alany.
— Alany? — A voz vinha dos fundos da casa, da cozinha talvez. — É você mesmo? Caramba! — Animou-se ao nos ver. — Vocês saíram agora?
— Você está bem? — indagou Alamanda, aproximando-se.
— Sim, estou bem... Ah, minha nossa! — Ele a puxou para um abraço. Com sua testa tocando a dela, perguntou: — Como você está?
— Estávamos preocupados com você — ela respondeu.
— Há quanto tempo está aqui? — especulei, suspeitando que ele estivesse fora da cela há mais tempo do que imaginávamos.
— Nem sei. Faz algumas horas — respondeu, estranhando a pergunta.

Olhei para Sophi e depois de volta para Will.

— O que está rolando? — ele indagou, confuso.
— É o que estamos tentando descobrir — respondeu Nara.
— Você viu Antoni?

Levei a mão até minha bolsa, só queria sentir o Malum, saber que ele estava comigo me dava alguma sensação de segurança. Talvez meu inconsciente já estivesse se preparando para darmos o fora de Elíria.

— Não o vi desde que fomos levados na floresta, pelos vigias — respondeu.
— Precisamos encontrá-lo e sair daqui. Esse lugar não é o que parece — disse Santiago, sua voz carregada de urgência.
— E o que é este lugar, Santiago?

Então, fomos surpreendidos por Aeson, a voz suave revelando sua presença inesperada.

Ele havia abandonado a proteção que me impedia de enxergar além de sua aparência superficial, permitindo que sua energia fluísse livremente. As cores vibrantes e alegres que antes o acompanhavam, deram lugar a um cinza intenso, nebuloso e denso. Um sorriso pairava em seu rosto, enquanto sua imagem oscilava entre uma névoa disforme e sem face e um homem bonito com cabelo meticulosamente penteado. Como se a minha cabeça estivesse tendo curtos-circuitos.

Assim que tive certeza, não hesitei em denunciar:

— Você é um dos Vigias Esquecidos. Por isso se escondeu de mim, sabia muito bem qual era a minha habilidade, porque foi você quem me torturou naquela cela.

Meus amigos tinham os olhos maximizados, incrédulos com o que estava sendo revelado. Por não ter certeza eu ainda não havia dito nada sobre minhas suspeitas.

— Você está certa! — Ele esticou o pescoço e virou o rosto para que suas marcas ficassem mais evidentes. — Atribuições. Ninguém escolhe quais serão as suas, alguns precisam fazer o trabalho pesado. Os vigias zelam pela segurança de Elíria e todos os segredos que guardamos aqui — revelou, aproximando-se. — Mas você está errada sobre a tortura. Lamento que tenha tido essa impressão. Os vigias são conectados às partes mais obscuras de cada indivíduo, e pode parecer tortura porque força você a confrontar seus maiores temores e sofrimentos, não importa o quão doloroso seja.

A revelação de Aeson abalou as bases da nossa confiança. Ele havia sido o responsável por minha provação na cela, por explorar e manipular minha vulnerabilidade. Sentia uma mistura de raiva e compaixão. Ser um vigia não era uma escolha, afinal.

— Você tentou nos convencer de que este lugar é perfeito, mas se fosse assim, não precisaria mentir sobre Will já estar fora da cela, nem esconder sua verdadeira forma e atribuição — confrontei, buscando respostas que fizessem mais sentido.

Aeson assentiu, reconhecendo a verdade de minhas palavras.

— Você está certa novamente. Deixei Willian aqui para que vocês não se encontrassem antes do baile do Destino. Eu desejava sinceramente que participassem...

Não pude conter a interrupção, a necessidade de entender o motivo por trás de suas ações.

— Por quê?

Aeson hesitou por um breve instante, seus olhos percorrendo cada um de nós antes de responder cuidadosamente:

— Pensei que, ao nos conhecerem verdadeiramente, seria mais fácil compreender e aceitar que a vida aqui seria boa. Acreditávamos que Elíria seja um lugar acolhedor e qualquer um possa se adaptar se estiver mesmo disposto.

Sophi, tentando amenizar a tensão, interveio com palavras hesitantes.

— Sim, Any. Não é o que está pensando, nós só queríamos que sentissem um pouco da verdade que vivemos. Eu nunca estive no seu mundo, mas já ouvi algumas coisas a respeito dele e sei como pode ser difícil acreditar que exista um lugar como Elíria. Onde não existe maldade.

O cenário ao nosso redor parecia ter ganhado vida própria. Observava as pessoas que saíam de suas casas ou retornavam do baile, formando uma multidão curiosa que se aglomerava ao nosso redor. Éramos o centro de uma cena dramática.

— Mas isso não está certo — retrucou Nara. — Por que não poderíamos encontrar Will? Não faz sentido.

Will, visivelmente frustrado, expressou sua indignação.

— E por que me disseram que eles ainda estavam na cela? Eu estou esperando aqui há um tempão. Para mim, isso parece maldade — reclamou.

— Agora vejo que errei e peço perdão. Eu só não queria que se concentrassem em ir embora — revelou Aeson, seus olhos carregados de tristeza. — Garanto que não houve maldade por trás de minhas ações.

Minha mente trabalhava em busca de respostas, conectando as peças desse intrincado quebra-cabeça. Lembrei-me da surpresa estampada no rosto de Aeson ao encontrar Santiago na festa, uma que agora fazia sentido.

— Por isso ficou surpreso ao ver Santiago. Não era para ele nos encontrar na festa. Vê-los era reascenderia nossa esperança.

O homem assentiu.

— Não entendo. Parece que você sempre quis que nós ficássemos aqui, que não voltássemos para o nosso plano — considerou Alamanda, observando o homem.

— Ele ainda não está nos contando tudo — afirmei, vendo a dúvida em seus olhos.

— Qual é o seu interesse? Por que nos quer aqui? — indagou Santiago, aproximando-se, ameaçador.

Aeson olhou para Sophi. Cúmplices, eles chegaram ao limite de seus segredos.

— Vocês não entendem. Aeson só queria que vocês gostassem daqui e que soubessem que... — Ela hesitou. — Caso alguém quisesse ficar, seria bem-vindo e estaria em boas mãos.

— Em boas mãos? — redarguiu Nara, não era o que está parecendo.

— Quando alguém não é capaz de vencer seus medos, arrepender-se de seus pecados ou não é capaz de sentir o peso deles, pode não conseguir voltar — revelou Aeson, num fôlego só.

Uma sensação de vertigem tomou conta de mim, e precisei fechar os olhos por um momento para me reequilibrar.

— Como assim? — perguntou Santiago, aproximando-se do vigia.

— Você está insinuando que Antoni pode não sair? — perguntou Will, carregado de preocupação.

Talvez ele tenha lido meus pensamentos ou apenas tenha chegado a mesma conclusão que eu.

Aeson manteve seu olhar fixo em mim, sabendo que era hora de revelar a verdade brutal.

— Sabemos que Antoni não poderá retornar com vocês. Ele não conseguiu enfrentar o desafio. E entendo que nem todos conseguirão deixá-lo para trás — explicou Aeson, sua voz carregada de um peso sombrio. — Por isso, tentamos mostrar àqueles que partirão que este lugar será um refúgio para aqueles que ficarem. Nunca foi minha intenção convencê-los a ficar ou, pior ainda, forçá-los a isso. Apenas tentei antecipar o sofrimento que sei que vocês enfrentariam. Se eu tivesse êxito, conseguiria que sentissem vontade de ficar, isso aplacaria um pouco do inevitável sofrimento.

A revelação foi como um golpe certeiro, alimentando a ira que fervia dentro de mim.

— Isso é ridículo! — afirmei, minha voz ecoando com um tom de fúria e desafio.

— Quando um vigia entra em contato com seu lado obscuro é como fazer um mapeamento, sabemos aonde ir, o que buscar e o que usar. Com Antoni foi diferente. Existe uma escuridão imensa perdida no subconsciente dele, impossível de acessar ou descobrir a fonte. Suspeito que nem ele saiba de onde ela vem. Nunca vimos nada assim antes. Preciso que entendam que somos guardiões de relíquias e segredos místicos, existimos para isso, para garantir o equilíbrio da magia. É o nosso legado e não podemos ser omissos. Uma vez mergulhado na escuridão, você precisa sair sozinho, não existe uma forma de ajudar.

— Acha mesmo que ele vai aceitar ficar aqui? — questionei, tentando não transparecer meu desespero.

— Diferente de vocês, ele não terá escolha. Vocês têm minha autorização para levarem o Véu de Éter, com o compromisso de devolvê-lo assim que concluírem sua missão. Mas saibam que ao final, nós iremos buscá-lo. Isso porque vocês nunca mais retornarão a Elíria. É como um protocolo de segurança. Ou você fica aqui, ou vai embora para nunca mais voltar.

Aquelas palavras ecoaram em nossas mentes como uma ameaça sombria, deixando-nos sem palavras e com um sentimento de desespero. Nossos planos estavam sendo dilacerados, e a sensação de estar preso em uma teia urdida por mãos invisíveis era insuportável, inaceitável.

— E quero vê-lo — declarei, meus olhos carregados de lágrimas que eu lutava bravamente para conter.

— Não vai adiantar. Ele não poderá vê-la ou se comunicar com você. Não pode ajudar. Só ele tem a chave para sair, e a essa altura, achamos que ele jamais encontrará. Toda vez que tenta buscar a fonte desse sofrimento, ele cai num abismo e não tem nada lá, não tem onde se agarrar. É só um breu de medo e agonia. Se houvesse uma saída, ele já a teria encontrado — explicou Aeson.

Eu podia ver a verdade e o pesar enquanto falava.

— Não importa. Preciso que me deixem vê-lo. É só o que eu peço.

— Infelizmente, isso não será possível — determinou Aeson.

Um silêncio pesado pairou sobre nós. A decepção se espalhou como uma névoa densa entre os presentes, e pude ver a tristeza genuína estampada nos rostos dos expectadores. Era uma situação desesperadora, e a realidade desabava sobre nós, como escombros de um desmoronamento inevitável.

— Estarei no castelo aguardando a decisão de vocês. Levem o tempo que for necessário — concluiu ele, afastando-se.

À medida que as pessoas deixavam o local, alguns voltando para suas casas, outros seguindo Aeson e Sophi com semblantes abatidos, permanecíamos ali, sozinhos, cercados pela sombra do desespero.

Observando meus amigos, seus olhares desolados e cheios de descrença, algo dentro de mim se desprendeu. Uma risada escapou dos meus lábios, e seus olhos se arregalaram em surpresa diante da minha reação inesperada. Eu sabia que poderiam interpretar minha risada como loucura, mas naquele momento, era minha forma de resistir à negatividade que ameaçava me engolir.

— Não, não estou enlouquecendo — disse, tentando conter a risada, mas o brilho de determinação em meus olhos revelava minha resiliência. — Acredito que isso ainda não acabou, mesmo que nossas opções pareçam limitadas agora. Não podemos nos render tão facilmente.

Meus amigos me encararam, um misto de surpresa e esperança começando a brilhar em seus olhos cansados. Eu sabia que precisávamos encontrar uma solução, um caminho além das barreiras que nos foram impostas. Recusei-me a aceitar um destino tão sombrio e implacável. Ainda havia mistérios a serem desvendados, segredos ocultos esperando para serem descobertos e isso era o que resumia a minha vida desde o momento em que descobri o mundo oculto.

Não permitiria que aquela situação me paralisasse.

— Qual é a sua ideia? — indagou Nara, animando-se.

Respirei fundo, inspirando coragem e determinação. Estava disposta a enfrentar qualquer desafio, a explorar cada possibilidade, por mais remota que parecesse. Não importava o quão difícil fosse, eu não desistiria. Juntos, encontraríamos uma brecha na escuridão que nos cercava, uma brecha que nos levaria à liberdade e à salvação de Antoni. Eu estava determinada.

— Precisamos entrar naquela cela, custe o que custar — determinei.

A risada se dissipou, deixando um rastro de determinação em seu lugar. Olhei para meus amigos, compartilhando um olhar de cumplicidade. Juntos, nós nos recusaríamos a sucumbir à desesperança. Havia uma batalha a ser travada, e estávamos prontos para enfrentá-la, mesmo que o mundo inteiro parecesse estar contra nós.

— E como faremos isso? Não deve ser tão simples. Chegar e ir entrando... —Santiago salientou.

As palavras dele estavam carregadas de uma preocupação legítima. Sabíamos que não seria uma tarefa fácil penetrar nas profundezas daquela cela, especialmente com Aeson e os demais vigias mantendo uma vigilância constante. No entanto, deveria haver uma maneira, só precisávamos encontrá-la.

— Primeiro precisamos saber onde fica a cela. Eu passei por uma porta que me levou até o castelo, mas me lembro de ter olhado para trás e a porta já ter sumido — disse Alamanda.

— Que merda! Eu saí em um templo, no meio de um bosque — falei, puxando na memória.

Nara levou as mãos à cabeça, desolada.

— Pelo jeito cada um de nós saiu em um lugar diferente, isso não ajuda muito — constatou Nara.

A atmosfera ao redor da casa de Aeson era pesada, ecoando nossa desolação. O silêncio predominava, interrompido apenas pelo som suave do vento soprando entre as árvores próximas. Eu me sentia pequena e impotente diante da situação, sem saber por onde começar ou qual caminho seguir.

Meus amigos e eu estávamos imersos em um mar de incertezas, cercados pela frustração que parecia se intensificar a cada momento. Cada pensamento em busca de soluções se transformava em uma fonte de desespero, pois parecia não haver opções viáveis para resgatar Antoni. Observando meus companheiros de jornada, percebi a mesma angústia estampada em seus rostos. Todos compartilhávamos a sensação de estarmos presos em um beco sem saída, sem pistas claras ou direções possíveis.

Era como se o mundo estivesse conspirando contra nós, testando nossa força e determinação até o limite.

Tentei controlar a crescente frustração que tomava conta de mim, buscando um vislumbre de esperança em meio à escuridão. Não podíamos permitir que a derrota nos consumisse. Era preciso encontrar uma nova perspectiva, uma abordagem diferente para enfrentar esse desafio aparentemente insuperável.

Enquanto nos encontrávamos imersos em nossa desolação, uma figura solitária emergiu das sombras, caminhando em nossa direção com passos lentos e medidas cautelosas. Seu corpo estava envolto em um manto escuro, com o capuz sombreando seu rosto. Intrigada e um tanto apreensiva, observei atentamente seus movimentos, buscando pistas sobre sua identidade e intenções. A energia de todos naquele lugar era igual, ou muito parecida, com exceção de Aeson. Eu não conseguia identificar quem era, mas podia ver que o estranho não oferecia perigo.

A figura se aproximou lentamente, revelando apenas o contorno de seu perfil obscurecido pelo capuz. Uma aura de mistério e intriga pairava ao seu redor, provocando uma mistura de curiosidade e cautela em meu coração. Meus amigos também fixaram seus olhares no visitante desconhecido, mantendo-se alertas para qualquer surpresa.

— Eu sabia que não desistiriam, mas por que ainda estão parados aqui? — Sua voz quebrou o mistério.

Sophi se aproximava e, aparentemente, estava disposta a nos ajudar.

— Sophi? O que está fazendo aqui? — indagou Nara.

Sophi olhou fixamente para nós, seus olhos brilhando com uma mistura de tristeza e determinação. As palavras que ela pronunciou ecoaram em nossos corações, como um eco sombrio.

— Porque vocês precisam entender a natureza do desafio. É como um abismo sombrio, onde a luz da esperança pode ser extinta, só depende da própria pessoa. Já testemunhamos inúmeras almas serem engolidas por sua própria escuridão...

O peso de suas palavras pairava no ar, preenchendo-nos com uma sensação de urgência e temor. No entanto, com sua voz agora impregnada de determinação Sophi continuou: — Mas Antoni... Ele não está perdido para sempre, existe uma pequena centelha de luz dentro dele, uma chama frágil que luta para sobreviver. E é por essa chama que devem lutar. Porque, se existe uma chance de trazê-lo de volta, por menor que seja, não podemos ignorá-la. Eu vi o quanto vocês são amigos e se preocupam uns com os outros, isso é muito raro nas pessoas que aparecem por aqui. Devem conservar isso.

— Mas, e se eles descobrirem que está nos ajudando? — preocupou-se Alamanda.

— Não precisam se preocupar com isso. Aeson é um homem justo e não age sozinho. Aqui, em Elíria, não há governos ou reis. Somos uma comunidade que junta toma as decisões. Aeson é o porta-voz e, e como já sabem, um dos vigias, ele precisa tomar decisões difíceis. Faz parte da sua atribuição. Mas eu sei que vai entender o que estamos tentando fazer. — explicou Sophi, com uma serenidade confiante. — Ele não apoia para não alimentar falsas esperanças, acha que só vai gerar mais desgaste e tristeza. Se enxergasse uma possibilidade real, mesmo que muito pequena, ele apoiaria. Por isso, precisam estar preparados, conscientes de que a chance de não termos êxito é real...

— Percebemos que cada um de nós saiu em um lugar diferente quando deixamos a cela, só estamos parados aqui porque não sabemos onde encontrar a entrada — disse Will.

— A pergunta não é onde, sim, quem — respondeu, enigmática. — A entrada e saída é protegida por uma pessoa, que na verdade, serve como um portal. Ninguém entra ou sai sem que ela saiba...

— Philis — falamos juntas; Alamanda, Nara e eu.

Sophi piscou.

— Onde vamos encontrá-la?

— Não precisamos. Ele vai nos encontrar — respondeu Sophi, enigmática, então fechou os olhos, permanecendo assim por alguns segundos.

Quando os abriu ela revelou:

— Vamos. Sei onde ele está.

Perguntei-me se com "ele", ela se referia a Antoni ou a Philis. Mas acho que não fazia diferença.

Enquanto caminhávamos em seu encalço, uma sensação de expectativa pairava no ar, mais forte e viva que o próprio vento que esfriava a pele. A escuridão da noite nos envolvia, criando uma atmosfera misteriosa e cheia de possibilidades. Sophi liderava o grupo com uma confiança inabalável, como se estivesse sendo guiada por forças invisíveis.

Sorrateiros, alcançamos a entrada do castelo. As portas pareciam jamais serem fechadas. Algumas pessoas continuavam no grande salão, ainda se ouvia música e vozes entrelaçadas em conversas animadas. Aproveitamos a distração para nos movimentarmos furtivamente pelas sombras, evitando chamar a atenção.

Cada passo era calculado, cada movimento sincronizado. Mantínhamos nossos sentidos aguçados, atentos.

Avançamos por dentro do castelo, por corredores estreitos e escadas escuras, seguindo um caminho que parecia ser traçado por algum tipo de intuição. O silêncio era inquietante, interrompido apenas pelo eco suave de nossos passos. Cada um de nós estava imerso em pensamentos e questionamentos sobre o que estava por vir.

Adentramos um espaço vasto, mergulhado em uma escuridão impenetrável, com apenas um ponto de iluminação no centro. A atmosfera era gélida, arrepiando meu braço enquanto avançávamos cautelosamente. No coração da sala, um poço misterioso se destacava, emanando uma luz intensa que irradiava para cima, iluminando todo o ambiente ao redor.

Ao seguir o rastro de luz ascendente, meus olhos se depararam com um vislumbre intrigante. Suspensas no ar, acima de nossas cabeças, várias celas flutuavam em diferentes alturas. Cada cela parecia estar envolta por uma espécie de aura brilhante, conectada ao poço central por feixes de luz que se dividiam e se estendiam até as estruturas suspensas.

O contraste entre a escuridão circundante e a luminosidade que emanava das celas criava uma cena surreal e enigmática.

Enquanto observávamos abismados, a conexão entre o poço e as celas ficava cada vez mais evidente. Os feixes de luz que as interligavam pareciam pulsar com uma energia misteriosa. Estávamos diante de um local de significado profundo, onde segredos e destinos se entrelaçavam. A cena era ao mesmo tempo assombrosa e fascinante, despertando em nós uma curiosidade intensa sobre o propósito dessas celas flutuantes e seu vínculo com o poço de luz.

— O que querem aqui?

Uma voz suave ecoou pelo espaço. Procuramos ao redor, mas não havia ninguém à vista. A origem daquela voz parecia estar oculta nas sombras, como se fosse uma entidade invisível que nos observava atentamente.

— Philis, não precisa de tanto drama. Você sabe por que estamos aqui. Eles precisam tentar.

— Aeson sabe que vieram? — indagou Philis, saindo das sombras, exibindo seu olhar impassível.

— Não, ele não sabe... — Tomei a frente para não comprometer ainda mais a garota de cabelo lilás. — Nós achamos que existe uma pequena chance de salvá-lo.

— Então fique aqui em Elíria até que a jornada dele esteja concluída. Os outros podem voltar para seu plano — concluiu Philis com uma voz serena, como se fosse a decisão mais natural do mundo.

— Só estamos aqui porque precisamos do Véu para nos proteger de sermos capturados no nosso plano enquanto tentamos outra missão suicida. Parece que está virando rotina vivermos assim, sempre no limite — contatei, pensando alto.

— O que acontece com eles se tentarem ajudar o amigo e não conseguirem? — perguntou Sophi.

— Nada além de acelerar o processo para ele — Philis apontou para cima, em direção as celas flutuantes.

— Se eles estão verdadeiramente determinados a correr esse risco e acreditam que há esperança, quem somos nós para negar esse direito? — argumentou Sophi, sua voz carregada de sabedoria e compaixão. — Como um povo protetor e respeitado por nosso equilíbrio e honra, devemos respeitar a escolha deles, mesmo que isso signifique enfrentar desafios e perigos desconhecidos.

Ao defender a liberdade de escolha e a crença na esperança, Sophi mostrou o verdadeiro espírito de Elíria, e, ao fazer isso, ela inspirou não apenas aqueles que estavam prestes a embarcar em uma jornada arriscada, mas também ascendeu a dúvida em Philis. Que ponderou sobre aquelas palavras antes de voltar a negar nosso apelo.

— Entendo. Mas preciso da autorização de um dos guardiões. É o certo, Sophi — afirmou Philis, seus olhos encarando a amiga de cabelo lilás.

— Philis, certo? — perguntou Will, aproximando-se. — Olha só... Estamos em uma missão para salvar a mãe da Alany, no nosso mundo... Por isso viemos para Elíria.

— Plano, não mundo — corrigiu, Philis.

— Certo, plano. Como estava dizendo, eles estão exigindo que Alany enfrente uma escolha impossível... — Will hesitou, seus olhos vagaram até os meus, refletindo uma mistura de tristeza e determinação. — Entre Antoni, a pessoa que ocupa o segundo lugar mais importante em sua vida — disse ele, apontando para as celas flutuantes acima de nós —, e Twilla, sua própria mãe, que está sendo mantida prisioneira por um homem extremamente cruel. Sabemos muito bem que o destino dela será um tormento se não conseguirmos chegar a tempo para impedi-lo. Em qual mundo, ou plano, isso parece ser o certo para você? Quem você escolheria? Sua mãe ou o amor da sua vida?

Amor da minha vida? Do que ele estava falando?

Foi a primeira vez que vi a expressão de Philis se alterar. Com um pequeno vinco na testa, ela apontou para as celas do lado esquerdo.

— A cela dele é uma daquelas — indicou. — Seja lá o que forem fazer, sugiro que sejam rápidos, o fio não vai aguentar por muito tempo.

O alívio tomou conta de mim de forma tão intensa que, naquele momento, não me importei nem um pouco com a loucura da história que Will inventou para convencê-la. Eu sabia que suas palavras poderiam não fazer sentido para os outros, mas o que realmente importava era que funcionou. E o sorriso triunfante nos lábios de Will mostrava que ele também sabia disso.

Eu olhei para os meus amigos e encontrei uma mistura de emoções: surpresa, curiosidade e, acima de tudo, alívio.

Will tinha um jeito único de fazer as coisas, e aquela invenção brilhante era apenas um reflexo da sua mente criativa e engenhosa. Ele sempre encontrava uma maneira de fazer as coisas acontecerem, mesmo quando tudo parecia impossível.

A ajuda de Sophi foi fundamental, cada indivíduo tinha o direito de trilhar o próprio destino, mesmo que isso envolvesse riscos e incertezas. O papel dos protetores de Elíria era aconselhar, orientar e oferecer suporte, mas não controlar o destino daqueles que buscavam ajuda.

Agradeci aos três com um olhar sincero, sentindo uma profunda gratidão por sua disposição em me ajudar. Sophi havia se arriscado por nós, acreditando que havia esperança, e isso significava muito para mim. Will com suas palavras conseguiu alcançar um lugar que parecia inacessível, o coração de Philis. Que por sua vez, permitiu que começássemos aquela luta impensável.

E assim, com uma pitada de loucura e uma dose generosa de esperança, começamos nossa jornada rumo ao desconhecido.

Capítulo 17

Uma luz suave se acendeu, revelando uma rampa lateral que se estendia na direção da cela de Antoni. Sem hesitar, corremos impulsionados pela determinação de reencontrar nosso amigo perdido. À medida que subíamos, as celas suspensas vinham à vista, cada uma revelando um cenário único e misterioso.

Algumas celas estavam vazias. Outras abrigavam seres estranhos e fascinantes, suas formas e rostos desconhecidos instigavam nossa curiosidade. Mas não havia tempo a perder.

Passamos por seres de diferentes raças e aparências, todos presos em suas próprias realidades e destinos. Meu coração batia com força no peito, representando minha urgência. Eu sempre tinha a esperança de que a seguinte seria a dele, seria onde eu iria encontrar Antoni. Mas só pulávamos de cela em cela, sem encontrá-lo. Subindo ainda mais, olhei para os fios de luz que as sustentavam no ar. Um deles tão suave que parecia prestes a apagar. Corri até a cela onde ele terminava e segurei nas barras geladas. Chamei o seu nome várias vezes. Não houve resposta.

Antoni estava no canto, encolhido, perdido em seus pesadelos. Não adiantava chamar, gritar ou chorar, ele jamais escutaria do vazio onde estava.

Respirei fundo e me preparei para sentir toda a energia que o oprimia, mesmo sabendo que ela poderia me consumir. Eu precisava alcançá-lo, pelo menos tentar romper as correntes que o aprisionavam.

Sem barreiras ou bloqueios, testemunhei as sombras que o envolviam em uma dança maligna e decidida. Elas pareciam ter vida própria, envolvendo-o em um abraço sufocante de escuridão. Concentrei-me em canalizar minha própria energia, irradiando uma luz brilhante e cálida que só eu era capaz de ver. A escuridão resistia, lutando para manter seu domínio, mas eu persistia. A batalha entre luz e sombras se intensificou, criando uma aura vibrante de energia ao redor de nós dois. As sombras recuavam lentamente, enfraquecendo diante do poder da luz. Mas eu sabia que seria impossível vencê-las, só ele podia fazer isso.

Quando senti que poderia ter ganhado algum território, pedi que Will entrasse na mente dele. Talvez, afastando momentaneamente as sombras conseguíssemos alcançá-lo, tirá-lo daquele abismo. Precisávamos tentar.

A expectativa flutuava no ar, enquanto Will se aventurava pela escuridão mental de nosso amigo. Nossos corações batiam acelerados, ávidos por um vislumbre de esperança. O destino de nosso companheiro pendia perigosamente à beira do precipício, dependente da união de nossos esforços.

A energia vibrava no ar, criando uma nuvem cinza sobre a cela. Eu sentia o esgotamento tomando conta de mim, a escuridão sussurrando em minha mente, tentando minar minha determinação. Tentando me dominar como fez com ele. Mas eu resistia, alimentada pela vontade de resgatá-lo do inferno em que se encontrava. O inferno onde eu também estive e consegui me livrar. Ele precisava conseguir.

Antoni era a pessoa mais forte que eu conhecia, se alguém poderia vencer aquela escuridão, era ele.

— Eu não consigo, Any. Estou tentando, mas parece que ele não está lá — disse Will, sua voz cansada e triste.

Buscando forças dentro do meu próprio desespero, comecei a inverter o jogo.

— Concentre-se, Will. Você vai conseguir.

Percebendo que afastar a escuridão não estava surtindo efeito, decidi tomar uma abordagem diferente. Em vez de resistir, eu atrairia a escuridão para perto de mim, como um ímã que atrai os objetos ao seu redor. Sabia que ela teria interesse em uma troca, uma oportunidade de se fortalecer à custa da minha própria luz.

Concentrei-me profundamente, abrindo as portas da minha mente para a escuridão. Senti-a se aproximando, uma presença nefasta que se envolvia em volta de mim, buscando se alimentar da minha energia vital. Era uma dança perigosa, um jogo arriscado que eu estava disposta a jogar para salvá-lo.

Enquanto a escuridão se aproximava, eu a recebia, sem resistir. Minha luz interna brilhava intensamente, atraindo a atenção das sombras vorazes. Elas se aproximaram, sibilando e se contorcendo, ávidas por consumir a energia que eu oferecia.

— Alamanda. Consegue ajudá-lo a se concentrar? — perguntei para minha amiga que assentiu tocando o braço de Willian.

Instantaneamente, ele relaxou. Escorregou pela grade até se sentar no chão. Recostando a cabeça e fechando os olhos, ele entrou em um tipo de transe e começou a falar com Antoni como se estivessem sentados um de frente para o outro. A intensidade de sua conexão foi tão grande que todos nós podíamos ouvir suas palavras, ainda que ele não as dissesse. Elas estavam apenas em nossa mente.

Cada vez mais próximas, as sombras tentavam me envolver e me engolir, tentando apagar minha luz e se entrelaçar na minha alma. Começou a ficar dolorido.

Will falava com Antoni, lembrava-o de quando estávamos fugindo do príncipe e do quanto aquilo foi assustador. Era como se aquele momento, no auge do perigo, tivesse nos unido em uma amizade profunda, mesmo que não declarada. As memórias de experiências compartilhadas ressoavam em nossos corações. Estavam para sempre registradas em nossas lembranças.

As palavras de Will estavam impregnadas de sinceridade e urgência, carregadas de uma energia que reverberava em todos nós. Cada frase que ele dirigia a Antoni renovava minhas forças, reacendia minha chama interior e, com certeza, impactava a todos nós.

— Cara... Você precisa voltar para nós. Sabe que não vamos conseguir fazer o que precisamos sem você... — Will falava com uma mistura de desespero e determinação, suas palavras ecoando em nossa mente, carregadas de um apelo sincero. Ele sabia, assim como eu, que nossa missão dependia da presença de Antoni, de sua coragem e habilidades únicas. — Além disso, você precisa ver como Alany está... tão bonita com esse vestido. Ela ficaria doida se me ouvisse agora, mas está mesmo parecendo uma princesa, meio rebelde, mas com certeza uma linda princesa.

E então tudo mudou.

Como se aquelas palavras tivessem sido o gatilho para despertar algo adormecido dentro dele. Senti quando os tentáculos sombrios começaram a recuar, atrofiando-se em agonia. Algo novo pulsava naquela cela, naquele corpo, e não era a escuridão.

Antoni, ainda fraco e desnorteado, apoiou-se na parede enquanto tentava organizar seus pensamentos. O impacto do que acabou de ocorrer era evidente em seu rosto, refletindo a confusão e a perplexidade. Eu compreendia perfeitamente o que ele sentia.

A turbulência que habitava sua mente, a confusão de sentimentos. Minha experiência na cela também foi difícil e tortuosa. Se eu pensei que nunca mais veria a luz do dia, imaginei o que sentiu Antoni. Depois de tanto tempo naquele abismo, deve ter esquecido que havia um caminho de volta.

— Conseguimos — constatei, emocionada.

Ainda confuso, Antoni me encarou, seus olhos encontrando os meus em busca de respostas e segurança.

Embora sempre seguro e até arrogante, Antoni costumava ter um lado estranhamente vazio, onde o breu se instalou, aproveitando-se de uma fragilidade que ele insistia em ignorar, ou pelo menos tentava. Era como uma ferida aberta, uma cicatriz que nunca se fechou por completo. Em meio a todo o seu controle e autoridade, existia uma parte dele que permanecia inacessível para mim, e até para ele mesmo, só alcançada pela escuridão.

Mas alguma coisa estava diferente agora. Seu olhar refletia uma mistura de surpresa e esperança, então percebi que finalmente estava livre de tudo aquilo que o acompanhava e o arranhava por dentro. Foi como ver suas dúvidas e inseguranças sendo dissolvidas naquele momento, substituídas por algo diferente.

Um sorriso sincero e cheio de gratidão brotou em seus lábios, iluminando seu rosto antes sombrio. Era um sorriso que transmitia uma nova força, uma força que ele nem sabia que possuía. Naquele instante, ficou claro para mim que a luta que travamos dentro daquela cela não só o libertou das amarras sombrias, mas também despertou algo adormecido dentro dele.

A cela se abriu como mágica, e ele a deixou sem olhar para trás. Sem desgrudarmos o olhar um do outro, ele segurou a minha mão e o sorriso se alargou. Em um instante, ele se aproximou ainda mais, envolvendo-me em um abraço forte e cheio de emoção. Nossos corações batiam em uníssono e o calor daquele abraço transmitia a sensação de segurança que tanto precisávamos. Sem a necessidade de palavras, aquele momento confirmava que jamais estaríamos sozinhos.

Por um momento, o tempo pareceu congelar ao nosso redor. Ali, naquele abraço, senti toda a intensidade das emoções acumuladas durante a sua prisão e a nossa luta para libertá-lo.

— Obrigado! — Sua voz ecoou num sussurro ao meu ouvido.

Eu queria poder manter o contato, mas os choques eram incômodos demais.

— Acho que precisamos ir agora — falei aproveitando para soltá-lo, livrando-me das malditas descargas elétricas. Ao perceber a intensidade com que me encarava, afirmei: — Você está... diferente.

Havia um brilho novo naqueles olhos escuros e misteriosos.

— Você também — replicou, avaliando-me dos pés à cabeça. Um sorriso malicioso brincou em seus lábios. Passando mão pelo meu cabelo, concluiu: — Querendo ou não, você é uma princesa. Uma princesa das sombras.

— O quê? Não — retruquei, sentindo um leve rubor surgir em minhas bochechas, enquanto tentava ignorar a sensação estranha que suas palavras despertavam em mim.

Seu riso ecoou no ambiente, interrompendo meu protesto.

Percebendo que o momento delicado de reencontro havia passado, Will e Alamanda se aproximaram demonstrando o alívio que sentiam por ele estar finalmente fora daquela cela. Depois de braços e agradecimentos, descemos a rampa e encontramos Sophi, nitidamente animada e emocionada.

— Eu sabia que ia dar certo!

— Nem sei como agradecer a sua ajuda — falei com toda sinceridade do meu coração.

— Não será necessário. Agora receio que precisamos encontrar Santiago e Nara. — A careta que se formou no rosto da garota me deixou preocupada.

— O que aconteceu agora? — perguntou Will, exausto pelos eventos recentes.

Ele e Alamanda vinham logo atrás de nós pela rampa.

À medida que descíamos, o espaço se abria para os nossos olhos e avistamos Philis, à porta de saída. Elas se entreolharam por um momento, como se buscando coragem para explicar a situação. Finalmente, a garota de cabelo lilás tomou a palavra.

— Aeson chamou Philis para saber se vocês haviam encontrado as celas, o que ela negou. Então ele iniciou uma busca, enviando sentinelas para vasculharem a vila. Não demoraria até que eles chegassem aqui, então Santiago e Nara se ofereceram para criar uma distração e ganhar tempo para vocês.

— Santiago... Sempre se metendo em encrenca — comentou Antoni.

— Antoni! — repreendemos em uníssono.

— Não é mentira — disse ele olhando para Sophi, que o estava vendo pela primeira vez, portanto, sem entender nada sobre aquele homem estranhamente cínico. — Vamos lá atrás do nosso pet.

Sophi franziu a testa, confusa com a expressão usada por Antoni. Mas, sem tempo para explicações, seguimos em frente, determinados a encontrar Santiago e garantir sua segurança.

— E da Nara — lembrei, enquanto seguíamos Sophi para fora daquele lugar.

— Nara sabe se proteger melhor do que nós quatro juntos — Antoni afirmou.

Confundindo ainda mais a cabeça da pobre Sophi.

— Mas Nara... Ela não é humana?

— Sim, mas até que ele tem razão — respondi, avaliando as palavras de Antoni. — É inacreditável, mas ela sempre fica bem, de um jeito ou de outro.

— Carisma é uma arma perigosa e eficiente, e o dela é irresistível — explicou Antoni com um sorriso torto no rosto e uma leve piscada.

— Já que estamos revelando sentimentos, você precisa parar de caminhar vendado à beira do abismo. Essa mania de quase morrer já deu para mim — zombei.

Mas realmente havia um desabafo na brincadeira, eu nem conseguia imaginar passar por tudo aquilo outra vez.

— Isso eu posso tentar, mas... você sabe que não posso prometer.

Aquele túnel parecia não ter fim. Não me lembrava de ser tão extenso quando passamos por ele antes.

— Antoni, do que se lembra, quando estava na cela? — indagou Alamanda, tornando a caminhada menos tediosa.

— Vocês passaram por lá também, devem saber como é... — respondeu, tentando fugir da resposta verdadeira.

— Não ficamos tanto tempo quanto você — afirmou a loira.

— Imagino que o vigia tenha se envergonhado por deixá-la na cela por mais de um minuto.

William deu uma gargalhada antes de tecer um comentário:

— Imagina a cara dele vasculhando sua mente em busca de um traço de escuridão, deve ter ficado muito confuso.

— Na verdade, ele nem procurou. Assim que me levou, descobriu que eu era uma Sídhe e me libertou. Nem esquentei a cela — explicou com um raro ar de brincadeira.

— Nunca houve em nossa história, alguém que tenha ficado tanto tempo na cela — revelou Sophi. Não era um segredo para nós, mas foi uma novidade para Antoni. — Ninguém jamais suportou tanto tempo e saiu. Quando passam de certo período, todos acabam sucumbindo.

— Por isso Aeson, o porta-voz do povo de Elíria, achou que não conseguiríamos, que era inútil tentar. Você era um caso perdido para eles — resumi.

— Como conseguiu? — Sophi, que andava na frente, parou o passo e o encarou. — O que lhe deu força e fez reacender a chama de vida que estava praticamente apagada. E não digo figurativamente, eles viram, seu fio de vida estava se rompendo literalmente.

Antoni ficou pensativo, fechado em seus pensamentos. Talvez em algum momento de fragilidade ele respondesse a essa pergunta, mas duvidava que o faria agora, ainda mais para alguém que ele mal conhecia.

Mas, contrariando minha expectativa, ele respondeu:

— No início eu revivi alguns acontecimentos do passado, coisas das quais eu não me orgulho. E eram muitas, então...

Ele tinha uma expressão relaxada ao falar, o tom ainda era misterioso, mas não carregava mais aquelas sombras que o circulavam toda vez que se sentia acuado ou precisava remexer em eventos do passado.

— Depois eu estava me afogando num mar de escuridão. Essa era a sensação. Eu sentia que precisava encontrar algum ponto de apoio para sair, mas... não tinha nada. Todas as outras memórias estavam baseadas em decisões que me levaram a elas, que por sua vez, tiveram suas próprias motivações. Mas... — ele se virou para nós. — Aquele mar escuro e frio, não estava ligado a nada. Eu nem consigo explicar.

Todos nós ouvíamos atentos às palavras de Antoni, tentando compreender o que ele havia vivenciado. Era evidente que aquelas memórias sombrias o afetavam profundamente, e agora ele estava abrindo seu coração para compartilhar conosco.

Enquanto Antoni continuava a descrever sua experiência no mar de escuridão, Willian e eu trocávamos olhares preocupados. Era difícil imaginar o tormento pelo qual ele passou, preso nessas lembranças que não pareciam ter uma origem definida.

— Eu me senti perdido, como se estivesse afundando em um vazio sem fim — Antoni continuou, sua voz carregada de tensão. — Eu lutei para encontrar algo que pudesse me puxar de volta à superfície, mas... de novo, não havia nada. Era como se eu estivesse preso em um paradoxo temporal, uma falha realmente inexplicável.

Antoni nos encarou, seus olhos expressando gratidão e uma rara vulnerabilidade. Ele sabia que não estava sozinho, fosse o que fosse que ainda precisasse enfrentar, estaríamos do seu lado.

— Então, escutei a voz do Willian — finalizou.

Antoni voltou a andar e nós o seguimos em silêncio.

Quando alcançamos os corredores do castelo, ouvimos vozes e gritos distantes. Não foi preciso procurar, bastava seguir os sons de desespero que vinham da parte da frente, provavelmente do pátio na entrada do castelo. Foram os rosnados que entregaram a real situação. Com exceção de Sophi, todos nós conhecíamos aquele som.

Os rosnados e a correria indicavam o empenho de Santiago.

— O que está acontecendo? — perguntou Sophi a um homem que passava assustado por nós.

— Não vão lá fora. Tem uma besta maldita querendo devorar todo mundo — ele anunciou com o coração aos pulos.

Ao nos aproximarmos da janela mais próxima, testemunhamos uma visão assustadora diante dos olhos do povo de Elíria. Uma criatura gigantesca, com garras afiadas e olhos brilhantes de fúria, estava causando um caos na vila. As pessoas corriam em desespero, tentando se proteger do terrível monstro.

Temendo que algo mais sério acontecesse, corremos para fora, em direção ao lobo, que se acalmou instantaneamente ao nos ver saindo juntos do castelo.

— Minha nossa! — exclamou a garota ao meu lado.

— Está tudo bem, Sophi. Esse é Santiago — avisei, segurando em seu braço para acalmá-la.

— Metendo-se em encrenca — reforçou Antoni.

— Oh! Por isso o pet... — Sophi compreendeu a referência ao encarar o grande lobo negro à sua frente.

Não sei se foi apenas impressão minha, mas achei ter visto um pequeno sorriso em seu rosto.

Havia apenas três homens à porta do castelo, resguardando a entrada para que o terrível lobo não invadisse. O que me fazia imaginar se, além dos Vigias Esquecidos, aquilo era toda a proteção de Elíria.

Aeson apareceu no mesmo instante, ofegante e acompanhado por alguns homens e mulheres que o seguiam como soldados mesmo sendo apenas moradores do vilarejo. Estavam prontos para atacar o lobo, mas o líder ergueu o braço dando fim ao que nem sequer havia começado.

Com os olhos surpresos vagando de mim para Antoni, ficou em silêncio por um instante. As peças do quebra-cabeça finalmente se encaixaram em sua mente, e a verdade se revelou diante dele. Ele compreendeu que havia sido enganado por suas próprias convicções e pragmatismo, e uma nova luz de compreensão brilhou em seus olhos.

Seu semblante mostrava uma mistura de surpresa, arrependimento e gratidão. Ele havia subestimado nossa determinação e nossa capacidade de superação. Aeson percebeu que estávamos dispostos a fazer qualquer coisa para proteger aqueles que amávamos, inclusive enfrentar a escuridão.

Ele assentiu com a cabeça, como uma forma de reconhecimento e aceitação. Não eram necessárias palavras naquele momento, pois a expressão em seu rosto falava por si só.

Enquanto absorvíamos esse momento de entendimento mútuo, Nara, emocionada, surgiu atrás do grupo. Seus olhos se encheram de lágrimas ao ver Antoni novamente em liberdade. Ela correu para abraçá-lo, expressando a alegria e o alívio que todos nós compartilhávamos.

Contendo a própria animação por também vê-la, Antoni a envolveu calorosamente. Então olhou para Sophi.

— Como eu disse... — constatou e terminou com um sussurrou como se contasse um segredo: — Irresistível.

Sophi sorriu, compreendendo um pouco mais o humor sofisticado de Antoni.

A atmosfera ao nosso redor se transformou instantaneamente. A tensão que antes pairava no ar deu lugar a uma sensação de triunfo e esperança. Nossos corações se encheram de confiança, pois sabíamos que, juntos, éramos mais fortes do que imaginávamos.

Estávamos prontos para enfrentar os desafios que ainda nos aguardavam, cientes de que tínhamos o apoio uns dos outros. A vitória parecia mais próxima do que nunca, impulsionando-nos a seguir em frente com mais confiança do que nunca.

Assim, com uma mistura de sentimentos que variavam entre gratidão, resiliência e alegria, eu já preparava o meu coração para me despedir de Elíria. Apesar de tudo, era um lugar incrível, que eu carregaria para sempre com carinho. Ainda que tenhamos passados por alguns traumas, estávamos ainda mais unidos e fortalecidos, o que era uma arma poderosa para enfrentarmos o que ainda viria.

Aeson caminhou em nossa direção, aproximando-se de Antoni, observando atentamente, como se conferindo se ele realmente estava ali, vivo.

— Impressionante — disse, encarando o general.

— É o que sempre dizem — redarguiu Antoni.

O homem meneou a cabeça enquanto mantinha os olhos fixos no meu protetor.

— Entende a sorte que teve?

— Não sei se sorte é o termo mais adequado, mas, sim, eu sei a sorte que tive quando o destino me levou até essas pessoas — explicou ele apontando para nós, seus amigos de aventura e constantes "quase morte".

— Vocês são mais do que simples companheiros de aventura — disse o homem com uma voz carregada de respeito. — São pessoas destinadas a enfrentarem desafios extraordinários e superá-los. A sorte pode até ter desempenhado um papel, mas é a união de vocês que os torna invencíveis — concluiu, um sorriso marcando seus lábios.

Ele compreendia a conexão profunda que compartilhávamos e como isso nos tornava uma força imparável. Era uma prova de que, quando confiamos uns nos outros e acreditamos em nossas próprias habilidades, somos capazes de enfrenta qualquer desafio, até mesmo o poderoso Handall.

— Vocês provaram seu valor, merecem a proteção do Véu de Éter.

As palavras de Aeson ecoaram em nossos ouvidos, trazendo consigo um senso de reconhecimento e gratidão. Sabíamos que o Véu de Éter era uma fonte de poder e proteção imensa, capaz de salvaguardar aqueles que o mereciam. A oferta de proteção era uma honra que nos encheu de humildade e responsabilidade.

Olhamos uns para os outros, nossos olhos brilhando com determinação renovada. Nós havíamos enfrentado batalhas épicas, desafiado o destino e superado nossos medos mais profundos. Agora, colhíamos o resultado. Havia muitos desafios pela frente, mas ter algumas batalhas vencidas trazia uma sensação inexplicável de missão cumprida.

— Estamos profundamente gratos por essa oportunidade e pela confiança depositada em nós — falei, sentindo uma mistura de humildade e empolgação. — Prometemos honrar essa proteção e usar seus poderes com sabedoria e responsabilidade.

O homem assentiu, seu rosto expressando confiança em nossa capacidade de proteger o Véu de Éter. Ele nos guiou através dos corredores do castelo, levando-nos a uma câmara secreta onde o véu estava guardado. Ao chegarmos diante de uma imponente abertura, sem portas ou guardas, a imagem de alguém caminhando em nossa direção foi se projetando como uma miragem.

O senhor de cabelo branco que nos recebeu na vila, estava nos aguardando mais uma vez. Com reverência, o homem desvelou o véu, revelando sua beleza deslumbrante. Era uma tapeçaria tecida com fios de éter, brilhando com uma intensidade mística. Cada detalhe daquele artefato sagrado parecia contar uma história, uma história da qual faríamos parte a partir de agora.

Estendendo suas mãos, o homem ergueu o Véu de Éter diante dos olhares curiosos, sem precisar tocá-lo. O artefato etéreo parecia dançar no ar, suas delicadas fibras brilhando com uma luz própria. À medida que o véu envolvia cada um de nós em sua luz, uma sensação de resguardo e serenidade nos inundava, como se fôssemos envoltos por uma aura protetora. Sentimos a presença do poder do véu nos invadindo, e ela dizia que aquilo ia muito além de uma fonte de proteção para os nossos planos.

Não imaginamos isso quando decidimos embarcar nessa busca. Só agora percebemos o tamanho da responsabilidade que vinha junto daquele escudo frágil. A partir daquele momento nos tornamos os guardiões do Véu de Éter, pelo menos por um tempo.

— Ao aceitar sua proteção, vocês se comprometem a preservar o véu, mantendo-o seguro e intocado ao vosso cuidado pelo tempo necessário?

Não precisei olhar para saber que todos nós concordávamos.

— Como sabem, o Véu de Éter não é um objeto de posse, sim, um elo entre o mundo humano e o divino. Seu retorno a este santuário é essencial para manter essa conexão sagrada intacta. Devolver o véu é um ato de respeito e reverência à sua natureza e aos antigos guardiões que nos confiaram essa responsabilidade.

Mais uma vez, todos nós assentimos.

— Aproxime-se — ordenou, apontando para mim e para a bolsa que pendia ao lado do meu corpo.

Retirei o Malum da bolsa e o segurei em direção a Aeson. O homem apenas acenou com a cabeça, indicando que eu deveria colocar o Malum sobre suas mãos estendidas. Com cuidado, depositei o artefato nas palmas abertas do vigia, sentindo uma vibração suave percorrer meu corpo no momento em que nossas mãos se tocaram.

— Este é um momento de compromisso — declarou Aeson, sua voz ecoando com serenidade. — Confiamos plenamente em sua determinação e coragem. Assim que concluírem seu objetivo, basta ordenar ao véu e ele vai mandar o sinal.

Ouvindo atentamente suas palavras, assenti, compreendendo a importância da devolução do artefato. Era a nossa responsabilidade garantir que retornasse ao seu lugar de origem, onde estaria para sempre protegido, para não cair em mãos erradas.

O véu simplesmente começou a se desfazer no ar, seu brilho se apagando diante de nossos olhos. Ao mesmo tempo uma luz se acendia dentro do Malum, então percebi que estava feito. Voltaríamos para o nosso plano com o precioso Véu de Éter.

Capítulo 18

Com o coração transbordando de gratidão e emoção, o momento de deixar Elíria havia chegado. Tínhamos alcançado nosso objetivo. Era difícil descrever uma jornada como aquela, dizer que foi simplesmente uma aventura repleta de perigos e sustos não seria justo, pois ela se revelou como algo muito mais profundo e enriquecedor. Em Elíria, fomos confrontados com o nosso eu mais íntimo, mergulhando nas profundezas de nossa própria essência. Cada desafio que enfrentamos, cada prova que superamos, foi um convite para explorar quem éramos realmente.

Os véus que encobriam nossos medos e pecados foram retirados, permitindo-nos enxergar com clareza nossas fraquezas e nossas forças. Naquela cela escura, onde nossos demônios interiores se manifestaram, descobrimos que a verdadeira libertação está em encarar nossos próprios fantasmas e não os trancar em um baú reservado para as coisas difíceis de enfrentar.

Foi um processo de autoconhecimento profundo e transformador. Eu me deparei com aspectos de minha personalidade que até então eram desconhecidos para mim. Percebi que cada ação, por menor que seja, pode reverberar em consequências imprevisíveis na vida daqueles ao nosso redor. Em muitos casos de maneira transformadora. Aprendi que o poder de minhas escolhas é uma responsabilidade que não posso ignorar.

Às vezes, elas podem trazer alegria e cura, mas em outros momentos, podem semear dor e sofrimento.

No decorrer da jornada, conectei-me não apenas comigo mesma, mas também com meus companheiros, meus amigos. Juntos, compartilhamos o fardo e as conquistas, compreendendo que somos seres imperfeitos em busca de redenção. Nossas histórias se entrelaçaram, formando uma teia de confiança e apoio. Aprendemos que, apesar de nossas diferenças, éramos mais fortes quando nos uníamos e isso não era apenas uma fala motivacional.

Como Eleonor me disse uma vez, nossas habilidades se completam de verdade.

Deixar Elíria significava deixar para trás uma parte de mim, uma parte que foi despertada e nutrida durante essa jornada intensa. Eu não era mais a mesma pessoa que entrou naquela cela escura e claustrofóbica. Saía com a convicção de que toda mudança é possível, de que é preciso coragem para confrontar os aspectos mais sombrios de nossa existência.

Levava comigo a compreensão de que minhas ações tinham o poder de moldar o mundo ao meu redor. E era com essa consciência que seguiria adiante, honrando a experiência vivida em Elíria e buscando, a cada passo, ser uma pessoa melhor, capaz de impactar positivamente aqueles que cruzassem meu caminho.

Quando estávamos prontos para partir, isso incluía Santiago de volta à forma humana, seguimos para a entrada da floresta mágica onde caímos ao chegar.

Aeson foi o primeiro a se despedir:

— Alany, você mostrou uma coragem e uma perseverança que eu jamais imaginei. Não importa o que aconteça, lembre-se de que você é uma luz em meio à escuridão. Siga seu coração e confie em seus instintos.

As palavras dele ecoaram como um bom agouro, fortalecendo minha determinação. Sua confiança em mim era um presente inestimável, e eu sabia que o nosso encontro não era apenas uma coincidência, mas parte do nosso destino.

— O véu estará seguro, prometo. E, assim que nossa missão estiver concluída, seja qual for o resultado, você receberá o aviso.

Aeson já havia me passado tudo o que precisávamos saber sobre o véu e como fazer para que ele soubesse o momento de buscar artefato. Tudo que precisávamos fazer para nos manter sob sua proteção era desejar e ele atenderia.

Todos nós tivemos oportunidade de nos despedir adequadamente. Nara e Sophi criaram um laço real de amizade, mas a partida não deixaria apenas a minha amiga entristecida, eu também me sentiria saudosa. Quando elas conseguiram se separar de um abraço carinhoso, foi a minha vez de falar com a garota de cabelo lilás.

— Sophi, nunca vamos esquecer o que fez para nos ajudar. Você é a prova de que o verdadeiro poder está em nossos corações e em nossas escolhas. Obrigada! — Despedir-me dela foi muito mais difícil do que pensei que seria.

Precisei me segurar para não desabar.

Passei rápido para a próxima na fila das despedidas.

Segurando a mão de Philis, senti uma onda de gratidão e emoção percorrer meu corpo. Seus olhos transmitiam a mesma mistura de empolgação e tristeza que eu estava sentindo.

— E você, Philis. Obrigada por permitir que a gente sonhasse, mesmo achando ser impossível. Normalmente, somos limitados por nossas próprias crenças e pelo medo de desafiar os padrões. Mas, como dizem, acreditar no impossível é o primeiro passo para alcançar o extraordinário.

Philis assentiu com um olhar de aprovação, e, pela primeira vez, vi um discreto sorriso em seus lábios finos.

Com um último olhar repleto de significado, nós nos despedimos de nossos amigos de Elíria. Eles haviam se tornado parte essencial de nossa jornada, suas palavras de sabedoria e encorajamento, assim como nossa transformação ao passar pelas mãos dos vigias, eles nos acompanhariam em cada passo do nosso caminho.

Formamos um círculo, de mãos dadas e olhares apreensivos. Repetindo os movimentos que fiz no Malum para chegarmos a Elíria e esperando que isso nos levasse ao ponto exato de onde saímos, ou seja, ao refúgio de Antoni.

Concentrando toda minha energia e intenção, relembrei os gestos e os passos que nos guiaram até este mundo desconhecido. Tecendo uma teia de memórias, conectei os pontos que nos levariam de volta ao ponto de partida. Cada movimento era executado com precisão, cada símbolo sendo tocado na ordem correta.

Enquanto seguia os rituais, sentia o ar carregado de expectativa. Nossos corações batiam em compasso acelerado, pulsando com a ansiedade da incerteza. À medida que repetia os movimentos, percebia uma mudança sutil no ar. Era como se a própria energia de Elíria respondesse ao meu chamado, abrindo caminho para nossa partida iminente.

O véu entre os mundos parecia se desvanecer, revelando uma brecha através da qual poderíamos atravessar. O espaço ao nosso redor começou a se distorcer, como se as leis da realidade se flexionassem para nos permitir a passagem. Os contornos de Elíria se tornavam indistintos, como um sonho que se dissipa ao despertar. O pulsar da magia parecia nos envolver, uma última despedida do mundo que nos acolheu e transformou.

E então, em um piscar de olhos, nós nos encontramos de volta ao refúgio de Antoni. O ambiente familiar se estendia à nossa frente, como um abraço caloroso da realidade que conhecíamos.

Olhando para os lados como se conferindo estarmos mesmo ali, todos nós. Senti uma incrível felicidade e alívio. Pensar que poderíamos não ter voltado ou pelo menos não todos nós, apertava meu coração.

— Nem acredito que voltamos — disse Will se jogando sobre o sofá.

— É incrível, não é? — murmurou Alamanda, olhando para Will com um sorriso cansado, porém feliz.

Eu me juntei a ele, deixando meu corpo cair sobre o móvel de couro. Sentindo o alívio e a exaustão tomando conta do meu corpo. A sensação de segurança e familiaridade do refúgio de Antoni era reconfortante depois de tudo que passamos.

Olhei ao redor, observando meus amigos reunidos, cada um expressando sua própria mistura de emoções. Os rostos cansados, porém, radiantes, revelavam a gratidão por estarmos de volta. Era um momento de celebrar nossa conquista e absorver o fato de que realmente havíamos ganhado aquela batalha.

Will suspirou profundamente, seus ombros relaxando no sofá.

— Sabe, eu jamais teria imaginado que passaríamos por tudo isso. Elíria foi como um redemoinho de desafios e surpresas, muito mais emocionante do que todos os filmes que eu já vi juntos. E ainda nos proporcionou experiências que jamais esqueceremos — comentou Nara enquanto se acomodava num dos bancos altos na frente da bancada da cozinha.

Antoni nos deixou na sala e seguiu para seu quarto. Estávamos tão cansados que mal tivemos interesse em discutir nossos próximos passos.

Balancei a cabeça concordando com Nara.

— Será que a jornada na cela foi igual para todos nós? — perguntei, para ninguém em específico. — Quer dizer, eu sei que cada um tem sua própria história, mas... penso se para vocês também foi tão transformador como foi para mim.

Alamanda, que estava na outra ponta do sofá, virou-se para nós e acrescentou:

— Como sabem, para mim não houve muita transformação, pelo menos não dentro da cela. O que mais me marcou e, com certeza, vou carregar para sempre dentro de mim, foi tudo o que aconteceu depois.

Ela olhava para todos nós.

— Concordo plenamente. Elíria nos desafiou de todas as formas possíveis, mas também nos presenteou com a oportunidade de nos conhecermos mais profundamente. Cada obstáculo que superamos nos fortaleceu e nos aproximou ainda mais como amigos — comentou Nara olhando para um ponto fixo na parede. Perdida em seus próprios pensamentos. — Percebem como a vida vai ficar meio... sem graça depois disso?

Nós nos juntamos em uma boa e merecida risada.

— Fica tranquila, amiga. O que vem agora será uma aventura ainda maior. Acho que depois disso vamos sentir falta de uma vida tranquila e chata — respondi ainda sob o efeito da risada.

— Aconteceu uma coisa estranha comigo na cela. Eu não pensei que tivesse escuridão em mim, mas... eu vi uma coisa. Foi um tipo de ritual, eu andava em volta de uma fogueira enorme e ouvi vozes dizendo palavras estranhas, em outra língua eu acho.

— Estranho, mesmo. E como se sentiu? — perguntei.

— Forte — concluiu ela, depois de pensar por um segundo. — Como se eu ganhasse alguma coisa, algo que alimentou uma força interna, no meu subconsciente, talvez. Ah, eu não sei direito. Só sei que me sinto mais segura agora, mesmo sendo humana entre vocês isso não faz mais com que eu me sinta frágil.

A cada dia eu descobria que o mundo era muito mais complexo e misterioso do que jamais imaginei, e isso me assustava. No início muito mais do que agora. Mas para Nara, que sempre teve uma paixão por livros e filmes repletos de enigmas, essa revelação era como mergulhar em um universo de infinitas possibilidades. Ela se adaptava a essa nova realidade com uma calma impressionante, como se estivesse destinada a fazer parte desse mundo secreto desde o início.

Enquanto nós lutávamos para processar as informações e lidar com nossas próprias ansiedades, Nara parecia estar em um constante estado de aceitação e compreensão. Sua mente estava em sintonia com as forças ocultas que antes desconhecíamos, e sua serenidade nos trazia um senso reconfortante de estabilidade. Não era apenas a sua capacidade de lidar com as descobertas que nos impressionava, mas também sua empatia inabalável em relação aos outros.

Mesmo diante de segredos que haviam sido revelados, ela permanecia tranquila. Depois de descobrir que Carol escondeu tantas coisas de nós, por exemplo, ainda assim ela nunca demonstrou raiva ou ressentimento. Pelo contrário, sua compaixão continuava a fluir, irradiando uma presença tranquilizadora. Ela, sem querer, nos fez compreender que cada um de nós tinha seu próprio tempo para absorver a verdade e encontrar o equilíbrio dentro desse novo panorama. Nara nos mostrava que a aceitação era única para cada indivíduo, e que não há certo ou errado nesse processo.

Aquele senso de normalidade diante do extraordinário e essa estabilidade emocional se tornaram nossa zona de conforto. Sabíamos que poderíamos confiar nela, que poderíamos compartilhar nossos medos e inseguranças sem julgamento, mas nunca paramos para pensar nos sentimentos controversos que ela poderia ter acumulado, depois de tantas descobertas sobre o mundo oculto e as criaturas com quem convivemos a vida toda sem saber de suas habilidades secretas ou suas origens sobrenaturais.

— Bizarro — disse Will, olhando para mim com cumplicidade.

Claro que ele estava dentro da minha mente!

— Eu também senti algo parecido. Foi mais como se eu deixasse para trás algo que me deixava inseguro — relatou Will, fechando os olhos, concentrado nas lembranças. — A maior parte do tempo eu fiquei preso no meio do nada, sozinho, chorando e com muito medo. No outro canto do escuro havia uma chama, que ia crescendo à medida que o meu medo aumentava. Ela crescia e chegava mais perto de mim, eu até sentia o calor. Eu sabia que seria consumido pelas chamas se não me levantasse, mas eu não conseguia, o medo me paralisava.

— Medo de quê? — perguntou Alamanda.

— De tudo. De ficar sozinho, de ninguém me aceitar, de sempre ser tão diferente que não me encaixaria em nenhum lugar. Foi como reviver minha infância, várias vezes de forma muito mais intensa. O abandono dói e marca, como uma tatuagem impossível de ser removida. Como aquela chama, ele cresce se o alimentarmos, até que fique grande demais para controlar.

Estávamos caladas, com receio até de respirar alto. Era tão raro que Will se abrisse assim, não queríamos interrompê-lo.

— Isso durou muito tempo. Só quando eu já sentia as queimaduras na pele foi que comecei a ver coisas, cenas, pessoas, passado e futuro no meio das chamas... E de alguma maneira percebi que não preciso ser aceito pelo mundo, eu só preciso me aceitar, é isso que faz todo o resto acontecer. Não importava mais se o mundo estava pronto para me aceitar, porque eu estava. Imaginei que isso faria com que as chamas diminuíssem, mas ao contrário elas cresceram e consumiram tudo ao meu redor. Mas eu não senti dor, foi a mais intensa sensação de liberdade e poder que já experimentei. Finalmente tudo havia sumido, a insegurança e o medo. Acho que foram consumidos pelas chamas.

— Nossa! — exclamou Alamanda segurando a mão dele.

Antoni voltou à sala e anunciou nossa partida, quebrando completamente o clima de reflexão:

— Vamos para Base Aurora, lá ficaremos mais acomodados e assim conseguiremos articular melhor os próximos passos. Todos estamos cansados, alguns mais do que outros — afirmou apontando para Santiago que já dormia enroscado na poltrona. — Precisamos descansar um pouco.

— E temos tempo? Em Elíria é tudo diferente, e se ficamos lá por vários dias? —indagou Will.

— Estou certo de que ainda temos algum tempo. Ficamos em Elíria exatamente... — Antoni esticou o braço para olhar no relógio, então concluiu: — Quarenta e cinco minutos.

— O quê? — Fizemos coro.

— Alguém precisa acordar o lobinho. Vou indo na frente para assegurar que podem sair, se virem ou ouvirem algo diferente, não desçam — alertou Antoni já saindo para o corredor.

Em poucos minutos estávamos na calçada, olhando para todos os lados como se fôssemos fugitivos. Então me dei conta de que era exatamente o que éramos no nosso plano, procurados e caçados como presas.

Antoni assumiu o volante, enquanto os demais ocuparam os assentos disponíveis no veículo. O motor ronronou e, lentamente, começamos a nos afastar do prédio. Enquanto percorríamos as estradas escuras, o cansaço se fazia presente em nossos corpos exaustos. A cada quilômetro percorrido, a tranquilidade da noite nos envolvia, proporcionando um breve alívio para as tensões vivenciadas.

O silêncio predominava no carro, interrompido apenas pelo som do motor e pelo leve sussurro do vento. Cada um de nós estava imerso em seus próprios pensamentos ou em seus sonhos. As luzes da cidade iluminando o caminho à frente.

— Como podemos ter certeza de que estamos protegidos pelo véu? — perguntou Antoni, quebrando o silêncio.

— Aeson garantiu que estávamos protegidos desde o momento em que pisamos em Elíria. Os vigias conseguem ver tudo, não é? O que temos na mente e no coração. Então... souberam o que procurávamos desde o início — respondi, acomodando-me no banco ao lado do motorista.

— Faz sentido. Só queria que tivesse uma maneira de termos certeza, já que estamos indo para o único lugar no mundo em que o Ministério não faz ideia que exista. Para nossa segurança e de todos por lá, deveria permanecer assim.

— Estranhei você aceitar levarmos Santiago conosco.

— Ele não tem culpa de ser um idiota. E isso é muito melhor do que ser um traidor — afirmou ele, sua voz cheia de escárnio.

Percebi que aqueles dois estavam fadados a serem como cão e gato. A referência me fez rir sozinha. Antoni iria gostar disso caso pudesse ler meus pensamentos. Então lembrei que um de nós poderia se quisesse; olhei para trás e o encontrei dormindo para meu alívio. Talvez vampiros nem dormissem, mas estar com os olhos fechados já era garantia de não invadir minha mente.

— Parece que só eu não consigo dormir — reclamou Nara quando nossos olhares se cruzaram.

— Devia tentar descansar — recomendou Antoni.

— Não consigo. Estou pensando que preciso falar com a minha mãe. Quando falei com ela a última vez, avisei que ligaria no dia seguinte. Isso foi quando Carol me resgatou.

— Temos celulares novos, pode usar — falei procurando o meu na bolsa.

— Amanhã cedo é melhor, já esta tarde, não quero que ela tenha um ataque do coração quando o telefone tocar — respondeu me fazendo voltar a realidade, já era tarde mesmo.

— Verdade. Nem reparei, ainda estou no fuso horário de Elíria.

— Por falar em Elíria, e porque estou precisando de distração, você não teve chance de falar sobre a sua jornada na cela.

Era difícil explicar. Principalmente depois do relato emocionante do Will. Na verdade, agradeci a interrupção de Antoni.

— Ah, foi estranho. Como se eu estivesse diante de um espelho, refletindo minhas próprias inseguranças e medos de forma amplificada. Mas não apenas elas, também os reflexos das consequências de coisas que já fiz e, principalmente, de coisas que deixei de fazer por medo ou por me esconder o tempo todo. Coisas que deixei de viver por não me considerar capaz. Afinal, se eu não era boa o bastante para evitar a partida de minha própria mãe, como poderia ser capaz de tomar decisões corretas em qualquer outra área da minha vida?

Nesse momento Antoni me olhou com olhos maximizados, mas não disse nada.

— Esse espelho refletiu o pior de mim, o custo de uma vida covarde, me levando ao mais profundo sentimento de angústia, para depois mostrar a importância que temos no mundo, na vida de outras pessoas. Em como não é justou e nem realista, carregarmos esse tipo de culpa. Eu não sou culpada pelo abandono de minha mãe, assim como não fui responsável pela morte de meu pai. Esses eventos dolorosos foram resultado de circunstâncias complexas, além do meu controle. Percebi que o medo de tomar decisões não era uma consequência direta dos eventos do passado, sim, uma construção que eu havia criado como uma forma de me proteger — despejei de uma vez para não perder a coragem.

— No fim essa cela foi boa para todo mundo, apesar de tudo — ela ponderou.

— E para você, Antoni? Como foi?

Ele sorriu.

— Não vão querer saber!

— Queremos, sim — emendou Nara, já curiosa.

— Como podem imaginar, foram horas de muitos pecados e erros esfregados na minha cara, me cortando como lâminas cegas. O que, aparentemente, testemunhou a meu favor foi o fato de todos os eventos sinistros estarem associados a uma necessidade de proteger alguém. Mas o que quase apagou a luz, foi outra coisa...

Antoni hesitou por um momento.

— Há alguns anos, eu me envolvi com magia maligna, precisei usá-la para me proteger, mas nunca permiti que ela me consumisse. Eu aprendi a conviver com essa influência, mas...

Respirou fundo, buscando as palavras certas.

— Quando acordei naquele pub sem saber o que havia acontecido, senti mais do que um buraco na memória, havia um enorme vazio no meu coração e na minha mente. Um abismo escuro e frio que eu não era capaz de controlar ou identificar de onde vinha. A escuridão que me acompanhava, aproveitou-se dessa fragilidade e ganhou espaço. Depois disso, eu vivi muito tempo carregando o peso desse escudo que criei para bloquear a escuridão e me protegendo da sensação de que faltava uma parte importante de mim, como se eu tivesse perdido completamente a memória e não soubesse mais quem eu era, mesmo sabendo.

Antoni suspirou. Depois respirou fundo mais uma vez.

— Sempre foi muito cansativo, difícil, mas lá na cela, era insuportável. Quando vocês chegaram, eu já não tinha mais forças para continuar naquela guerra. Eu precisava fechar aquele buraco, só assim afastaria a escuridão, mas eu... não estava conseguindo, eu não ia conseguir. Porque era necessário descobrir a origem dele, e isso eu não sabia. Ainda não sei. Então, foi você que me salvou — revelou, fixando seus olhos nos meus.

— Nós o salvamos — corrigi.

— Eu sei, mas não é sobre isso que estou falando. Foi só quando William mencionou o quanto você parecia uma princesa que eu consegui emergir, reagir e diminuir aquele vazio. Eu não consegui descobrir a origem dele, mas descobri que tem a ver com você... Foi assim que consegui afastar a escuridão. Você é só uma parte do quebra-cabeça, mas é uma parte importante — revelou, visivelmente abalado.

— Uau! — exclamou Nara.

As palavras de Antoni ressoaram em mim como um trovão, ecoando pelo silêncio do carro. Meu coração acelerou e meus olhos se encheram de lágrimas. Nunca imaginei que pudesse ter um impacto tão profundo na vida de alguém, especialmente alguém como Antoni, que sempre irradiou força e mistério. Apesar de certo medo, senti meu coração se aquecer com o relato. Foi bom fazer parte da vida dele de uma maneira tão profunda. Talvez porque ele já fazia parte da minha na mesma medida.

O peso de suas confissões pairava no ar, deixando um silêncio estranho, desconfortável. Eu não conseguia encontrar as palavras certas para responder, sentindo-me completamente vulnerável.

— Eu não sei o que dizer...

— E não precisa dizer nada. Bastava ouvir — ele interrompeu, segurando minha mão; que largou logo em seguida. — Merda de choque!

— Por que me chamou daquele jeito? Você leu a minha carta?

— Acho que não sei do que está falando — respondeu, semicerrando os olhos.

— Princesa das Sombras — esclareci.

— Não, eu não li sua carta. E... não sei bem porque falei isso, foi quase involuntário. Como se não fosse a primeira vez — revelou, cerrando os olhos, confuso.

— Minha mãe me chamou assim na carta.

Meu coração começou a acelerar, e a ansiedade se apoderou de mim. Sentia minhas mãos começarem a suar e meu rosto esquentar. Respirei fundo, buscando algum conforto na segurança da minha bolsa que abracei com firmeza.

Enquanto o carro seguia adiante, mantivemos um silêncio carregado de expectativas e perguntas que não sabíamos como fazer.

Capítulo 19

Enquanto avançávamos em direção a base, o ambiente ganhava um ar de tensão crescente. Um carro preto, discreto e misterioso, nos seguia de perto, seus vidros escuros ocultando qualquer vislumbre do interior. Antoni, visivelmente inquieto, não conseguia conter seu olhar constante pelo retrovisor, como se buscasse confirmar suas suspeitas.

O SUV continuava em nossa cola, mantendo uma distância calculada que conferia uma sensação estranha de escolta. Cada curva e movimento que fazíamos, o veículo nos seguia como uma sombra. Aquela presença silenciosa, porém, persistente, despertava em mim uma mistura de inquietação e curiosidade.

Embora a tranquilidade de Antoni sugerisse que não era algo com que eu devesse me preocupar, o fato de a rua à nossa frente ficar cada vez mais escura, reforçando a sensação de que estávamos sendo guiados em uma direção desconhecida. O pulsar acelerado do meu coração ecoava em meus ouvidos, enquanto minha mente se enchia de questionamentos e teorias sobre a identidade daqueles que nos seguiam.

— Estão nos seguindo? — perguntei, com uma pontada de ansiedade na voz.

— Sim, mas acredito que sejam homens do Rick. Mas não custa confirmar — Antoni respondeu, pegando o celular e discando um número.

Após uma breve conversa com Rick, Antoni confirmou que, de fato, os homens que nos seguiam eram aliados de confiança, fazendo parte das estratégias de segurança implementadas por Rick para proteger o perímetro.

Sem a necessidade de fazer qualquer ligação adicional, quando nos aproximamos do grande portão de metal que guardava a Base Aurora, ele se abriu automaticamente, concedendo-nos acesso. O SUV que nos seguia entrou logo atrás. Rick nos aguardava na entrada, com uma expressão animada.

Antoni cumprimentou o amigo com um sorriso e um abraço caloroso. Enquanto eles se saudavam, a voz grave de Hiertha, que caminhava às costas de Rick, ecoou pelo ar gelado.

— Ah, vocês estão aí! — disse Hiertha, segurando os ombros de Antoni e olhando nos olhos dele com gratidão. — Obrigado, amigo! Ela está melhor agora, pelo menos por enquanto. Consegui falar com ela.

Um sorriso de alívio e alegria se espalhou pelo rosto de Antoni ao ouvir a notícia. Ele abraçou Hiertha com força, expressando sua felicidade por saber que Seretini estava em segurança.

Por alguma razão isso me incomodou. Afinal o que aquela mulher representava para ele? Uma amiga ou um grande amor, desses que a gente nunca esquece mesmo depois que o relacionamento acaba? Mas, enfim, isso não era problema meu.

— Vejo que estão todos bem — comentou Hiertha olhando para cada de um de nós, parando os olhos em Nara. Franzindo o cenho, constatou: — Você deve ser a humana.

O mexicano a mediu de cima a baixo, com um interesse inédito. Não o vi observar ninguém tão assim, tão detalhadamente.

— Sim, e ela se chama Nara — interveio Antoni, segurando delicadamente o amigo pelo braço. — Por que não entramos agora?

Enquanto o grupo se reunia, Antoni se dirigiu a Rick.

— Espero que não haja problemas em ficarmos por aqui esta noite. Precisamos descansar e recuperar nossas forças para o que vem a seguir.

Rick exibiu com um ar levemente ofendido.

— Eu me recuso a responder — retrucou, virando sua cadeira e seguindo pelo corredor. Ele convidou o grupo a acompanhá-lo. — Venham!

Conduzidas pelo corredor, chegamos a uma ala de dormitórios que parecia um verdadeiro oásis de descanso. Nara, Alamanda e eu fomos guiadas para um quarto espaçoso, com três beliches impecavelmente arrumados. O ambiente exalava um aroma suave de limpeza e conforto, como se tivesse sido meticulosamente preparado para nos acolher.

Ao adentrar o quarto, fui envolvida por uma sensação de alívio e segurança. Cada cama parecia ser mais convidativa do que a outra, prometendo um descanso reparador após as provações que enfrentamos. Deixei-me cair suavemente na beirada de uma delas, sentindo a maciez do colchão abraçar meu corpo cansado.

Enquanto meus olhos percorriam o espaço, pude perceber a expressão de alívio nos rostos de Nara e Alamanda. Era como se o peso do mundo tivesse sido momentaneamente afastado de nossos ombros. Ali, naquele quarto, cercadas por pessoas confiáveis, encontrávamos um refúgio merecido.

A tranquilidade do ambiente era tanta, que achei difícil de acreditar ser real, tocando a cama para ter certeza. Por um instante, permiti-me fechar os olhos e apreciar a sensação reconfortante que se espalhava por todo o meu corpo. Naquele momento, sabia que estávamos em um lugar onde poderíamos descansar em paz, recarregando nossas energias para os desafios que ainda estavam por vir. Um pequeno momento de serenidade em meio à tempestade, e eu estava determinada a aproveitá-lo ao máximo.

Às vezes, a gente não sabia do que precisava até encontrar.

Sem demora, entregamo-nos ao abraço acolhedor daquelas camas, ansiando por uma noite de sono que restaurasse nossas forças. Embora os acontecimentos recentes ainda ressoassem em nossas mentes, naquele refúgio aconchegante, tínhamos a chance de deixar temporariamente para trás os desafios e as incertezas que nos preocupavam.

Senti que podia guardar os problemas em uma gaveta para pegá-los mais tarde. Surpreendentemente, não demorou muito para que o cansaço e a tranquilidade do ambiente agissem como uma poção mágica. Apesar dos pensamentos girando em minha mente, inquietos, a suavidade dos lençóis e a atmosfera serena do quarto me embalaram em um sono profundo e restaurador.

Ao despertar na manhã seguinte, fui saudada pelos primeiros raios de sol que atravessavam as frestas das cortinas. Lentamente, estiquei-me sob os lençóis, sentindo-me revigorada pela noite de descanso. Aos poucos, meus sentidos despertaram para o cenário silencioso ao meu redor.

Enquanto os outros ainda dormiam, aproveitei o momento de calmaria para apreciar a paz que reinava naquele espaço. Cada detalhe, desde os móveis simples e acolhedores até as cortinas que balançavam suavemente com a brisa matinal, contribuía para criar uma atmosfera de paz. Um lembrete reconfortante de que, mesmo em meio à turbulência e ao perigo, tínhamos encontrado um refúgio real, embora temporário.

Levantei-me da cama com uma sensação renovada de determinação. Sabia que ainda havia muito a enfrentar, mas naquele momento, permiti-me aproveitar o amanhecer como se fosse o último. Estávamos juntos, em um lugar seguro, e isso era motivo suficiente para acreditar que poderíamos superar qualquer obstáculo quando esse chegasse.

Através da janela entreaberta, uma brisa suave trazia consigo os sons da natureza despertando para um novo dia. Respirei fundo, sentindo o ar fresco invadir meus pulmões.

Curiosa, decidi explorar mais da base e das áreas ao seu redor. À medida que caminhava pelos corredores, pude vislumbrar outros membros do grupo saindo de seus respectivos quartos e se preparando para o dia. Um sorriso amigável foi trocado com Max, enquanto Beni, o guerreiro baixinho e gente boa, acenou para mim com um gesto amigável. Era bom ver o rosto familiar de cada um deles, sabendo que estávamos juntos nessa jornada perigosa.

Enquanto percorria o corredor, pensei se os meus amigos ainda dormiam ou já estavam despertos e vagando pelo lugar, curiosos como eu.

Mais uma vez, a dúvida me pegou: será que Will dorme? Nos filmes os vampiros nunca dormem à noite. Embora ele estivesse com os olhos fechados no carro durante o caminho para a base, eu não podia dizer se estava ou não dormindo.

Santiago, provavelmente dormia como uma pedra, esse eu tinha certeza.

E Antoni? Eu não sabia quase nada sobre íncubos, sabia um pouco sobre Antoni, mas não sobre sua espécie. Se eles invadem sonhos talvez também não dormissem. Será que ele anda invadindo os sonhos de alguém? Porque nos meus, ele nunca mais esteve.

O pensamento me fez rir de mim mesma. Eu precisava incluir essas perguntas na minha lista de segredos ainda não revelados.

Enquanto caminhava pelos corredores, pensei em quantas coisas eu não sabia sobre ele. Embora compartilhássemos momentos intensos e estivéssemos ligados por uma causa comum, percebi que sabia muito pouco sobre ele em um nível pessoal. Era estranho como parecíamos nos conhecer há anos, como se houvesse uma conexão profunda entre nós, mas, ao mesmo tempo, havia tantas lacunas sobre a vida, sua infância, seus gostos pessoais.

Refletindo sobre isso, dei-me conta de que sabia, intuitivamente, coisas sobre ele, mesmo que nunca tivéssemos falado especificamente sobre esses assuntos. Como se existisse mesmo uma conexão sutil, um entendimento mútuo que não necessitava de palavras. Sabia que ele adorava tacos, mesmo que nunca tivéssemos discutido suas preferências culinárias. Percebi que, de alguma forma, eu conhecia suas emoções, seus desejos e suas peculiaridades. Mas como?

Aquela percepção despertou em mim uma curiosidade renovada. Queria descobrir mais sobre Antoni, não apenas como um parceiro de missão e protetor, mas como um amigo. Afinal, não nascemos lutando para sobreviver, sim, somos indivíduos com histórias e cicatrizes que moldavam quem éramos.

Enquanto esses pensamentos ecoavam em minha mente, descobri uma vontade nova, queria ouvi-lo falar sobre suas paixões, seus medos e seus sonhos. Era através dessas histórias que poderíamos nos conhecer de verdade, ele sabia tudo sobre mim era justo que eu soubesse mais sobre ele também.

Determinada, estava pronta para explorar a alma e a história do homem misterioso que compartilhava essa jornada comigo, que já invadiu meus sonhos e fez parte da minha vida quando precisei, mesmo que eu não me lembrasse desse período eu sabia que ele estava lá.

Eu precisava desvendar não apenas os segredos que nos cercavam, mas também os que residiam em nossas mentes, já que aquele passado parecia ter sido apagado.

Meu coração estava mergulhado em uma completa confusão. No momento em que o ouvi me chamar pelo mesmo apelido que a minha mãe usava, senti algo diferente dentro de mim. Talvez fosse apenas um gatilho de memória, mas a sensação foi de estar amparada, como estar em casa depois de uma longa viagem. E, apesar de ser uma sensação maravilhosa, eu precisava entender a razão. Eu só queria compreender qual era o real lugar dele na minha vida. Porque toda vez que eu imaginava como ela seria sem ele por perto, não havia o que vislumbrar. Antoni estava ocupando um espaço muito grande em mim e isso me deixava muito confusa.

Enquanto a curiosidade e o desejo de compreensão me impulsionavam a desvendar a verdade por trás de quem era Antoni e o que ele representava para mim, um sentimento de medo se misturava à equação. Era assustador perceber o quanto ele havia se tornado importante em minha vida e o espaço imenso que ocupava em meu coração. A dependência emocional que eu desenvolvia em relação a ele me deixava vulnerável e me fazia questionar o que aconteceria se um dia ele não estivesse mais disposto a ser meu protetor, quando tudo isso acabar e ele perceber que não precisa mais cuidar de mim, que chegou a hora de seguir em frente, viver a sua vida.

Pensar nisso fazia meu coração se apertar. Eu estava acostumada a tê-lo por perto. Mal acostumada.

Havia uma pequena área externa, onde encontramos Hiertha quando chegamos da primeira vez na Base Aurora, e ali estava ela, bem na minha frente. Fiquei por um tempo a observando, um pequeno pátio com uma remanescente árvore no centro. A luz do sol parecia se concentrar sobre ela, soberana em meio a tanto concreto. Recostei no batente e fechei os olhos, sentindo meu corpo começar a sentir o calor que vinha dos primeiros raios solares.

Nara e Alamanda logo se juntaram a mim e seguimos para o café da manhã. Juntas, caminhamos até o refeitório de onde vinha um cheiro irresistível de café. Segurando a xícara entre as mãos, senti o calor reconfortante se espalhar por meu corpo, afastando o frio matinal. Enquanto aproveitava o aroma da bebida, minha mente vagou para os desafios que enfrentaríamos naquele dia. Sabia que cada momento de descanso era valioso e que precisávamos nos fortalecer para seguir adiante, o café era só o começo.

Enquanto saboreávamos nosso desjejum, os outros membros do grupo foram chegando gradualmente, trazendo consigo suas energias únicas. Primeiro, vi Rick entrar acompanhado por Antoni, ele sorriu levemente quando nossos olhares se encontraram. Eles se dirigiram a uma mesa próxima, mergulhados em discussões que certamente envolviam estratégias para a próxima missão.

Em seguida, Max entrou no salão e se juntou a nós com um sorriso animado.

— E aí, meninas, dormiram bem? — perguntou.

Alamanda foi quem respondeu:

— Como anjos.

— Eu quero muito saber como foi essa aventura na fenda. Beni já nos contou, mas mesmo assim queria mais detalhes. Soube que o Antoni quase foi morto por criaturas feitas de fumaça — disse ele, enquanto mordia uma maçã que pegou sobre a mesa. — A vida de vocês anda muito... agitada.

— Agitada? Eu diria que está mais para descontrolada — falei tentando manter o bom humor, mas já o sentindo se esvair à medida que recordava os eventos sombrios e traumáticos. Encarando Max, afirmei: — Estamos andando perto demais da morte e isso não é engraçado.

Não queria ser estraga prazer, mas a realidade não era divertida como ele fazia parecer.

— Desculpe, eu não quis dizer isso. Na verdade, acho muito empolgante, mas eu sei que isso é porque eu não estava lá. Eu teria me borrado de medo — confessou ele, arregalando os olhos.

— Pode apostar que teria — respondi, tentando manter o clima leve.

Santiago e Will entraram e vi quando os olhos do meu amigo vampiro se fixaram em Max. Ligeiramente incomodado, Will se aproximou da nossa mesa e se sentou ao lado da loira sem desviar a atenção do rapaz galanteador e bonito que conversava animado com todas nós. Incrível como o ciúme sempre é evidente para os outros e nunca para a própria pessoa que o sente.

Mesmo que o lugar ao meu lado estivesse vazio, Santiago buscou o assento ao lado de Nara, e senti um grande alívio no gesto que, apesar de simples, transmitia uma mensagem involuntária.

A naturalidade da escolha confirmava que, assim como eu, ele também sentia que o clima romântico entre nós não existia mais. Nara estava certa quando disse estar na cara que não rolava mais nada entre a gente, tão repentino quanto começou, a atração se esvaiu como fumaça.

Era bom saber que ambos compartilhávamos a mesma percepção e que podíamos seguir em frente como amigos, focados no objetivo que nos unia. Às vezes, a vida nos pregava peças, levando-nos a caminhos inesperados, e o que antes parecia tão certo e promissor pode se transformar em algo diferente, uma forte amizade. Sem arrependimentos ou desconfortos.

Em seguida, Nathaniel entrou na sala e se sentou ao meu lado. Olivia se juntou a nós pouco depois, completando o círculo.

Contamos um pouco das nossas aventuras em Elíria e eles ficaram fascinados com o lugar. No entanto, Nathaniel retornou ao tema da fenda.

— O que mais intriga foi o que rolou em Golix. Como vocês passaram por tudo isso e depois quando estavam saindo, não aconteceu mais nada? Será que a fenda percebe quando as pessoas estão indo embora, deixando de serem uma ameaça? — perguntou ele a ninguém em específico.

Senti que eram perguntas que fazia a si mesmo.

— Não vejo como alguém pode ser uma ameaça àquele lugar — declarei.
— Vejo que Beni fez a lição de casa, vocês já sabem de todos os detalhes.

— Para mim, só tem uma explicação — comentou Olívia antes de levar a xícara de café à boca e, servindo-se de um pedaço de bolo, casualmente concluiu: — Nara protegeu vocês.

Todos ficamos quietos, pensando no assunto. Nara começou a rir, como se tivesse atrasada na piada.

— Ah, quase me pegou! — disse ainda rindo, até perceber que ninguém a acompanhava. Ao contrário, ficamos todos pensativos. A observação de Olívia fazia algum sentido. — Espera, não é piada? Você está falando sério?

Nara fez uma careta, negando com a cabeça.

— Eu sou prática, só sei analisar dados, é o que eu faço. Então, se Nara estava bem, não passou nenhum perrengue quando chegou lá e vocês quase morreram, aliás se eu entendi bem, Antoni só conseguiu se livrar das criaturas quando ela apareceu, certo?

Pensando friamente, ela estava certa. Acenei concordando para que ela continuasse o raciocínio.

— Santiago, você estava bem até eles chegarem lá, não foi isso? — perguntou ela ao nosso amigo, ocupado se fartando com as delícias do café da manhã. Ele confirmou com um gesto, já que sua boca estava cheia. — Só se sentiu mal quando Nara saiu de perto de você, estou certa?

Ele pensou um pouco antes de responder. Então concordou novamente.

— É isso, ele estava bem enquanto estava com ela, quando ela saiu de perto dele, ficou mal. Para fechar a sequência, todos saíram juntos dela e não aconteceu mais nada de bizarro, além do fato de aqueles que não estavam bem, melhoraram durante o caminho, mesmo ainda estando na fenda. Ou ela é um amuleto da sorte ou tem alguma influência na fenda.

— Além disso, a tal da Carol falou que o bestiarri ficou interessado nela, não foi? — lembrou Nathaniel. — Isso é muito curioso.

— Faz sentido. E aquele animal que nos atacou na fenda parecia demonstrar um sinal de respeito quando cruzamos com ele pela segunda vez. Nara estava com a gente — deduziu Will, tentando encaixar os fatos.

— O que tinha nesse café? — indagou Nara. — Vocês estão viajando... mais do que o normal.

— Eu acho que não, Nara. Lembra-se da sua pele, as marcas que apareceram durante a atribuição em Elíria? — recordei.

— Que marcas? Isso vocês não contaram — ralhou Nathaniel, seu tom era de reprovação.

— Em certo momento da cerimônia, uma luz nos envolveu e nos modificou por alguns instantes, foi bem rápido. Eu fiquei com a pele praticamente transparente, mas corriam várias cores pelo meu corpo, por dentro. Alamanda ficou incandescente e em Nara surgiram essas marcas, pareciam tatuagens, como tribais e símbolos antigos — esclareci, resumidamente.

— É isso, com certeza Nara salvou vocês na fenda — afirmou Olivia entre uma mastigada e outra. — Você tem alguma coisa de especial que nem sabe, gata. Mas fica tranquila, se eu bem conheço esse aqui... — Apontou para Nathaniel ao seu lado. — Ele não vai sossegar até descobrir o que está rolando.

Segurei a mão da minha amiga por cima da mesa.

— Nós vamos descobrir — garanti.

Nara deu de ombros, como se nada daquilo a preocupasse, mas senti que estava tensa.

De repente, o que era para ser apenas um dia normal de café da manhã se transformou em um jogo de mistérios. A energia que circulava era vibrante e cheia de expectativa, com cada membro do grupo trazendo suas habilidades e experiências únicas para a mesa. Apesar das sutis tensões entre alguns de nós, havia um senso de unidade e propósito compartilhado.

Quando todos os rituais matinais estavam concluídos, voltamos a nossa realidade conturbada. Um a um, chegamos à sala principal, um amplo espaço com várias telas gigantes penduradas nas paredes. Cada tela mostrava uma visão diferente do castelo, revelando suas vulnerabilidades e pontos fracos. No centro da sala, uma grande mesa de reuniões estava coberta de papéis, mapas e dispositivos eletrônicos, indicando a intensa atividade que ocorria ali.

Havia uma televisão suspensa, presa à parede onde passava uma notícia sobre crimes e mortes. Não consegui entender porque ela estava sem áudio.

— O que está acontecendo? — perguntei para Max, que estava em pé próximo do aparelho.

— As coisas estão bem piores nos últimos dias. Esse tipo de notícia infelizmente está recorrente em muitos países — disse ele, enquanto pegava o controle e aumentava o volume.

As notícias sombrias e assustadoras invadiam o ambiente, o caos e a violência estavam se espalhando pelo mundo como pragas. A primeira manchete relatava um atirador em um restaurante, um ataque brutal e aleatório que ceifou a vida de onze pessoas e deixou outras seis gravemente feridas. A imagem das famílias em luto e das vidas interrompidas era devastadora.

No canal seguinte, outra tragédia se desenrolava: um homem armado matou um motorista e sua família em uma briga de trânsito. Foi o fim para uma família de cinco pessoas, entre elas duas crianças. Era difícil de compreender como a raiva e a violência podiam levar à tamanha destruição e perda.

E então, a notícia mais chocante de todas: um grupo de pessoas cometendo assassinatos em série, vitimando vinte homossexuais e quinze pessoas em situação de rua. O nome que eles se autodenominavam era "Guerreiros da Família", perturbador, como se tentassem justificar seus atos hediondos com uma suposta defesa de valores distorcidos.

As histórias relatadas nas notícias eram uma dolorosa lembrança de que o mundo estava enfrentando uma séria crise de violência e intolerância. Senti um misto de impotência e indignação diante de tamanha crueldade.

Enquanto o noticiário continuava mostrando mais cenas destrutivas e trágicas, Max reduziu novamente o volume da TV para explicar:

— Eu sei que todos aqui sabem o que está acontecendo pelo mundo e como Handall age para construir a sua guerra particular e silenciosa. Mas quero mostrar o resultado de alguns estudos que fizemos.

O motivo de estarmos ali se revelou em palavras angustiantes ditas por Max. A autodestruição dos humanos estava atingindo proporções alarmantes, e eles tinham um acompanhamento meticuloso desse triste cenário.

A cada dia, as notícias pioravam, relatando milhares de mortes ao redor do mundo. A violência humana estava ultrapassando limites que pareciam inimagináveis, e o gráfico vermelho ascendente, desenhado diante de nossos olhos, mostrava o futuro sombrio que nos aguardava.

— É por isso que estamos aqui. Essa autodestruição dos humanos está fora de controle e sabemos muito bem a razão. São milhares de mortes pelo mundo todo. Apesar de ser uma espécie violenta, temos um acompanhamento estatístico mostrando como será em apenas alguns meses — Max fez uma pausa para que observássemos o gráfico. Minha cabeça girou. Aqueles dados eram impressionantes. — Em breve o número de mortes vai superar o que já vimos em grandes guerras, mas isso em poucos meses dias.

Ele sentia o peso das próprias palavras.

Max suspirou, seus olhos fixos no gráfico como se buscasse uma resposta ali. Depois de um momento de reflexão, ele olhou para todos com uma expressão determinada.

— O ano passado foi o mais letal das últimas décadas, com mais de 238 mil mortes só em conflitos. Esse número tende a aumentar muito, chegando a dobrar este ano. Podemos considerar que estamos à beira de várias guerras civis, em inúmeros países.

As projeções eram assustadoras, e aqueles números frios e impressionantes trouxeram uma sensação de angústia coletiva. A realidade era dura demais para ignorar, e o choque estampado nos rostos de todos refletia o peso da responsabilidade que carregávamos. Verificamos os detalhes do estudo, a abrangência das informações e a forma como os eventos se desenrolavam, enquanto buscávamos algum fio de esperança em meio àquele cenário sombrio.

Max voltou a falar, rompendo o silêncio sepulcral que se instalou na sala enquanto observávamos os números e imaginávamos o caos que seria em breve.

— O que precisamos entender com tudo isso é que temos de agir. Depois que conseguirmos parar Handall, podemos usar nossos conhecimentos e habilidades para conscientizar as pessoas sobre a gravidade dessa situação e incentivar ações que promovam a paz, a tolerância e o respeito entre todos os seres humanos. Além disso, podemos procurar organizações e grupos que trabalhem para combater a violência e a intolerância, e oferecer nossa ajuda e suporte de qualquer forma que pudermos.

Rick tomou a palavra e reforçou o alerta:

— Entendam, o mal já se instalou, e não basta apenas cortar a cabeça de quem iniciou tudo isso. Não podemos ficar de braços cruzados esperando que o mal desapareça por si só. Assim como as pessoas foram influenciadas para potencializar sua própria maldade e violência, devemos agir para ampliar sua capacidade de agir com generosidade, permitindo que uma corrente positiva se espalhe. Ninguém melhor do que nós para sabermos que o mal corre rápido, enquanto o bem caminha a passos lentos. Como podem ver, Handall é só um dos desafios, teremos muito trabalho pela frente. Não será fácil trazer luz para um mundo que abraçou a escuridão. Mas nós vamos tentar e estamos buscando ajuda. Muitos celsus são solidários a causa, mas temem a retaliação do Ministério. Quando for seguro, eles se juntarão nessa empreitada.

— Então, tudo isso começa com o enfraquecimento de Handall. Precisamos impedir o casamento, e temos um plano para isso... — anunciou Max, buscando em seu computador.

Enquanto ele alterava as imagens, fazendo uma busca seus arquivos, uma imagem estranha piscou na tela. Era uma silhueta de fada, com os olhos brilhantes e a boca curvada em um sorriso monstruoso.

— O que é isso? — perguntei, apontando para a tela.

Max olhou e franziu a testa. Mas sua resposta foi bem casual:

— É só uma mensagem que encontrei na *dark web*, mas achamos que é apenas mais uma teoria da conspiração.

Minha curiosidade aumentou, mas decidi não explorar mais a questão naquele momento. Havia assuntos mais urgentes a tratar, e a mensagem na tela poderia esperar até que o plano para enfrentar Handall estivesse em andamento. Eu estava ansiosa para escutar os detalhes de como planejavam acabar com aquele evento perturbador para mim em especial, já que a noiva era a minha mãe.

Santiago também teve sua atenção capturada pela imagem na tela.

— Como encontrou isso? Você recebeu ou estava, sei lá... em algum grupo aleatório — perguntou ele, curioso.

— Eu olho todos os possíveis alertas que possam ter alguma ligação com atividades de celsus. Criei um comando para me alertar. A maioria são ações isoladas e inofensivas, ou como essa, que parece não ser nada demais — explicou o rapaz de cabelo branco e olhos inquietos.

— Desculpe a insistência, mas já viram outra mensagem dessa pessoa antes? — Santiago voltou no tema.

— Na verdade, já. Há cerca de cinco meses. Eu me lembro porque era a mesma imagem. Mas não lembro de como era a mensagem... Bem, se não demos atenção, deve ter sido parecida com essa, sem muita importância.

— Pode mostrar a mensagem por trás dessa imagem, por favor? — insistiu Santiago.

Na tela só havia a fada, não era possível ler nenhuma mensagem. Então, Max pegou o teclado e digitou alguns comandos, logo uma mensagem surgiu em uma tela preta.

"Chegou o momento em que o mundo perecerá. Finalmente descobrimos para 'o quê'. Este 4 de julho será memorável, pois um homem cairá em sacrifício, ainda que não tenha sido consultado, para dar voz às criaturas, ainda que não tenham reclamado esse direito."

Todos ficamos pensativos. A mensagem parecia mesmo muito dramática, saída de uma mente em confusão. Um delírio típico de pessoas adeptas a teorias malucas, como a terra plana ou a lua oca.

— Como vê, é uma mensagem que não diz muito, aparenta ser um devaneio...

Max foi interrompido por Santiago com uma revelação:

— Talvez não seja. Eu acho que conheço esse cara e ele não costuma ser um lunático.

— Tem certeza de que o conhece? — indagou Max. — Porque parece que ele não quer ser identificado. Bloqueia o rastreio de IP e usa esse codinome estranho.

—"Fée fantôme"— Santiago leu em voz alta.

— É francês — explicou Max.

— Conheci um insurgente meio rebelde quando eu fiz parte do grupo, era um hacker habilidoso que atuava no submundo digital. Ele costumava ser um defensor da justiça e lutava contra a corrupção e a opressão. Era conhecido por suas ações contra grandes corporações e governos. Por isso ele quis entrar para o grupo, queria fazer a diferença. Ele contribuiu muito para o início da minha insatisfação...

Todos estávamos com os olhos presos nele, esperando que algo fizesse sentido.

— Um dia ele me mostrou algumas sacanagens que aconteciam diariamente com celsus e humanos, que eram abafadas por autoridades comandadas como marionetes pelas grandes empresas e também pelo Ministério. Perceber que os insurgentes, quando muito, só faziam cócegas no mundo, não foi exatamente um incentivo para eu continuar. Ficamos próximos por um curto período e ele me contou sobre suas invasões e como era uma referência na *dark web*. Não sei o nome verdadeiro dele, mas era conhecido como fantasma.

— Apesar de ser uma referência, um hacker ser chamado de fantasma deve ser equivalente a alguém ter o nome Mohammed no Oriente Médio, não é o bastante para imaginar que seja a mesma pessoa — interveio Antoni, interessado na história. — O que mais você tem?

— Ele também era um artista. Carregava sempre uma mochila velha cheia de pequenos cadernos de desenho. Um dia me mostrou um de seus rascunhos, afirmando ser o seu favorito. E acreditem ou não, era exatamente aquela imagem — San apontou para a tela.

— Nesse caso podemos até considerar válida sua suspeita — ponderou Antoni, em tom leve e despretensioso. — Além de tudo, ele é um artista talentoso. Não é à toa que a mensagem seja tão dramática!

— Ainda tem mais — acrescentou Santiago. — Em um dia de bebedeira, eu acabei confessando que sou um lobisomem e ele fez um relato completo sobre o quão embaraçoso pode ser para um homem ser fada. E nesse mesmo dia, descobri que ele nasceu em Amboise.

— Uma cidade no interior da França— completou Antoni.

— O quê? Fala sério! — exclamou Max.

— Você poderia ter começado por aí, né, irmão? — comentou Will, divertindo-se a performance do amigo e com o olhar de surpresa estampado no rosto de Max.

— E que graça teria? — respondeu San, com um leve sorriso no rosto.

A descontração do grupo contrastava com a seriedade da mensagem sinistra e das explicações anteriores, mas era justamente essa mistura que tornava a situação tão peculiar. O clima precisava ficar mais leve depois de tantas perspectivas assustadoras.

Capítulo 20

— E você acredita que essa mensagem seja legítima? Que devemos levá-la a sério como um aviso ou algo do tipo? — questionou Rick, com uma expressão séria.
— Bem, ele é meio excêntrico, obcecado por teorias sobre o empenho do governo e das grandes corporações e instituições financeiras para manipular e controlar as pessoas, mas...
— Isso não faz dele estranho, sim, sensato — completou Antoni.
— Você sabe onde podemos encontrá-lo? — indagou Rick, demonstrando um misto de preocupação e curiosidade.
Santiago travou os lábios, pensativo. Então, respondeu:
— Honestamente, não tenho a mínima ideia. Mas suspeito que ele ainda esteja envolvido com o grupo dos insurgentes.
— Max, procure a mensagem anterior para termos mais contexto — pediu Rick, com um tom mais grave e determinado. — Se ele quer enviar uma mensagem, por que não usar a internet, onde teria um alcance muito maior?
— Bem, se ele está tentando se esconder de alguém, usar a internet convencional seria arriscado. O governo tem sistemas de segurança avançados, ele seria encontrado em questão de minutos. Na *dark web*, por outro lado, é quase impossível ser rastreado — explicou Olivia, analisando a situação com cautela. — No entanto, não parece que ele esteja alertando sobre algo iminente. Quando você sabe de algo perigoso, não joga simplesmente a informação na rede, você procura ajuda de confiança.
— Talvez ele simplesmente não confie em mais ninguém — sugeriu Antoni.
— Precisamos pensar como ele. Se é cauteloso o suficiente para evitar a internet convencional, certamente estará tomando precauções extras para proteger sua identidade na *dark web* — sugeriu Olivia, com a mente ágil. — Talvez haja uma pista em suas mensagens anteriores, algo que nos leve até ele de forma segura.
— Encontrei!
Max abriu na tela grande a mensagem de Fée fantôme, postada sete meses atrás.

"Nunca houve disputa. Parabéns Sr. Davis, o palhaço da vez. Escolhido a dedo, resta saber para quê."

— Ele postou essa alguns dias antes da eleição — explicou Max.
— Ele fez de novo — comentou Olivia. — Ele quer mostrar que sabe o que vai acontecer antes que aconteça. Meu palpite é que ele quer chamar a atenção de alguém.
— E ele parece saber mesmo o que vai acontecer — comentou Nara. — Ou está só jogando verde. Acho que não dá para ter certeza — contradisse, sem graça. E, diretamente a Max, indagou: — Você consegue encontrar mensagens anteriores?
— Posso procurar, não me lembro de ter visto aquele desenho em outra ocasião, mas vou fazer uma nova busca pelo nome — respondeu ele já digitando algo em seu teclado.
— Se ele está prevendo eventos futuros, então há algo muito maior em jogo aqui. Não podemos simplesmente ignorar suas mensagens como meras coincidências — ponderou Antoni, com seriedade.
— Concordo com você. Mas nessa situação não podemos considerar como uma previsão. Precisamos investigar mais a fundo, deduzir o resultado de uma eleição para presidente não requer muita informação, a chance é de 50% — afirmou Rick, cético.

Os olhares do grupo se voltaram para a mensagem enigmática exibida na tela. A cada nova revelação o mistério parecia se aprofundar ainda mais. Começando a ficar interessante.

O silêncio se fez presente novamente, enquanto todos pensavam a respeito das possibilidades.

Max continuou sua busca na *dark web*, mergulhando cada vez mais fundo nas entranhas virtuais em busca de informações que pudessem lançar luz sobre as previsões do "Fée fantôme". E, para sua surpresa, ele descobriu uma série de mensagens adicionais, todas elas postadas antes que eventos importantes ocorressem.

— Pessoal, vocês precisam ver isso! — exclamou Max, sua voz carregada de animação.

Todos se aproximaram da tela, curiosos para ver as novas descobertas. Max exibiu uma série de mensagens que continham previsões precisas sobre incidentes que haviam ocorrido recentemente.

— Olhem aqui, oito meses atrás ele previu um ataque cibernético a uma grande corporação. E três meses atrás, mencionou uma grande manifestação política que acabou acontecendo. E tem mais... — disse Max, apontando para as mensagens na tela.

Ficamos em silêncio, processando a magnitude do que estava diante de nós. Era impossível ignorar o fato de que "Fée fantôme" parecia realmente ter conhecimento antecipado dos eventos, como se estivesse um passo à frente de todos.

— Talvez ele tenha acesso a informações privilegiadas ou fontes confiáveis. Ou talvez ele mesmo esteja causando esses eventos de alguma forma. Precisamos entender melhor a natureza dessas previsões — sugeriu Antoni, com um misto de fascinação e inquietação.

— Eu nunca tinha visto essa mensagem, é antiga. Ele postou há mais de três anos e não usou o desenho como alerta, mas usou outra imagem, vejam...

A imagem era a silhueta de um soldado prestando continência com uma coroa na cabeça.

"Um general precisou cair para um príncipe ressurgir."

— Mas que merda é essa? — indagou Antoni, hipnotizado na mensagem. Seus olhos maximizados. — Há três anos ninguém podia imaginar que o Zaxai se uniria ao Handall. Ninguém sabia que eu...

Antoni ficou visivelmente abalado.

Eu não sabia se ele ainda era o general do clã nesse período, mas aquela mensagem foi extremamente perturbadora para ele. Tanto que ele se levantou abruptamente e caminhou pela sala, preso em seus pensamentos. Seu cérebro trabalhando como uma máquina.

— Acho que devemos tentar contato com ele — Olivia quebrou o silêncio. — Ele está esperando por isso. Quer dizer, não pelo nosso contato, mas ele está tentando chamar a atenção de alguém, e até agora não conseguiu, ou já teria parado com as mensagens proféticas.

— Está sugerindo que entremos em contato fingindo ser alguém que não fazemos a menor ideia de quem seja? — indagou Max.

— Isso aí, garoto.

— Ele é esperto o bastante para não cair em uma armadilha — garantiu Santiago.

A proposta de Olivia pairou no ar, suscitando uma mistura de incerteza e curiosidade entre nós. Ela estava certa em dizer que o autor das mensagens queria chamar a atenção de alguém, mas tentar um contato direto era uma jogada arriscada. No entanto, sua última observação despertou meu interesse.

— E se não fosse uma armadilha? — refletiu em voz alta, ponderando sobre a possibilidade. — E se ele realmente estiver procurando por ajuda, por alguém que compreenda o significado por trás de suas mensagens? Alguém que entenda sua vontade de ser ouvido e levado a sério?

— O próprio general — afirmei, seguindo a linha de raciocínio da garota.

Olivia assentiu e sorriu, confirmando minhas suspeitas.

— Antoni pode ser a pessoa que ele busca há tanto tempo. Foi a única referência específica que ele usou, você e o príncipe, mas se ele faz parte dos insurgentes tem fácil acesso a ele. Ele não é o alvo — explicou ela.

— Isso está fora de questão — afirmou Rick. — Antoni não pode arriscar cair em uma armadilha agora. Se esse cara é um hacker tão bom, seria difícil nos comunicar sem corrermos riscos, então... não vamos mais falar nisso. Assunto encerrado!

— Posso dar minha opinião também? — Nara levantou a mão, interrompendo a tensão no ar e trazendo um breve alívio ao momento.

— Claro! Você não precisa pedir permissão para falar — respondeu Antoni, encorajador.

— Eu acredito, quer dizer, ele pode estar se referindo ao assassinato do presidente — disse ela, com um tom de insegurança em sua voz.

— Oh, vamos com calma nas teorias — brincou Beni, até então calado.

— E por que você acha isso? — questionou Max, curioso.

Na verdade, sua pergunta representava a todos nós. Nara conseguiu total atenção naquele momento. E corou ao perceber isso. Encarando Beni, ela explicou sua teoria.

— Bem, na mensagem ele diz: "Chegou o momento em que o mundo perecerá. Finalmente descobrimos para o quê, este 4 de julho será memorável, pois um homem cairá em sacrifício, ainda que não tenha sido consultado, para dar voz às criaturas, ainda que não tenham reclamado esse direito". E na mensagem anterior: "Nunca houve disputa. Parabéns Sr. Davis, o palhaço da vez. Escolhido a dedo, resta saber para quê". Para mim, essas mensagens estão conectadas. Se as lermos em ordem cronológica, ele menciona que Davis será eleito, resta saber para qual propósito. Eu entendo que ele não esteja se referindo ao cargo em si, já que isso é óbvio, então, mais tarde, ele usa o mesmo termo mencionando quando diz: finalmente descobrimos para qual propósito... O que sugere que esse "propósito" seja o tal sacrifício.

Nara parou por um momento, percebendo o olhar confuso nos rostos de todos.

— Talvez não estejam acompanhando, mas para concluir, quando alguém é "sacrificado", geralmente significa morte, e se essa pessoa não foi consultada sobre isso, então, pode se um assassinato.

— Puta merda! — exclamou Max, atordoado. — O pior é que faz sentido.

— Faz sentido mesmo — concordou Olivia, conectando as peças do quebra-cabeça.

— O que faz sentido? — indagou Beni, completamente perdido.

O olhar de perplexidade se espalhou pela sala. Todos tentando assimilar a teoria de Nara. Era uma revelação chocante e assustadora.

— Deixa ver se eu entendo. Primeiro ele diz que Davis vai ganhar, mas ele não sabe para quê, depois diz que descobriu esse "o quê" — pondera Antoni devagar. — Então esse "o quê" é o tal do sacrifício?

— É isso, mas do seu jeito ficou mais complicado — afirmou Max.

Nara conteve um sorriso ao perceber que estava certa, ou que pelo menos a sua teria fazia sentido. Eu a conhecia melhor que qualquer um, sabia que estava orgulhosa e eu também estava. Minha amiga era mesmo nossa Sherlock.

— Considerando que 4 de julho será dois dias antes do casamento...

— Como assim, dois dias antes? — interrompi Rick. — Não era essa a data no convite.

— Acreditamos que ele tenha previsto algum vazamento e por isso antecipou a cerimônia.

— Mas então, como descobriram se ele está tão cauteloso? — perguntou Antoni, apreensivo.

— Seretini. Quando Hiertha conseguiu avisá-la sobre o véu, ela o alertou.

— E onde está o mexicano, ainda dormindo? — Antoni deu falta do feiticeiro.

— Acredito que sim, ele tem ficado bem mais recluso depois de fazer a conexão. Deve exigir muito dele esse tipo de feitiço — especulou Rick.

Antoni concordou.

— Cada nova descoberta dá mais sentido à teoria de assassinato — articulou Antoni. — Se esse fantasma faz previsões baseadas em eventos que envolvem o Ministério ou pessoas ligadas a ele, ele deve ter acesso a essas informações internamente, isso me leva a acreditar que este suposto assassinato também esteja, de alguma maneira, ligado aos planos de Handall. A proximidade com a data do casamento não deve ser uma coincidência.

— Mas ele não pode ser apenas um hacker que invadiu o servidor? — indagou Beni, com olhar cético.

— Essa hipótese é quase impossível de se considerar, levando em conta a frequência com que ele vem postando essas mensagens. O servidor passa por varreduras constantes e, se alguém tivesse invadido, certamente teriam descoberto e bloqueado o acesso dele — respondeu Olívia, de forma didática e objetiva.

Pensar que alguém tinha planos para assassinar o presidente dos Estados Unidos era simplesmente insano. Minha mente tentava encontrar uma explicação racional para tudo aquilo, mas tudo parecia loucura, como se estivéssemos vivendo uma trama de ficção como nos filmes. Tive certeza de que Nara estava se lembrando de alguns e associando várias cenas a tudo que estávamos descobrindo.

Mas só parecia um filme, a realidade estava pior do que a ficção. As evidências estavam diante de nós, e era impossível ignorá-las. Era bem preocupante pensar que alguém poderia ter acesso a informações tão confidenciais e prever eventos com tanta precisão.

— Isso é loucura, até para nós. Concordo que essa mensagem levanta algum alerta, mas você está sugerindo que o Ministério pode estar por trás de um plano para assassinar o presidente dos Estados Unidos? — indagou Will, com uma expressão de incredulidade.

— Não estou afirmando nada, mas precisamos considerar todas as possibilidades. O fato é que tudo que esse hacker disse nessas mensagens se concretizou, e estamos diante de um enigma que pode ou não envolver uma tentativa de assassinato. Talvez não seja, só não podemos simplesmente fingir que a mensagem não existe — refutou Antoni, colocando ênfase em suas palavras.

— Desculpa, cara. Mas é difícil imaginar quais interesses estariam por trás disso — insistiu Willian, procurando compreender a dimensão dos acontecimentos.

— Eu também ainda não consegui enxergar claramente os motivos por trás dessas ações. Sabemos que Handall tem tentáculos em todos os lugares, inclusive no Congresso, mas eliminar o presidente, sei lá... Seus objetivos não estão claros... Pelo menos, não ainda — completou Beni, acrescentando sua perspectiva à discussão.

A tensão no ar era evidente. A incerteza pairava como uma nuvem carregada de chuva, alguns acreditavam que a tempestade se dissiparia, outros se preparavam como podiam. E eu, sinceramente, estava mais perdida do que nunca. Enquanto todos começavam a discutir os detalhes de uma possível operação, eu me senti inundada por um misto de emoções.

Estávamos prestes a nos envolver em um evento de grande magnitude, em que a vida de muitas pessoas poderia estar em jogo, incluindo a do presidente. Isso era uma discussão para o FBI, não para nós.

— Então, só vejo uma saída — considerou Rick. — Parece que vamos ao discurso do presidente.

— Ao discurso do presidente? — exclamei, surpresa. — Pretendem fazer o quê? Falar com ele e explicar que encontramos uma mensagem na *dark web* que pode estar alertando sobre um atentado? É um evento altamente protegido e controlado.

Rick sorriu, revelando sua confiança inabalável.

— Nós somos um grupo de especialistas, Alany. Temos habilidades únicas que nos permite enfrentar desafios como esse. Vamos encontrar uma maneira de entrar e garantir a segurança do presidente. Com sorte descobriremos quem está por trás desse atentado, se é que ele realmente vai acontecer. O que não adianta é ficarmos discutindo o que pode ou não ser real — concluiu Rick, deixando claro sua posição e, praticamente, dando fim às especulações. — Enfrentamos situações que não parecem reais o tempo todo.

— Não seria uma perda muito grande — Olívia sussurrou.

— O que disse? — indagou Rick.

— Esse Davis é um escroto, mas eu sei que não justifica, foi só um desabafo — respondeu ela, com olhar de desdém.

John Davis, não era mesmo um homem muito agradável. Sempre exaltando a supremacia americana e sua potência militar, parecia até que ele vivia em um mundo de fantasias patrióticas. Suas palavras inflamadas e seu discurso belicoso não encontravam eco em meu coração. Eu acreditava em diálogo, em soluções pacíficas, e ver alguém tão determinado a usar a força como resposta para tudo me incomodava profundamente.

No entanto, mesmo discordando de suas ideias, eu jamais desejaria mal a ele. Acreditar que alguém estivesse tramando seu assassinato não era nada agradável, desafiando até mesmo meus princípios mais básicos. No máximo ele merecia uma surra e perder as próximas eleições.

— Concordo, Olívia. Mas a questão é o que está por trás de tudo isso, pode ser algo ainda pior do que Davis, se é que isso é possível — considerou Antoni, erguendo as sobrancelhas.

O som de celular tocando ecoou pela sala, enquanto nos olhávamos sem saber quem era o dono do aparelho. Até que Will percebeu ser o celular guardando em seu bolso.

— Ah, droga! Eu até esqueci que tenho isso... É Carol — anunciou antes de atender.

Depois de perguntar várias vezes se todos estávamos bem, ela pediu que ele colocasse no viva-voz.

— *Eu não acredito que vocês conseguiram. Graças a vocês Seretini está viva. Descobri que ela teve uma visão que perturbou Handall, talvez por isso ele tenha antecipado o casamento. Aliás, foi para isso que liguei. Eu precisava avisá-los.*

Antoni pediu que ela identificasse o hacker que estava tendo acesso a informações importantes sobre as decisões do Ministério, alguém ligado aos insurgentes. Mais fácil do que imaginávamos, ela nos deu informações valiosas sobre alguém entre os insurgentes que havia ganhado muito espaço e a confiança de Ziki.

— Parece que estão planejando fazer alguma coisa durante o discurso do presidente no Dia da Independência — revelei, e vi olhos aflitos me fuzilarem. Eu precisava dividir o que sabíamos. Não eram eles que me pediam para acreditar que ela havia feito tudo para me proteger? Então, teriam de confiar nela agora.

Intrigada, ela perguntou:

— *Fazer o que exatamente?*

— Não sabemos, mas esse cara, amigo do Ziki, sabe de alguma coisa. Precisamos encontrá-lo.

— *Eu vou ver o que consigo. Ligo assim que tiver alguma coisa.*

Carol desligou e só podíamos aguardar que retornasse com alguma informação a respeito desse ataque.

Porém, Max foi mais rápido.

— Pessoal, acredito que encontrei algo. Seguindo os rastros digitais, descobri um possível local onde o Fée fantôme costuma se conectar à *dark web*. Parece que ele frequenta uma cafeteria chamada "Cyber Brew" nos arredores da cidade — anunciou Max, empolgado com a descoberta.

— Acha mesmo que ele seria tão descuidado? — desconfiou Antoni.

— Não. Por isso eu acho que ele quer ser encontrado. Apesar de não ser nada fácil achar esse padrão, eu sei que ele deixou um rastro porque quis. Como Olívia disse, ele procura por alguém.

— Eu posso tentar descobrir — sugeriu Santiago.

— Só porque ele o conhece, não quer dizer que vai se abrir para você, não dessa vez — disse Olivia, explicando a situação no seu ponto de vista técnico. — Aliás, pode ser justamente o contrário, você pode afugentá-lo. Se ele deixou pegadas digitais, bem escondidas, não está esperando que qualquer um o encontre. Sem querer ofender — disse para San —, ele está jogando uma isca para alguém ou um grupo que tenha capacidade técnica para isso.

— E quem no mundo oculto teria isso?

— A Ordem — revelou Hiertha, entrando na sala de repente com um pedaço de pão nas mãos.

— Essa tal Ordem nem existe! — afirmou Antoni.

Nós olhávamos de um a outro como num jogo de tênis.

— Se existe eu não sei, mas ele acha que sim — disse o mexicano apontando para o computador. — E todo celsu sabe que você faz parte desse grupo secreto, ou pelo menos, acha que sabe. Até Handall acha isso — concluiu mordendo um pedaço do seu pão, despreocupado.

— Como você pode afirmar que ele sequer já tenha ouvido falar da Ordem? — indagou Will.

— Você já ouviu falar da Ordem? — Ele devolveu a pergunta. Will assentiu. — Você já ouviu? — Apontou para Olívia. Ela também assentiu. — E você? — Dessa vez a pergunta foi para Beni que também assentiu. — Por que acham que um hacker, metido em tudo que é informação secreta, não tenha ouvido nada sobre isso?

Antoni ponderou e concordou com a cabeça.

— Então, acho que está decidido, eu tenho de ir encontrar esse... fada. Se não vamos falar com ele antes, não pode haver uma emboscada, certo? Quando ele estará na cafeteria de novo?

— Hoje, às 16 horas, provavelmente.

Decidimos montar um plano estratégico para chegar à cafeteria "Cyber Brew" antes do Fée fantôme e aguardar sua chegada. Nosso objetivo era fazer uma varredura no local e ficar de olho se ele apareceria sozinho ou acompanhado por alguém suspeito.

Combinamos de nos dividir em equipes, cada uma com uma tarefa específica. Max e Olivia ficariam responsáveis por configurar um celular com os dispositivos de vigilância da área, enquanto Nara e Santiago fariam a varredura física para identificar qualquer atividade suspeita.

Eu me juntei a Will e Hiertha, formando a equipe de observação. Nosso papel era ficarmos atentos a qualquer movimento estranho ao redor da cafeteria e garantir que Antoni estivesse seguro durante o encontro. Estávamos preparados para agir rapidamente, caso algo saísse do controle.

Alamanda entrou na cafeteria primeiro e ficou no balcão fingindo ser uma cliente despreocupada.

Chegamos à cafeteria antes do horário que ele costuma chegar e nos posicionamos em pontos estratégicos, mantendo um olhar vigilante sobre cada pessoa que entrava ou saía do local. Era uma tarefa desafiadora, pois tínhamos que manter a discrição e não levantar suspeitas, ao mesmo tempo em que monitorávamos atentamente o ambiente.

O tempo parecia se arrastar enquanto esperávamos, cada segundo uma eternidade. Nossos sentidos estavam aguçados, prontos para reagir a qualquer sinal de perigo. O silêncio entre nós era tenso.

Finalmente, avistamos Antoni se aproximando da cafeteria. Ele estava calmo e determinado, ciente da importância daquele encontro. Mantivemos um olhar atento enquanto ele entrava no estabelecimento e se dirigia a uma mesa aleatória. Com um boné como seu único disfarce, ele seguia com uma naturalidade de dar inveja. Provavelmente por estar acostumando a fugir e se esconder.

Meu coração batia acelerado, esperando para ver se ele seria seguido ou se o Fée fantôme apareceria conforme o previsto. Talvez ele não viesse aquele dia e tudo aquilo seria em vão. O que não seria assim tão ruim. Um pouco decepcionante apenas. Enquanto Antoni aguardava, nós continuávamos nossa vigilância, apreensivos, mas prontos para intervir se necessário.

— *Ele chegou e está se aproximando.* — A voz de Santiago em nosso ouvido alertou a chegada do Fantasma.

Em alerta, meus olhos vagaram por todos os lados, até que avistei um rapaz magro com uma mochila nas costas se aproximando. Sua energia era tranquila, não indicava qualquer ansiedade.

— Acabei de vê-lo. Parece muito tranquilo, ele vai entrar agora — comuniquei a todos pelo pequeno aparelho na orelha que nos mantinha conectados.

A energia do rapaz era bem calma, o que me deixou bem mais tranquila. Confessava que, apesar do nervoso, era emocionante, como se estivéssemos em um filme de a gentes secretos.

O rapaz entrou na cafeteria, cumprimentou o atendente e se sentou no canto do salão, em uma mesa pequena apenas para duas pessoas, bem no canto, encostado na parede. De onde eu estava, podia ver que abria seu computador, mas apenas suas mãos eram visíveis. O atendente lhe entregou uma bebida que ele nem precisou pedir. Sugerindo que de fato estava habituado a frequentar o local.

— *Por aqui, tudo limpo. Não vimos nada suspeito. Acho que ele está sozinho.* — A voz de Willian era quase uma deixa para Alamanda agir.

Segundos depois meu celular vibrou alertando a chegada de uma mensagem.

"Alany, preciso que entre aqui. Tem alguma coisa estranha com ele, de algum jeito ele consegue me repelir, não consigo acessá-lo."

Mostrei a mensagem de Alamanda para Hiertha que concordou que eu deveria entrar.

— Estou entrando na cafeteria, Alamanda acha que tem alguma coisa estranha com ele. Talvez tenha reconhecido Antoni e daqui não consigo vê-lo.

Entrei na pequena loja, tentando ser discreta. Escolhi um dos bancos vazios no balcão e pedi um café ao atendente. Enquanto esperava, evitei olhar na direção do Fée fantôme, mas notei que ele ergueu os olhos em minha direção assim que passei pela porta. Um breve instante de reconhecimento passou entre nós, mas ele manteve sua expressão impassível. Eu estava de frente para ele, mas buscava olhar apenas para o meu celular como qualquer pessoa faria. Só depois de já ser tarde demais, percebi que escolhi o lugar errado. De onde eu estava seria difícil olhar em sua direção sem ser notada.

Quando meu café chegou, aproveitei para erguer os olhos e buscar algum sinal de mudança em sua energia. Dei de cara com os olhos dele fixos em mim, sua energia estava mais forte, agitada e ansiosa. Talvez minha reação tenha me entregado ou ele era mais esperto do que prevíamos, o fato foi que ele sorriu para mim. Não um sorriso de flerte ou simpatia, estava carregado de um alerta sinistro e silencioso.

Eu não sei quando Antoni percebeu minha inquietação, mas antes que eu pudesse dizer qualquer coisa, eu o vi se levantar e, rapidamente, se sentar na frente do rapaz.

— *Parece que viu algo engraçado* — disse Antoni baixo e calmo.

Todos nós podíamos escutar a conversa pelo comunicador.

— *O que diabos está acontecendo aqui?* — indagou o rapaz, tentando manter a calma, embora a tensão em seu rosto fosse evidente.

Seus olhos vagaram de mim para o Antoni. Ele pegou o celular, preparando-se para fazer uma ligação.

— *Eu não faria isso* — alertou Antoni, erguendo a cabeça e revelando seu rosto.

O semblante dele mudou, sua pele morena ficou pálida, tornando-se a figura do próprio codinome.

Então ele sorriu e senti seu alívio quase que imediatamente. Ele se sentia animado, ainda agitado, porém, era uma vibe totalmente diferente. O homem fada parecia feliz ao reconhecer o famoso e mais procurado celsu; Antoni.

— *Eu sabia!* — disse ele, alto demais. — *Sabia que uma hora vocês viriam* — completou em tom mais baixo, percebendo o excesso.

— *Quem você pensa que nós somos?*

— *Ah, para! Eu imaginei que um dia alguém da Ordem viria, mas você...* o próprio Antoni. Caralho! Isso está muito além das minhas expectativas. Que irado, velho!* — tagarelou, animado o bastante para começar a irritar o ex-general.

Eles haviam pensado em muitas maneiras de abordarem o rapaz, assim como criaram diversas situações para interrogá-lo, simulando possíveis reações. Perceberam que a melhor alternativa seria conseguir que ele colaborasse.

Levá-lo a outro lugar levantaria mais suspeitas e aumentaria o risco de serem seguidos ou descobertos por alguma câmera de segurança no caminho. Se ele resistisse teriam de tentar outras maneiras de persuasão, mas em nenhuma das muitas teorias que criaram sobre seus possíveis movimentos, imaginaram que seria tão fácil. Hiertha e Olívia estavam certos, o rapaz nutria um desejo desesperado por ser encontrado pela tal Ordem.

— *Eu preciso que se acalme e me responda o que significa essa mensagem.* — Antoni mostrou a tela do celular.

— *Ok!* — Ele respirou fundo, buscando acalmar sua ansiedade. Abriu e fechou a boca, sem conseguir encontrar as palavras adequadas, mas sustentando um sorriso contido. — *Desculpa, é que isso é muito... incrível e estou tão animado. Vamos lá... Essa mensagem é sobre...* — Ele olhou ao redor, preocupado com a privacidade da conversa. — *Tem certeza de que aqui é o melhor lugar para falarmos disso?*

— *Finja que está me contando a cena de um filme. Vai ficar tudo bem!* — assegurou Antoni. — *Aliás, você tem algum tipo de bloqueio? Algo que possa criar um campo de força para proteger sua mente, caso alguém tente invadi-la?*

Ele soou casual.

— *Claro que tenho. Essa habilidade é extremamente importante. Acredito que eu só estou vivo até hoje por causa dela* — confessou o rapaz, seus olhos se arregalando com a revelação.

— *Se concordar em baixar sua guarda apenas um pouco, posso ajudar a acalmar seus sentimentos, sem invadir sua mente. Isso facilitará nossa conversa* — Antoni propôs, oferecendo ajuda com sinceridade.

— *Isso seria ótimo. Porque eu estou até tremendo, cara.* — Ele sustentou a mão no ar, provando o que dizia.

Eu sabia que Alamanda estava agindo, pois também senti a onda de paz que se espalhou. Talvez ela estivesse longe demais para direcionar com precisão, mas ainda assim, funcionou perfeitamente.

— *Você é habilidoso, cara* — afirmou ele, reconhecendo o efeito tranquilizador. Em seguida, começou a compartilhar informações sobre a mensagem. — *Preciso começar do início. Handall...* — sussurrou o nome, consciente do perigo que aquele nome representava. — *Ele manipulou as eleições para que o merda do Davis vencesse, apostando em seu comportamento truculento como um catalisador para iniciar uma guerra, está ligado? Quando as pesquisas apontavam para o outro candidato, Handall sabia que com ele, seu plano não teria sucesso, então precisou intervir.*

Uma pessoa entrou na cafeteria. Todos ficamos em alerta. Eu a acompanhei com os olhos, mas nada nela era suspeito.

— *Continua. Está tudo bem* — afirmei.

— *Como ele sabia?* — indagou Antoni.

Eu soube a resposta assim que escutei as palavras saírem de sua boca. Seretini.

— *Dizem que ele tem uma vidente, que não faz nada sem consultá-la primeiro. Quando o jogo virou e mostrou que assim poderia conseguir a* guerra que ele tanto quer, aí começou o jogo de verdade, sinistro. Ele colocou muita gente lá dentro, infiltrado.

— Lá dentro?

— No governo, cara. Desde seguranças até uns caras do alto escalão. Ninguém vai conseguir parar esse maluco — afirmou com o olhar sério e desesperançoso. — Planejam fazer um ataque durante o pronunciamento do presidente no 4 de Julho.

— Que tipo de ataque?

Estávamos tão imersos na conversa que não percebi quando um homem calvo entrou na cafeteria e se sentou a uma das mesas, examinando o menu com inquietação. Seus pés se moviam freneticamente e ele batia o indicador impacientemente sobre a tela do celular. Era um comportamento típico de alguém sob estresse.

— Parem de falar! — sussurrei, tossindo para disfarçar minha interrupção.

Rapidamente, desci do banco e me dirigi ao banheiro. Esperando que de lá ele não pudesse me ouvir. Quando concluí, relatei a situação pelo comunicador.

— Acabou de entrar um indivíduo desconhecido. Homem calvo sentado à mesa da frente. É celsu, mas não consegui identificar mais do que isso.

— Não é exatamente um ataque. Vai ser uma demonstração de...

Antoni deve ter feito um sinal para que ele se calasse já que a frase foi interrompida.

Ele poderia ser qualquer tipo de celsu e audição superapurada era uma habilidade que cabia em algumas espécies, não podíamos arriscar. Quando deixei o banheiro, percebi que ele estava diferente, sua postura mais relaxada e os sinais de nervosismo haviam sumido. Aproveitei que ele estava envolvido em uma conversa com a atendente e tentei identificar algum traço familiar.

Ainda que não fosse possível identificá-lo com precisão assim que ele entrou, eu pude ver o quanto estava mais calmo, certamente por influência de Alamanda, e, nesse momento consegui fazer uma conexão. Em volto por uma sombra clara e densa, os padrões das cores eram muito semelhantes aos de Carol e Mordon. Embora não fosse exatamente o mesmo padrão, ele se encaixava como algum tipo de bruxo. E, até onde eu sabia, bruxos não conseguiam ouvir as conversas alheias, não mais do que qualquer pessoa.

— Ele é um bruxo, não vai conseguir ouvir nada de onde está — informei.

— Ainda assim, é muito arriscado — respondeu Antoni.

Segundos depois a voz de Santiago trouxe nova urgência.

— Precisamos ir... Agora! Parece que essa região é um local muito frequentado por celsus, acabo de ver um grupo de antigos amigos.

— Merda! Precisamos ir — anunciou Antoni, levantando-se.

— Tomem cuidado. Essa região não é um bom lugar para vocês estarem — alertou o rapaz.

Ouvir as palavras de Santiago aumentou nossa preocupação.

Se o local era frequentado por celsus, isso poderia colocar em risco nossa missão e nossa segurança.

Sem perder tempo, nós nos movemos rapidamente pelas ruas, mantendo a discrição e evitando áreas movimentadas. Cada passo era calculado, cada olhar era cauteloso. Sabíamos que estávamos correndo contra o tempo e que cada segundo era precioso.

O caminho da cafeteria até onde estacionamos a van cedida por Rick, pareceu ser infinito. Enquanto nos movíamos pelas ruas sombrias e labirínticas, eu sentia a adrenalina correr em minhas veias. Meus sentidos estavam aguçados, captando cada som, cada movimento ao nosso redor. Cada pessoa desconhecida parecia um possível inimigo, e a paranoia se instalava em nossos corações.

Eu olhava para todos que cruzavam o nosso caminho e tudo que eu via eram borrões de energias. Elas passavam por mim como se estivessem em câmera lenta, enquanto um vapor de cores as seguia, colado aos seus corpos. Quando duas ou mais pessoas andavam próximas ou juntas, as cores se misturavam. Era a própria manifestação do que chamam de troca de energias.

Era como se eu pudesse enxergar as conexões invisíveis entre as pessoas, a troca constante de energias que acontecia a cada interação. A energia de uma pessoa se entrelaçava com a energia de outra, formando uma teia complexa de relações e sentimentos.

Aquela visão me deixava admirada e ao mesmo tempo sobrecarregada. Ver a intensidade das relações e emoções das pessoas ao meu redor era fascinante, mas também sentia o peso de todo aquele fluxo de energias. Era como estar imersa em um oceano de sentimentos, e em alguns momentos, eu precisava fechar os olhos e respirar fundo para me recompor.

Claro que já tinha visto aquele padrão antes, mas nunca com todos ao mesmo tempo. Olhei para trás e vi uma trilha de cores, as pessoas se misturavam, criando padrões complexos. Eu podia sentir a pulsação da vida ao meu redor, e aquilo me trouxe um senso de pertencimento e compreensão que nunca havia sentido antes.

Quando foquei no meu próprio grupo, percebi que a tensão entre eles, entre nós, era insuportável, e a pressa em nossos passos era um reflexo da urgência em alcançar nosso destino. O que me trouxe de volta a realidade.

A van, oculta nas sombras, representava um refúgio temporário em meio ao perigo iminente. Ao nos aproximarmos do veículo, senti um alívio momentâneo, mas sabia que não poderíamos baixar a guarda. Entramos rapidamente na van e fechamos as portas, isolando-nos do mundo exterior. Apenas a fraca luz interna iluminava o ambiente, criando um clima de mistério e suspense. Ali, sentados em nossos lugares, respiramos fundo, buscando acalmar nossos corações acelerados.

O silêncio predominava no interior do veículo, interrompido apenas pelo som dos pneus deslizando pelo asfalto e pelos nossos pensamentos inquietos. Todos nós compartilhávamos o mesmo sentimento de urgência.

Embora eu não soubesse se todos estavam tão apreensivos quanto eu, de uma coisa eu sabia, todos compartilhávamos do mesmo sentimento de urgência e aquele silêncio comprovava minha teoria.

Enquanto a cidade passava rapidamente pelas janelas, eu me sentia parte de um jogo perigoso, onde as apostas eram altas e as consequências imprevisíveis.

Ao deixar para trás os medos e a culpa que me acompanharam durante toda a vida, eu finalmente percebi o verdadeiro poder da minha conexão. A clareza inundou minha mente, e tudo se tornou mais nítido e significativo. A força da ligação com a minha própria natureza se intensificou, como se as barreiras que me limitavam tivessem sido quebradas.

Eu me sentia fortalecida. Não havia mais espaço para dúvidas ou inseguranças. Aos poucos, eu aprendi a aceitar quem eu era verdadeiramente, com todas as minhas habilidades e peculiaridades.

O mundo não estava diferente, eu estava.

Capítulo 21

— Acho que já podemos falar, não é? — indaguei, quebrando o silêncio tenebroso.
— E respirar — completou Will.
— Na verdade, já há algum tempo estamos fora de perigo. Imagino que nossas últimas aventuras tenham nos deixado traumatizados — observou Antoni. — Desta vez, foi fácil. Deve ser sorte de principiante — disse ele olhando para Olívia e Max.
— Eu não comemoraria ainda. Se aquele rapaz nos entregou, tem centenas de carros nos procurando nesse exato momento — ponderou Hiertha, seu semblante preocupado.
— Eu saberia se estivessem nos seguindo, pode relaxar — garantiu Antoni. — Acho que devemos ficar felizes, sabemos qual será o plano de Handall no dia 4 de julho, ou seja, a missão foi cumprida sem que ninguém precisasse quase morrer dessa vez. Aliás, Max, liga para Rick e diga que estamos voltando e que precisamos comemorar.
— O que eu perdi? — indagou Santiago. — Achei que ele não tivesse explicado mais nada sobre o plano quando Alany alertou sobre o bruxo.
— Eu também — concordei.
— E não explicou, mas escreveu — Antoni tirou um bilhete do bolso e sacudindo o papel no ar.
— Posso? — perguntei antes de pegar o papel da sua mão. Li as palavras escritas em voz alta: — "Será uma encenação, praticamente todos estão envolvidos, menos o próprio presidente. Ele precisa acreditar que sua vida está em perigo, ele precisa odiar os celsus".
— Para dar voz às criaturas, ainda que não tenham reclamado esse direito — Nara recordou a última parte da mensagem na *dark web*. — É isso! Ele será atacado por celsus durante o discurso.
— Criando uma narrativa onde celsus querem tomar o poder ou algo parecido, abrindo o caminho para a sua guerra — Olívia acompanhou o raciocínio de Nara.
— Mas por que escolher o Dia da Independência? Querem que o ataque apareça ao vivo? — especulou Will.
— Provavelmente, não. Em eventos com transmissão ao vivo, assim que algo de estranho acontecer a transmissão é cortada imediatamente, e

mesmo que vaze algumas imagens, sempre é mais fácil contestar e criar narrativas que escondam a verdade, principalmente quando a verdade é tão...inacreditável para a maioria das pessoas — respondeu ela.

Santiago acrescentou:

— Isso é verdade. Já aconteceu antes, já ocorreram algumas tentativas dos insurgentes nesse sentido, eles conseguiram espalhar imagens reais de celsus usando suas habilidades, mas sempre são hackeados, as imagens são contestadas e as pessoas acreditam que eram imagens de um filme ou uma criação de artistas plásticos. Principalmente, quando os autores preservavam os rostos para que eles não fossem punidos pelo Ministério. O fato é que as pessoas preferem acreditar no que é mais fácil de compreender e explicar.

— O próprio Ministério já tentou fazer isso, criaram um fato e fizeram com que um celsu se mostrasse para as pessoas, eles queriam ver qual seria a reação. Não causou o efeito que eles buscavam, então condenaram esse celsu ao exílio e abafaram os poucos comentários que isso gerou — explicou Hiertha, sua voz carregada de angústia. Talvez ele fosse aquele o celsu exilado, considerei. — Parece que vêm tentando isso há muito tempo, criando situações para aprenderem o melhor caminho de controlá-las.

Minha mente se encheu de questionamentos, e não pude deixar de expressá-los.

— Se muitas guerras já foram travadas entre humanos e celsus com resultados desastrosos, por que ele acha que agora pode vencer?

O olhar de Antoni era profundo, como se carregasse o peso de séculos de conflito entre humanos e celsus. As histórias que ele compartilhou sobre guerras passadas ecoaram em minha mente, ressaltando a vantagem esmagadora dos seres humanos. A superioridade em números, segundo ele, era a maneira de o Universo garantir o equilíbrio das espécies.

Antoni suspirou, revelando uma preocupação profunda em seu olhar. Sua resposta era carregada de uma mistura de apreensão e certeza.

— Ele desenha esse plano há anos e acredita que será diferente desta vez. Acredita que se infiltrou o suficiente para obter êxito, e não duvido disso. Para que essa guerra aconteça, ele precisa que ambos os lados estejam dispostos a lutar. Com esse suposto ataque e a consolidação de sua posição por meio do casamento, ele pode conseguir isso. No caso dos celsus, em uma guerra declarada, o membro mais alto na hierarquia do Ministério ou um representante da realeza, poderá assumir o comando e responder por todos nós. E é exatamente isso que ele pretende conquistar. Mesmo que não desejemos a guerra, seremos arrastados para ela.

— Então, precisamos impedir esse ataque, mas como vamos entrar em um pronunciamento do presidente na Casa Branca? É um evento extremamente restrito — observou Max.

— Não será fácil, mas tenho um plano. A gente consegue — garantiu piscando para mim, tomado por uma segurança da qual eu não compartilhava.

— E o que tem a me dizer sobre o restante do bilhete? "Coloco vocês na lista de convidados do casamento de Handall se me aceitarem na Ordem do Sol" — li em voz alta mais uma vez. — Por que ele escreveria isso? Como ele saberia dos nossos planos?

Assim como eu, todos no carro ficaram apreensivos e curiosos com aquela informação. Por que um hacker que, aparentemente, trabalha para o Ministério estaria tentando nos ajudar? E como sabia do nosso interesse sobre o casamento?

— Ele não sabe. Mas é inteligente o bastante para deduzir. Quando você entrou na cafeteria ele a olhou duas vezes, o que não fez com ninguém mais. Quando pegou o celular, ele provavelmente pretendia avisar alguém que estava diante de Alany Green, uma das mais procuradas pelo Ministério. Em tempo de grande desconfiança, entregá-la deve valer muito. Um tempo de sossego pelo menos, para continuar com seus vazamentos de informações confidenciais. Garantindo sua posição de membro confiável — Antoni olhou para mim e sorriu sem humor. — Bem-vinda ao meu mundo! Quando você passou por nós indo ao banheiro, ele me encarou, sorriu e fez um gesto afirmativo com a cabeça. Ele queria me mostrar que sabia que era você.

— Não acho que ele esteja interessado nos nossos planos, está só tentando garantir sua entrada na tal Ordem — disse Olivia.

— Que agora é Ordem do Sol, pelo visto. Mas se aceitarmos a oferta, estaremos na mão dele. Pode ser que ele realmente queira muito isso ou pode ser uma armadilha. Das grandes — considerou Nara.

— Acho que não temos muitas escolhas, mas deixaremos para pensar nisso depois, agora vamos só comemorar o que já temos.

— Não é uma má ideia relax um pouco — Willian concordou com o ex-general.

Antoni segurou a minha mão e intensificou o olhar, incomodada com choque puxei a mão e ele praguejou:

— Preciso descobrir como acabar com isso.

A sugestão de Antoni de comemorar e relaxar por um momento era tentadora. Sentíamos a tensão acumulada em nossos ombros e sabíamos que uma breve pausa poderia nos fortalecer para os desafios que estavam por vir. Concordei com um aceno de cabeça, assim como os outros membros da equipe.

Enquanto nos aproximávamos da base, ainda imersos em pensamentos sobre a missão e o que estava em jogo, os grandes portões se abriram diante de nós.

O lugar, sempre silencioso, tinha uma atmosfera completamente diferente. A música animada que ecoava pelos corredores da base nos envolvia e nos transportava para um ambiente de descontração. Retirando, mesmo que temporariamente, o peso de nossos ombros, e a alegria contagiante que permeava o ar nos convidava a deixar as preocupações de lado e aproveitar o momento.

Ao chegarmos à sala de relaxamento, a única livre de equipamentos de trabalho, avistamos Rick e Beni sentados a uma mesa pequena e redonda, dessas usadas para jogar cartas. Com sorrisos radiantes estampados em seus rostos, eles compartilhavam do alívio que havia nos abraçado aquela noite.

Havia comida e bebida à vontade no canto da sala e nem pensamos muito antes de nos juntarmos a eles. As risadas e as conversas animadas preenchiam o espaço, enquanto todos compartilhavam histórias e comemoravam os progressos alcançados até aquele momento.

A energia positiva era contagiante e, aos poucos, fui me deixando envolver pela atmosfera festiva ao redor. Os sorrisos nos rostos dos meus amigos eram genuínos, e suas vozes se misturavam em um coro de alegria e gratidão.

Conversávamos e ríamos, compartilhando histórias engraçadas e momentos memoráveis de nossas jornadas individuais. Havia um sentimento de cumplicidade no ar, como se todos nós soubéssemos que aquela união era o que nos fortalecia.

Eu não desejava estar em nenhum outro lugar do mundo. Gostaria apenas que minha avó estivesse comigo, mas ainda não era seguro. Eu já tinha enviado uma carta para ela ao estilo arcaico de Leezah, mas ainda aguardava a resposta. A saudade era grande.

Quando Antoni parou do meu lado e sua voz muito próxima ao meu ouvido causou um arrepio na espinha, senti minhas pernas falharem. Precisei me apoiar, colocando a mão na parede.

— Uma moeda por seus pensamentos.

Sorri. Você nunca vai descobrir...

— Estou pensando em como conseguiram arrumar tudo isso em tão pouco tempo — menti. — Tem até um balde especial para você. — Apontei para um pote cheio de chicletes. — Aliás, qual é a dos chicletes?

— Bem lembrado, estou precisando de um desesperadamente. — Antoni se serviu mesmo de um deles, depois respondeu: — Eu encontrei neles uma maneira de neutralizar uma habilidade que não é muito agradável, pelo menos não o tempo todo. Além disso, eles me acalmam. Não conhecia Alamanda antes, então, eram a minha melhor opção.

— Percebi que tem maneirado, por acaso está frequentando os chicleteiros anônimos em segredo?

Antoni soltou uma linda risada, do tipo que ilumina o ambiente. Fiquei hipnotizada por alguns segundos. Pensava em por que, na maioria das vezes, ele era tão cinza, o que teria lhe acontecido para apagar aquele sorriso, tão raro e tão perfeito.

— Você anda prestando muita atenção em mim — disse ele, virando-se para ficar de frente para mim. Seus olhos escrutinaram meu rosto, e pude sentir a intensidade de seu olhar. — Tem alguma coisa para me dizer que não seja uma pergunta?

Um sorriso brincou em meus lábios, divertida com sua observação.

— Desculpe se sou curiosa demais, mas a minha vida não é exatamente previsível. Então... se me permite fazer mais uma pergunta...

Ele revirou os olhos, mas ainda com um sorriso nos lábios.

— Por que essa vontade súbita de comemorar?

O sorriso desapareceu de seu rosto, e seus olhos percorreram cada detalhe do meu rosto antes de responder. Havia uma seriedade em seu olhar, uma mudança no ar. Um tipo de tensão diferente estava entre nós naquele momento, não a tensão a que estávamos acostumados, cheia de medo e cautela. Era uma tensão lasciva, carregada de segundas intenções.

— Elíria é a resposta para as suas duas perguntas. Algo mudou, e eu não vou mais responder suas perguntas... Pelo menos, não hoje — ele me alertou, mas seu sorriso voltou a iluminar seu rosto, enquanto seus olhos ainda permaneciam fixos em mim.

Houve um momento em que seu olhar se deteve em meus lábios, fazendo com que meu corpo incendiasse. Minha respiração falhou, e eu tinha certeza de que meu coração descompassado poderia ser ouvido a metros de distância.

Um desejo intenso e avassalador tomou conta de mim. A vontade de segurar seu rosto entre minhas mãos, sentir sua pele próxima à minha e provar aqueles lábios carnudos era quase irresistível. Eu me perdi por um momento na intensidade desse desejo, sentindo uma chama ardente se acender dentro de mim. Senti o toque de sua mão na minha, e foi o suficiente para tudo mudar. Como se fosse um alerta de incêndio, o choque nos trouxe de volta ao mundo real. Alterando o contexto da tensão.

— Se estamos comemorando, precisamos brindar — avisou Rick, trazendo-nos de volta para a sala com várias pessoas, que pareciam ter desaparecido segundos atrás.

— Você tem muita sorte — disse ele, afastando-se.

— Por que sorte?

— Sem mais perguntas, lembra? Perdeu sua chance — lembrou, divertindo-se com a situação, enquanto seguia para o meio da sala para brindar com o restante da equipe.

Fiz o mesmo, mas busquei o lado oposto, eu não queria ficar perto dele, pelo menos não até que minha respiração voltasse ao normal.

Enquanto brindávamos aos avanços conquistados em nossa investigação e à união da equipe, sentia a gratidão se misturar com a sensação de amizade que nos unia. Ali, naquele momento de celebração, éramos mais do que apenas colegas de missão. Éramos uma família, disposta a enfrentar os desafios juntos e apoiar uns aos outros. Assim a pequena festa seguiu regada a muita conversa e risadas.

Nara e Santiago conversavam animadamente no sofá ao lado de Olívia e Nathaniel, enquanto Max não parava de se servir de tudo que pudesse comer desde quando chegamos.

Sentado à mesa junto de Rick e Beni, Antoni segurava uma cerveja e me encarava de maneira penetrante, como se tentasse decifrar meus pensamentos.

A sensação de ser observada por Antoni me deixou corada, mas decidi disfarçar minha inquietação e me sentei no braço do sofá, fingindo interesse na conversa dos meus amigos. Porém, antes que eu pudesse me acomodar, alta apenas o suficiente para se sobressair ao som da música a voz do mexicano Hiertha, parado ao meu lado, mudou completamente o curso dos meus planos.

— Não tive a chance de agradecer. Eu sei que ajudar Seretini não era exatamente o que queria fazer...

— Por que está falando isso? — interrompi, tentando entender o que estava por trás daquela frase.

— Bem, minha irmã e Antoni tiveram um relacionamento sério...

Eu o interrompi mais uma vez. O rumo daquela conversa estava começando a me incomodar. Hiertha era alguém que eu preferia ficar distante, desde que cheguei à base Aurora procurei permanecer neutra em qualquer interação com o homem. Apesar de Antoni o considerar um amigo, ainda que com algumas ressalvas, já que ele me dizia para não confiar no mexicano, as palavras de Tituba ecoavam em minha mente toda vez que eu olhava para ele. Um feiticeiro metido em magia maligna até o pescoço.

Não era confiável.

— Não estou entendendo aonde você quer chegar com isso...

— Entenderia se me deixasse falar — retrucou, livre da calma que tentava manter. Bebendo um gole de seu copo de uísque ele continuou: — Não precisa assumir essa postura defensiva comigo, eu sei exatamente o que existe entre vocês dois.

— Você não sabe de nada! — afirmei, azeda.

— Na verdade, se alguém aqui não sabe o que está acontecendo, é você — disse ele, com os olhos semicerrados e tom receoso. — Enfim, eu só queria agradecer, você conseguiu o véu, salvou minha irmã e trouxe esse cabeça-dura de volta.

— Não precisa me agradecer por isso. Mas... eu gostaria de saber por que diz isso, do que eu não sei? Quando chegamos aqui, você já sabia quem eu era, o que foi um espantoso até para Antoni. O que você sabe sobre mim?

O homem sorriu, mas havia preocupação no gesto, não graça.

— Antoni me falou sobre você, mas ele não se lembra. Ele precisou de ajuda e eu estava lá para ajudar, é assim que somos. Mas... Olhando para vocês hoje, vejo como o destino pode ser implacável — disse ele, pensativo.

Hiertha era um homem excêntrico, um tanto calado, quando se pronunciava era vigoroso e se fazia ser ouvido. Mas naquela conversa causal ele estava comedido e até um pouco temeroso, calculando bem as palavras que usaria.

— E o que exatamente ele falou sobre mim? — Minha curiosidade superava a cautela.

Curiosa, aguardei ansiosamente pela resposta de Hiertha, enquanto ele dava mais um gole em sua bebida.

— Você sabe qual é o problema da verdade? — perguntou, sem esperar por uma resposta. — Ela nem sempre é como a gente espera, pode trazer tanto alívio quanto decepção.

— Prefiro me decepcionar a viver iludida pela mentira.

— Parece que a menina a quem ele devia proteger não o queria apenas como seu protetor — revelou baixando o tom, aproximando-se mais e olhando no fundo dos meus olhos. — Você não se lembra de nada mesmo?

Meu coração começou a pular no peito. Como assim, eu não o queria apenas como protetor? Aqueles olhos negros presos em mim, de alguma maneira me impediram de perguntar ou argumentar, apenas me senti compelida a responder sua pergunta.

— Vi Antoni pela primeira vez quando ele invadiu meus sonhos, depois apareceu na rua, em baixo da minha janela. Antes disso eu nunca o tinha visto, ainda assim tive algumas visões, como se ele estivesse comigo muito antes disso, anos atrás... Mas eu não consigo me lembrar de nada. Nas visões, ele parecia ser um amigo — revelei como uma tagarela.

Aquele homem estava me fazendo falar o que eu não queria e eu não conseguia me livrar do que quer ele tenha feito. Meu olhar continuava grudado no dele por mais que eu tentasse me afastar.

— Sou muito bom — constatou, alargando o sorriso. — Não se lembra do que sentia por ele? Era muito mais do que amizade, isso posso afirmar. O que sentiu quando o viu pela "primeira vez"?

— Não, eu não me lembro de nada. Mas desde que ele entrou na minha vida, algo dentro de mim despertou. Foi como se já o conhecesse, como se nossas almas tivessem se cruzado em algum lugar além do tempo. É difícil explicar, pois é um sentimento que vai além da lógica. Apesar das circunstâncias bizarras que nos cercam, encontrei em Antoni uma fonte de confiança inabalável. Mesmo diante de todos os desafios e loucuras que enfrentamos juntos, sempre me senti segura ao seu lado. Ele é um porto seguro em meio à tempestade, uma âncora que me mantém firme quando tudo parece estar desmoronando.

Externar aquelas palavras, aqueles sentimentos, deixou-me tensa, abalada.

— E o que sente agora? — insistiu Hiertha.

Ele queria ir mais fundo, e eu não conseguia resistir.

Mesmo sem querer, lutei para encontrar as palavras certas, mergulhando fundo em minhas emoções confusas. Inspirei profundamente, buscando coragem para articular o que estava em meu coração.

— Cada vez que ele se arriscou e esteve à beira da morte, uma chama ardente acendeu dentro de mim, como se a minha vida estivesse ligada à dele, e a ideia de perdê-lo é... insuportável. Essa chama simplesmente se apagaria, eu sinto isso. Mesmo que eu não compreenda, não consigo negar que existe uma ligação entre nós, uma mistura de sentimentos confusos. Eu posso não me lembrar de tudo, mas o que sinto é real. Cada momento ao seu lado é uma descoberta, eu me perco e me encontro nele, e é aí que encontro a coragem para enfrentar toda essa loucura — desabafei, perplexa com minhas próprias palavras.

Um senso de clareza e compreensão invadiu minha mente e eu soube que não precisava me apegar às lembranças perdidas, pois a verdade de meus sentimentos era mais forte do que qualquer fragmento de memória.

Como uma onda de lembranças perdidas, imagens dançava em minha mente, flashes de momentos compartilhados com Antoni, como estrelas cintilantes em um céu noturno. Cada lembrança trazia consigo uma explosão de sentimentos intensos.

Eu jamais diria tudo aquilo para ninguém, muito menos para um homem a quem mal conhecia e não gostava. Ainda assim o impacto daquelas palavras foi muito maior para mim mesma do que para ele. Eu podia ver nos seus olhos que ele já esperava por isso. Nada do que eu falei foi surpresa para ele.

— Ele tinha razão. Você o ama de verdade. Eu avisei que o amor é o mais forte dos sentimentos, ele transcende o tempo, porque não um feitiço? — concluiu, satisfeito, seu rosto com um sorriso triste.

Pude sentir uma pontada de arrependimento em seus olhos.

Amor! Meus olhos, ainda à mercê daquele bruxo, encheram-se de lágrimas.

— Posso participar da conversa? — A voz de Antoni fez meu coração saltar de susto.

Hiertha desviou os olhos para o amigo, quebrando o encantamento que me mantinha cativa. Quando pisquei, várias vezes para recuperar a autonomia dos meus sentidos, as lágrimas rolaram fácil por meu rosto.

— O que houve? — Preocupou-se Antoni, vagando os olhos de mim para Hiertha. — O que você fez com ela?

Atordoada, deixei a sala. Eu não saberia o que dizer, só queria ficar sozinha. Sentia-me sufocada.

— Não estou autorizado a dizer. Dê um tempo para ela — sugeriu o mexicano, sua voz calma como o cair da tarde no outono.

— Até parece!

Foi a última coisa que ouvi antes de alcançar o corredor principal.

Capítulo 22

Enquanto caminhava pelo corredor da base, com meu coração ainda acelerado, sentia-me atordoada e perdida em meus próprios pensamentos. A descoberta repentina sobre meus sentimentos por Antoni havia me deixado com a mente muito confusa. Tentava processar as palavras de Hiertha e entender a razão pela qual Antoni havia recorrido a ele para que eu esquecesse o que sentia.

As palavras de Hiertha ecoavam em meus ouvidos, ecoando em minha mente como uma melodia desconcertante. Eu jamais imaginei que pudesse sentir algo tão profundo por Antoni, e a revelação me pegou desprevenida. A confusão de sentimentos me fazia questionar cada palavra e cada ação nossa ao longo dessa jornada.

Por que pediu a Hiertha para apagar o que eu sentia por ele? Será que Antoni também compartilhava desses sentimentos, mas por algum motivo achava que não era o momento certo? Ou será que ele nunca teve sentimentos correspondentes e quis evitar qualquer constrangimento ou desentendimento entre nós?

Enquanto caminhava pelos corredores, perdida em meus pensamentos, meus passos vacilavam e meu coração pesava. Eu queria entender o que estava acontecendo, mas parecia estar presa em um labirinto de emoções sem encontrar uma saída clara.

Era como se, de repente, uma parte de mim tivesse sido despertada e agora clamasse por respostas mais do que nunca. A cada lembrança de momentos compartilhados com Antoni, meu coração se apertava com uma mistura de felicidade e insegurança.

A base parecia maior e mais vazia do que nunca. O silêncio ao meu redor ecoava o tumulto em minha mente, e eu desejava encontrar uma maneira de resolver essa confusão interna.

As dúvidas giravam em minha mente como um redemoinho. Talvez existisse algo ainda mais obscuro por trás de tudo isso. A mistura de tristeza e raiva começou a se tornar insuportável enquanto eu divagava sobre as possibilidades. Era difícil aceitar o fato de que Antoni havia buscado apagar meus sentimentos, como se eu fosse incapaz de lidar com eles. Aquela atitude me deixava com um sentimento de desamparo, sentindo que minha confiança nele poderia ter sido abalada.

A cada passo que dava, a angústia dentro de mim aumentava. Eu queria entender o que estava acontecendo na cabeça de Antoni e por que ele não havia compartilhado seus verdadeiros sentimentos comigo. As questões me consumiam, e eu sabia que precisava encontrar respostas, pois deixar tudo isso sem solução me levaria à loucura.

Enquanto eu percorria os corredores, pensei em confrontá-lo diretamente, mas temia o que poderia ouvir. Naquele momento meu emocional estava frágil demais para suportar conflitos diretos.

Parei por um instante, olhando para o nada, tentando reunir coragem para seguir em frente. Eu sabia que não poderia ignorar esses sentimentos, nem a verdade que se escondia por trás deles. Eu precisava confrontar Antoni, mesmo que isso significasse enfrentar as consequências de minhas próprias emoções. Mas isso não aconteceria naquele momento.

Finalmente, entrei no meu quarto e tranquei a porta atrás de mim, buscando um momento de tranquilidade para refletir. Sentada no chão, com as costas apoiadas na porta, deixei-me levar pela enxurrada de pensamentos e emoções que me invadiam. As palavras de Hiertha ecoavam em minha mente, trazendo uma sensação angustiante.

— *Você sabe qual é o problema da verdade? Ela nem sempre é como a gente espera, pode trazer tanto alívio quanto decepção.*

Tudo que eu queria naquele momento era segurar a mão da minha avó e chorar um pouco em seu colo. Com certeza, ela teria um chá especial para corações partidos.

Foi então que ouvi a maçaneta da porta sendo forçada. Feliz por ter trancado, respirei aliviada. Meu coração acelerou ainda mais quando reconheci a voz de Antoni do outro lado, carregada de preocupação.

— Any? Você está bem?

Não consegui responder imediatamente, sentindo um nó se formar em minha garganta. Ele percebeu minha hesitação e insistiu:

— O que aquele idiota fez?

As palavras ficaram presas em minha garganta. Tudo o que eu desejava naquele momento era que ele fosse embora e me deixasse em paz.

— Mas o que está acontecendo?

Ouvir a voz de Nara foi um alívio, de repente estar sozinha com Antoni, mesmo havendo uma porta entre nós, ficou sufocante demais.

— Eu também não sei, Nara. Hiertha falou alguma coisa que a deixou triste... Eu acho. Ele não quis me dizer o que foi, falou que só ela pode contar — explicou, parecendo vencido. — Mas sinto que isso não vai acontecer, pelo menos não agora. Vou deixar vocês conversarem. Pode me chamar se precisarem de mim.

Alguns segundos depois ela falou:

— Any, pode abrir. Ele já foi.

Abri a porta para minha amiga e depois voltei a trancá-la. Joguei-me sobre uma das camas e escondi o rosto e os olhos inchados com as mãos.

— Nara, obrigada por se preocupar, mas eu estou querendo ficar um pouco sozinha.

— Ótimo, eu também quero. Essa festinha está bem mais ou menos. Vou ficar aqui quietinha, prometo — disse ela já se acomodando na outra cama baixa.

Suspirei profundamente, tentando encontrar alguma clareza em meio à confusão.

— Eu não quero atrapalhar os seus pensamentos, mas se estiver acontecendo alguma coisa entre você e Antoni, eu quero dizer que já sabia e superaprovo...

— Não está — garanti, interrompendo-a.

— Mas sabe que você gosta dele, não é? — indagou insegura. — E ele de você.

— Não, ele não gosta — respondi, inspirando profundamente para acalmar meu coração acelerado. — Hiertha, aquele bruxo esquisito, me enfeitiçou e fez com que eu revelasse o que estava guardado dentro de mim, tentando evitar complicações. Mas pronunciar em voz alta o que sinto me perturbou... profundamente. Sinto que agora eu não posso mais me enganar. Isso foi uma sacanagem — revelei, tirando as mãos do rosto e quase achando graça das minhas próprias palavras.

Nara, minha amiga de confiança, me observou com expectativa.

— Você quer que eu adivinhe o que está rolando ou prefere me contar tudo logo de uma vez?

Sentei-me na ponta da cama, lançando um sorriso resignado para Nara, sabendo que ela não se contentaria com meias palavras.

— Sim, é sobre Antoni. Sabe... Sempre o considerei apenas um amigo, um companheiro de missão. Mas agora... percebi que o que sinto por ele vai além disso. É uma mistura intensa de emoções, confusão e medo. Eu acho que... estou me apaixonando por ele.

Nara arqueou as sobrancelhas, surpresa.

— E você só percebeu isso hoje?

— Na verdade, não. Quando você mencionou que parecia estar com ciúmes da Alamanda, percebi que estava certa. E, em Elíria, um dos medos projetados em mim foi justamente o receio dos meus próprios sentimentos. Quando a gente é abandonada pela própria mãe fica uma marca, um constante medo de me abrir e ser deixada novamente. É difícil explicar.

Nara assentiu.

— Eu entendo, Any. Mesmo para quem não teve esse trauma, é difícil aceitar os sentimentos e se abrir. Para você deve ser muito mais complicado.

Eu não consegui dizer nada. O nó estava na minha garganta de novo.

— Também se sentiu assim com Santiago? — Nara quebrou o silêncio.

— Isso foi diferente. Com San foi intenso de um jeito repentino e rápido demais, mas foi só uma atração. Não alcançou a parte mais profunda, eu sabia que não era algo permanente.

— Deve ter sido o canto do lobo. Ele me falou sobre isso quando estávamos juntos na fenda. Conversamos sobre várias coisas. É quase como o canto de sereia, não chega a enfeitiçar, mas causa uma espécie de fascínio em algumas espécies. Pode ter sido o seu caso, não que ele soubesse disso, na verdade, ele só me contou sobre algumas lendas antigas que evolviam a sua espécie e nem consideramos isso na ocasião, agora que você falou foi que eu lembrei — justificou-se ela, com a voz insegura novamente.

— Eu não sabia disso, mas pode ser. Foi bem estranho mesmo como me encantei pela voz dele.

— Sobre Antoni, eu já percebi isso faz tempo, só estava esperando vocês se acertarem, porque é obvio que ele também tem sentimentos por você.

A sensação de medo e incerteza só aumentou com as palavras dela.

— Sim, ele tem, mas talvez não da forma como imagina. Ele cuida de mim porque fez uma promessa à minha mãe. Talvez eu seja apenas como uma irmã mais nova para ele.

Nara franziu a testa, discordando.

— Acho que não está pensando direito, amiga. Você já reparou como ele olha para você? Aquilo não parece nada com o olhar de um irmão.

Suspirei, sentindo o peso das palavras de Nara. Sabia que precisava confrontar meus medos e encontrar clareza, mas o processo era assustador, porque ao mesmo tempo em que fazia sentido o que ela falava, também podia ser uma percepção errada. Não é difícil confundir atenção e cuidado com outro tipo de sentimento.

— Eu sei... Já reparei. Seus olhos têm um brilho especial, um jeito diferente de olhar para mim. Mas e se for apenas amizade, proteção? E se eu estiver interpretando tudo errado?

Nara olhou diretamente em meus olhos, transmitindo confiança e convicção.

— Any, você precisa confiar em seus sentimentos. Eu vi como se preocupam um com o outro, estão dispostos a dar suas vidas para se protegerem, literalmente já fizeram isso. Existe uma conexão única entre vocês, algo que vai além da amizade. Não deixe o medo impedi-la de explorar essa possibilidade. Você merece ser feliz.

— Você não entende.

As lágrimas voltaram a inundar meus olhos, enquanto eu lutava para contê-las.

Talvez eu estivesse me tornando uma pessoa grudenta e chata, ou talvez Antoni não quisesse que eu sofresse ao saber que meus sentimentos não eram correspondidos. Talvez ele não tivesse coragem suficiente para dizer a verdade. O que seria covardia e um gesto radical demais buscar um feitiço só para se afastar de mim.

Eu precisava organizar essas informações antes de contar para ela.

— Eu não sei o que me incomoda mais, se é o medo de assumir tudo o que estou sentindo ou essa incerteza.

— Nara... Any... Vocês estão aí dentro? — A voz de Alamanda ecoou do outro lado da porta, preocupada com o nosso sumiço.

Nara olhou para mim, buscando minha aprovação antes de abrir a porta. Eu assenti, permitindo que Alamanda entrasse.

— O que está acontecendo? — perguntou Alamanda, preocupada, quando me viu em lágrimas.

Antes que eu pudesse responder, Nara tomou a palavra e resumiu a situação. Em um instante, Alamanda se aproximou e me abraçou, exercendo seu dom de trazer tranquilidade. Depois, sentou-se ao meu lado e franziu a testa, tentando processar todas as informações.

— E mais alguma coisa? — perguntou ela, curiosa. Nara e eu permanecemos em silêncio. — Alany, você não estaria desse jeito porque descobriu que está apaixonada, o que, aliás, você já sabia.

Respirei fundo e decidi compartilhar a triste história das minhas lembranças em conflito com a realidade. Nara se acomodou, como se estivesse prestes a assistir a um filme.

— Espero que tenham tempo. Bem, quando fugimos do Ministério pela primeira vez, nós nos refugiamos na casa de campo do meu pai. Foi lá que comecei a ter flashbacks de memórias antigas. Vi minha mãe... tão linda. Ela e meu pai conversando, dançando, felizes. Em uma dessas lembranças, eles mencionaram Antoni. Minha mãe dizia que confiava nele para me proteger. Claro que no momento que tive aquele flash eu não sabia que estavam falando dele, só descobri isso depois, quando ele também apareceu nas minhas lembranças...

— O quê?! — interromperam Nara e Alamanda, surpresas.

— Sim, é bastante confuso. Quase não acreditei, mas eu sabia que era real. Essas memórias vinham quando eu olhava para objetos específicos ou para certos cantos da casa. Eram como segredos ocultos. Por algum motivo, esses momentos foram bloqueados em minha mente, minha avó diz que minha mente os suprimiu para me proteger do trauma de não ver mais a minha mãe. Então, depois de ver minha mãe e meu pai em várias cenas, vi Antoni. Nós conversávamos como se fôssemos amigos, ríamos e até corríamos pelo jardim...

— Chocada — disse Nara, sem conseguir conter sua surpresa.

— E não foi apenas uma vez — compartilhei, um sorriso surgindo em meus lábios ao recordar. — Éramos amigos, tenho certeza disso. Quando confrontei Antoni sobre tudo que eu vi e questionei por que ele havia mentido, ele ficou extremamente confuso. Ele não se lembrava de nada disso. Mas confessou que assim que pisou naquela casa, teve a sensação de familiaridade de já ter estado ali. Isso o deixou preocupado. Segundo ele, nunca havia experimentado algo assim antes. Então, deduzi que ambos fomos vítimas de amnésia ou de algum tipo de magia que apagou aquele período de nossas memórias.

Praticamente vomitei tudo e dei um tempo para que elas absorvessem a situação.

— Mas hoje, Hiertha me disse que foi o próprio Antoni quem pediu a ele para fazer um feitiço, para que eu esquecesse de tudo.

Pensei na parte não dita: esquecesse que o amava.

— Como se isso não bastasse, descobri que naquela época eu já gostava dele, e ele sabia. Talvez por isso tenha decidido apagar essas lembranças da minha mente.

Os olhos de Alamanda se arregalaram enquanto ela juntava todos os pontos, então ela perguntou:

— E quando foi isso?

— Ele me salvou naquele dia do acidente que matou meu pai... — Falar sobre isso foi mais difícil do que eu imaginava. Soltei um suspiro e continuei: — Ele me levou para a casa de campo onde ninguém conseguiria me encontrar. O lugar é bem protegido por algum tipo de magia. Ficamos lá por um tempo, eu não sei muito bem quanto tempo, meses eu acho. Eu tinha quatorze anos na época.

Nara interveio, questionando:

— Você não era muito jovem para se apaixonar? Quer dizer... Ele é bem mais velho que você.

— Não funciona assim para os celsus — explicou Alamanda. — Nós amadurecemos mais cedo que os humanos e não encaramos a idade como algum tipo de barreira ou algo que determine e condicione nossos relacionamentos. Até porque nosso tempo de vida é bem diferente também, então, diferença de idade não quer dizer nada. Mesmo assim existem algumas regras, que tenho certeza que ele seguiu — ela finalizou fazendo uma careta.

— Agora eu quero saber quais são essas regras — disse Nara, curiosa.

— Nossa maturidade acontece a partir dos dezessete anos, varia de espécie para espécie, pode acontecer até os vinte, então só depois dessa fase é que podemos...

— Ah, nossa... — Nara caiu na risada. — Entendi, não precisa terminar.

— Vocês não entenderam, Antoni e eu não tivemos nada, acho que eu me apaixonei por ele tipo uma paixão platônica, sabe? Coisa de criança. Uma menina que se apaixona pelo homem que salvou sua vida.

— O que é muito normal, ele foi seu salvador, protetor e tudo mais. Só não vou dizer que acontece o tempo todo nos filmes, porque sua vida é muito mais emocionante do que qualquer roteiro que eu já vi. — Nara estava animada, o que contrastava com minha agonia, mas também trazia um toque de diversão para a conversa.

— Então, mas você disse que ele também não se lembra de nada desse período? — indagou Alamanda, com uma expressão pensativa.

— Ele me contou que se recorda de me salvar e depois acordar em um bar, com ressaca e sem saber como foi parar lá. Mas o que o deixa mais nervoso é o fato de que, do dia em que me salvou até quando acordou naquele bar, se me lembro bem de suas palavras, passaram-se seis meses. Ou seja, existe um vazio em sua memória, e ele não sabe lidar muito bem com isso. É como se tivesse perdido o controle de sua própria vida por um tempo, e... vocês o conhecem, controle é algo que ele valoriza muito.

— E como ele está com isso? — perguntou Alamanda, intrigada. — Antoni é uma pessoa obstinada. Se isso o incomoda tanto, deve estar vivendo em sofrimento tentando descobrir o que aconteceu.

— Ele está bem, eu acho. Não falamos mais no assunto. Acredito que ele tenha medo do que vai descobrir. Sabe aquele colar estranho que está sempre pendurado no pescoço dele? — Ambas assentiram. — É um amuleto que o protege de qualquer feitiço e ele nunca tira. Então, ele temia que, se tivesse mesmo sido enfeitiçado, devia ter sido uma escolha consciente de sua parte.

— Ah... Agora a história de Hiertha começa a fazer sentido — Nara disse, como se o gatilho do detetive dentro dela tivesse sido acionado. — Antoni é um homem meticuloso, não age por impulso, e isso deve ser um grande dilema para ele. Uma questão atormentadora. Esquecer um período de sua vida e saber que escolheu esquecer... Com certeza há uma razão poderosa por trás disso.

Avaliando a situação delicada de Antoni sobre o tema, realmente não era nada confortável. Foi a primeira vez que o vi perturbado e confuso de verdade, abandonando aquela postura sempre segura e austera. Hoje sei que muito disso é sequela de assumir uma posição de autoridade como general de um clã superpoderoso, mas sei também que a sua personalidade tem um toque de enigmático independente da situação.

— Se eu me lembro bem, ele disse: "parece prudente confiar na minha própria decisão". É mesmo um dilema; descobrir o que aconteceu significa que não confia em si mesmo — considerei.

— Não consigo nem imaginar o quanto isso deve tê-lo angustiado — lamentou Alamanda.

Eu também lamentava por ele, mas... Espere! O que estávamos fazendo?

— Quando ele se tornou a vítima dessa história? De que lado vocês estão, afinal? — perguntei, sentindo uma pontada de frustração.

As duas riram.

— É verdade, vamos voltar ao que importa. Vejamos... — Nara levou a mão ao rosto, pensativa. — Você não pode confrontá-lo sobre isso já que ele não se lembra de nada. Mas...

Minha amiga passou o olhar de mim para a loira sem dizer nada. Seus olhos estavam maximizados, enquanto seus pensamentos voando em sua mente.

— Fala logo — implorei, agoniada.

— Ele não se lembra de nada do que aconteceu antes, então não sabe que você gostava dele. E se, dessa vez, ele realmente está gostando de você? Vocês podem se acertar e esquecer o que passou — articulou ela, sorrindo satisfeita como se tivesse resolvido um mistério.

— Acha mesmo que eu simplesmente consigo esquecer que tudo isso aconteceu? — perguntei, com uma mistura de incredulidade e desânimo.

Nara se aproximou, segurou minhas mãos e olhou profundamente nos meus olhos antes de falar:

— Esquecer não é a palavra certa. O que eu quero dizer é que você precisa relevar e seguir em frente. Isso faz parte do passado. Desde que tudo começou, sua vida virou de cabeça para baixo e você não teve um momento de paz. Mas você merece isso.

— Bem, agora você me lembrou de mais uma coisa... muito importante, na verdade. Nós não conseguimos nos tocar — revelei, envergonhada.

Alamanda coçou a cabeça, confusa, e Nara apertou os olhos, esperando que eu explicasse melhor.

— Sempre que nossa pele se encosta, não importa como, sentimos um choque. No começo, pensei que só eu sentia, mas descobri que acontece com ele também. É como se nos repelíssemos. É loucura, eu sei, mas é verdade.

Nara, que estava agachada na minha frente, deixou o corpo cair no chão e se sentou no piso frio.

— Caramba! Você podia ter me contado isso antes de eu criar todas essas esperanças. Minha mente bugou. Agora tenho duas imagens formando em minha cabeça: uma de vocês se abraçando e outra com um raio caindo entre os dois Expectativa e realidade — dramatizou, simulando um desmaio.

— Isso, com certeza, tem relação com o feitiço — afirmou Alamanda. — Vamos ter de descobrir o que aconteceu, ele querendo ou não.

— Vocês são muito otimistas — disse, reconhecendo o esforço que faziam para me animar. — Eu sei que pode ter um clima entre a gente, mas isso não significa necessariamente que seja algo romântico. Eu sou apenas uma amiga com quem ele tem uma grande proximidade há bastante tempo. Tempo demais, por sinal. Mas ele tem uma vida além de mim, além dessa confusão em que nos metemos. Quando estive no submundo com ele, percebi o quanto faz sucesso com as mulheres e ainda tem essa história de ter um amor do passado retornando...

Respirei fundo, passado o choque depois de ouvir as palavras de Hiertha, eu precisava enfrentar a realidade.

— Vocês sabem que quando conseguirmos salvar minha mãe e Seretini, eles podem... resolver o que quer os tenha separado. E agora que estou mais calma, reconheço que ele merece ser feliz também. — Dei de ombros.

— Mas...

— Se não se importam eu estou cansada desse drama — interrompi Nara antes que começasse com uma enxurrada de frases motivacionais. — Eu estou bem, sério! — garanti para ela sorrindo. — Espero que a fada da paz não tenha nada a ver com isso, mas me sinto muito melhor depois de toda essa conversa — sorria para Alamanda. — Pensando friamente, tudo isso tem que ter uma explicação razoável. Ainda quero descobrir o que aconteceu, mas não quero criar expectativas, está bem? Não espero nada além da verdade.

— É isso aí! — comemorou Nara, divertindo-nos.

— Concordo. Precisamos investigar o feitiço que Hiertha mencionou e entender como ele afetou vocês dois. Talvez possamos encontrar alguma pista nas memórias bloqueadas de Antoni ou tirar mais informações do feiticeiro — sugeriu Alamanda, com sua sabedoria e conhecimento sobre o mundo mágico.

— Pelo menos uma coisa Hiertha fez de bom — avaliou Nara. — Conseguiu fazer com que assumisse seus sentimentos para você mesma. Se eu a conheço, e é claro que conheço, arrastaria isso até o limite, fingindo não ser nada demais, mentindo para si mesma até que ficasse insuportável.

— Ah, claro! Preciso agradecê-lo por me trazer um sofrimento que até então eu estava ignorando — ironizei.

— Ignorando, não. Retardando. A gente sabe que mais cedo ou mais tarde isso aconteceria. Pense que quanto antes algo começa, antes termina — concluiu ela, sorrindo.

Não pude mais rebater. Ela não estava errada, afinal.

Não fosse o feitiço de Hiertha eu continuaria a fingir que tudo o que estava sentindo não mudaria nada, que sentir os saltos do meu coração toda vez que me aproximava de Antoni ou os arrepios na espinha quando ele falava tão peto que podia sentir o ar quente que saía de sua boca, não significavam nada. Embora Elíria tenha me mostrado todos esses medos limitantes, ainda assim, mesmo consciente, era difícil se abrir de uma hora para outra.

Caminhar por aquele caminho de sentimentos era assustador e desconhecido para mim. Eu me questionava se estava pronta para enfrentar as consequências e as incertezas que poderiam surgir ao me entregar a esses sentimentos intensos por Antoni. Não sabia se eu tinha coragem suficiente para lidar com possíveis rejeições, com a vulnerabilidade que acompanha uma paixão. Nem sequer poderia confiar em minhas habilidades quando o assunto era Antoni.

Como disse minha avó, os sentimentos confundem até nossas percepções.

A parte racional dentro de mim tentava me convencer de que era apenas uma fase passageira, uma atração momentânea. Mas as batidas aceleradas do meu coração e a alegria contagiante que sentia ao estar perto dele contradiziam qualquer tentativa de negação. Era como se o Universo estivesse sussurrando ao meu ouvido que havia algo especial entre nós e eu não quisesse ouvir.

Mas, mesmo com todas as dúvidas e receios, eu não podia simplesmente fingir que nada tinha mudado. Aquelas emoções pulsantes eram reais, e eu precisava confrontá-las. Talvez o caminho não fosse tão curto ou fácil como eu gostaria, mas eu estava disposta a percorrê-lo, a explorar essa jornada emocional e descobrir a verdade por trás de meus sentimentos.

Era assustador, sim, mas também era uma oportunidade de crescimento, de descobrir mais sobre mim mesma e de buscar a felicidade que mereça. Afinal, essa era uma jornada que valia a pena, uma jornada em busca da minha própria felicidade, de autoconhecimento e, talvez eu até cruzasse com o amor pelo caminho. Não se tratava se encontrar a felicidade no outro, sim, encontrá-la dentro de mim. E eu só conseguiria me livrando das incertezas que me reprimiam.

— Parece que amanhã será um dia cheio — pensei alto.

— Com certeza! Amanhã começa a investigação mais importante de todas — Nara concordou, encenando a narração de uma chamada para um filme.

Eu assenti, sentindo um misto de esperança e animação crescendo dentro de mim.

Pelo avançado das horas, teríamos pouco tempo para descansar antes que o sol nascesse nos lembrando de que estávamos há um dia do 4 de julho.

— Podemos descansar agora? Hoje não quero sair daqui de dentro.

Capítulo 23

No dia seguinte acordei com um misto de nervosismo e curiosidade. Sozinha no quarto, sentei-me na cama e me espreguicei, calculando meus próximos movimentos. Torcendo para que Nara e Alamanda não tivessem feito nada de idiota. Troquei de roupa e segui para o refeitório, onde as encontrei à mesa com Will e Beni, em uma conversa animada.

Com olhares cúmplices as duas sorriram para mim e eu me sentei em silêncio para não atrapalhar a conversa. Estava concentrada em minha xícara de café quando a voz às minhas costas fez o meu sangue gelar.

— Você está bem?

Senti que o ar ficou pesado, difícil de respirar. Antoni aguardava uma resposta e eu só queria desmaiar para não ter de encará-lo. Respirei profundamente, buscando uma tranquilidade que não tinha.

Virando a cabeça para observá-lo sobre o ombro, obriguei-me a sorrir.

— Estou, sim, obrigada!

— Pelo visto, todos perderam a hora hoje — disse casualmente, sentando-se ao meu lado.

— Parece que sim, estamos todos um pouco dispersos hoje. Talvez a animação da conversa tenha nos distraído do tempo — concordei, concentrada na xícara entre as minhas mãos.

Ele sorriu e seus olhos brilharam, transmitindo uma mistura de curiosidade e preocupação.

— Bem, se precisar conversar ou desabafar sobre qualquer coisa, saiba que estou aqui. Sempre estarei aqui para você, Any.

Suas palavras me atingiram em cheio, revelando sua preocupação genuína.

Agradeci com um sorriso tímido, incapaz de formular palavras naquele momento. A tensão entre nós era visível, pelo menos para mim, mas também havia um sentimento de serenidade e confiança entrelaçado a ela.

Nara e Alamanda, percebendo o clima, decidiram dar um espaço para nós dois, levantando-se e se afastando em direção a outros amigos. Ficamos então a sós à mesa, imersos em um silêncio, estranhamente confortável.

Olhei para Antoni e percebi a intensidade em seu olhar. Pela primeira vez, desde o dia em que o vi pela primeira vez, percebi que ele estava lutando para encontrar as palavras certas. Um momento de tensão e expectativa se colocou entre nós, até que finalmente quebrei o silêncio.

— O que foi que Hiertha contou? Sobre ontem — perguntei, meu olhar cheio de expectativa.

— Não adiantaria tentar mentir para você, então... Ele não quis me dizer, apenas revelou que você agora sabe mais do que eu, e que se eu quisesse respostas deveria procurar por você. — Terminou elevando as sobrancelhas. — Parece que estou em suas mãos agora.

Sorri novamente, sentindo um misto de alívio e gratidão. Hiertha talvez não fosse alguém tão inescrupuloso, afinal.

— E você está bem com isso? Sabendo que não está no controle — perguntei, com uma curiosidade genuína.

Ele não respondeu de cara. Ficou fitando a própria mão e depois sorriu, achando graça de algum pensamento preso em sua mente. Fazendo-me sentir inveja da habilidade de Willian.

Quando finalmente ergueu os olhos, havia um brilho diferente neles, então ele respondeu:

— Não, eu não estou bem com isso.

A resposta de Antoni me pegou de surpresa, pois revelou uma faceta vulnerável que eu raramente testemunhava nele. Seus olhos refletiam uma mistura de tristeza e frustração, como se estivesse compartilhando um segredo que o atormentava profundamente. No entanto, apesar dessas emoções conflitantes, um sorriso brincou em seus lábios, transmitindo uma sensação reconfortante.

Enquanto eu absorvia suas palavras, uma compreensão mais profunda florescia entre nós. Por trás de toda a fachada de controle e força, havia uma honestidade compartilhada, uma confiança mútua que nos ligava.

— Você já me disse que não confia em Hiertha, mas não é o que parece agora — comentei, buscando entender melhor sua perspectiva.

Antoni assentiu com naturalidade em sua expressão.

— Hiertha é um homem misterioso, envolvido em tramas obscuras com os piores tipos de celsus e humanos. Além de seu envolvimento com a magia maligna, é claro. Mas, apesar disso, temos uma história. E, sejamos sinceros, com raras exceções, eu não confio em ninguém.

Isso era verdade, ele sempre foi cauteloso ao extremo com todos, por isso estranhei quando o vi receptivo com Alamanda, quando ainda nem a conhecíamos direito. Claro, também tinha a questão do ciúme, mas isso veio depois. Eu absorvia suas palavras, tentando conectar os pontos da história de Hiertha. A curiosidade em relação a sua dualidade como metamorfo e bruxo era algo que me intrigava.

— Também me disse que ele é um metamorfo, então, como pode ser um bruxo também?

Antoni sorriu, encontrando graça em algum pensamento que parecia brincar em sua mente. Talvez eu estivesse excedendo os limites de perguntas do dia.

— Digamos que a curiosidade incessante de Hiertha pela magia o levou a buscar um caminho perigoso. Acho que ele não imaginou o preço que teria de pagar por isso. Ele buscou o conhecimento de bruxos e bruxas em várias partes do mundo, como se a sua essência metamórfica não bastasse.

As palavras de Antoni ecoando as advertências que eu já havia recebido sobre a magia maligna e a relação entre os dois. A história de Hiertha parecia confirmar essas preocupações.

— Tituba me disse algo assim, também falou que ele fez um pacto com o diabo.

Antoni soltou uma risada leve.

— Eu diria que isso é um pouco exagerado. Hiertha era um jovem obcecado por feitiços, e não sossegou até conseguir manipular a magia. Talvez por carregar essa essência de metamorfose em seu DNA, ele nunca se contentou em ser apenas... ele mesmo. Movido pelo desejo de se superar, buscou a ajuda de diversos feiticeiros ao redor do mundo. No fim, conseguiu transformar sua habilidade, expandindo sua essência e criando uma nova conexão. Muitos duvidam dessa história até hoje, acreditando que ele seja apenas um bruxo alucinado, que nunca foi metamorfo.

Ele deixava transparecer um toque de admiração em sua voz.

— Mas você acredita — constatei.

Antoni assentiu com convicção.

— Sem dúvida alguma. A magia maligna abre muitas portas, mas não permite que você as feche quando se cansar da brincadeira. Hiertha se aprofundou tanto em seus estudos e experimentos que ultrapassou os limites do que era reversível. Embora ele reconheça as consequências de suas ações, ele carrega um único arrependimento. Ao desafiar as regras dos celsus, ele perdeu sua conexão original, sua parte metamórfica se extinguiu, levando parte de sua força no processo — explicou, revelando certa melancolia em suas palavras. — Reparou como ele é evasivo e quase nunca está onde todos estão?

Assenti com um movimento silencioso.

— Ele precisa se retirar e se reabastecer periodicamente. Já não possui a mesma vitalidade de antes. Ele diz que quando sua essência morreu, algo dentro dele também começou a morrer — acrescentou Antoni, com uma mistura de compreensão e tristeza em sua voz.

— Você o conhece muito bem. Quanto tempo ficou com ele? — perguntei, ansiosa por entender essa relação estranha de amizade e desconfiança.

Antoni refletiu por um momento, como se mergulhasse em lembranças distantes.

— Alguns anos. Ele me ensinou muita coisa, devo a ele estar livre da influência do clã, assim como Rick e Beni. No entanto, somos plenamente conscientes da natureza elusiva de Hiertha. Sempre mantemos os olhos bem abertos — assegurou.

A vida de Hiertha começava a se revelar diante de meus olhos, mostrando um homem atormentado por suas escolhas e perdas. Era um retrato complexo, que despertava em mim um misto de compaixão e fascínio; e dúvidas.

— Esse súbito interesse sugere que ele tenha revelado algo muito importante — considerou ele.

Como sempre, analisava o contexto da nossa conversa com muita atenção, e, mantendo a hábito, ele estava certo.

— Tem razão, mas é muito mais sobre mim, você não precisa se preocupar. Hiertha me fez perceber e dizer coisas que já estavam dentro de mim, e por alguma razão, eu ainda não tinha compreendido ou aceitado. Tenho muitos medos escondidos, que me assombram como fantasmas — confessei, sentindo-me vulnerável, quase me encolhendo na cadeira.

Antoni estreitou os olhos, absorvendo as palavras e concordando com elas.

— Eu sei. Conheci alguns deles nos seus sonhos — brincou, provocando-me com os olhos arregalados.

— O que de tão pavoroso você viu em meus sonhos?

— É difícil dizer, difícil entender... Mas seus sonhos são um labirinto entre o que é real e o que é ilusão. Eles vacilam na fronteira entre o sonho e a realidade, como se tentassem enganar sua mente. E, considerando que são produzidos por você, fica ainda mais confuso, como se sua própria mente criasse situações que colocassem em dúvida se você está dormindo ou acordada. Foi uma experiência desorientadora, quase me perdi neles. Algumas vezes.

Um arrepio percorreu minha espinha enquanto ouvia suas palavras. Aquela descrição despertava em mim um sentimento de que não sentia há algum tempo, uma fobia oculta que me acompanhava desde criança. Lembro-me de muitas vezes ter pesadelos terríveis, exatamente com as características que ele descrevia.

A sensação era de uma angústia que eu mal compreendia. Recordava-me vividamente dos momentos em que, mesmo quando pequena, sentia-me presa em pesadelos aterrorizantes. Era como se eu estivesse realmente perdida em uma floresta sombria ou beirando um abismo, tudo era sempre sombrio, desconhecido e perigoso.

No entanto, havia uma constante em meio a esses tormentos noturnos: a presença da minha avó. Lembro-me de como sua mão suave e calorosa tocava a minha, trazendo-me de volta à realidade. Aquele simples gesto era a minha âncora, a conexão que me lembrava da segurança e da proteção que ela me trazia. Sentir o toque reconfortante da sua pele era como uma poção mágica que dissipava meus medos, acalmava meu coração e me transmitia a certeza de que aquilo, sim, era real.

Era incrível como minha avó conseguia suavizar os problemas e afastar tudo o que me assustava. Em momentos de dificuldade, segurar sua mão era como mergulhar em um oceano de pura paz de espírito, onde todas as preocupações e temores perdiam sua força. Ela possui o poder de acalmar minha alma e me infundir com uma sensação de tranquilidade e coragem que antes eu não tinha.

— Eu tenho mesmo esse medo, e não faço ideia da sua origem. Não suporto a ideia de não saber diferenciar o que é sonho e o que é realidade. Se não fosse a minha avó segurando a minha mão em cada pesadelo, o trauma seria muito maior. Ainda, assim esse foi o meu medo explorado em Leezah — confessei.

Meus olhos se enchiam de lágrimas pelas lembranças e a saudade de Eleonor.

— Não tive mais sonhos assim desde então. Tituba e aquele espírito sombrio me ajudaram, talvez mesmo sem ter essa intenção. O fato é que por causa dela, agora consigo diferenciar o sonho da realidade. Você sabia que nos sonhos não existe sombras ou cores em volta das pessoas ou de qualquer criatura? — perguntei, em tom descontraído, trazendo leveza a conversa. — As energias não nos acompanham nos sonhos, porque não importa o quanto sejam assustadores, eles não são reais.

Finalizei, sorrindo entre lágrimas, tentando espantar a saudade que invadiu o meu coração ao pensar em minha avó.

Antoni me olhou com atenção, absorvendo minhas palavras enquanto um sorriso curioso se formava em seus lábios. Aquele momento de leveza e descontração era um alívio bem-vindo em meio a tantas emoções intensas.

— Parece que sempre é possível tirar um aprendizado de cada aventura.

Concordei com um aceno de cabeça, sentindo certo alívio ao compartilhar aquela descoberta com ele. Era bom saber que, aos poucos, estava encontrando meu equilíbrio e aprendendo a extensão das minhas habilidades.

— Eu, por exemplo, acabei de descobrir que não é possível enganar você com alguma ilusão — concluiu.

Antoni se inclinou e passou a mão em meu rosto, enxugando uma lágrima renascente. Senti meu corpo inteiro reagir, além do choque irritante e persistente. Ele intensificou o olhar ao afastar a mão e permaneceu examinando meu rosto.

Nossos amigos, que até então estavam em sua própria conversa, aproximaram-se da mesa, interrompendo o momento quase particular entre nós. O barulho e a agitação voltaram ao refeitório, mas dessa vez eu me sentia mais tranquila. Poderíamos dar andamento a nossa investigação sem que eu precisasse lidar com a saia justa de ter sido exposta. Ter meus sentimentos entregues a ele em uma bandeja era o que eu temia, então só podia agradecer que isso não tivesse acontecido, dando-me mais tempo para processar tudo e declarar o que sentia em um momento oportuno.

— Como eu disse ontem, você tem...

— Sorte — adiantei-me, prevendo suas palavras e tentando aliviar o clima tenso que se instaurava entre nós. — Sempre chega alguém quando a conversa fica desconfortável.

— Desconfortável?

Antoni franziu o cenho, suas palavras deixando claro que não se tratava de desconforto. Seus olhos encontraram os meus e, com um sorriso malicioso, ele se aproximou do meu ouvido, sua voz rouca enviando arrepios pela minha espinha.

— Sua sorte é que se não fossem esses malditos choques, eu poderia dizer que não haveria nada nesse mundo que me impediria... — revelou, deixando as palavras pairarem no ar com um ar de provocação.

Minha respiração falhou por um momento, incapaz de ignorar a eletricidade que tomou conta de mim enquanto eu absorvia suas palavras carregadas de atrevimento. Aquele momento, permeado por um desejo latente, aproximava-nos perigosamente de um limite que poderia mudar tudo entre nós. Não fosse pelo choque que fez arder a pele quando ele passou a mão levemente pelo meu rosto, resvalando seus dedos sobre os meus lábios.

Eu sabia que não existia esse negócio de momento certo, mas eu precisava muito me iludir com essa ideia. Principalmente quando o meu coração batia descompassado, a ponto de sair pela boca a qualquer momento. Ainda que eu tentasse, nenhuma palavra pela minha garganta naquele estado. Precisava mesmo de um tempo. Só um tempinho.

Além do que, não poderia perder essa oportunidade de brincar com sua curiosidade, deixá-lo preocupado, pensando no que mais Hiertha poderia ter me contado, já que o bruxo tinha muita informação pessoal sobre ele, certamente muitas das quais não tinha autorização para revelar.

Nosso caminho para descobrir a verdade por trás daquele feitiço, o que de certa forma, eu esperava que trouxesse luz aos próximos passos que eu daria, se em direção a Antoni ou para longe dele, estava apenas começando. No entanto, de uma coisa eu tinha certeza, independentemente do resultado, nossa amizade continuaria forte.

Antoni e eu nos tornamos uma equipe com uma conexão única, e isso não era fácil de quebrar. Ainda que tudo aquilo fosse apenas uma provocação, um desejo pelo o que ele não podia ter, eu não deixaria que me afetasse a ponto de estragar o que tínhamos conquistado.

Com essa certeza em mente, deixei de lado as preocupações por um momento e aproveitei a companhia dos meus amigos. O futuro poderia esperar. Por enquanto, estávamos juntos e isso era o suficiente.

O momento relaxado terminou quando Rick entrou no refeitório e pediu que fôssemos à sala grande, onde os planos ganhavam vida.

Ao chegarmos, encontramos Nathaniel nos aguardando. Seu rosto sério indicava que havia assuntos importantes a serem discutidos. A sala estava repleta de mapas, papéis e telas com informações estratégicas.

Nathaniel assumiu a posição central e se dirigiu a todos com firmeza.

— Como sabem, amanhã será um dia cheio, mas acredito que se seguirmos o plano meticulosamente, não tem como dar errado.

Will, com seu sarcasmo característico, não perdeu a oportunidade de contestar.

— Não se iluda, sempre tem como alguma coisa dar errada.

Nathaniel não se deixou abalar pelas palavras provocativas, mostrando que sua determinação era inabalável.

— Antes de prosseguirmos, tenho algumas perguntas para Nara. Vamos aguardar a chegada das credenciais com Olívia, que está a caminho, e aproveitaremos o tempo para esclarecer alguns pontos.

— Não entendi. O que quer descobrir sobre ela? — indagou Antoni, agindo de forma protetora, como se Nara não estivesse presente.

— Não vamos a lugar nenhum. Pode perguntar aqui mesmo — determinou Santiago, tão afetado quanto Antoni, partindo em defesa da minha amiga.

— Vocês estão aqui também, não estão? Eu não estou falando que vou levá-la a outra sala para um interrogatório — observou ele, com ar de censura.— São só algumas perguntas, não vou hipnotizá-la nem nada. Acredito que ela seja capaz de responder por si mesma.

— Obrigada, Nat — disse ela, olhando feio para os dois protetores de plantão. Mas o que nos causou espanto foi o grau de intimidade que demonstrou ter com Nathaniel. —Pode perguntar.

Um breve momento de embaraço pairou no ar quando Antoni e Santiago se entreolharam, conscientes de sua atitude anterior, que embora tivesse as melhores intenções, não consideraram a sua vontade.

— Primeiro, gostaria de saber qual é o seu sobrenome? — indagou Nathaniel, mantendo sua postura séria.

Nara respondeu prontamente, mantendo seu semblante curioso.

— Madson.

Avaliando a tela do computador por alguns segundos, ele balançou a cabeça em sinal negativo.

— Não, com esse sobrenome não tem nada. Mas você sabe o sobrenome dos seus avós, certo?

Para auxiliar nas pesquisas, Nathaniel passou um caderno e uma caneta para Nara, solicitando que ela escrevesse os nomes completos de seus avós e bisavós. O que ela lembrasse.

Depois de escrever, ela, imitando o movimento de Nat, empurrou o caderno que deslizou suavemente pela mesa, mas nem sequer chegou perto de Nathaniel. Ela riu da tentativa frustrada e nós a acompanhamos.

O caderno parou no meio do caminho, bem na frente de Antoni, que o pegou e se esticou para alcançar a caneta, fazendo suas próprias anotações. Após escrever algo, ele passou o caderno de volta para Nathaniel.

Enquanto a risada ainda ecoava pela sala, Max, que havia chegado atrasado, se juntou a nós e se sentou com um computador ao lado de Nathaniel.

Curioso, ele perguntou:

— O que eu perdi?

Nathaniel respondeu, lançando a Max um olhar cúmplice.

— Nada de relevante, o sobrenome não está na lista. Precisamos fazer a pesquisa.

— Ok. Vamos começar.

— Tem isso aqui também... Já viu antes? — disse Nat, mostrando o caderno ao amigo.

Diante de um sinal negativo de Max, Nat encarou Antoni e perguntou:

— O que é isso exatamente?

— Vi esse símbolo quando invadi os sonhos da Nara — revelou Antoni, criando um clima estranho na sala.

Todos olharam dele para ela, e depois para mim.

A sala ficou em silêncio, apenas o som do ar-condicionado ecoando no ambiente. O clima carregado de uma tensão misteriosa. Os olhares se entrelaçavam, expressando inquietação e curiosidade enquanto todos processavam a revelação de Antoni sobre o símbolo encontrado nos sonhos da minha amiga.

A revelação de Antoni havia criado um ponto de interrogação coletivo. As perguntas se amontoavam em minha mente, exigindo respostas que pareciam distantes.

No entanto, ao observar atentamente os olhares que se dirigiam a Antoni, percebi que havia algo mais do que simples dúvida em seus olhos. Havia uma sombra de julgamento, como se os presentes se transformassem em juízes improvisados, questionando em segredo as intenções ocultas por trás daquelas incursões nos sonhos de Nara. As suspeitas eram inevitáveis, considerando a fama e a reputação dos íncubos, seres místicos conhecidos por sua habilidade em manipular os sonhos alheios e seduzir suas vítimas durante o processo.

Constatando o mesmo que eu, Antoni fechou a cara ao dizer:

— Vocês são podres. Eu precisava que ela desse um recado a Alany. Embora nada ortodoxo, foi o único jeito que encontrei para fazê-la me escutar. Foi só isso.

— Que símbolo é esse? — perguntou Nara e logo recebeu o caderno para avaliar os rabiscos. — Eu nunca vi isso antes.

— Mas estava lá — garantiu Antoni.

— Posso perguntar o que vocês esperam encontrar com tudo isso? — Nara indagou, preocupada.

Nathaniel assentiu, demonstrando compreensão.

— Talvez não tenha nada, mas como historiador, eu não posso deixar de investigar depois do que ouvi sobre os acontecimentos na fenda e na cela. No mundo oculto nada acontece por acaso, tudo está conectado de algum jeito. Acho que a sua linhagem pode nos dizer alguma coisa que possa explicar esses acontecimentos.

Enquanto ouvíamos as motivações de Nathaniel, Rick entrou na sala com Olívia, trazendo as tão aguardadas credenciais, interrompendo o suspense e dando continuidade às preparações para o dia seguinte.

Passamos o restante do dia entre reuniões para discutir o roteiro do que eles planejaram meticulosamente. Rick era uma pessoa muito metódica e sistemática, tudo tinha de ser perfeito. Precisamos repassar aqueles planos milhares de vezes até que ele se sentisse seguro de que havíamos entendido tudo.

Capítulo 24

O Dia da Independência havia chegado, e com ele a celebração nacional e a tão esperada coletiva do presidente. Por ser evento de grande importância a segurança estaria reforçada, e estávamos contando com isso.

Quando acordei sabia que Antoni e Santiago já não estariam mais na base, eles deveriam se apresentar cedo para se juntarem à equipe de segurança do evento.

Enquanto eu me preparava psicologicamente para realizar minha parte do plano, passei um tempo analisando as coisas que eu havia retirado do Malum. A foto de uma linda árvore ainda não dizia nada. Fiquei olhando para ela por alguns minutos, pensando em alguma mensagem escondida ou algo que ela poderia representar; tudo que eu via era a árvore mais bonita e frondosa que meus olhos já haviam testemunhado.

Com cuidado, coloquei a foto sobre a cama ao meu lado e peguei o colar, segurando-o de forma que ficasse pendurado diante dos meus olhos. Era idêntico ao que Antoni sempre usava em seu pescoço, juntamente com um amuleto que o protegia de feitiços. No entanto, o objeto em si parecia extraordinariamente comum. Um pingente em forma de seta curvada em um semicírculo, preso a uma delicada corrente metálica.

Um sorriso solitário brincou em meus lábios enquanto eu ponderava se deveria usá-lo da mesma forma que Antoni. Na verdade, isso era algo que eu precisava perguntar. Por que ele o usava, mesmo não tendo qualquer lembrança de como ele chegou ao seu pescoço?

Estendi a mão para colocar o colar sobre a cama, juntamente com a foto, mas hesitei e mudei de ideia. Decidi que, se eu o usasse ao redor do pescoço, seria um lembrete constante do que eu queria perguntar a Antoni quando o encontrasse.

Em seguida, peguei a foto em que eu estava feliz ao lado da minha mãe, segurando-a suavemente, relembrando os momentos de alegria que compartilhamos juntas. Enquanto segurava a foto com carinho, deixei minha mente vagar pelos preciosos momentos de felicidade ao lado de Twilla.

As lembranças me inundaram como uma enxurrada de recordações, trazendo consigo uma mistura de saudade e gratidão, nada de culpa, não mais. Naquela imagem, nossos sorrisos eram sinceros e radiantes, capturando um tempo em que a vida parecia mais simples e cheia de promessas.

A sensação reconfortante da fotografia me fez refletir sobre a importância dos laços familiares e das memórias que compartilhamos. Aquela imagem era um tesouro, uma âncora que me conectava ao meu passado e me impulsionava para o futuro.

A leveza com que eu passei a encarar minha vida e tudo pelo que vivi destravou mais algumas lembranças.

Ao fechar os olhos, pude reviver algumas das experiências mais marcantes que compartilhei com minha família. Cada risada, cada abraço, cada conversa... Todas aquelas lembranças eram como uma bússola, guiando-me em direção ao que realmente importava na vida.

Enquanto acariciava a superfície da foto, prometi a mim mesma que faria tudo o que estivesse ao meu alcance para trazer minha mãe de volta, para desvendar os segredos que nos separaram e para descobrir a verdade por trás de tudo isso. Era uma jornada cheia de incertezas, mas eu estava determinada e confiante.

Com a foto firmemente segura em minhas mãos, coloquei-a cuidadosamente ao lado da outra, com a árvore, sobre a cama. Ela seria um lembrete constante de que, não importa os desafios que a vida trouxesse, eu sempre teria um lar em minha família, um lugar ao qual eu pertencia e onde era amada incondicionalmente. E esse lugar não era algo físico, uma casa ou uma cidade, era o refúgio da alma que encontro em cada lembrança, em cada abraço apertado, em cada olhar cúmplice e em cada palavra de encorajamento. Era a conexão profunda que transcende a distância o tempo e até mesmo a vida.

Esse lugar não conhecia fronteiras geográficas, não se prendia a limitações temporais. Ele existia e vivia no meu coração.

Agora, ambos os objetos, com suas histórias e mistérios, se tornaram símbolos da minha busca pessoal, lembrando-me do que estava em jogo e do propósito que impulsionava cada passo que eu dava em direção à verdade.

— Posso entrar? — Nara bateu à porta, anunciando sua entrada.

— Claro! Estou apenas... — Limpei as lágrimas. — Arrumando algumas coisas.

Nara se sentou ao meu lado e expliquei que aquelas eram as coisas que estavam dentro do Malum. Objetos que minha mãe deixou para mim. Ela pegou as fotos e ficou um tempo admirando Twilla.

— Ela é linda!

— Sim, ela realmente parece uma rainha — completei, sorrindo e lutando para impedir que as lágrimas voltassem a cair.

Depois Nara pegou a foto da árvore e observou por alguns segundos.

— O que é isso?

— É uma árvore.

— Não me diga! — rebateu ela e sorrimos juntas.

— Eu não sei. Estava na caixa, mas é só uma árvore para mim.

— E o que quer dizer essa frase?
— Frase? — Olhei para a foto novamente. — Onde você está vendo frase?
— Aqui em baixo, olha.
Nara apontou para as raízes da árvore, mas eu não via palavra nenhuma.
— Sério, eu não vejo nada aí.
— Não é possível. Tem uma caneta aí nessa bolsa?
Por sorte tinha uma. Ela então escreveu no verso da foto o que viu escrito.
"Tús agus deireadh"
— O que significa isso? — perguntei.
— Eu não tenho a menor ideia — respondeu, colocando a foto sobre a cama. — O que mais tem aí?
A última coisa que estava na caixa era a carta que minha mãe havia escrito para mim. Eu a retirei do compartimento que havia guardado dentro da minha bolsa, mas não quis voltar a lê-la. Seria um novo gatilho para as lágrimas, algo que eu não precisava naquele momento. O dia pedia coragem, não tristeza.
— Posso ver? — perguntou Nara, quando me viu colocar a carta de lado.
— Claro! Minha mãe a deixou antes de partir.
Nara leu em silêncio, e percebi que sua energia começou a mudar. Era impossível ler aquela carta e permanecer impassível, especialmente com palavras tão poderosas, que carregavam uma tristeza quase palpável através do papel.
Conforme Nara avançava na leitura, suas expressões faciais iam se transformando, revelando uma mistura de compaixão e emoção. Seus olhos percorriam cada linha cuidadosamente, absorvendo as palavras carregadas de significado e afeto materno.
Enquanto ela lia, eu observava atentamente sua reação, captando as nuances de emoção que transpareciam em seu rosto e me sua energia. A tristeza emanava das entrelinhas, mas também havia uma profunda dose de amor e esperança.
Quando Nara finalmente concluiu a leitura, seus olhos encontraram os meus, e havia uma intensidade em seu olhar, uma conexão instantânea de compreensão mútua. Ela se levantou e me abraçou com ternura, transmitindo seu apoio e solidariedade em um gesto silencioso.
Ficamos ali, abraçadas, compartilhando o peso das palavras daquela carta, enquanto o amor materno se entrelaçava com a amizade que nos unia. Nara entendeu a importância desse legado deixado pela minha mãe, e eu me senti grata por ter alguém ao meu lado para compartilhar essa jornada de descoberta e superação.
A carta era um lembrete constante do amor incondicional que minha mãe me dedicava e da força que ela me transmitia, mesmo de longe.
Batidas à porta nos fizeram desatar o abraço. Olhamos em direção do som e avistamos Alamanda parada, sorrindo.

— O que eu perdi? — indagou, aproximando-se.

— Só estava olhando as coisas que a minha mãe deixou para mim. Não é nada demais, são fotos um colar e essa carta.

Nara esticou o braço e entregou o papel para a loira, talvez ela quisesse ler também. Eu não impedi. Alamanda já ocupava um lugar importante em minha vida, importante demais para não a considerar uma amiga.

Enquanto Alamanda lia em silêncio, Nara parecia pensativa. Eu conhecia aquele olhar, aquela energia. Seu modo Sherlock estava ativado. Observadora como sempre, extraiu um papel do bolso e o examinou com atenção. Seus olhos se fixaram em algo escrito ali, e sua expressão se tornou cada vez mais séria.

— Any, como você sabe que foi a sua mãe quem escreveu essa carta? — questionou.

— A carta estava na caixa que ela me deixou. Parecia óbvio... — murmurei; minha voz carregada de dúvidas.

— Mas não está assinada — ela observou.

— Não acho que isso seja relevante. Você leu carta...

De repente, aquela conversa começou a me incomodar.

Então, Alamanda quebrou o silêncio, sua voz insegura revelando apenas uma frase carregada de dúvida:

— Princesa das Sombras...

Levantei-me da cama e olhei para as duas, arrependo-me de ter compartilhado com elas aquelas memórias.

— Qual o problema de vocês?

— Outra pessoa te chamou por esse apelido. — Alamanda hesitou, então concluiu em uníssono com Nara: — Antoni!

Espantadas, Alamanda e eu olhamos para Nara. Ela não estava na cela quando libertamos Antoni e ele me chamou por esse apelido, dizendo ter sido isso que o alcançou nas profundezas da escuridão onde estava.

— Você contou isso para ela? — perguntei a Alamanda, que negou sem precisar dizer nada.

— Eu poderia aproveitar esse momento e dizer que sou uma gênia da investigação, mas a verdade é que ouvi quando falou sobre isso com Antoni, no carro — confessou com uma careta. — Mas esse não é o ponto. A questão é que eu suspeito que não tenha sido sua mãe quem escreveu essa carta... Pronto, falei! — descarregou; a voz cheia de tensão.

Então, ela me estendeu o papel em sua mão.

Era a folha do caderno usada para escrever os nomes de seus avós e onde Antoni desenhou o símbolo que disse ter visto em seus sonhos. Junto ao este ele escreveu: "pesquisa isso também". O formato da letra P era incomum demais para ser apenas uma coincidência.

Imediatamente me lembrei das palavras de Eleonor, quando nos despedimos em Leezah e senti meu corpo formigar. O que ela sussurrou ao meu ouvido quando nos abraçávamos na despedida, fazia muito sentido agora:

— Querida, a letra nesta carta, não é a mesma da que está dentro da caixa, tome cuidado!

Meu coração deu um salto em meu peito, e um frio subiu pela minha espinha como uma corrente de eletricidade. A revelação era como uma faca afiada, rasgando minhas crenças mais uma vez. O mundo ao meu redor parecia girar em câmera lenta, enquanto a realidade se desvanecia diante dos meus olhos.

— Ah... Meu Deus!

Alamanda me entregou a carta. Dessa vez, senti uma enorme necessidade de lê-la novamente. Com as mãos trêmulas, segurei o papel e lentamente comecei a decifrar cada palavra escrita ali. Cada frase era como um golpe direto no meu peito, arrancando o ar dos meus pulmões.

Enquanto a leitura avançava, minha respiração se tornava pesada, falha. Meu coração parecia fora de controle, suas batidas ecoando em todas as partes do meu corpo. Fechei os olhos, buscando desesperadamente acalmar a tempestade emocional que rugia dentro de mim. A brisa suave de Alamanda me envolveu, trazendo um breve alívio em meio ao caos. Agradeci silenciosamente por seu apoio.

Com a carta ainda em minhas mãos trêmulas, respirei fundo e comei a ler, sabendo que aquelas palavras teriam um significado completamente diferente de antes.

"Talvez você nunca entenda o que aconteceu, e talvez eu também não. Só preciso que saiba que não tive escolha. Não a estou abandonando, ou talvez esteja, mas nunca foi minha intenção. Você é, de longe, a melhor coisa que já me aconteceu.

Você é a única possibilidade de felicidade para mim, jamais terei uma vida completa sem você segurando minha mão, correndo comigo pelo jardim, dançando na chuva ou me olhando com tantas perguntas escondidas atrás de um brilho intenso e quase infantil.

Sinto um amor que não imaginava existir até ter você tão perto. É tão grande... Quase do tamanho da dor que sinto só de pensar em me afastar. Jamais faria isso se não fosse preciso.

Só queria que soubesse que você é meu sol, e eu sei que viverei na escuridão de agora em diante, apesar de estar fazendo a coisa certa. Mas isso não importa desde que você esteja segura.

Eu a amo demais para suportar saber que estando por perto coloco você em perigo. Meu maior desejo é que tenha uma vida feliz.

Você será sempre minha princesa das sombras."

Lágrimas se formaram em meus olhos enquanto eu relia cada frase, sentindo uma mistura avassaladora de emoções. A última frase da carta me fez sorrir e chorar sem reservas ou medo de parecer ridícula.

A carta era uma prova de que o que tivemos no passado era real, mesmo que ele não se lembrasse disso agora. A dor da separação que

Antoni sentiu ao escrever aquelas palavras reverberava em cada linha. Eu podia sentir sua luta interna, sua angústia ao ter de se afastar.

Era um amor inegável, intenso, e agora eu precisava descobrir o que de fato o fez tomar aquela decisão.

Enquanto processava essa nova revelação, algo dentro de mim começou a se aquecer. Era como se um fogo ardente tivesse sido aceso em meu peito, preenchendo cada espaço vazio com um sentimento avassalador. Até ontem, eu nem sabia o que sentia, e agora me via diante de um amor intenso, um amor que não cabia dentro do meu peito.

Apesar de toda a confusão dos feitiços e dos esquecimentos que nos cercavam, sentia-me incrivelmente feliz. Sentia-me leve, como se estivesse flutuando nas nuvens.

Sabia que havia um risco de que todo o amor dele tivesse desaparecido com suas lembranças, mas, por enquanto, eu me permitia afundar nesse sentimento intenso e maravilhoso. Talvez pudéssemos criar novas memórias juntos, refazer nossa conexão perdida e encontrar o caminho de volta para o que tivemos.

Com a carta ainda apertada em minhas mãos, olhei para as minhas amigas, cujos olhares eram cheios de compreensão e apoio. Elas estavam ao meu lado durante todo esse processo, incentivando-me a buscar respostas e a não desistir.

— Muitas coisas fazem sentido agora — falei; minha voz embargada. — Ainda mais do que antes, preciso saber o que ele sente, o que restou ou... o que se foi junto da sua memória. E por que ele foi embora.

— Com certeza, aconteceu alguma coisa muito importante para que ele tenha se afastado desse jeito — comentou Nara, ecoando meus pensamentos.

— Uma pena que ele não esteja aqui agora — lamentou Alamanda.

— Essa missão nunca foi tão esperada — falei, sorrindo. — Logo vamos encontrá-lo e não quero criar muitas expectativas. Quando concluirmos a missão, eu falo com ele. Um passo de cada vez,

Concluí tentando aplacar minha própria ansiedade.

À medida que nos aproximamos da Casa Branca, senti uma mistura de expectativa e ansiedade borbulhando dentro de mim. Uma credencial de imprensa e um documento que representava a minha identidade e afiliação à empresa de comunicação eram minhas únicas armas para conseguir acesso.

Ao chegar à entrada principal, fui recebida pelos agentes de segurança, cujo olhar afiado analisava minuciosamente a minha credencial. Uma pontada de nervosismo me pegou enquanto aguardava a aprovação. Felizmente, eles rapidamente confirmaram a autenticidade e me permitem avançar.

Seguindo em frente, uma sensação de excitação percorre meu corpo. Observei os demais repórteres ao meu redor, todos ansiosos para adentrar nos jardins da Casa Branca e testemunhar o evento que estava por vir; pronunciamentos são sempre ótimas fontes de matérias com incontáveis desdobramentos e repercussões. Nós nos cumprimentamos, trocamos algumas palavras sobre as nossas expectativas e nos preparamos mentalmente para uma cobertura muito importante. Pelo menos era o que esperava estar transmitindo quando retribuía sorrisos usando palavras genéricas e ensaiadas.

Enquanto esperávamos o momento de entrar nos jardins, fomos conduzidos por um corredor repleto de fotografias históricas da Casa Branca e dos presidentes que ali residiram. Aquelas imagens despertam em mim um sentimento de reverência, lembrando a grandiosidade do lugar em que estamos prestes a adentrar.

Finalmente, chegamos ao portão que nos levaria aos jardins. Era um portal majestoso, decorado com detalhes arquitetônicos que refletiam a importância e a imponência do local. Ao passar por esse portão, fui recebida por uma visão deslumbrante: extensos gramados verdes, árvores altas e flores vibrantes que embelezam o cenário.

Então, finalmente, fui conduzida para uma área reservada aos repórteres, onde mesas estavam dispostas com equipamentos de trabalho. Enquanto me acomodava, aproveitei a vista panorâmica dos jardins e observei os últimos preparativos para o evento. O pequeno púlpito estava sendo montado, cadeiras eram organizadas para os convidados e a atmosfera estava carregada de expectativa.

Enquanto aguardava o início do evento, observei que os jornalistas estavam mergulhados em suas anotações. A responsabilidade de transmitir ao mundo os acontecimentos que se desenrolarão ali pesava sobre seus ombros, mas também podiam dizer e sentir que estavam em uma posição privilegiada, cobrindo um evento importante em um local tão icônico.

Eles conversavam entre si compartilhando informações de última hora, além de trocarem expectativas sobre o que qual seria o tom e o contexto do pronunciamento, cientes de que testemunhariam um momento histórico.

Conforme o tempo passava e a tensão aumenta, sentia-me envolvida por uma aura de suspense e emoção. Com toda a minha atenção voltada a inspecionar as pessoas presentes, meus olhos percorriam cada rosto em busca de sinais que revelassem sua verdadeira natureza. Meu objetivo era decifrar a verdade oculta por trás das máscaras sociais.

Rick considerou prudente nos separar. Nosso disfarce só funcionaria se estivéssemos distribuídos. Um grupo de jornalistas onde todos os membros eram desconhecidos dos demais, levantaria grande suspeita. Por isso, eu podia ver Alamanda no canto oposto da a área reservada aos jornalistas, observando atentamente os movimentos dos preparativos.

Enquanto eu me ocupava buscando captar qualquer indício de anormalidade, senti uma onda de adrenalina percorrer meu corpo, não era como eu imaginava que seria. Meus olhos viajavam de um celsu para outro, e eles pareciam se multiplicar.

Percebi que o chefe de gabinete do presidente, Otto Smith, elegantemente vestido, conversava animadamente com um convidado que estava no meu radar. Embora o celsu fosse o alvo, Otto foi quem chamou minha atenção. Sua postura confiante contrastava com a tensão que eu sentia pairando no ar. Aparentemente discreto, mas com um olhar penetrante e uma aura que parecia deslocada, confusa, sua energia sugeria que precisávamos observá-lo.

Embora eu tivesse certeza de que não era celsu, meus instintos gritaram para prestar atenção nele. Com cautela, mantive-o sob vigilância, analisando cada movimento, cada interação que ele estabelecia.

Enquanto eu focava minha atenção no homem suspeito, meus companheiros também estavam atentos. Will circulava por entre os poucos convidados. Exibindo um crachá de funcionário da própria Casa Branca, ele se misturava com facilidade, estabelecendo conversas superficiais enquanto mergulhava nas mentes alheias. Seus lábios se curvavam em um sorriso amigável, mas sua verdadeira intenção era extrair informações cruciais que pudessem nos alertar sobre qualquer plano sinistro.

Nara, por sua vez, desempenhava seu papel com graça e carisma. Sentada entre os convidados, ela irradiava uma energia magnética que atraía a atenção de todos ao seu redor. Com sua habilidade de entretenimento, ela criava uma distração, envolvendo os presentes em conversas animadas, ciente do que precisaria fazer quando chegada a hora.

Antoni e Santiago mantinham uma postura vigilante enquanto circulavam o jardim. Vestidos com trajes formais e portando suas credenciais de agentes federais, eles transmitiam uma sensação de segurança e autoridade. Com olhares atentos, eles verificavam cada rosto, cada movimento, prontos para agir caso identificassem qualquer comportamento suspeito, enquanto Beni se misturava aos trabalhadores responsáveis pela limpeza.

À medida que o evento transcorria, eu sentia a crescente tensão no ar. Os convidados pareciam desfrutar da ocasião, rindo e conversando animadamente, alheios à sombra que pairava sobre todos nós. No entanto, eu sabia que, naquele ambiente delicado, qualquer semblante amigável poderia esconder uma ameaça mortal.

Enquanto o sol lançava seus raios dourados sobre o deslumbrante jardim da Casa Branca, eu me movia com uma destreza silenciosa, absorvendo cada detalhe, cada palavra sussurrada, em busca de qualquer indício de perigo.

À medida que vasculhava o ambiente, a verdade se revelava diante dos meus olhos: celsus estavam espalhados entre os convidados, entre os jornalistas e até mesmo entre os seguranças. A descoberta abalou nosso plano, pois não tínhamos previsto a extensão dessa participação.

A capacidade dos celsus de se misturarem à sociedade comum era um sinal de adaptação, um sinal de que não eram mais meros foragidos ou membros de grupos isolados como os insurgentes. No entanto, apesar dessa inserção ser muito positiva para o mundo, isso complicava terrivelmente nossa missão. Esperávamos lidar com poucos celsus, um número que nos permitisse vigiá-los de perto. Mas agora, diante de mim, havia dezenas deles, tornando a tarefa quase impossível para cinco pessoas realizarem.

Ainda assim, por mais celsus que houvesse naquele evento, quem me deixou mais atormentada e com a certeza de que estava tramando algo, era o homem de olhar suspeito, o chefe de gabinete. Busquei por ele novamente entre as pessoas, e, foi apenas um lampejo, mas o suficiente para captar uma centelha maligna brilhando em seus olhos e em volta do seu corpo.

Estava tão concentrada em distinguir celsus de humanos que me esqueci das outras possibilidades. O chefe de gabinete, um homem muito próximo ao presidente, estava colaborando com a missão de Handall, com certeza. Meu coração acelerou e meu rosto devia ter corado de raiva. Eu o segui com os olhos enquanto ele se posicionava próximo à passagem pela qual o presidente caminharia em direção ao púlpito.

E então, meus olhos se fixaram em outro homem que se aproximava daquele ponto.

Sua postura era imponente, e sua presença carregava uma aura intimidadora. Com passos firmes e confiantes, ele emergia do interior da casa e seguia em direção ao local onde o presidente faria seu discurso. Cada movimento era calculado e preciso, como se já soubesse qual era a posição mais estratégica, ideal para obter a melhor visão possível.

Sua presença ali me deixou impaciente.

Vestindo a mesma indumentária dos outros seguranças, ele trocou um cumprimento breve com o chefe de gabinete, mas seus olhares furtivos ao redor, revelavam certa inquietude. Era como se estivesse buscando algo, ou alguém específico, na multidão. A energia que emanava daquele ser não era um mistério para mim; era tão intensa e ardente quanto a de Willian, o que deixava claro que se tratava de um celsu.

Seu porte altivo e sua expressão fechada transmitiam uma presença ameaçadora, e eu sabia que precisava manter meus sentidos aguçados diante dessa ameaça oculta.

"Any..." A voz de Will ecoou em minha mente, rompendo meus pensamentos e roubando minha atenção. "Olhe para cá! Preciso que analise o garçom. Ele está claramente apreensivo, nervoso. Seus pensamentos estão confusos."

Imediatamente, desviei minha atenção para o local indicado por Will.

Ao perceber o sorriso exagerado do garçom para Nara, meus sentidos entraram em alerta. Era difícil enganar alguém que estava acostumada a detectar seres sobrenaturais. As características do homem magro, moreno e com aspecto relaxado não me eram estranhas, e minha mente rapidamente fez a conexão: ele era um metamorfo.

Os metamorfos são seres incrivelmente habilidosos na arte da transformação, mas são péssimos em discrição. Eu sabia que devia agir com cautela. Um metamorfo em um evento como aquele podia significar problemas.

Ele parecia inofensivo, mas a experiência me ensinou que as aparências muitas vezes podiam ser enganosas e seu comportamento sugeria que algo de muito estranho o afetava. Inquieto, ele olhava freneticamente para os lados e oscilava entre a preocupação e tentativa forçada de parecer simpático.

Algo estava errado, algo que escapava à percepção dos demais.

Meus olhos encontraram os de Will e concordei com um aceno sutil. Precisávamos nos comunicar e ele era a chave para isso. Não podíamos portar equipamentos de comunicação ou armas visíveis, então tínhamos que explorar ao máximo nossas habilidades especiais. Will era o nosso dispositivo de comunicação.

"Aquele garçom é um metamorfo e está muito nervoso e ansioso", informei a Will apenas pensando nas palavras.

"Vou ficar de olho nele", ele respondeu.

Continue observando o movimento.

Dessa vez me concentrei na área dos convidados, encontrando um novo reduto de celsus. Contei pelo menos seis, incluindo o garçom atrevido. Pretendia dizer isso a Will, então vi Nara se agitando. Ela se levantou da cadeira e puxou o braço com força, livrando-se da mão daquele garçom. Ele estava perigosamente perto dela, dizendo algo ao seu ouvido com uma intimidade que ele jamais deveria ter.

A lembrança do metamorfo Van, que a abordou naquela fatídica noite em um bar, invadiu minha mente. Recordei como ele estava determinado a levá-la consigo, como se a minha amiga fosse algum tipo de mercadoria. Naquela ocasião, Carol interveio afastado o perigo, mas naquele momento, observando aquele estranho garçom insistindo em tentar tocá-la, questionei-me sobre o fascínio inexplicável que Nara exercia sobre esses seres sobrenaturais.

Um sentimento de urgência se apoderou de mim. Não tive tempo de dizer nada. Percebemos ao mesmo tempo que ela precisava de ajuda. Will, que estava na mesma área que ela, seguiu em seu socorro. Passando agilmente entre as cadeiras e os convidados. Tentando não chamar uma atenção desnecessária, ele andava o mais rápido que era possível.

De onde eu estava, apenas conseguia ter um vislumbre da cena. Havia uma demarcação clara que separava a área dos jornalistas da dos convidados, ultrapassá-la seria uma garantia de ser retirada do evento pelos numerosos seguranças presentes.

Claramente eu estaria colocando toda a missão em risco.

Com cuidado, eu me aproximava do limite entre as áreas dos jornalistas e dos convidados, aproveitando brechas entre os profissionais da imprensa para avançar o máximo possível sem chamar muita atenção.

— O que está acontecendo? — Alamanda se aproximou de mim, percebendo a movimentação estranha.

— Parece que um dos garçons está perturbando Nara — respondi sem desviar os olhos da cena, concluindo com a informação crucial: — Ele é um metamorfo.

— Oh. Isso não parece bom — disse ela. Com certeza, tendo a mesma lembrança que eu.

Uma pequena aglomeração se formou ao redor deles, obstruindo ainda mais minha visão já comprometida. Tudo aconteceu tão rapidamente que quase não percebemos quando Will partiu aos socos para cima do garçom. Apenas consegui ter uma noção geral da situação quando alguns seguranças intervieram e arrastaram Will e o garçom para fora do evento.

Foi tudo tão rápido que provavelmente a maioria nem percebeu.

— Mas que droga! — ralhei.

Perder o Will era mais um golpe. Nosso plano parecia estar fadado ao fracasso.

Olhei em volta, tentando encontrar Antoni ou Santiago. Eles precisavam saber o que estava acontecendo. Liguei para Antoni mesmo sabendo que ele, na maioria das vezes, não atendia. Uma das regras entre os seguranças era justamente não pegar o celular enquanto trabalham. Como previsto, ele não atendeu. Tampouco Santiago.

— Vou procurar Antoni e Santiago. Fique aqui até eu voltar, pode ser que um deles nos procure — orientei e saí em busca de ajuda.

O plano estava muito comprometido, mas talvez ainda houvesse esperança.

Atravessei o grande grupo de jornalistas e cheguei até o limite dos portões pelos quais havíamos entrado. No entanto, minha passagem foi abruptamente interrompida por um segurança. Mesmo explicando que precisava apenas usar o banheiro, fui impedida de prosseguir. Com o pronunciamento do presidente prestes a começar, ninguém tinha permissão para deixar ou entrar naquele espaço.

Desesperada, voltei para o lado de Alamanda.

— Não me deixaram sair. Você viu algum deles? — perguntei, recebendo um balançar de cabeça negativo como resposta.

— Não estou com bom pressentimento — anunciou minha amiga, aumentando minha preocupação.

— Nada está saindo como imaginávamos — bufei. — Está vendo aquele homem alto no lado esquerdo, logo atrás do púlpito? — Apontei discretamente. — Ele é um celsu. Aquele outro, o chefe de gabinete, que apesar de humano, tem uma energia perversa, pode estar em um complô com ele. Precisamos ficar de olho nos dois.

Quase ao mesmo tempo, vi quando o chefe de gabinete recebeu uma ligação que não o deixou nada satisfeito. Então, ele se aproximou do segurança grandão, sussurrou algo ao seu ouvido. O grandalhão não pareceu abalado, tampouco esboçou qualquer reação. Apenas olhou ao redor, como se procurasse por alguém.

— Será que eles sabem que estamos aqui? — indagou Alamanda, alarmada.

Minha mente se encheu de incertezas. O tempo parecia correr mais rápido, levando-nos a um destino cada vez mais incerto, fugindo ao nosso controle e minhas mãos estavam atadas.

— Eu não sei — respondi, realmente sem saber o que pensar.

Nesse momento, um homem alto com voz potente subiu ao pequeno palco e pediu que todos fizessem silêncio para receber o presidente.

Meu coração acelerou. Pensamentos negativos me invadiam, perder Will e não ter contato com Antoni ou Santiago sugeria que o nosso plano seguia dando errado.

Sem opções, fechei os olhos e me conectei aos elementos. Sem Will para transmitir a mensagem, minhas habilidades pareciam inúteis. No entanto, concentrei-me intensamente até sentir o ar se agitar, fazendo as folhas soltas do chão voarem e o cabelo das pessoas se desarrumarem. Em seguida, enviei minha mensagem silenciosa, desejando que ela alcançasse Olívia e Nathaniel.

Ambos entraram, ladeando o presidente, infiltrados como agentes da equipe pessoal de segurança do presidente.

O evento era capturado por várias emissoras. Cada movimento era registrado e transmitido ao vivo para milhões de telespectadores. Estar em uma posição tão próxima ao presidente custou alguns favores, mas eles sabiam que estar entre a força especial responsável pela segurança direta de Davis era crucial para que o plano tivesse sucesso.

Olívia e Nathaniel tinham treinamento militar, o que ajudava no disfarce, porém, o que realmente definiu a escolha foi o fato dos dois não fazerem parte da lista dos mais procurados pelo Ministério.

Todos aplaudiram a chagada do líder dos Estados Unidos, que rapidamente alcançou o pequeno palco com vários microfones fixados sobre uma base de madeira.

Olívia foi a primeira a sentir.

Ela olhava para os lados como se procurasse a razão da mudança no clima, logo eu soube que a mensagem havia chegado até ela. Com olhos de águia, ela me procurou entre os rostos no meio do mar de jornalistas que se estendia pelo jardim. Para meu alívio, ela me encontrou e, com um sutil aceno de cabeça, confirmou que havia recebido minha mensagem.

Nathaniel olhou para ela e assentiu, indicando ter sentido o mesmo.

O silêncio pairava no ar enquanto o presidente iniciava seu discurso. Meu coração batia descompassado, minha mente mergulhada em um turbilhão de preocupação e medo. Meus olhos vasculhavam freneticamente o ambiente, voltando sempre ao grandão e o chefe de gabinete, buscando qualquer sinal de ameaça.

Enquanto o presidente discursava com eloquência e serenidade, Olívia permanecia alerta, sua expressão séria e determinada. Ela estava pronta para agir a qualquer momento, enquanto Nathaniel, ao seu lado, era uma presença imponente, sua postura robusta e seus olhos atentos mostravam que ele estava preparado para proteger o presidente a todo custo.

Embora os dois me passassem um pouco mais de confiança no plano, eram tantos pontos de atenção que eu não sabia mais para onde olhar.

Assustei quando senti meu celular vibrar. Era uma mensagem de Antoni:

Estamos na entrada, livrando Willian de ser preso.

Alany: *Tem muitos celsus aqui, pode ser qualquer um. Mas o chefe de gabinete é o mais suspeito, porém, ele é humano.*

Antoni: *Respira, fica calma. Pede ajuda para Alamanda e se concentra. Vai descobrir qual deles é. Já estou indo até vocês.*

Alamanda viu a mensagem comigo e segurou firme a minha mão.

Sabendo que não demoraria até que sua mágica fizesse efeito, respirei fundo e comecei uma nova busca entre as pessoas. Eu não sei se já estava acontecendo e eu não conseguia ver por estar desconcentrada, sem foco, ou se realmente as sombras que emergiam entre o aglomerado de jornalistas surgiram naquele exato momento.

Era como se houvesse uma tocha acessa bem no centro do amontoado de gente e a fumaça buscasse o céu lentamente, num movimento sinistro e sinuoso. Seguindo o rastro das sombras, tendo Alamanda em meu encalço, desviei habilmente das pessoas concentradas no discurso do presidente, até avistar a fonte da densa e nebulosa fumaça.

Ali, de pé, estava um homem envolto pela escuridão. Sua mão esquerda incandescente, uma sinistra luz se formava sob a palma, criando uma esfera de fogo e energia que parecia prestes a ser lançada.

Eu apontei, indicando para Alamanda, de onde vinha a ameaça. Intensificando sua conexão, ela direcionou sua influência na direção do sujeito, buscando alterar suas intenções.

Nós nos aproximamos cautelosamente, observando a luz em sua mão se extinguir gradualmente. O homem, então, baixou a cabeça e balançou-a negativamente, revelando sua frustração. Ele retirou o celular do bolso e começou a digitar uma mensagem, seus dedos tremendo de nervosismo.

— Seja qual for o seu plano, não faça! — recomendei, num sussurro.

Mesmo estando há alguns metros de distância, fiz com que o ar carregasse a mensagem de maneira que só ele escutasse.

O homem se virou abruptamente. Assustado, ele nos encarou e tentou falar, mas a voz não saiu. Seu olhar era de dúvida, mas o fato de estar claro que éramos celsus, assim como ele, fez com que pensasse que estávamos do mesmo lado.

— Fica tranquilo, nada vai acontecer com você. — Tentei tranquilizá-lo enquanto nos aproximávamos.

— Estava esperando o sinal, mas já passou do horário combinado. Acabei de pegar o celular para avisar Otto. Eu sei que deveria seguir com a plano, mesmo sem ele, eu não posso, não posso fazer isso sozinho — disse assim que chegamos perto o suficiente, sua voz baixa e insegura. — Quem mandou vocês aqui? Foi ele ou... Espera... Quem são vocês?

Ele imaginou que fôssemos parceiras do plano de ataque, que estávamos ali a pedido de Otto Smith, o chefe de gabinete.

Eu olhei para Alamanda, buscando uma orientação silenciosa.

Nós titubeamos, incapazes de responder às suas perguntas sem entregarmos a verdade. O que de nada adiantou, já que ele reagiu percebendo nossa hesitação. O homem deu um passo para trás, esbarrando em uma jornalista desavisada, que caiu sobre outro colega. A confusão resultante o favoreceu, permitindo que ele se afastasse criando um novo caos, empurrando várias pessoas próximas a ele.

Aproveitando-se da distração, ele abriu espaço para sua fuga veloz.

Eu fui impelida para trás pelo grupo de jornalistas que, sem saber o que estava acontecendo, agitaram-se como formigas na chuva. Ele foi rápido. Misturando-se na pequena multidão e desapareceu.

Seguir o rastro do homem não representava um desafio, mantive meus olhos fixos nele à distância. No entanto, atravessar a barreira imposta pelos seguranças seria o verdadeiro obstáculo. Para minha surpresa, testemunhei quando um dos seguranças o agarrando pelo braço e o conduzindo para além dos portões que separavam a área restrita do jardim.

Foi nesse momento que percebi sua pele começando a mudar de cor, assumindo um tom avermelhado e queimando as mãos do segurança. Sem opção, o homem corpulento o soltou, praguejando por ter as mãos ardendo. O celsu olhou para trás e sorriu antes de sair correndo novamente.

Quando Alamanda e eu alcançamos o portão, um segurança magro e muito sério barrou nossa passagem, perguntando se pretendíamos retornar ao evento. Enquanto perdíamos um tempo crucial explicando que estávamos indo embora e tínhamos pressa em sair, escutei uma voz grossa e cheia de autoridade ordenar que ele nos liberasse.

— Elas estão comigo. Pode liberar.

O homem era alto, forte e muito bonito. Como um príncipe de ébano. A referência fez meu sangue gelar e minhas pernas fraquejarem. Fechei os olhos e desejei de todo coração que aquele não fosse quem eu imaginava. Que ele não fosse Zaxai.

No dia em que o príncipe entrou na frente do nosso carro, não pude vê-lo claramente. Estávamos na estrada no meio do dia, o sol forte ardia obstruindo a minha visão. E aquele homem, bem ali na minha frente, usava óculos escuros, roupas pretas e um comunicador na orelha igual aos agentes de segurança. Eu não tinha certeza se era a mesma pessoa.

Senti o suor escorrer pelas minhas costas. Eu nunca estive cara a cara com o ele, mas sua energia era tão única e forte, como nunca tinha visto antes, que sugeria exatamente isso. Sugeria que ele era um celsu especial, diferente. Um príncipe.

Seu olhar frio e imperturbável percorria cada movimento nosso, como se estivesse lendo nossos pensamentos mais profundos. Ele parecia saber de nossos receios, nossas fraquezas, e aquilo nos deixava vulneráveis diante de seu poder sinistro. Seu semblante sério e impiedoso era um lembrete constante de que estávamos diante de um inimigo implacável, alguém que não mediria esforços para nos derrotar. O peso de sua presença era limitante, e eu sentia o ar ficar mais denso à sua volta, como se o próprio ambiente respondesse à sua aura imponente.

Àquela distância eu podia ver tatuagens subindo por seu pescoço, um detalhe que não esqueceria caso fosse possível vê-las em nosso primeiro e terrível encontro.

Olhei para Alamanda atrás de mim e falei para ela correr, mesmo sabendo que ele poderia me ouvir independente da altura da minha voz, então não adiantaria tentar enganá-lo. Se tentássemos fugir juntas, seríamos capturadas facilmente, e eu não estava disposta a arriscar sua vida por minha causa. Sabia que separadas teríamos uma chance maior de sobreviver. Pelo menos uma de nós.

Porém, quando Alamanda se virou, seu olhar se deparou com uma mulher enigmática, trajando um vestido roxo que reluzia como uma fantasia de mau gosto dos anos 60. Seus braços abertos e sorriso malicioso davam a impressão de que ela esperava ansiosamente pela nossa rendição.

Meu coração apertou, estávamos encurraladas.

Além dela, provavelmente outros celsus estavam ali para ajudá-lo. Eu não tinha a menor dúvida que havíamos sido traídos.

— Acho que não fui claro — disse ele, sorrindo. — Vocês duas vêm comigo. Agora!

Eu sabia que não tinha muito que fazer, minhas chances eram ridículas, mesmo assim busquei coragem, concentrei-me mais uma vez. Eu me concentrei, buscando cada vestígio de coragem dentro de mim, sabendo que precisava tentar. Era uma luta contra as probabilidades, mas eu não podia me dar por vencida tão facilmente.

Respirei fundo, meu coração acelerando, enquanto me preparava para enfrentar aquele homem envolto pelas sombras. Com um fio de coragem, direcionei toda a minha força em sua direção. Busquei me conectar com a natureza ao meu redor, sentindo a energia pulsando em minhas veias.

Para minha surpresa, consegui fazê-lo recuar alguns metros, mas sua expressão era de puro divertimento. Ele se levantou com um sorriso maldoso nos lábios, como se estivesse apreciando o espetáculo.

Enquanto ele se recompunha, a mulher de vestido roxo nos envolveu com uma magia inescrutável, paralisando-nos em nosso lugar. Nossos corpos não respondiam aos nossos comandos, como se estivéssemos presas em um pesadelo do qual não podíamos acordar. Meus pensamentos corriam em busca de uma saída, mas a sensação de impotência me dominava, deixando-me à mercê daqueles que nos capturavam.

O homem, que a cada segundo eu tinha mais certeza ser Ziki, se aproximava lentamente, como um predador cercando suas presas. Seu olhar frio e calculista me penetrava, ele não tinha pressa. Conhecia muito bem sua superioridade.

Enquanto eu tentava resistir à paralisia que me aprisionava, uma grande explosão nos surpreendeu. O estrondo ensurdecedor fez o chão tremer sob nossos pés, e os escombros voaram ao nosso redor, levantando muita poeira. O portão de ferro à nossa frente foi praticamente destruído, e o veículo próximo foi engolido por chamas ardentes.

O caos foi instantâneo. Buzinas disparadas, carros colidindo nas ruas e pessoas gritando era tudo o que podia ouvir, longe como se eu não estivesse ali de verdade. Como se escutasse a tudo de longe. Com a audição comprometida, abri os olhos e só vi fumaça e a poeira que cobria o ar criando uma espécie de cortina.

O barulho da explosão me deixou atordoada por alguns instantes, incapaz de compreender completamente o caos que se desenrolava ao nosso redor. O tumulto veio logo em seguida, como uma avalanche de desespero e medo. Pessoas corriam desesperadas, gritos ecoavam por todos os lados, e palavras como "terrorismo" e "ataque" preenchiam o ar, criando um ambiente de pânico generalizado.

Enquanto lutava para recuperar a consciência, meu ouvido ainda zumbindo, meus pensamentos se tornaram uma confusão, mas uma coisa estava clara: precisávamos sair dali o mais rápido possível. Meus olhos se fixaram no suposto príncipe, que estava próximo ao carro em chamas no momento da explosão. Talvez estivesse ferido, ou pior, morto.

Eu não tinha tempo para descobrir.

Finalmente consegui me levantar, sentindo a urgência da situação. A magia que nos aprisionava havia desaparecido, concedendo-nos a liberdade tão desejada, mas também o desafio de escapar daquele caos infernal.

Procurei Alamanda no chão e a ajudei a se levantar, preocupada com seu estado.

Em meio àquela confusão, observei a mulher de vestido roxo fazendo o mesmo, mas algo parecia estar errado. Ela estava confusa, ainda mais do que eu, seus olhos buscando desesperadamente por algo ou alguém. Talvez estivesse procurando por Zaxai, mas eu não tinha como afirmar com certeza.

Alamanda se apoiou em mim e conseguimos andar devagar. A bruxa continuava buscando algo no meio da confusão. Nós duas caminhamos de vagar, tentando nos afastar dela o máximo possível. Quando ela olhou em nossa direção e ainda assim não nos viu, percebi que alguma coisa estava acontecendo, alguém estava nos ajudando.

Ficamos invisíveis para ela!

Segurei Alamanda pela mão e seguimos pelo caminho oposto onde estava Zaxai. Passando pela bruxa, como fantasmas.

Quando vi Beni correndo em nossa direção, senti um alívio enorme.

— Vamos, rápido. Eles não podem nos ver, mas o escudo não vai durar muito tempo — explicou enquanto corríamos juntos.

Não havia espaço para hesitação. Sem pensar duas vezes, seguimos seus passos rápidos e precisos, desviando dos destroços e das pessoas em pânico. Cada passo era uma luta para recuperar o fôlego e continuar avançando. O medo ainda pulsava dentro de mim, mas também sentia uma determinação crescente. Não podíamos permitir que Zaxai nos capturasse novamente, e agora, depois da explosão, tínhamos uma chance de escapar.

Nossos passos rápidos se misturavam aos gritos e a correria das pessoas desesperadas ao redor. O caos era nosso aliado, fornecendo a cobertura perfeita para que nos escondêssemos em meio à multidão em pânico. Olhares de pânico e confusão se encontravam em todos os rostos, enquanto a notícia do ataque se espalhava como um rastro de fogo.

Tínhamos de ser invisíveis, como fantasmas passando despercebidos na multidão. Cada passo era cuidadosamente calculado, cada movimento era estratégico, pois o perigo nos espreitava em cada esquina. O suor escorria pela minha testa, mas não podíamos parar.

A cidade estava em frenesi, com sirenes de ambulâncias e viaturas ecoando ao longe, misturando-se ao som dos helicópteros que sobrevoavam a área em busca de sinais do ataque. Era uma corrida contra o tempo, e não podíamos vacilar. Qualquer movimento suspeito poderia atrair atenção indesejada e colocar toda a missão em risco.

Com agilidade e astúcia, Beni avistou uma van de uma emissora de TV momentaneamente abandonada, e não pensamos duas vezes. Era o transporte que precisávamos, uma oportunidade rara em meio ao caos. Sorrateiramente, entramos no veículo em movimento, nossos corações ainda acelerados, mas ao menos um suspiro de alívio escapou de nossos lábios.

Enquanto a cidade permanecia em estado de agitação e caos, dentro da van encontramos um pouco de calma. No entanto, sabíamos que não poderíamos baixar a guarda. Cada minuto contava, e o perigo ainda nos espreitava.

— Você está bem? — perguntei para Alamanda, que parecia muito abalada.

— Estou... só um pouco, zonza ainda — respondeu, respirando fundo e balançando a cabeça como se para colocar tudo no lugar.

— Precisamos avisar Antoni que Ziki está aqui — disse Beni, ofegante, confirmando as minhas suspeitas.

— Vou ligar para ele — falei e já peguei o celular.

Enquanto eu discava o número de Antoni, minhas mãos tremiam levemente devido à adrenalina ainda correndo em minhas veias. A ligação chamava e, finalmente, ele atendeu.

— Alany, onde vocês estão? O que aconteceu? — perguntou; sua voz carregada de preocupação.

— Estamos bem, mas o Príncipe nos encontrou na Casa Branca. Por sorte, aquela explosão nos ajudou e, graças a Beni, conseguimos escapar.

— Onde estão agora?

— Roubamos uma Van e estamos dirigindo, nem sei para onde.

— Para a base — gritou Beni.

— Não, não podem. Any, coloca no viva-voz, por favor! — pediu, agora muito angustiado.

— Beni. Se Zaxai estava lá no evento e viu vocês, então ainda correm perigo. Não pare para nada, nem para ir ao banheiro, mas não corra o risco de levá-lo até a Aurora. Ele é um caçador, não vai desistir enquanto não encontrar vocês.

Antoni respirou fundo.

— Que merda! — gritou, agoniado. — Aquele maldito garoto armou uma emboscada e nós caímos. Eu caí.

— Calma aí, irmão! Não foi sua culpa, todos sabíamos dos riscos e aceitamos estar aqui...

— É isso mesmo, não pode se culpar por isso. Ziki estava bem próximo ao carro que explodiu, no mínimo, ele se machucou, então ganhamos um tempo — informei, pensando em tranquilizá-lo. — Estou com Alamanda, mas não sei dos outros, você os viu?

Também estava preocupada.

— Estou com Santiago e Willian. Se não fosse aquela explosão todos estaríamos em uma cela no Ministério agora. Fomos cercados por alguns legados, não tínhamos chance, eram quatro contra três. Além disso, são legados... Não é uma briga justa. A distração e a confusão da explosão, foi a distração necessária. O tumulto atraiu agentes federais que vieram nos ajudar quando gritei dizendo que tínhamos encontrado os terroristas. Como você testemunhou, existem muitos celsus dentro das instituições de segurança, isso ajudou também.

— E Nara, alguém sabe dela? — perguntou Alamanda.

— Ela está segura. Eu vi quando aquele garçom voltou, imaginei que estivesse atrás dela, então o peguei de surpresa. Ele não vai mais incomodar. Quando acordar, nem vai se lembrar quem era Nara — garantiu Beni.

— Obrigada! — agradeci, aliviada.

— Preciso que me digam exatamente onde estão a cada dez minutos, ou cinco — orientou Antoni. — Estamos indo encontrar vocês. Manda a localização agora.

Agradeci a Antoni pela preocupação e prometi manter contato regularmente.

Sabíamos que precisávamos encontrar um local seguro, longe dos olhos de Zaxai e de qualquer ameaça em potencial. Beni continuou dirigindo com agilidade pelas ruas movimentadas, evitando áreas de maior concentração de pessoas.

Enquanto nos movíamos pela cidade, o caos ao nosso redor parecia não ter fim. Carros de polícia corriam de um lado para o outro, tentando lidar com a situação caótica e proteger a população. A notícia sobre o suposto ataque ao presidente se espalhou rapidamente, e o medo pairava no ar. Pelo rádio só se ouvia falar sobre o assunto.

Procuramos evitar as vias principais, já que estávamos conscientes de que estávamos em um veículo furtado. A cada dez minutos, eu me certificava de enviar nossa localização, mantendo um olhar atento em relação a qualquer sinal de perigo. O espetáculo reconfortante do pôr do sol na estrada nos trouxe um breve alívio, renovando nossas energias para a jornada à frente.

Com a noite caindo, uma fina e fria chuva começou a nos acompanhar. Nossos corações ainda palpitavam com a adrenalina da perseguição, nós estávamos firmes, mas o veículo dava sinais de cansaço, indicando a necessidade de pararmos para abastecer. A escuridão e a chuva intensificaram a atmosfera de mistério e tensão que nos cercava.

Se Nara estivesse com a gente, com certeza se lembraria de algum filme.

Finalmente, chegamos a um posto de gasolina solitário, iluminado apenas pela luz fraca dos postes. O som dos pingos de chuva ecoava ao nosso redor, adicionando uma sensação de isolamento à cena.

Com cautela, nós nos aproximamos dos tanques e começamos a abastecer o veículo.

Enquanto a gasolina fluía, permanecíamos atentos aos arredores, sabendo que não podíamos relaxar. Cada som, cada movimento, era motivo para ficarmos alertas, preparados para agir a qualquer momento.

Enquanto esperávamos, enviei mais uma mensagem com a localização e, dessa vez, recebi resposta.

Antoni: *Estamos perto. Não parem.*

Eu: *Tivemos que parar para abastecer.*

Antoni: *Então vamos alcançar vocês.*

Alamanda e eu caminhamos até a pequena lanchonete à beira da estrada, sob os pingos finos de chuva. Ela precisava usar o banheiro, e eu a acompanhei para não ficar sozinha. Enquanto ela se dirigia à porta do banheiro, vi meu reflexo no espelho manchado e empoeirado que decorava o pequeno espaço onde estava o lavatório.

Mirei meus próprios olhos, e por um breve momento, vi o medo que estava escondido em seu brilho. O rosto suado e as marcas de cansaço mostravam o quanto aquela perseguição estava me afetando. Respirei fundo, tentando ignorar o aperto no peito, e joguei água no rosto para me refrescar.

A água gelada escorreu pela pele trazendo um alívio momentâneo ao calor da situação. Minha mente estava repleta de pensamentos confusos, então respirei fundo tentei manter a calma. Olhei novamente para o espelho e, enfrentando meu próprio reflexo com determinação, falei para mim mesma que em breve tudo aquilo acabaria.

Quando saímos do banheiro, encontramos Beni no balcão, bebendo café em um copo descartável. Seus olhos se encontraram com os nossos, e percebi que ele também estava exausto, mas tentava manter a expressão serena.

— Vocês estão bem? — perguntou, colocando o copo de lado.

— Estamos. E você? — devolvi, aproximando-me.

Ele assentiu.

— Criar escudos é sempre cansativo. Mas vou sobreviver — garantiu, sorrindo e bebendo do líquido preto.

— Estou cansada de tudo isso. É muito... estressante — respondi, bufando e soltando o ar com força. — Acho que precisamos ir.

— Precisamos. Sei que eles estão perto, mas não é prudente ficarmos aqui esperando — considerou Beni.

— Também não acho uma boa ideia — concordou Alamanda.

Saímos da lanchonete enfrentando a chuva fina que caia insistente.

Eu não via a hora que Antoni nos alcançasse. Meu coração já acelerado em antecipação por finalmente estar cara a cara com ele depois das recentes descobertas.

O que eu diria primeiro? Minha mente cheia de possibilidades. Provavelmente começaria dizendo que descobri algo interessante sobre ele, que ele um dia teve um coração. O pensamento me divertiu.

Entramos na Van em silêncio e seguimos em frente, deixando para trás a sensação de inquietude que o lugar nos causava. A noite era escura e fria, a chuva fina ainda pingava no para-brisa, tornando a visibilidade um desafio constante.

A estrada se estendia diante de nós como um túnel sombrio, suas curvas e retas nos levando para um destino incerto. O interior da Van estava carregado de tensão, os pensamentos de cada um eram uma tormenta de inquietações, esperanças e medos entrelaçados.

No banco da frente, Beni dirigia com cautela, suas mãos firmes no volante, como se quisesse controlar não apenas o carro, mas também os rumos do nosso destino. Seu olhar refletia a responsabilidade que sentia. Havia uma grande peso em seus ombros.

Olhei dele para Alamanda e ela entendeu, sem precisar de palavras, que uma ajuda para acalmá-lo seria bem-vinda.

O som das gotas de chuva ecoava dentro da Van, criando uma trilha sonora melancólica que se misturava ao silêncio tenso que nos envolvia. A cada quilômetro percorrido, a sensação de estarmos sendo seguidos ou observados só aumentava, mesmo que não houvesse evidências concretas disso.

Olhei para o celular, esperando alguma notícia de Antoni, mas o silêncio nas mensagens potencializava minha agonia. O fato de não saber onde ele estava ou se estavam bem, começava a alimentar uma ansiedade crescente.

Enquanto a Van avançava em meio à escuridão, nossa única esperança era que Antoni nos encontrasse logo, trazendo respostas e reforços para o que quer que estivesse nos aguardando. O suspense era insuportável, a insegurança me corroía por dentro, nossa única certeza era a de que não podíamos parar. Então, apenas seguimos em frente.

Os faróis da Van cortavam a escuridão, revelando apenas uma pequena fração da estrada à nossa frente, enquanto o restante permanecia mergulhado na penumbra.

A cada curva, cada placa de sinalização, nossos sentidos estavam aguçados, alertas para qualquer indício de perigo ou emboscada. Cada som da noite parecia se amplificar em nossos ouvidos, como se o próprio Universo nos enviasse mensagens cifradas.

A agonia aumentou quando a figura de um homem surgiu de repente no meio da estrada, iluminado parcamente apenas pelos faróis. Meu coração acelerou e um grito sufocado ecoou no interior do veículo. A surpresa e o medo paralisaram nossos corpos por um instante, mas não havia tempo para desviar.

Beni freou bruscamente, tentando evitar o impacto, mas já era tarde demais.

O choque foi inevitável, a Van colidiu com o homem desconhecido. Um estrondo ensurdecedor reverberou na noite, seguido pelo som de metal retorcido e vidro estilhaçado.

A agonia se transformou em pavor enquanto nossos olhares se encontraram, presos em uma imagem que parecia se desdobrar em câmera lenta. Uma sequência vertiginosa de movimentos. O cinto de segurança me prendendo em um eterno giro de desespero. Durante aqueles segundos intermináveis, sentia meu corpo sendo lançado para todos os lados, os objetos dentro do carro se tornavam projéteis ameaçadores.

Finalmente o mundo parou de rodar.

Sentindo dores lancinantes em diversas partes do corpo, desafivelei o cinto de segurança e, trêmula, tentei abrir a porta. Quando esta cedeu e me vi fora da Van capotada no meio da estrada, o cheiro de chuva fresca e a terra úmida invadindo minhas narinas, fui tomada por um alívio imediato. Vi os destroços espalhados pela estrada, as luzes do carro ainda piscavam fracamente.

Olhei fixamente para a Van, e meu coração acelerou. Agradeci em silêncio por não ser a única sobrevivente. Eu era capaz de ver a energia dos dois, mesmo estando do lado de fora.

Beni se arrastava para fora do veículo pelo outro lado, e minha preocupação se dividiu entre ajudá-lo e ir atrás de Alamanda, que permanecia imóvel lá dentro.

A chuva caía incessante e eu tentava me levantar, então o som de passos ecoando nas poças de água fizeram meu coração parar de bater. Quando vislumbrei Zaxai parado ao meu lado, com seus olhos dourados e ameaçadores colados em mim, percebi que não tínhamos batido em alguém, nós éramos as vítimas daquela colisão.

— Você vem comigo. Aceitando isso ou não — disse ele, ajudando-me a levantar.

As palavras de Zaxai entraram por meus ouvidos enviando calafrios por todo meu corpo. Ele estava determinado a me levar, não importasse o que eu sentisse ou pensasse. Meu coração disparou, minha mente lutou para encontrar uma saída, uma forma de escapar daquele destino. No entanto, meus músculos fraquejaram.

Minhas pernas tremiam, a confusão em minha mente parecia impedir qualquer ação coerente. O mundo ainda era um amontoado de destroços e desorientação. Eu sabia que não podia ceder tão facilmente, mas a fraqueza física e emocional ameaçava me derrubar.

Tentei me desvencilhar das suas mãos, fazendo-o rir.

— Você não tem escolha, Alany — disse ele, sua voz perdendo a animação. — Seu destino está traçado.

Sem qualquer esforço ele me puxou pelo braço, obrigando-me a acompanhá-lo. Um carro preto estava estacionado de qualquer jeito, no meio da rua, há alguns metros para frente de onde estávamos.

Minha mente lutou contra aquelas palavras, contra a ideia de ser apenas uma peça em um jogo do qual eu não tinha controle. Mas a sensação de impotência diante de Zaxai era esmagadora.

— Eu sei andar sozinha — falei, puxando meu braço.

O desgraçado sorriu, ele não tinha pressa.

Quando estávamos a poucos passos do veículo, vi que algo surgiu na minha frente, envolvendo Zaxai em uma espécie de campo de força translúcido.

— Corre, Alany! — gritou Beni com a voz rouca.

Com um estalar de pescoço sinistro, Zaxai balançou os braços e se virou para me encarar, com um passo em minha direção ele tocou o escudo. Curioso, seus olhos seguiram sua mão, como se estivesse reconhecendo o que o estava impedindo de se mover, mas logo ele voltou a me olhar, então seus olhos dourados brilharam como dois faróis sobrenaturais e seu sorriso abrigava caninos enormes e afiados; numa feição quase lupina.

Corri em direção a Van, ajudando Beni a se levantar.

— Não podemos fugir dele, não todos nós — disse ele, enquanto se esforçava para manter o escudo. — Você precisa ir enquanto posso segurá-lo.

— Eu não posso deixar vocês — declarei vendo Alamanda se mexer, começando a recobrar a consciência.

— Eu não vou conseguir manter por muito tempo...

O rugido de Zaxai ecoou como um trovão, fazendo o ar vibrar ao nosso redor. Meus músculos se contraíram involuntariamente, e minha mente se encheu de temor e adrenalina. Aquele som era muito ameaçador, um aviso claro de que ele não desistiria facilmente.

Seus olhos dourados reluziam com um brilho maligno. Ele esticou a mão direita em nossa direção, e as garras enormes brotaram de seus dedos como ganchos mortais.

Meu coração disparou, e o medo se misturou com a determinação em meu peito. Quando ele rompeu o escudo como se fosse papel, percebi que nada podíamos fazer; fugir ou lutar seria inútil. Ele era poderoso demais e nós estávamos fracos pelo acidente.

Mesmo assim, num fio de esperança, busquei forças de onde eu já não tinha e joguei sobre ele a maior concentração de energia que consegui, fazendo-o cruzar o ar como um foguete e desabando sobre o asfalto molhado muitos metros à frente.

Com sorte conseguiríamos chegar ao carro dele, já que a Van não era mais uma opção.

Eu ainda apoiava Beni enquanto se levantava, quando fui puxada para trás com grande violência. O impacto foi tão repentino e intenso que me vi desequilibrada, deslizando pelo chão úmido até atingir uma árvore à beira da estrada. Meu corpo colidiu com o tronco molhado, e senti uma dor aguda percorrendo meus membros e a cabeça ferida pelo impacto. Zaxai tinha me alcançado em um instante, sua força sobrenatural me dominando completamente.

Ao longe, ouvi os gritos de Alamanda e Beni, mas me sentia impotente para ajudá-los. Tudo parecia acontecer em câmera lenta, cada segundo se arrastando em uma agonia sem fim.

Sentia minha consciência caindo em um abismo de dor, quando o grito de terror de Alamanda me trouxe de volta. Com a visão embaçada vi quando ele ergueu a Van com uma das mãos e o jogou contra as árvores que ladeavam a estrada.

Meu grito ecoou pelo ambiente, uma mistura de horror e raiva. Num último sopro de força, consegui sustentar a Van no ar e impedir a colisão que, com toda certeza, mataria Alamanda. Meu corpo todo tremia sob o esforço de manter a conexão com o ar, conservando a Van suspensa até atingir o chão com segurança.

O olhar de Zaxai era uma mistura de surpresa e divertimento, e eu podia sentir a intensidade de seu desdém em seus olhos enquanto caminhava em minha direção.

Meus olhos percorreram o cenário de horror, aliviada por ver Alamanda saindo da Van, apenas com algumas escoriações. Porém, o alívio desapareceu instantaneamente quando percebi a fonte de seu desespero. Ela não havia gritado por temer por sua vida, foi um grito de tristeza e indignação.

Alamanda se ajoelhou ao lado de Beni, que estava deitado, inerte sobre o asfalto, e chorou desoladamente. Meu coração afundou no peito quando a verdade cruel se impôs diante de mim. Não podia ser real, não podia ser verdade.

O som do meu grito se perdeu no ar, ecoando através da estrada escura e silenciosa. Meu coração parecia estar sangrando, enquanto eu via o corpo de Beni, imóvel e sem vida, jogado no chão como um animal abatido.

Alamanda chorava desesperadamente, suas lágrimas se misturando com a chuva que ainda caía do céu. Seu lamento ecoava enchendo o ar de tristeza e desespero. Enquanto as minhas pareciam ter sido esgotadas pela angústia e choque.

Nem sequer ofereci resistência quando fui levantada e jogada dentro do carro pelo lobo assassino

A dor da perda de Beni me envolvia como um manto pesado, o sofrimento e as lágrimas me deixavam atordoada e sem forças para reagir quando aquele assassino cruel me arrastou e me atirou no banco. Então ele acelerou, ganhando a estrada escura e solitária. As luzes dos postes foram ficando para trás, dando lugar à escuridão da noite e a tristeza que invadia meu coração.

Capítulo 25

A cada respiração, sentia o peso da tensão se intensificar dentro do veículo. Cada segundo parecia uma eternidade, o silêncio sombrio ao nosso redor me envolvia como uma névoa densa, sufocante. Eu mantinha meus olhos fixos no horizonte, buscando desesperadamente uma forma de escapar daquele pesadelo.

Zaxai permanecia imóvel, seus olhos dourados me observando como se lesse meus pensamentos mais íntimos. Sua presença era opressora, uma ameaça constante. O carro continuava a avançar pela estrada sinuosa, as árvores escuras formando sombras ameaçadoras ao nosso redor. Eu me sentia encurralada, sem saída, e sabia que não podia confiar na compaixão daquele assassino impiedoso.

Tentei controlar minha respiração, acalmar meu coração acelerado. Percebi que, naquela situação, minha mente e meu corpo precisavam trabalhar juntos, em harmonia. Era um jogo perigoso, mas não havia outra opção.

Ele havia tirado o terno e sua camisa estava destruída, completamente rasgada expondo braços musculosos e repletos de tatuagens. Pareciam símbolos antigos, então me lembrei de que ele era descendente de uma linhagem real, provavelmente aqueles símbolos representavam a cultura do seu povo ancestral.

Enquanto ele dirigia, senti que minhas opções estavam se esgotando rapidamente. Meus pensamentos corriam em meio ao caos, em busca de uma solução que parecia inalcançável. Eu precisava me concentrar, encontrar uma forma de escapar, mas o medo, a tristeza e a ansiedade estavam me paralisando. Sem falar na dor que se espalhava por cada osso do meu corpo.

Zaxai lançou um olhar de relance para mim, seu sorriso sinistro dançando nos lábios. Senti um arrepio percorrer minha espinha, a sensação de estar sob o controle de uma fera selvagem.

— Não há para onde fugir, Alany — alertou sua voz grossa e intimidadora. — Não faça nenhuma besteira ou terei de apagá-la até chegarmos ao seu novo lar.

— Novo lar? Do que está falando?

— Handall a aguarda, ansioso — anunciou, sorrido do meu destino cruel.

— Não sei como conseguiram fazer aquele lance de explodir o carro, mas admito que foi criativo e providencial. Teríamos pegado vocês dois, mas eu sei que ele vai ficar muito feliz com a enteada problemática.

— Se era só para nós levar, por que matou Beni e por que não está na fenda agora? — indaguei entre os dentes.

— Esse tal de Beni não estava na lista. Nós precisávamos levar só você e Antoni — revelou balançando a cabeça. — E quanto à fenda... Digamos que somos uma nova categoria de legados. Handall conseguiu quebrar a maldição. Agora somos livres para fazermos o que quisermos.

Meu coração disparou com suas palavras, e a revelação de que ele era uma espécie de legado livre, sem as restrições da fenda, me deixou ainda mais apavorada. Mesmo assim, eu queria saber um pouco mais.

— Essa foi a troca que fez com Handall, por isso aceitou se tornar o general. — Minha voz saiu trêmula, tentando entender a dimensão do que ele estava dizendo.

Zaxai se aproximou, a expressão sombria e os olhos dourados fixos em mim. Seu sorriso era uma combinação de desprezo e prazer. Ele sabia que tinha o controle absoluto da situação.

— Exatamente, minha cara. E é uma sensação maravilhosa. Livre das amarras da fenda, eu posso fazer o que quiser, quando quiser — declarou com suas garras ameaçadoramente à mostra.

— O que Carol pensa sobre isso? — perguntei, buscando algum ponto fraco.

Ele riu alto, o som ecoando no interior do carro como uma gargalhada insana.

Com um movimento rápido, ele avançou, suas garras afiadas roçando a pele do meu rosto. Meus instintos gritavam para me defender, mas eu sabia que seria inútil. Ele era mais rápido e mais forte do que eu poderia imaginar.

Então busquei me concentrar. Se Antoni estivesse nos seguindo, talvez eu pudesse enviar alguma mensagem.

— Chega de conversa fiada — ele sussurrou ao meu ouvido, o hálito quente me fazendo estremecer. — É hora de ir para o seu destino.

Antes que eu pudesse reagir, ele deu um golpe certeiro em minha nuca. A dor pulsante irradiou pelo meu corpo e tudo ficou turvo. Lutei contra a inconsciência, mas foi inútil. A escuridão me engoliu, e eu caí em um abismo de esquecimento.

Não sei quanto tempo se passou, mas quando finalmente acordei, estava em um lugar desconhecido; vulnerável e apavorada. Era um quarto com aspecto antigo. As paredes de pedra escura pareciam guardar séculos de segredos sombrios e a única luz vinha de uma fraca lâmpada no teto.

Meus sentidos estavam embotados, mas eu sabia que precisava reunir toda a coragem que tinha para levantar e sair dali. Fosse onde fosse, eu não estava ali por vontade própria.

Tentei me levantar, mas minhas pernas ainda estavam trêmulas e minha cabeça doía da agressão que sofri pelo maldito lobo assassino. Olhei em volta, buscando por alguma pista que me indicasse onde estava e como escapar. A porta estava trancada, mas havia algo estranho nas paredes, como se houvesse rachaduras ocultas.

Minha mente trabalhava a mil por hora, buscando desesperadamente uma forma de encontrar uma saída. Handall não era um inimigo comum, e eu sabia que ele tinha seus próprios planos nefastos para mim. Mas eu não me renderia sem lutar.

Enquanto vasculhava o quarto com olhos aflitos, minha esperança se reavivou ao notar uma pequena janela no alto, quase oculta pelas sombras. Meus olhos se encheram de determinação e eu me aproximei, esticando os braços ao máximo. Talvez, com muita sorte, eu conseguisse alcançá-la e escapar desse lugar amaldiçoado.

Empurrei um banco de madeira, que estava esquecido em um canto do pequeno cômodo, onde só havia a cama e uma sensação sufocante de aprisionamento. Estiquei o corpo com toda a minha força, mas a janela continuava fora do meu alcance, zombando da minha tentativa desesperada.

Minha habilidade, que sempre me permitirá conectar com o mundo ao meu redor, parecia inútil diante daquele quarto fortificado com algum tipo de barreira intransponível.

Meu olhar percorreu minuciosamente cada detalhe do ambiente.

A luz fraca que atravessava a pequena janela no alto trazia um ar misterioso, revelando a poeira suspensa no ar que pairava como fantasmas do passado. As paredes de pedra sólida, envelhecidas pelo tempo, emanavam uma aura de história e mistério. Os móveis antigos, com entalhes delicados e curvas elegantes, conferiam ao quarto uma atmosfera de realeza perdida.

Mesmo com a simplicidade do ambiente, era inegável que aquele local já foi cenário de histórias grandiosas e eventos que ecoavam através das eras.

A porta à minha frente, adornada com brasões enigmáticos e escudos de família, evocava uma sensação de nobreza e herança. O quarto, apesar de modesto em tamanho, irradiava uma grandiosidade que transcendia suas paredes. A magia da história se misturava com as trevas do presente, criando um caldeirão de emoções conflitantes.

Ali, eu era apenas um fragmento em um quebra-cabeça de mistérios e destinos entrelaçados.

Meu coração batia descompassado, enquanto a sensação de impotência me consumia. Eu precisava sair dali. Reencontrar meus amigos e impedir os planos sinistros de Handall. Com a mente fervilhando de ideias, pensei em todas as habilidades e truques que tinha aprendido ao longo dos anos. Talvez existisse outra forma de escapar daquele pesadelo, algo que eu ainda não enxergava.

Enquanto refletia, meus ouvidos captaram um som abafado vindo do outro lado da parede. Uma conversa? Pessoas passando? Era difícil distinguir, mas a possibilidade de que houvesse alguém próximo me encheu de esperança.

Fui até a porta, encostei o ouvido e percebi vozes distantes. Meu coração se acelerou, mas tentei manter a calma. Com cuidado, comecei a bater levemente na porta, tentando chamar a atenção de quem quer que estivesse do outro lado.

— Alguém aí? Por favor, ajude-me! — gritei, na esperança de que minhas palavras alcançassem alguém com compaixão e disposição para ajudar.

Depois de um momento angustiante, ouvi passos se aproximando da porta. Meu coração estava na garganta, a possibilidade de ser resgatada me enchia de esperança e receio ao mesmo tempo. A porta rangeu e se abriu lentamente, revelando uma figura que me deixou aliviada e perplexa ao mesmo tempo.

— Você não devia estar aqui — lamentou Carol ao entrar e fechar a porta atrás de si.

— Também não estava nos meus planos ser capturada pelo seu namorado assassino — declarei, irritada.

Seus olhos se encheram de preocupação ao ver meu estado.

— O que aconteceu, Any?

— Zaxai matou Beni, um amigo de Antoni. Eu não consegui impedir. — Meus olhos se encheram de lágrimas mais uma vez, o desespero ameaçando me dominar.

— Ele matou um celsu? — Carol perguntou com real curiosidade; sua expressão de incredulidade.

— Você não sabia que agora todos os legados estão livres da maldição da fenda? — indaguei, já sabendo a resposta.

Ela realmente estava surpresa.

— Mas como? — perguntou, mais para si mesma do que esperando uma resposta.

— Vai ter de perguntar ao seu príncipe.

Minha voz ecoou no quarto, carregada de dor e raiva.

O semblante de Carol imediatamente mudou, como se ela tivesse descoberto um segredo há muito tempo guardado.

— Não, eu não sabia. Então era isso que ele queria... Ele sempre quis ter esse poder. Uma das razões que o levou a liderar os insurgentes era essa busca para quebrar a maldição e acabar com o poder do Ministério.

Carol explicava, concentrada em suas próprias palavras.

— Ziki se perdeu há muito tempo. Ele já teve um ideal nobre, mas... agora não sei mais quem ele é ou o que pretende. Não se culpe, mesmo que você conhecesse a extensão de seus poderes, jamais o derrotaria. Por ter sangue real, ele sempre foi o mais forte e mais poderoso da sua espécie, mas agora como general do clã... talvez ele seja o celsu mais poderoso de todos.

As palavras de Carol ecoavam em minha mente, trazendo à tona imagens vívidas dos momentos angustiantes que vivemos na estrada, fugindo desesperadamente do poderoso e letal Zaxai. Eu compreendia agora a gravidade do perigo que enfrentamos.

Zaxai era uma força implacável, capaz de perseguir suas presas sem cessar, como um caçador em busca de uma recompensa valiosa. Aquele poder, potencializado pelo sangue real que corria em suas veias, o transformava em um adversário quase imbatível.

Foi inevitável a lembrança de como ele conseguiu desestabilizar Antoni quando nos perseguia, ao deixarmos a casa de campo do meu pai. Por mais que ele tentasse esconder, eu podia ver que havia muito medo em seus olhos aquele dia. Se um ex-general do Clã dos Legados temia sua ira, imagine então nós, indefesos diante de sua fúria selvagem.

— Como eu posso sair daqui, Carol?

Ela me encarou, ponderando o que ou como dizer.

— Não pode. Não tenho como tirar você daqui, não agora. Não quando todos estão se preparando para o grande evento. Como sabe, sua mãe se casa com Handall amanhã — observou.

— Então... Eu estou no castelo de Handall? E a minha mãe está aqui também?

— Twilla não está aqui, mas estará amanhã. Só não fique muito animada, provavelmente não vão deixar que você a veja.

A ideia de estar tão perto de minha mãe, mas ainda incapaz de vê-la, era uma tortura emocional que quase me sufocava.

— Se não vai me ajudar, por que está aqui?

— Eu não disse isso, Any. Mas precisamos ser cautelosas. Handall é imprevisível e não vai hesitar em tomar medidas extremas se descobrir que está planejando algo contra ele.

— Ter minha liberdade não é algo contra ele.

— Garanto que não é assim que ele pensa.

Um nó se formou em minha garganta. Controlando-me para não desabar na frente de Carol, fechei os olhos e balancei a cabeça.

Pensar em ficar naquele lugar pelo tempo que ele quisesse, era pior que tortura.

— Como andam suas habilidades? Não nos falamos há tanto tempo... Você ainda enxerga aquelas sombras? — Carol quebrou o silêncio.

Carol e eu sempre tivemos uma conexão única, um laço profundo que transcendia as palavras. As pessoas diziam que éramos capazes de ler os pensamentos uma da outra apenas com um olhar.

Apesar de tudo que havíamos passado, das mentiras e confusões, eu sabia que Carol estava enfrentando uma situação delicada e perigosa ao me visitar ali, e por isso tentava controlar a ansiedade e o medo que me consumiam. Nossa amizade era mais do que uma simples ligação entre duas pessoas; era uma conexão profunda, quase mágica. Nossos olhares se entendiam e nossas emoções se entrelaçavam; como se fôssemos uma só.

Foram vários os momentos em que ela nos ajudou e, justamente quando buscamos auxílio com outra pessoa, ela nos traiu. Por isso estava naquela situação, presa e sem saber o que fazer. Então, apesar de tudo, eu sentia que podia confiar em Carol. Sabia que, de alguma forma, ela faria o possível para me ajudar, mesmo que as circunstâncias estivessem complicadas.

Por causa dessa nossa estranha conexão, eu soube que aquela não era uma simples pergunta. Havia uma mensagem subliminar ali.

— Eu andei um pouco ocupada fugindo por aí, mas diria que estão controladas — menti, querendo ver até onde ela iria com essa história.

— Antoni não a ajudou com isso? — indagou, sem real interesse.

Olhei para Carol, e seus olhos expressavam determinação e compreensão. Ela estava ali para me apoiar, mesmo que não pudesse me tirar dessa situação imediatamente.

Nossos olhares se encontraram, e eu soube que deveria entrar no seu jogo.

— Antoni não é o tipo que ajuda. Cedo ou tarde, a gente percebe que o importante para todo mundo é a própria sobrevivência — falei, imaginando que ela entenderia que era exatamente o contrário.

Com um aceno silencioso, Carol reforçou o vínculo que tínhamos. Não precisávamos de palavras, pois nossos pensamentos e emoções ainda estavam entrelaçados. Eu me sentia fortalecida pela presença dela, sabendo que não estava sozinha naquela luta. Estava claro que nossa conversa estava sendo monitorada e por isso precisávamos ponderar o que era dito.

Carol me encarou com seriedade, mas sua energia estava diferente, como se escondesse alguma verdade por trás de suas palavras. Eu sabia que ela estava mentindo, tentando me proteger de alguma forma. No entanto, sua expressão indicava que havia algo mais, algo que ela não podia ou não queria me contar naquele momento.

— Não espere que ele venha em seu resgate, isso seria suicídio e, você e eu sabemos que isso não faz o estilo dele. Ele é egoísta demais. Aqui é uma fortaleza, não existe um meio de entrar ou de invadir. Ainda que eles tentem, nunca conseguirão entrar — garantiu.

Ainda assim pude notar um leve tremor em sua voz, uma hesitação que entregava suas intenções. Seu comportamento me intrigava. Eu sabia que Carol estava escondendo algo importante, talvez até mesmo um plano para me tirar dali.

— Eu só quero ver minha mãe — declarei, tentando parecer mais tranquila do que realmente estava.

A angústia de estar tão perto e ao mesmo tempo tão distante de minha mãe me consumia.

Carol suspirou e olhou para o chão por um instante, como se estivesse ponderando suas palavras.

— Twilla está bem e isso é o que importa. Não se preocupe. Você vai receber uma visita em breve, e se eu puder dar um conselho, seja sincera e diga a Handall tudo o que sabe. Você pode evitar mais sofrimento.

— Ela sabe que eu estou aqui?

— Provavelmente, não. Olhe... — Apontou para a pequena janela no alto da parede. — Está amanhecendo, não acredito que ela tenha recebido alguma mensagem no meio da noite.

Parecendo sincera dessa vez, ela acrescentou:

— Sinto falta das nossas conversas. Nossas risadas. Eu... sei que não acredita, mas foi um período muito importante da minha vida.

Não pude evitar revirar os olhos.

— Desculpe se não acredito.

Ela se sentou no banco encostado na parede. O sorriso sem humor de Carol e o modo como entrelaçou as mãos, denotavam a tensão e a seriedade do momento. Observei-a atentamente enquanto ela balançava a cabeça e fechava os olhos, como se buscasse forças para compartilhar o que tinha em mente.

"Reconheço os padrões", considerei.

Lembrando de todas as vezes em que Carol ou Antoni se preparavam para jogar alguma revelação bombástica na minha cara. Aquele era o comportamento que indicava que ela estava prestes a confiar a mim uma informação importante, que provavelmente eu não gostaria.

Sentei-me mais ereta na cama, demonstrando que estava pronta para ouvi-la, mesmo que o nó na garganta ainda persistisse.

Finalmente, Carol abriu os olhos e fixou seu olhar no meu. Sua expressão era carregada de determinação, mas também de apreensão. Era como se ela estivesse decidindo se podia ou não compartilhar o segredo que guardava. Com as mãos ainda entrelaçadas e o olhar fixo em mim, Carol começou a falar:

— Any, eu entrei na sua vida a pedido do Ministério, por uma ideia de Handall. Minha função era vigiar todos os seus passos e relatar ao conselho.

Sua voz soou firme, mas pude perceber um leve tremor de ansiedade.

— Na época, alguns achavam que era uma perda de tempo, mas Solomon defendeu a ideia e lutou para que aceitassem. Porém, ele me disse em segredo que eu deveria ajudá-la a controlar seus poderes, e só relatasse os detalhes a ele. Depois descobri que ele tinha um acordo com Twilla.

Soltando o ar pela boca, ela continuou:

— Não sei por que, mas ele era o único que acreditava que você desenvolveria habilidades. Ninguém realmente acreditava nisso. Handall sempre dizia ser impossível.

Fiquei completamente atordoada com a revelação de Carol. Ela foi enviada pelo Ministério para me vigiar, a pedido de Handall. Todo esse tempo esteve presente em minha vida como uma espécie de espiã, observando cada passo que eu dava e relatando tudo ao conselho. A sensação de traição invadiu meu coração, mas ao mesmo tempo, eu conseguia perceber algo sincero em seu olhar.

— Por que Solomon defendeu a ideia de me vigiar? — indaguei, tentando compreender o papel dele nessa história.

Antoni nunca falou muito sobre seu pai, apenas que era um homem justo.

— Eu não sei... Não tive tempo de perguntar. Tudo foi acontecendo muito rápido... — ela hesitou; sua voz embargada.

Eu sabia que estava falando sobre a morte de Solomon. Pela emoção em seu semblante, eles deviam ser bem próximos.

— Você acha que foi só por causa desse acordo com minha mãe?

— Pode ser. Mas existe uma história, gravada nas escrituras antigas dos celsus que conta sobre um ser híbrido que cresceu sem qualquer habilidade. Comparando-se aos filhos de celsus puros, e percebendo sua fraqueza, ele se revoltou. Voltando-se contra a própria mãe humana. Entendendo que a culpa pela falta de poderes era da mulher que lhe concedeu a vida, ele a matou.

— Credo!

— Mas essas escrituras são tão antigas que nem dá para saber de onde vieram, podem ser apenas lendas, criadas para assustar crianças.

O silêncio que se instalou entre nós era pesado, cortante e carregado de emoções não ditas. Meus pensamentos vagavam pelos momentos alegres que compartilhamos, pelas risadas e conversas que nos uniram ao longo dos anos. Lembrei-me das aventuras que enfrentamos juntas, das confidências trocadas nas noites mais escuras e dos laços que construímos em meio aos desafios.

Toda aquela carga de lembranças parecia se misturar com o medo e a incerteza do momento presente. A verdade era assustadora, e o fato de Carol ter sido enviada para me vigiar trouxe uma sensação de traição que era difícil de ignorar. No entanto, mesmo diante dessa revelação perturbadora, eu não conseguia evitar sentir uma pontada de dor e pesar pela ideia de que aquela amizade pudesse estar agonizando até a morte.

Não era o que eu queria.

— Então, foi mesmo tudo mentira... Nossa amizade...

— Não — interrompeu-me. — Apesar do que acabei de dizer, alguma coisa aconteceu. Eu percebi que você era uma pessoa especial, cheia de bondade e luz. Não tem como não gostar de você. Pode não acreditar, mas minha amizade é sincera. E eu não espero que me perdoe, o que eu fiz foi terrível. Só quero que saiba que ainda estou aqui, do seu lado. No começo, eu estava cumprindo uma missão, mas logo percebi que você não era apenas um alvo de investigação. Você se tornou minha amiga de verdade.

A sinceridade em suas palavras me tocou profundamente. Era uma mistura de alívio e mágoa. Entendia suas motivações, mas também me sentia traída pelas circunstâncias em que nossa amizade havia começado.

Muitas perguntas atormentavam minha mente, mas eu sabia que aquele não era o momento de obter respostas. Nosso encontro precisava ser mais privativo, longe dos olhos e ouvidos curiosos que permeavam as paredes de pedras do castelo.

Uma batida à porta antecipou o fim da nossa breve conversa. A porta se abriu lentamente, revelando um homem alto e muito magro, com um olhar frio e sisudo.

— Racka? O que faz aqui? — questionou Carol, claramente surpresa com sua aparição.

— Handall quer vê-la — Racka respondeu de forma azeda, sem desviar seu olhar de mim.

Eu sentia sua energia pesada pairando sobre mim, como se ele soubesse mais do que estava disposto a revelar para Carol. Aquilo só aumentava minha desconfiança em relação a ele.

— Venha comigo — ordenou, não deixando espaço para qualquer objeção.

Meu coração acelerou, e a incerteza sobre o que me aguardava me deixou apreensiva. No entanto, uma estranha sensação de que aquele encontro poderia mudar tudo tomou conta de mim. Se seria para melhor ou pior, isso eu não saberia dizer.

Carol olhou para mim com preocupação, mas não pôde fazer nada além de permitir que eu seguisse Racka. Eu sabia que ele não era alguém em quem podia confiar, mas também sabia que não tinha escolha.

Com um último olhar para trás, para Carol, segui Racka pelos corredores sombrios e frios do castelo. A cada passo, eu sentia que estava mergulhando mais fundo em um mundo de segredos e mistérios.

Eu, finalmente, conheceria o poderoso Handall e as expectativas não poderiam ser piores.

Capítulo 26

Eu o segui pelo corredor, observando tudo ao meu redor. A atmosfera era tensa, e eu me sentia como uma intrusa em um mundo desconhecido e perigoso.

Enquanto caminhávamos, as perguntas se acumulavam em minha mente. O que Handall queria comigo? Por que me trouxe para o castelo? E o que ele pretendia fazer comigo, antes ou depois do casamento com minha mãe?

Ao longo dos corredores do castelo, eu me vi envolvida pela grandiosidade e beleza do lugar. As paredes de pedra eram adornadas com tapeçarias finamente trabalhadas, retratando histórias de tempos antigos. Lustres imponentes pendiam do teto alto, espalhando uma luz suave e dourada pelo caminho. O chão de mármore polido refletia os passos silenciosos que ecoavam, criando uma sensação de solenidade e magnitude.

Por um breve instante, fui cativada por aquela atmosfera majestosa, fazendo-me esquecer, temporariamente, dos perigos iminentes e as incertezas que me aguardavam. Era quase como se eu estivesse em uma série ou um filme de época, imersa em um mundo de reis e rainhas, castelos, segredos e disputas pelo trono de ferro.

No entanto, a realidade logo me alcançou, trazendo à tona a consciência de que eu estava em um lugar desconhecido, enfrentando uma situação perigosa. Logo me encontraria com Handall, um celsu poderoso e calculista, que estava destinado a se tornar o marido da minha mãe sem que ela realmente concordasse.

Aquele breve momento de encantamento foi substituído pela inquietude e preocupação, esforcei-me para manter a compostura e a coragem. Eu precisaria muito de ambos nos próximos minutos.

Enquanto seguia pelos corredores, tentava manter meus pensamentos focados, procurando qualquer pista que me ajudasse a entender as intenções daquele homem cruel. Cada passo me aproximava do encontro inevitável, e a ansiedade me consumia.

Respire, Alany, disse a mim mesma. Prepare-se para ser cautelosa e astuta.

Os quadros de antepassados reais, retratados com semblantes enigmáticos, pareciam olhar atentamente para mim, ler meus pensamentos. Eles riam de mim. Zombando da minha inocência em acreditar que poderia enganar Handall.

Tentei manter minha mente alerta, absorvendo cada detalhe ao meu redor, na esperança de encontrar pistas ou indícios que me ajudassem a me localizar caso fosse necessário em algum outro momento. Em uma fuga, por exemplo. A cada instante, eu me sentia mais envolvida em um jogo de intrigas e estratégias, um jogo em que as peças eram movidas em segredo.

Racka parecia ter perdido a voz. Seu rosto continuava imutável, e uma aura de desdém o cercava. Não soltava nem um suspiro, mantendo-se como uma sombra silenciosa ao meu lado. A atmosfera pesada do lugar tornava cada passo mais intenso, e eu me sentia cada vez mais pequena diante da grandiosidade daquele lugar.

Finalmente chegamos ao grande salão, onde uma enorme mesa de carvalho se estendia ao longo do espaço. Cadeiras esculpidas com detalhes elegantes estavam posicionadas em torno dela, cada uma parecendo conter suas próprias histórias.

O salão, de uma beleza impressionante, estava agora vazio e silencioso, mas eu podia sentir o peso das muitas reuniões e celebrações que já haviam ocorrido ali. Através das grandes janelas, a fraca claridade desse novo dia lançava um brilho tênue sobre o chão de pedra, acrescentando um toque de encanto sombrio à cena. Como se o próprio castelo clamasse por algum evento grandioso, algo que mudaria o rumo da sua história.

Cruzando o grande salão, adentramos um cômodo que fugia de toda aquela ambientação quase medieval. Embora o ambiente conservasse um estilo clássico, era visível um toque de reforma e conforto. A biblioteca à nossa frente era um verdadeiro tesouro para qualquer amante dos livros.

As paredes eram revestidas por um rico painel de madeira escura, decorado com entalhes intricados e símbolos místicos. A luz suave e amarelada das luminárias pendentes ressaltava o brilho dourado das letras e ornamentos dos livros. A decoração propositalmente planejada para que coisas novas parecessem antigas.

Os móveis eram igualmente impressionantes. A mesa de leitura, localizada no centro da biblioteca, era uma obra-prima de marcenaria, com suas pernas torneadas e tampo trabalhado em detalhes requintados. Ao redor dela, confortáveis poltronas de couro convidavam os leitores a se acomodarem e se perderem nas páginas de histórias fascinantes.

Uma escada de madeira com corrimão entalhado levava às prateleiras mais altas, permitindo o acesso aos volumes mais raros e preciosos. Os livros mais antigos estavam protegidos por vitrines de vidro, guardados a sete chaves, prontos para serem desvendados por mentes curiosas. Eu sentia que cada canto da biblioteca escondia um segredo, e eu me perguntava o que mais poderia estar escondido entre aquelas páginas antigas. Os escritos dos antigos legados, os relatos das aventuras passadas, ou talvez até informações sobre a origem dos poderes dos celsus.

As prateleiras se estendiam do chão ao teto, repletas de volumes antigos e reluzentes, com lombadas trabalhadas e capas enfeitadas com detalhes em dourado. A atmosfera ali era de conhecimento e sabedoria, e eu sentia um arrepio de excitação percorrer minha espinha ao imaginar os tesouros literários que poderiam estar guardados ali.

Meus olhos percorriam cada detalhe daquela bela biblioteca, e eu me sentia tão encantada que demorei a perceber a presença do homem sentado atrás de uma linda mesa de madeira escura, próxima a elegantes portas francesas que davam acesso ao exterior do castelo. Seus olhos, frios e muito verdes, me observavam com uma intensidade perturbadora.

— Alany, querida — disse ele com uma voz suave, mas carregada de autoridade. — Bem-vinda ao meu humilde castelo!

Seu sorriso era enigmático, revelando apenas uma fração do que se passava em sua mente. Eu sabia que estava diante de um adversário formidável, alguém que estava acostumado a manipular e controlar as situações a seu favor.

Eu não podia ignorar a sensação de que Handall era muito mais do que aparentava ser. Seu poder e influência iam além das aparências, e a atmosfera tensa naquele cômodo só confirmava sua reputação.

Apesar do deslumbre da decoração da biblioteca, eu não podia esquecer que estava em um castelo cheio de escuridão.

— Por favor. Sente-se — pediu, enquanto Racka puxava uma cadeira.

— Agradeço o convite, mas estou curiosa para saber por que me trouxe aqui — disse, tentando controlar o tremor em minha voz.

Sem perder a elegância, ele sorriu suavemente, como se estivesse se deleitando com minha inquietação.

— Há muitas coisas que desejo saber, Alany. E acredito que você pode ser uma fonte valiosa de informações — disse com uma frieza calculada em suas palavras.

Engoli em seco, sabendo que estava em uma posição delicada. Ele sabia quem eu era e o que eu representava para aqueles que amava. Apesar de não me conhecer, ele sabia muito sobre mim. Eu estava me sentindo como uma peça importante no tabuleiro daquele jogo perigoso. Precisava escolher minhas palavras com sabedoria, pois qualquer deslize poderia ter consequências devastadoras.

— Estou disposta a responder suas perguntas, mas antes, quero ver minha mãe — exigi, sem hesitação.

Os olhos de Handall se estreitaram ligeiramente, como se estivesse avaliando minha determinação.

— Sua mãe está bem, Alany. Ela está se preparando para o casamento, que será um evento grandioso e histórico. Receio não poder levá-la até Twilla nesse momento. Mas garanto que poderá vê-la em breve, assim que ela chegar para nos casarmos — respondeu com uma ponta de orgulho em suas palavras. — Venha, vamos caminhar um pouco. Se gostou da biblioteca, espere até ver o jardim.

Ao atravessar as portas que levavam à área externa, fui recebida por uma visão deslumbrante. O espaço era um verdadeiro oásis de beleza e harmonia, projetado para encantar os sentidos. Canteiros de flores coloridas se estendiam ao longo dos caminhos de pedra, criando uma tapeçaria de tons vibrantes e aromas delicados.

No centro do jardim, uma fonte de mármore jorrava água cristalina, refletindo os primeiros raios de sol em um arco-íris de cores. Bancos de pedra estrategicamente posicionados convidavam os visitantes a se sentarem e contemplarem a magnificência da natureza ao redor. Todo lugar era uma paleta de cores e sensações, onde a natureza e a sofisticação se uniam em uma simbiose única. A harmonia entre a arquitetura do castelo e a beleza do jardim era cativante, deixando-me de boca aberta.

Bem, eu estava em um castelo, claro que tudo ali era fascinante.

Mas apesar de toda a beleza ao redor, eu não conseguia deixar de sentir aquela tensão no ar. O jardim, assim como o castelo, estava envolto por algo sinistro. Eu sabia que ali havia muito mais do que os olhos podiam ver, e que a história daquele lugar estava entrelaçada a eventos que moldaram o destino de muitas vidas, não necessariamente de maneira positiva.

A presença de Handall ao meu lado era uma constante lembrança de que a beleza aparente não era suficiente para esconder as sombras que envolviam tudo por ali. Assim como a beleza inegável daquele homem não escondia sua escuridão.

Enquanto caminhávamos, eu me perguntava o que mais ele sabia e o que estava escondendo. Sua energia sombria e seu olhar penetrante me faziam desconfiar de absolutamente todas as suas intenções. Mas, por enquanto, eu tinha que seguir seu jogo, aguardar o momento certo para revelar minhas próprias cartas e descobrir o que ele escondia por trás de sua fachada impenetrável.

O jardim era uma metáfora perfeita para a situação em que eu me encontrava: um lugar de beleza estonteante, mas também de segredos profundos. Eu sabia que não podia me deixar levar apenas pela aparência encantadora do castelo e de seu jardim. Por trás de toda aquela majestade, havia um mundo de perigos e revelações que, mais cedo ou mais tarde, eu precisaria enfrentar.

— Por que eu estou aqui? — perguntei, quebrando o momento admiração.

— Acredite ou não, porque quero conhecê-la melhor. Amanhã me casarei com sua mãe, isso quer dizer que seremos uma família.

Suas palavras me fizeram rir em uma reação involuntária.

— Até outro dia você queria me matar. E agora quer me conhecer... — ponderei, com uma careta de dúvida.

A risada suave de Handall ecoou pelo jardim, um som que parecia mais uma mistura de escárnio e desdém.

— As circunstâncias mudaram, Alany. À medida que uma situação evolui, nossos objetivos também podem se transformar. É verdade que minhas intenções em relação a você já foram bem diferentes, mas agora vejo a oportunidade de nos conhecermos melhor e, quem sabe, até mesmo nos entendermos.

Seus olhos frios me encaravam como se quisessem ler minha alma. Eu queria dizer que não confiava nele, que não acreditava em uma palavra, mas uma parte de mim sabia que precisava manter a calma e tentar descobrir o que ele estava planejando.

— Se não quer mais me matar, já está bom para mim — brinquei, tentando manter o clima leve.

Ele sorriu, mas era um sorriso que não alcançava seus olhos, apenas uma expressão cuidadosamente ensaiada.

— Twilla sabe que eu estou aqui?

— Ainda não. Por isso, estou reservando o momento certo para que se encontrem. Twilla não está aqui no castelo ainda, está se preparando. Como vocês gostam de dizer, está no seu dia de princesa. Porém, no caso dela, dia de rainha — disse ele, piscando.

Imaginar Twilla vestida de noiva para se casar com aquele canalha era desolador. A imagem que deveria ser perfeita, transformava-se em um pesadelo.

— Eu não entendo. Por que precisa de mim? — insisti, sabendo que até agora ele não havia dito nada de concreto.

— Digamos que Twilla precise de um incentivo. Ela anda bastante preocupada com você. Quando ela souber que você apoia essa união, ficará muito mais feliz.

Eu mal conseguia acreditar no que estava ouvindo. Handall estava, de alguma forma, pedindo minha aprovação para o casamento falso com minha mãe?

Aquilo parecia tão surreal que não pude conter uma risada. Era inacreditável pensar que ele estava usando esse argumento para justificar suas ações. Minhas dúvidas só aumentaram, ou ele estava subestimando minha inteligência ou preparando o terreno para alguma coisa muito mais cruel.

Enquanto caminhávamos pelo jardim, a paisagem exuberante parecia contrastar com a bizarra situação em que me encontrava. As flores coloridas e os pássaros cantando criavam um ambiente quase idílico, mas o ar estava carregado de podridão.

— Então, você quer que eu apoie essa farsa de casamento? — perguntei, ainda sem conseguir conter o sorriso irônico nos lábios.

Handall parou de caminhar e me encarou com seriedade. Seus olhos frios me sondando em silêncio.

— Não é uma farsa, Alany. Esse casamento é parte de um plano maior, que visa unir os celsus e garantir a sobrevivência das espécies em harmonia. Pode até ser uma decisão política e estratégica, mas também é uma oferta de paz — explicou, mantendo a elegância.

Suspirei, tentando compreender a complexidade da situação. Nem por um segundo acreditei em suas palavras e a dúvida ainda me consumia. Eu conhecia os seus planos, sabia que por trás de toda aquela trama, havia uma intenção maior, porém, não era tão nobre quanto ele queria fazer parecer.

— E o que acontece depois que o casamento for realizado? O que você pretende fazer com minha mãe? — indaguei, agora mais séria.

Handall hesitou por um momento, como se estivesse ponderando suas palavras.

— Twilla terá uma vida confortável ao meu lado, como uma rainha. Ela será respeitada e protegida. Essa é a promessa que faço a ela — respondeu com sinceridade, mas ainda havia muitas lacunas; letras miúdas que eu não conseguia enxergar.

— Explica o que mudou. Antes queria me matar e agora quer minha aprovação... — Deixei as palavras morrerem ao vento.

— Você é híbrida e não deveria ter habilidades, nem deveria estar viva, para começar. No entanto, percebo que evoluímos como espécie, e preciso aceitar isso. Digamos que teremos muitos seres como você num futuro próximo e não terei como controlar. Essa é uma luta que não posso vencer.

— Seretini viu isso não foi? — interrompi seu argumento quando tive um lampejo de onde havia saído essa afirmação.

Pela primeira vez desde o momento que nos encontramos, ele dizia apenas a verdade sem tentar manipular as palavras. Handall tentou não transparecer, mas seus olhos e sua energia me mostraram sua surpresa. Provavelmente ele não imaginou que eu soubesse sobre ela.

Ponderando sua resposta ele me testou:

— Pode explicar sobre o que está falando?

Havia muita ansiedade naquela pergunta. Um pouco me receio e medo também.

— Claro. Ela é a vidente que você mantém presa nesse castelo. Não sei o que sabe sobre mim, mas posso ver quando fica inseguro — falei revelando uma pequena parte da minha habilidade, apenas o bastante para que ele se abrisse um pouco mais.

A expressão satisfeita de Handall ao ouvir minhas palavras só confirmava minhas suspeitas, ele estava mesmo me testando. Era evidente que eu estava adentrando um território perigoso ao mencionar aquilo, mas eu estava decidida a conseguir algumas informações, ainda que isso significasse entrar no seu joguinho sinistro.

No entanto, havia mais em sua reação. Ele ficou aliviado, como se constatasse que eu não sabia nada além do que era permitido. Tive a sensação de que a visão de Seretini escondia muito mais do que apenas híbridos vivendo entre celsus.

— Você tem razão, Alany. Seretini é uma excelente vidente, possui o dom único de enxergar além do véu do tempo. Suas visões foram muito úteis, posso garantir — admitiu, mantendo a calma e voltando a caminhar. — Ela também viu que nós três, juntos, manteríamos o equilíbrio por muito tempo.

A última frase não era exatamente verdade, apenas mais uma tentativa de manipulação.

— O que representa equilíbrio para você? Exterminar a raça humana até que os celsus dominem o mundo? Você faz tudo isso porque acredita que celsus sejam mesmo superiores ou só para ter todo o poder que conseguir?

Handall inclinou a cabeça, como se cuidadosamente estivesse avaliando suas palavras.

— Os humanos são egoístas, fracos e desprezíveis. E, adivinha? Eu não sou o responsável por isso.

Eu podia sentir a frieza e a arrogância em sua voz. Ele não fazia questão de esconder o desprezo que sentia pelos humanos, e sua visão sobre eles era de pura repulsa.

— Entendo que haja humanos que agem de forma egoísta e cruel, mas generalizar toda a espécie com essas palavras é injusto — argumentei, buscando manter minha postura firme diante de sua presença imponente.
— Assim como há aqueles que perpetuam o mal, também existem pessoas boas, altruístas e dispostas a fazer a diferença. O mundo é composto por uma vasta diversidade de seres e comportamentos, e julgar todos com base nas ações de alguns é, no mínimo, um erro.

Handall riu de forma sarcástica, como se minhas palavras fossem ingênuas e insignificantes.

— Ainda não entende, menina. A natureza humana é inerentemente corrompida. A história está repleta de exemplos que provam isso. Eles só pensam em si mesmos, em seu próprio benefício, sem se importar com os outros, mesmo os de sua espécie. O mundo é cruel e impiedoso. E se você quiser sobreviver e proteger aqueles que ama, precisará aprender a ser igualmente implacável — advertiu, seu olhar se tornando ainda mais intenso.

— Tenho minhas dúvidas se você realmente quer proteger os celsus. Parece que tudo isso é um jogo de orgulho e poder.

— Desconfiança é natural, Alany. Você é esperta em questionar tudo ao seu redor. Mas, lembre-se de que, por mais que você seja uma híbrida com habilidades surpreendentes, ainda é só uma peça nesse jogo. Se quiser proteger sua mãe e os que ama, precisará fazer escolhas difíceis — avisou com um tom de repreensão.

Cansados pela caminhada, nós nos sentamos a uma mesa sob um lindo pergolado, que proporcionava sombra e frescor. À nossa frente, um cenário magnífico se estendia pelo horizonte. O castelo, imponente e majestoso, repousava no topo das montanhas, como um guardião solitário dos segredos que abrigava.

As montanhas se estendiam em todas as direções, suas encostas verdes e exuberantes formando um contraste marcante com o céu azul intenso. A vista era de tirar o fôlego, como se estivéssemos acima das nuvens, alcançando o céu com as mãos.

Os picos das montanhas se destacavam contra o horizonte, desafiadores e imponentes. À distância, os vales se estendiam, criando uma paisagem deslumbrante de beleza selvagem e indomada. Ali, em meio a toda aquela grandiosidade natural, o castelo se erguia como uma fortaleza, imbuído de histórias e segredos que ecoavam pelos corredores de pedra.

Enquanto me permitia apreciar aquela visão extraordinária, não pude deixar de notar a dualidade que permeava o lugar. O contraste entre a beleza da paisagem e o mistério sombrio do castelo era intrigante e arrebatador.

— É realmente impressionante — comentei, mas agora, admirando não apenas o jardim, mas também a grandiosidade das montanhas ao nosso redor.

Handall assentiu com um olhar reflexivo, como se a vista diante de nós despertasse uma série de pensamentos e lembranças.

— As montanhas têm seu próprio poder e mistério, assim como o castelo. Estamos em um ponto de equilíbrio entre a beleza da natureza e a imponência da arquitetura — Handall acrescentou, parecendo verdadeiramente apreciar a grandiosidade do local.

Enquanto contemplávamos a vista, percebi que, assim como o castelo estava firmemente enraizado no topo das montanhas, nossos destinos também estavam interligados de alguma forma. Aquele lugar, com toda a sua beleza e enigma, seria o palco para revelações e desafios que ainda estavam por vir.

A brisa suave que soprava pelas montanhas carregava consigo uma sensação de renovação e esperança, mas eu sabia que não duraria muito tempo.

— Você deve estar faminta. Carol lhe fará companhia. Enquanto isso, peço que avalie a minha oferta. Quando estiver pronta, poderá falar com Twilla — revelou ao se levantar. — Estar ao nosso lado, apoiando essa união tão importante para todos, significa nunca mais precisar fugir ou se esconder.

— Como acha que será para os celsus, quando voltar atrás e disser a todos que os híbridos não representam mais uma aberração?

— Acho que ainda não fui claro o bastante. Quando eu for o regente dos celsus, nada que aconteceu antes disso terá importância. Ninguém poderá contestar algo irreversível e natural. Usando os argumentos certos, todos compreenderão que faz parte da evolução da Humanidade. Celsus não são tão diferentes dos humanos nesse ponto, eles também precisam seguir alguém que ofereça segurança.

— Principalmente quando esse regente tem um exército de Legados capazes de matar celsus sem serem punidos — completei, tentando conter minha indignação.

— Finalmente você está começando a entender — observou, piscando para mim antes de se afastar.

Capítulo 27

As palavras de Handall reverberavam em minha mente, lembrando-me de que a Humanidade estava em um caminho perigoso, à beira do abismo. Enquanto eu ponderava sobre o que estava por vir, percebi que também carregava uma responsabilidade em minhas mãos. A possibilidade de influenciar o rumo dos acontecimentos me assustava e, ao mesmo tempo, me impulsionava. As circunstâncias me empurraram para um mundo de segredos e intrigas, um caminho que nunca imaginei trilhar. O castelo imponente nas montanhas era agora o palco de uma jornada inesperada.

A brisa suave da montanha acariciava meu rosto, trazendo um alívio momentâneo para as tensões que permeavam meus pensamentos. Enquanto observava o horizonte, meu coração se dividia entre o dever de encontrar Twilla e a desconfiança em relação a Handall. A proposta que ele havia me feito ainda ecoava em minha mente, mas eu sabia que não poderia aceitá-la. Não podia compactuar com um plano nefasto de Handall.

— Você deve estar com fome.

A voz de Carol me assustou. Chegando como um predador, em silêncio, ela segurava uma bandeja com um belo café da manhã, que colocou sobre a mesa. O aroma de ovos mexidos, café e pão fresco invadiram meu nariz, lembrando-me de que comer era uma necessidade básica e meu estômago há muito já reclamava sem que eu lhe desse atenção.

— Obrigada! — Foi tudo que falei antes de me fartar.

— Como foi a conversa?

— Civilizada — respondei com a boca cheia, parecendo o oposto disso.

— Imagino que ele tenha explicado o que espera de você — sondou.

— Que eu mostre para Twilla que aprovo essa linda união.

Carol cerrou os olhos, pensativa. Sugerindo que havia algo que eu ainda não sabia. Ela olhou para trás antes de se aproximar e baixinho falar:

— O que ele alegou para mudar de opinião sobre você?

— Que Seretini teve uma visão onde muitos híbridos surgiriam sem que ele tivesse qualquer controle. Disse que não lutaria se a guerra já estava perdida.

— E você acreditou?

— Sim, mas isso é só parte da visão. Acredito que ela viu mais alguma coisa que o assustou. Claro que ele não contaria essa parte — falei, também olhando para os lados, conferindo se estávamos sozinhas.

— Eu queria saber o que está passando pela cabeça dele — disse para si mesma, sentando-se ao meu lado.

— Pelo que entendi, ele quer se tornar o regente dos celsus e exterminar os seres humanos — resumi, tomando o último gole de café.

— Sim, tem isso também — anuiu, sorrindo como se estivéssemos falando sobre uma fofoca qualquer. Acompanhei-a na risada leve. — É que alguma coisa mudou. Até ontem a ordem era matar todos que estivessem contra ele, isso incluía você e os nossos amigos. Então, as ordens mudaram. Ele queria vocês, vivos. Não sei se todos, mas você e Antoni com certeza. Acho que tem alguma coisa a ver com as últimas visões da Seretini.

— Ele falou que ninguém poderá contestar a evolução da Humanidade. Pensando bem, não faz sentido já que ele quer tanto exterminar os humanos — falei, lembrando-me da frase que ele usou.

Carol assentiu, suas feições sérias refletindo a realidade da descoberta.

— É isso, Any. Essa visão tem a ver com você e não com vários híbridos. Você é a justificativa, é assim que ele vai convencer o conselho e os outros celsus. A Humanidade não está acabando, está renascendo. Permitindo que os híbridos sobrevivam e tenham habilidades.

A ideia de ser usada como peça em um jogo de poder me revoltava, mas ao mesmo tempo, essa perspectiva podia ter salvado a minha vida.

— O que será que ela viu? — pensei alto.

— Você podia perguntar para ela — Carol falou como se fosse algo óbvio.

— Eu não posso ir, mas você não tem nada a esconder. Se alguém descobrir, no máximo será mandada de volta ao seu quarto. Eu iria se pudesse, mas ainda não posso ariscar.

A ideia de encontrar Seretini, aquela que havia sido o grande amor de Antoni, provocava uma mistura de sentimentos em mim. Por um lado, eu ansiava por respostas e entendimento sobre as visões. Por outro, sentia certo desconforto em pensar no passado de Antoni e na intensidade dos sentimentos que tiveram um pelo outro.

Talvez ainda tivessem. Talvez *ela* ainda tenha.

— Você está bem? Parece preocupada — observou Carol, notando minha expressão pensativa.

— Eu não sei se é uma boa ideia...

— O que foi? Está dispensando uma aventura pelo castelo assombrado?

Eu sorri sem qualquer humor, apenas para tentar mudar o foco da conversa sem levantar suspeitas.

— Por que você está aqui, Carol? No castelo. Você não devia estar no Ministério?

A questão havia me incomodado antes, porém achei que não era o momento de perguntar. Agora, no entanto, eu queria fugir daquela conversa sobre Seretini.

— Handall queria por perto alguém em quem você confiasse. Mesmo sabendo que nada é como antes entre nós, ele acredita que sou a figura mais familiar que você teria. E ele não está errado.

— Aqui fora não estamos sendo observadas? Você parece muito mais à vontade do que antes — observei.

— Estamos sempre sendo observadas aqui. O que muda é quem está de plantão —ela explicou, elevando as sobrancelhas com ar animado.

Olhei para os lados procurando alguém, em vão.

— Eu não vejo ninguém.

— Ele seria um péssimo informante se você o visse.

Foi nesse momento que me ocorreu o melhor dos pensamentos.

— Então você pode ligar para Antoni, avisar que estou bem, dizer onde estamos ou ... — Minha voz tinha um tom eufórico.

— Acalme-se, Any — interrompeu, colocando sua mão sobre a minha. — Eu vou avisar. Assim que eu tiver mais informações, ok? Fica tranquila. Agora, não temos muito tempo. E aí? Quer ou não saber o que Seretini viu sobre você? — Carol perguntou com um olhar sério.

— Eu quero, mas... —relutei.

— Está com medo de encontrá-la — Carol concluiu, conhecendo-me melhor do que ninguém. — Ah, não! Você e Antoni... — Ela semicerrou os olhos, percebendo que estava certa. — Seretini e Antoni tiveram um romance no passado, por isso você está com receio de vê-la... Caramba!

Eu não sei o que me entregou, mas nunca consegui esconder nada de Carol, não seria agora, ainda mais sendo algo tão forte que latejava dentro de mim. Pensar nele fez a chama voltar a queimar intensamente.

— Sim, é verdade. O passado deles me deixa um pouco desconfortável, mas não é o que está pensando. Eu não tenho nada com ele — admiti, abaixando o olhar.

Nervosa, Carol se levantou e começou a andar de um lado para o outro, claramente preocupada.

— Espera, você e Handall conversaram sobre Antoni? — perguntou, carregada de preocupação.

— Não, porquê? — indaguei, confusa.

Carol parou de andar e me encarou seriamente.

— Você precisa evitar ao máximo pensar em Antoni quando estiver na presença de Handall, entendeu? — avisou com urgência.

— Do que você está falando?

— Está apaixonada por ele?

— Talvez — respondi, sentindo corar minhas bochechas.

Carol suspirou e colocou as mãos em meu ombro.

— Any, Handall é um djinn. Ele vai descobrir o que você sente mais rápido do que imagina, basta você pensar em Antoni. Ele vai usar isso contra você — explicou, preocupada.

Eu sabia que Handall era um djinn, mas na verdade não compreendia muito bem a extensão de suas habilidades. Conhecia histórias sobre eles, contos que falavam sobre seus desejos concedidos e seus tratos perigosos.

— Eu sei o que ele é, mas... não sei o que pode fazer.

— Ele consegue alcançar seus desejos mais profundos, até aqueles que você nem sabia ter. Ele pode criar ilusões baseadas nesses desejos e confundir sua mente. São mestres nisso. Ele pode ameaçar matar Antoni bem na sua frente, e você não saberá se é real ou uma ilusão.

A ideia de que Handall pudesse ler ou conhecer meus sentimentos era inquietante. Criar uma ilusão que eu não pudesse distinguir ser algo real ou não era insuportável. Só de pensar fiquei com falta de ar.

Compreendi a complexidade do que Carol me pedia, mas não seria nada fácil. Lembrei-me da fala de Antoni sobre eu ser capaz de identificar o real de uma ilusão, mas não estava segura se seria assim e não queria pagar para ver.

— Pensar em não pensar em alguma coisa é impossível — falei, expressando minha frustração.

Era como se ela me pedisse para ignorar uma parte essencial de quem eu era, uma conexão que eu não podia simplesmente apagar.

Compreensiva, Carol suspirou e balançou a cabeça.

— Eu sei que é difícil, Any. Mas precisamos encontrar uma maneira de proteger você. Handall é manipulador, e se ele souber sobre seus sentimentos por Antoni... — Ela deixou a ideia morrer no ar. — O truque é ocupar a mente com alguma questão importante antes de encontrá-lo, algo que justifique a permanência no tema. Assim, caso ele tente arrastá-la para outro pensamento, você conseguirá permanecer com a mente onde está. Ocupada com algo importante, mas nada revelador.

— Vou me lembrar disso. Focar em Twilla e vai dar tudo certo — falei tentando parecer confiante. — Aliás, você sabe onde ela está? Handall disse que não está aqui.

— Não sei, mas posso descobrir. Conheço quem está encarregado da segurança de Twilla até o casamento — disse ela com certa insegurança na voz.

Carol desviou os olhos, claramente evitando me encarar. O arrepio que senti foi um alerta para não insistir no assunto. Eu já imaginava quem era esse amigo, só em pensar naquele nome sentia a raiva me queimar por dentro.

Maldito lobo!

— Agora me conta essa história direito. O que está rolando com Antoni? — Carol sorriu, animada com a novidade, mudando de assunto drasticamente.

— Não tenho muito para contar... Quer dizer, até tenho, mas você disse que não temos tempo, então...

— Temos tempo para um resumo rápido. Conta logo — insistiu como se ainda fôssemos amigas.

O pior, era que eu queria muito contar tudo para ela.

Com um suspiro resignado, decidi compartilhar a história. Carol ouvia tudo atentamente, seu interesse era intenso e emocionado. Quando eu expliquei sobre o feitiço que nos fez esquecer o passado, ela ficou pensativa, depois perguntou:

— Um feitiço como esse exige um elo, onde as memórias são conservadas. Você sabe onde está?

— Elo? Eu nem sei do que você está falando.

— Feitiços, que envolvem a manipulação de memórias, exigem uma conexão com a pessoa afetada, neste caso as duas pessoas. Deve ser um elo que permite que as memórias sejam conservadas e tenha uma forte ligação com vocês dois. É uma magia complexa e poderosa. Se quem o fez foi aquele feiticeiro fake, significa que utilizou magia maligna, o que requer sacrifícios. Esse tipo de magia sempre cobra um preço, já deve ter ouvido isso, e é verdade. Hiertha não é um feiticeiro de verdade, não tem o poder necessário para manipular algo dessa magnitude sem sofrer as repercussões.

Imediatamente levei a mão ao colar no meu pescoço. Só podia ser isso... Não podia ser coincidência.

— O colar... Antoni também tem um, igual — murmurei, fitando o objeto entre meus dedos trêmulos.

Carol arregalou os olhos, surpresa com a informação.

— Com certeza esse é o elo, só precisa juntá-los e vai desfazer o feitiço.

A revelação de Carol sobre o elo e a possibilidade de juntar os colares para desvendar o feitiço foi ao mesmo tempo intrigante e assustadora. Senti uma mistura de esperança e apreensão dentro de mim.

— Juntar os colares vai lhe dar respostas, mas também pode ser perigoso. Não sabemos qual é o sacrifício necessário para que isso aconteça — ponderou Carol.

— De que tipo de sacrifício nós estamos falando?

— Eu não faço ideia, pode ser qualquer coisa. Mas como a palavra diz, é um sacrifício, e eles nunca são bons.

E mais essa agora!

— Se pelo menos eu soubesse por que ele fez isso...

— Se ajudar, eu me lembro de quando Antoni voltou ao Ministério depois de muito tempo sumido. Ele apareceu um pouco depois que Frederick morreu. Embora Handall, nunca tenha dito nada sobre isso, eu sempre pensei que ele tinha voltado para se vingar, imaginando que Handall tivesse alguma relação com a morte do pai.

— E teve?

— Talvez. Mas foi depois disso que Antoni passou de legado a fugitivo. Handall sempre afirmou que ele era o homem por trás da tal Ordem. Por isso se tornou o maior inimigo do Ministério. Mas eu sabia que não era verdade, Antoni tinha feito algo muito grava para deixá-lo com tanto ódio a ponto de revirar o mundo atrás dele. Sinceramente, não sei como ele sobreviveu até hoje.

— A tal Ordem do Sol, que ninguém sabe se realmente existe.

— Onde ouviu esse nome? — perguntou ela, surpresa.

— Esse maldito hacker que nos entregou para... Zaxai. Ele escreveu um recado para Antoni num pedaço de papel. Disse que conseguiria nos colocar na lista de convidados se garantíssemos sua entrada na Ordem do Sol — repeti o nome com desdém.

Lembrar o quanto fomos ingênuos e confiamos em alguém que descaradamente nos traiu, despertava um sentimento de indignação e raiva.

— Eu encontrei esse hacker. Quando Antoni me pediu para tentar descobrir algo sobre ele, não foi difícil descobrir. Não temos muitos celsus com essa habilidade técnica. Ele não parecia um traidor.

— Como a gente pôde ser tão idiota? Confiar em um moleque que não conhecíamos... — desabafei com Carol; minha voz carregada de frustração.

Ela me lançou um olhar solidário, compreendendo exatamente o que estava sentindo.

Respirei fundo, tentando controlar as emoções que transbordavam em mim. Sabia que nem sempre era um erro confiar nas pessoas, mas não conseguia deixar de me sentir frustrada com toda a situação.

— Até que faz sentido — disse Carol, deixando-me perdida. — Antoni — revelou, sem realmente explicar nada.

— Vai ter de ser um pouco mais explícita do que isso — avisei, confusa.

Falávamos do hacker traidor e, do nada, Carol fala do Antoni.

Perdida em seus pensamentos ela ponderava uma maneira de expor suas ideias.

— Pensa... Se é como diz, Antoni estava apaixonado por você e você por ele. Quando ele descobriu sobre a morte do pai, imaginou ser culpa de Handall e foi tomado por uma sede de vingança. Mas se ele se aproximasse demais, Handall descobriria seus sentimentos e ele estaria perdido. Por isso criou esse feitiço, para tirar você da mente dele.

Considerei suas palavras com cuidado, já sentindo o coração aos pulos.

— Então, você está dizendo que Antoni apagou suas próprias memórias para não correr o risco de ser descoberto por Handall? — perguntei, buscando confirmar o que acabara de ouvir.

Carol assentiu, parecendo preocupada.

— É o que parece. Ele estava disposto a abrir mão de suas próprias lembranças para evitar que Handall soubesse a verdade sobre seus sentimentos por você. E, ao fazer isso, ele acabou também se distanciando de você e de tudo que viveram juntos — concluiu, seu semblante preocupado, ainda juntando as peças mentalmente. — Considerando que é quase impossível atacar Handall, ele deve ter pensado que existiam dois possíveis resultados. Ou ele seria capturado e assim descobririam sobre você, ou ele morreria nessa missão e quebraria seu jovem coração. Como você se sentiria hoje se o perdesse?

— Eu não quero pensar nisso.

— Imagina isso acontecer quando você era muito jovem e tinha acabado de perder o pai? Seria devastador. Se ele estava apaixonado, não deixaria isso acontecer.

Era difícil conter as lágrimas que ameaçavam escapar. A ideia de que Antoni havia se sacrificado para proteger seus sentimentos e me manter em segurança me deixava com um sentimento de gratidão e tristeza ao mesmo tempo. Ele havia abdicado de sua própria felicidade por mim, mas isso não significava que eu estivesse bem com essa decisão.

— Se ele me amava tanto, por que não deixou de lado essa história de vingança?

Ela se aproximou gentilmente e enxugou minhas lágrimas enquanto me envolvia em um abraço carinhoso.

— Eu não sei, Any. Mas sei que vamos descobrir. Não sabemos o quanto de mágoa ele é capaz de aguentar. Ele pode ter imaginado que conseguiria voltar para você assim que tudo estivesse resolvido. Alguma coisa deu errado naquele dia em que esteve com Handall. Disso tenho certeza, e não tem nenhuma relação com a tal Ordem.

— Seja o que for que aconteceu, precisamos descobrir a verdade — declarei, determinada. — Não posso viver com essa incerteza e esse vazio dentro de mim. Preciso entender o que aconteceu naquele dia.

Carol assentiu, compreendendo minha angústia.

— Vamos encontrar respostas, Any. E vamos ajudar Antoni a recuperar suas memórias, se for isso que ele deseja. Mas precisamos ter cuidado. Handall é perigoso e não podemos subestimá-lo — alertou.

— Bem, acho que já podemos procurar Seretini. Quero saber o que ela viu — afirmei, arrancando um grande sorriso de Carol.

A curiosidade, porém, acabou vencendo meu receio. Se aquelas visões de fato estavam relacionadas a mim e ao que estava acontecendo, eu precisava saber. Afinal, aquilo poderia ser a chave para entender melhor o que estava em jogo.

Capítulo 28

Carol me contou que funcionários do castelo comentavam sobre a mulher triste que vivia presa na torre da ala oeste. O problema seria como chegar até lá sem sermos descobertas. Por sorte, minha amiga era uma poderosa feiticeira e tinha um plano.

— Temos de ir agora. Aproveitar que Handall deixou o castelo.
— Como sabe disso? — perguntei, impressionada por ela ser tão bem informada.
— Essas paredes têm ouvidos, lembra? — respondeu, piscando para mim.

Então seguimos para dentro do castelo. Assim que alcançamos os corredores, Carol fez sinal para que eu fizesse silêncio, então segurou a minha mão e fechou os olhos. Em seguida um guarda surgiu bem à nossa frente. Como se fôssemos fantasmas ele nos ignorou passando direto por nós, cruzando o corredor e sumindo.

Minha respiração ficou presa por um momento, impressionada com a habilidade de Carol em manipular a magia e nos tornar invisíveis aos olhos do guarda. Aquela demonstração de poder me deixou ainda mais confiante em nossa empreitada, mas também aumentou minha apreensão. Como disse antes, ela não podia se arriscar, mas ali estava, arriscando-se comigo.

Finalmente, chegamos à ala oeste, e pude sentir a presença de alguma magia poderosa emanando de um lugar específico. Olhei para Carol, buscando alguma confirmação de que estávamos na direção certa. Seus olhos brilhantes encontraram os meus, e ela fez um gesto indicando que estávamos no lugar que procurávamos.

Caminhamos cautelosamente pelo corredor escuro, mantendo-nos na sombra para evitar sermos notadas. Chegamos diante de uma porta de madeira esculpida, e Carol parou por um momento, como se estivesse se concentrando em algo. Um brilho intenso envolveu suas mãos, e com um gesto rápido, a porta se abriu sem emitir nenhum som.

Ao entrar no aposento, um arrepio percorreu minha espinha, como se um aviso silencioso ecoasse no fundo da minha mente. A luz suave filtrada pelas janelas altas pintava padrões misteriosos no chão, envolvendo o ambiente em uma atmosfera quase mágica. Era como se estivesse entrando em um lugar proibido, cheio de segredos que ansiavam por serem desvendados.

Ela estava deitada na cama, envolta em uma aura enigmática que a destacava no cenário. Seu cabelo escuro espalhava-se sobre o travesseiro como uma cascata de ébano, emoldurando seu belo rosto. Seus olhos estavam fechados, e parecia estar imersa em um sono profundo, quase como se estivesse em um transe.

Meu coração ameaçou parar. Aquela não era Seretini.

— Mãe?!

O quarto parecia estar suspenso em um mundo à parte, envolto em um silêncio solene. Minha voz saiu em um sussurro, quase como se temesse quebrar a magia do momento.

Aquela figura envolta em mistério não era a vidente Seretini, como eu esperava, sim, Twilla. Seus olhos se abriram lentamente, revelando um brilho familiar, mas também uma tristeza profunda como nunca antes eu havia testemunhado.

Enquanto eu a encarava, meu coração batia descompassado.

— Alany... Minha filha — disse ela com uma voz suave, mas carregada de emoção. — O que faz aqui?

— Se Twilla está aqui... — considerou Carol, deixando a frase incompleta, seu olhar de pavor. — Precisa se esconder agora! — ordenou.

— Vou dar um jeito nele.

Ocultei-me atrás de um armário no exato momento em que Zaxai entrou no quarto.

— Achou mesmo que eu não sentiria sua presença, Carol? Eu sei que faz tempo, mas ainda sinto o cheiro — disse; sua voz com tom malicioso.

Carol, sempre destemida, manteve a postura firme e desafiadora.

— Bom para você.

— Não deveria estar aqui — observou, parecia curioso.

Enquanto caminhava pelo quarto com olhos de águia, passando por mim sem me ver. Eu sabia que aquele era um péssimo esconderijo, mas fiquei sem opções na pressa. Não fosse por Carol e seus feitiços eu teria sido descoberta em segundos.

— E você não deveria permitir que alguém entrasse nesse quarto.

— O importante é que peguei você no flagra — disse, sorrindo, sentindo-se vitorioso.

— Vim ver Seretini. Mas, pelo visto me enganei de quarto. Você sabe onde ela está?

Carol transbordava confiança. Sua convicção causava dúvidas em Zaxai.

— Ela não está mais aqui. Foi libertada ontem.

— Sério? E por quê? Bom comportamento? — perguntou sorrindo, mantendo o clima leve e dissipando qualquer desconfiança.

— Está mais para redução de pena. Como acha que descobrimos onde sua amiga e seus amiguinhos estariam? Handall é o mestre dos acordos, lembra?

— Nisso você tem razão. Twilla é prova disso — lamentou Carol, olhando para a mulher deitada na cama. — Vamos sair daqui, não é um bom lugar para ficar por muito tempo.

Carol mandou um recado, eu não podia demorar.

Assim que eles saíram do quarto, deixei meu frágil esconderijo e me aproximei dela. Ao segurar sua mão, lágrimas escorreram pelo meu rosto, mesclando-se com a tristeza estampada em meus olhos. Era difícil conter a emoção, pois ver minha mãe naquele estado de debilidade era uma dor maior do que eu conseguia descrever.

Sua mão, antes forte e acolhedora, agora repousava frágil em minha palma.

— O que ele fez com você?

Minha mãe me olhou com olhos tristes e cansados.

— Você não devia estar aqui... — Sua voz era um sopro. — Precisa ir.

Cada batida do meu coração parecia ecoar a palavra "impotência" enquanto eu permanecia ali, diante dela, vendo-a lutar em sua batalha silenciosa. Meus olhos estavam fixos em sua frágil figura, e a sensação de desespero parecia me consumir por completo.

Eu demorei tanto tempo para encontrá-la e agora ela estava bem na minha frente, ainda assim eu não podia fazer nada para ajudá-la. Senti meu coração se apertar ao ver o estado em que ela se encontrava. Tentei sorrir para ela, mesmo que meus lábios tremessem com a tristeza contida. Queria transmitir esperança, mesmo quando minha própria esperança parecesse tão distante.

— Vou tirar você daqui — afirmei, decidida.

Enquanto eu olhava para seu rosto sereno, pude perceber uma determinação escondida em seus olhos. Ela estava lutando, mesmo que de uma maneira que eu não conseguia entender completamente. Era como se sua alma estivesse travando uma batalha invisível, e eu pudesse apenas observar de fora.

Quando a porta abriu e Handall entrou, pude ver o medo nos olhos de Twilla. Sua energia era tão fraca que não passava de uma névoa clara e esfumaçada.

— Ah, que ótimo! A família toda reunida — escarneceu, fechando a porta. — Não foi assim que imaginei esse encontro, mas já que você decidiu bisbilhotar... podemos improvisar.

— O que você fez com ela?

Handall era um homem cuja beleza poderia facilmente hipnotizar os incautos. Seus grandes olhos verdes eram profundos e penetrantes, revelando uma inteligência aguçada por trás daquela fachada misteriosa e sedutora. Seu cabelo escuro caía perfeitamente emoldurando seu rosto, enquanto a pele morena realçava ainda mais sua aura enigmática.

Ele sempre parecia estar impecavelmente vestido, como se cada peça de roupa fosse cuidadosamente selecionada para realçar sua figura esguia e elegante. Sua postura era altiva e confiante, e cada gesto exalava uma presença dominante e astuta. Handall se movia com graça e firmeza, como se estivesse acostumado a estar no controle de tudo e todos ao seu redor.

Apesar de toda sua beleza e charme, havia algo muito perturbador em sua presença, algo que inspirava um temor e cautela. Seus olhos, por mais cativantes que fossem, também pareciam esconder segredos sombrios e intenções ocultas. Por trás da máscara de um cavalheiro refinado, sabia-se que ele era capaz de manipulação e crueldade.

Era difícil resistir ao seu carisma magnético, mas aqueles que conheciam sua verdadeira natureza sabiam que por trás daqueles olhos encantadores havia uma escuridão implacável. Sua arrogância e frieza eram apenas camadas de uma personalidade complexa e intrigante, que escondia seu lado impiedoso.

— Digamos que ela fez isso a si mesma — falou enquanto se acomodava na poltrona ao lado da cama. — Quando Twilla desejou me matar, sabia que seu destino seria a fenda, eu só estou antecipando os efeitos.

— Como assim, antecipando os efeitos?

A imagem de Twilla deitada na cama, lutando contra a mesma ameaça que me aterrorizava na fenda, deixou-me ainda mais em desespero. Eu sabia como aquilo era terrível, como cada segundo parecia uma eternidade quando sua própria vida era drenada, deixando apenas uma sombra do que costumava ser.

Meu coração se apertou ao pensar que poderia acontecer com Twilla o mesmo que aconteceu comigo na fenda. A sensação de fraqueza e desespero que me dominou naquele lugar sombrio e perverso ainda ecoava em minha mente, como um eco assustador de um passado aterrador.

— Não é interessante? Nem todos os humanos são descartáveis. Encontrei um descendente de Darkspell que carrega a essência da maldição em seu sangue. Criando um clã de legados mortais, agora sem restrições, e uma prisão na fenda, sem estar na fenda.

— Então ele também é um híbrido. Talvez tenha sido esse o real motivo da sua mudança. Seretini não teve nenhuma visão com vários de nós surgindo sem o seu controle. Até porque você pretende controlar tudo e todos — constatei, começando a entender a extensão do poder de manipulação daquele homem.

— Querida, eu soube que você pode ver quando estamos mentindo. Será que não funcionou comigo? — perguntou retórica e ironicamente. Ele estava certo eu vi que não mentia quando falou sobre a visão, mas alguma coisa não encaixava. —Bem, como vê, sua habilidade é falha. Híbridos... — mencionou com desdém, revirando os olhos como uma criança. — Ela teve uma visão, mas só com você.

Handall piscou para mim, fazendo a bile subir pela minha garganta.

Esse era o ponto, uma informação verdadeira junto a uma mentira podia confundir minha percepção. Ele sabia o tempo todo como minha habilidade funcionava. Alguém o deixou muito bem informado. Depois de ouvir as palavras de Zaxai sobre a libertação de Seretini e agora descobrir como ele teve informação para me manipular, acendeu um alerta na minha mente.

Fomos traídos, sim, mas não pelo hacker. O traidor estava muito mais próximo do que imaginávamos. Uma cobra dentro da nossa própria casa.

Hiertha!

As palavras de Tituba invadiram minha mente. Ela me alertou para não confiar naquele bruxo.

— Porém, quando encontrei o senhor Spellman vivendo no interior de Utah, descobri uma ramificação muito mais profunda do que híbridos filhos de celsus com humanos. A hierarquia genética é uma maravilha, Alany, logo verá. Você é prova de que não podemos controlar tudo, alguém sempre sai da linha — afirmou, apontando para Twilla; sua feição era quase de nojo.

O nome Spellman parecia familiar. Imaginei ser uma variação de Darkspell. Era comum acontecer com nomes e sobrenomes com o passar do tempo e as migrações entre países.

Desde o dia em que descobri minha verdadeira origem, sempre considerei frágil e vulnerável o domínio que eles acreditavam ter sobre a situação.

Com milhares de celsus espalhados pelo mundo, quem poderia garantir que não existiam outros híbridos vivendo escondidos, sem que o Ministério tomasse conhecimento?

Acreditar que Handall teria tal ingenuidade era algo que eu simplesmente não podia aceitar. Eu sabia que o mundo era vasto e cheio de mistérios, muito além do controle de qualquer pessoa ou organização, por mais poderosa que fosse. Seria uma burrice acreditar que tudo pudesse ser manipulado conforme sua vontade, especialmente quando se tratava de algo tão complexo quanto os híbridos.

E aquele homem era tudo, menos ingênuo ou burro.

— Nossa! Não me diga que existem híbridos por aí, vivendo como humanos sem que o Ministério tenha conhecimento? — ironizei.

— Poucos, na verdade — admitiu, com um olhar pensativo. — Provavelmente, Frederick não teve coragem para fazer o que era certo.

Ele fez uma pausa, levantou-se da cadeira e, gesticulando enquanto falava, continuou:

— Mas a questão é que apenas alguns híbridos, misturados entre os humanos, podem disseminar seus genes como um vírus, ou uma praga. É fascinante e assustador ao mesmo tempo. Muitos humanos carregam em seu DNA vestígios das nossas características. Alguns conseguem respirar por mais tempo debaixo d'água, outros têm força acima do normal para os padrões humanos, enfim... Todos eles levam um pouco de nós em sua carga genética, e nem sequer sabem disso. Eu mesmo não fazia ideia até testar alguns deles — confessou suspirando. — Não foi nada fácil encontrar um descendente de Valtor entre eles.

— O que tudo isso tem a ver com a minha mãe ou comigo?

— É exatamente aonde quero chegar. Muita coisa mudou desde quando fiz um acordo com Twilla. Ela viveu aqui por muito tempo como uma rainha. Claro que o lugar todo era protegido, ela não podia sair ou usar seus poderes, mas tinha livre acesso ao castelo, estava viva. Ela foi uma ótima hóspede, sabendo que você era vigiada o tempo todo por alguém muito próximo a mim.

— Carol — deduzi.

— Quem melhor do que uma amiga para conhecer cada passo? — confirmou. — Ela se contentou com as informações que eu trazia constantemente. — Handall deixou o olhar perdido em um ponto fixo do quarto. — Ela parecia feliz.

Senti a oscilação em sua energia conforme acessava suas memórias. Ele a amava! Seu coração estava partido de verdade, eu podia ver, ainda que ele tentasse esconder.

— Então, encontrei Seretini. A melhor vidente de todos os tempos, melhor até que Violet, a parceira de Valtor. Quando ela viu minha morte, quase ordenei a sua própria — revelou, fechado em si mesmo. — Contrariando todos os meus sentimentos, decidi dar-lhe o benefício da dúvida, então descobri que a visão era real. Alguém muito próximo planejava me matar, talvez há muito tempo...

Ele olhou para Twilla com pesar.

Não era fácil para ele se lembrar dos detalhes, eu podia ver o quanto isso o havia machucado. Esse sempre foi o plano da Twilla, acabar com aquele ser desprezível.

Então algo na história chamou minha atenção.

— Seretini não era sua prisioneira?

— De maneira alguma. Ela se ofereceu para vir ao castelo e me agraciar com sua presença e suas visões — declarou sem muita convicção. — Pelo menos no início foi o que aconteceu. Aos poucos ela foi se tornando uma mulher muito problemática, eu cheguei a dispensá-la, mas ela se recusou a ir embora. Disse que tinha outra visão importante que gostaria de me contar. Suspeito que tenha se encontrado com Twilla e compreendido os desdobramentos de sua visão. Arrependida, tentou ajudar sua mãe enviando uma carta a pedido dela. Até hoje não sei para onde foi enviada ou o seu conteúdo. Como vê, ela não me deixou outra opção senão vasculhar sua mente. Foi assim que vimos você em suas visões.

Animou-se novamente ao concluir. Como se refeito das memórias desgastantes emocionalmente, ele retomou o discurso, adotando um novo tom. Muito mais ácido.

— Sabe o que alguns celsus dizem sobre os djinn, Alany?

Neguei com a cabeça, intrigada com o rumo da conversa. Ele prosseguiu, explicando com um tom irônico:

— Dizem que somos celsus fracos, que só conseguimos criar ilusões, mas cá entre nós, isso não é verdade. Por mais poderoso e letal que alguém seja, sempre existe um ponto fraco ou o elemento surpresa que pode derrotá-lo com certa facilidade. Então, entre outras, nossa mais importante habilidade, é sermos a única espécie sem um caso de assassinato em toda a história. Isso porque somos capazes de perceber tal intenção há quilômetros de distância. Eu diria que é impossível nos pegar desprevenidos. Ainda que a emboscada seja grande, sempre teremos a ilusão para nos proteger.

— Se é como diz, por que acha que ela teve essa visão? Por que temer algo que não pode acontecer?

— É onde voltamos a Twilla. A única pessoa no mundo capaz de enganar os meus sentidos. Ela treinou a mente por muito tempo, até conseguir esconder suas emoções e seus desejos. Ela queria tanto se livrar de mim, que encontrou um jeito de guardar lembranças e desejos em lugar escondido dentro da sua própria mente. Onde só ela conseguia acessar. Nunca descobri como fez isso e, como vê... Jamais descobriremos.

Provavelmente foi o que ela fez com a minha mente. Eu também tinha lembranças guardadas onde só eu podia alcançar, ainda assim era necessário um gatilho para isso. Twilla me treinou sem que eu soubesse, ela deveria ter algum estímulo também, talvez um objeto que a fazia se lembrar de tudo que estava neste espaço perdido dentro da sua mente. Minha avó não estava tão errada quando falava que meu esquecimento era um tipo de bloqueio criado pela minha mente para me proteger.

— Mas não podia simplesmente matá-la. Precisava que esse casamento acontecesse, então testei o processo inverso ao que fizemos com os legados. Se eu consegui livrá-los da maldição, conseguiria trazê-la para fora da fenda. Deixar Twilla sem sua conexão, fraca e sem defesa. E funcionou muito bem.

Handall se virou para a mulher que estava deitada, sentando-se na cama ao seu lado, o que me fez levantar imediatamente. Não era algo que eu queria presenciar de perto, estar ao lado daquele monstro me causava repulsa.

— Não precisava ser assim... — Handall disse com pesar. — Tenho certeza de que me entende, Alany, eu não podia arriscar.

— Mas, e o casamento? Você precisa dela, precisa de uma rainha para ser o regente, e ela não consegue nem se levantar da cama.

— Eu sempre tenho um plano B. Tenho um príncipe e uma princesa ao meu lado, talvez isso baste.

Senti meu coração bater apressado.

Apesar de perceber que ele estava sempre jogando com as palavras, parecia que estava quase dizendo que Twilla não lhe servia para mais nada. Pensar que ela seria para sempre como aquelas criaturas da fenda me desesperou. Eu precisava pensar em alguma coisa, e rápido.

Enquanto tentava pensar em algo, meus olhos se encontraram com os de Twilla, que me lançou um olhar suplicante. Ela precisava de ajuda, e eu não poderia falhar.

— Você acha mesmo que tem um príncipe ao seu lado? Tem ideia do que fez com Zaxai? Agora ele é um celsu muito mais poderoso do que você. Não o conheço muito bem, mas ele me pareceu bem esperto e ambicioso. Quanto tempo vai demorar até ele perceber que pode ter tudo?

Handall sorriu, e, apesar de parecer impassível, eu pude perceber que o clima ao nosso redor ficou tenso. As sombras pareciam se movimentar de forma inquietante, refletindo a confusão em sua mente. Porém, ele fez questão de manter uma aparência amistosa e sua voz permaneceu calma.

— Um legado não tem domínio de suas vontades se elas forem contra as minhas — disse ele, tentando parecer confiante.

— Ah, é verdade. Igual a Antoni — ironizei, sem encará-lo, consciente de que havia entrado em um terreno perigoso.

O silêncio pairou entre nós por um momento, enquanto ambos ponderávamos sobre o que fazer a seguir.

— Handall, sei que você é um djinn poderoso e inteligente. Não subestimo suas habilidades nem suas intenções. — Mantive minha voz firme e confiante, mesmo que por dentro eu estivesse nervosa. — Mas também sei que algo o fez mudar de ideia em relação aos híbridos. Você não é alguém que toma decisões impulsivas.

Eu precisava desesperadamente mudar o foco do assunto, temendo que trazer Antoni para a conversa não tenha sido uma boa estratégia. Minha respiração já descontrolada.

Observei suas reações atentamente, buscando qualquer sinal de desconforto ou hesitação em suas expressões. Eu precisava entender o que estava acontecendo e usar isso a meu favor.

— Antoni... — falou, pensativo, deixando-me em pânico. — Esse maldito compartilhava do mesmo desejo de Twilla, e foi o que mais se aproximou de conseguir — revelou, sua aura tomada de raiva.

Foi o momento em que mais se alterou até então.

— Mas não vamos falar sobre isso, não agora. Em breve me dirá onde o encontro, por ora, quero mostrar uma coisa. Venha comigo! — ordenou, girando nos calcanhares e abrindo a porta.

— Mas, e ...

— Twilla? — indagou, retoricamente, interrompendo minha fala. — Ela não vai a lugar nenhum, fique tranquila — assegurou, em uma piada cruel.

Conforme caminhávamos pelos corredores do castelo, notei que sua aura de raiva havia diminuído. Ele parecia mais calmo e concentrado em seu objetivo. Eu o segui em silêncio, observando atentamente tudo ao meu redor.

Seguimos por um longo caminho pelos corredores do castelo, passando por inúmeras portas e escadas, até finalmente chegarmos às masmorras. Surpreendentemente, o lugar não era tão assustador quanto nos filmes. As celas eram úmidas e escuras, mas não havia correntes enferrujadas nem ratos roendo os cantos.

Assim que entramos, vi um homem magro e desgrenhado trancado em uma cela. Seus olhos azuis como céu estavam cheios de tristeza e desespero, e ele fitava o chão sem demonstrar reação à nossa presença.

Na cela ao lado, deitado em uma cama simples, havia outro homem. Sua aparência era mais cuidada do que a do prisioneiro vizinho, ainda assim, o olhar revelava um misto de dor e resignação. Chegando mais perto, ele me lançou o mesmo olhar de súplica que Twilla. Quando me concentrei em sua energia, percebi que ele vivia o mesmo pesadelo que ela. Suas energias sendo sugadas como se estivesse na fenda.

Com o olhar fixo em Handall, eu me aproximei, mantendo-me alerta e cautelosa. A atmosfera ao nosso redor parecia eletrizada, e minha intuição me dizia que aquele momento era crucial. Handall olhou para o homem na cama com uma expressão séria e imperscrutável, enquanto eu me perguntava o que ele estava pensando, o que era tudo aquilo.

— O que está acontecendo aqui? — perguntei, minha voz soando um pouco trêmula, mas eu me esforcei para manter a calma.

Ele me olhou por um momento antes de responder, seus olhos verdes buscando os meus.

— Eles são prisioneiros por motivos diferentes, mas ambos têm informações valiosas que podem ser úteis para nós — explicou de maneira enigmática. — Sr. Spellman, por favor... — disse ele, abrindo a cela com a mão, sem precisar de uma chave.

Observando a cena com cautela, percebi que o homem de pé, o Sr. Spellman, parecia esperar a chegada de Handall. Seus olhos se iluminaram levemente ao ver o djinn se aproximar.

Curiosa e ainda desconfiada, eu me mantive atenta a cada movimento deles.

Enquanto o homem de olhos azuis passava pela grade aberta e seguia para a cela ao lado, eu permaneci observando atentamente. Curiosa e intrigada, aproximei-me um pouco mais, tentando captar alguma pista do que estava acontecendo. Ele calmamente abriu a cela e entrou, ficando em frente ao companheiro que sofria em agonia sobre a cama.

O homem em estado quase terminal, pareceu reagir ao ritual de Spellman que murmurava palavras estranhas. Seus olhos, antes carregados de desespero, agora estavam fixos no rosto do homem com um olhar de reconhecimento e esperança.

Como um mantra ele repetiu algumas vezes a mesma frase. A cena me deixou intrigada, olhando com uma mistura de curiosidade e apreensão. Aquelas palavras pareciam ter um significado poderoso e misterioso. Imaginei ser um tipo de feitiço.

Enquanto ele continuava a falar, percebi mais uma mudança sutil no comportamento do prisioneiro deitado na cama, pequenos movimentos das mãos e pernas. Não houve luzes, energia ou qualquer outro sinal visual que demonstrasse alguma magia em ação. Mesmo para mim, não houve nenhuma mudança nas sombras ao redor dele enquanto falava aquela língua desconhecida.

A cena desafiava minha compreensão, mas eu sabia que algo extraordinário estava acontecendo. O homem deitado parecia estar despertando de um sono profundo que o aprisionou por tanto tempo. Ele abriu os olhos e respirou profundamente. Suas mãos se moviam com mais agilidade, e seus olhos brilhavam com um novo vigor. Então, ele olhou diretamente para o homem em pé na sua frente, como se estivesse entendendo suas palavras em um nível profundo. Os dois homens trocaram olhares intensos por alguns instantes. Até que, finalmente, o prisioneiro, antes deitado, levantou-se com um ar de determinação, como se tivesse encontrado uma nova força dentro de si.

Ele se aproximou da grade aberta, ao lado de Spellman, e lançou um breve olhar de gratidão ao Handall. Foi então que notei que sua energia vital havia retornado ao seu corpo. Ele estava completamente renovado, livre dos efeitos danosos da maldição da fenda.

Fiquei perplexa com aquela cena, compreendendo o que tinha acontecido ali. Mais uma vez, conseguindo usar minhas habilidades contra mim, Handall queria me mostrar, como conseguiu manipular o poder da fenda.

O que eu havia testemunhado era uma prova incontestável do poder do Sr. Spellman. Além de ver com meus próprios olhos, puder sentir a agonizante luta daquele homem entregue às sombras da fenda, e sua recuperação quase milagrosa. Só assim eu teria certeza do que o Sr. Spellman era capaz de fazer.

A revelação sobre o poder de um descendente de Valtor era intrigante e desafiava todas as minhas crenças sobre a natureza da fenda. Ele era capaz de drenar a vitalidade de seres vivos e, surpreendentemente, também de devolvê-la.

Ele podia salva minha mãe.

Capítulo 29

Contemplei a cena com olhos atentos enquanto os dois homens, antes aprisionados, deixavam as masmorras. Um deles caminhava revigorado e determinado, como se não tivesse passado momentos atrás, prostrado em uma cama, esgotado e com sua vitalidade sugada por forças ocultas. Seu semblante expressava uma resiliência notável, como se tivesse encontrado forças de dentro de si para enfrentar o que quer que o tivesse enfraquecido.

Já o outro homem, embora exibisse uma aparência cansada, não carregava qualquer traço de ressentimento ou amargura por ter sido utilizado como um meio de tortura e sofrimento. Sua postura era serena, quase como se ele compreendesse a necessidade de sua participação naquela situação, e aceitasse seu papel sem guardar rancor ou arrependimentos.

Com a mente cheia de questionamentos, eu sabia que havia muito a ser desvendado, mas acalmei minhas angústias e, resignada, segui Handall pelos corredores escuros quando ele pediu que o acompanhasse. Aos poucos o ambiente foi mudando, passando de frio e sombrio para um caminho mais ameno e iluminado. Eu estava tão imersa e preocupada quando fizemos o caminho contrário, que não percebi a mudança.

Era como se houvesse um portal entre as masmorras e o restante do castelo. O corredor antes escuro, agora era iluminado por luzes fortes, contrastando com o ambiente anterior, mas ainda carregava o peso das emoções que havíamos vivenciado. Caminhamos juntos, em silêncio, cada um imerso em seus próprios pensamentos.

Enquanto caminhávamos em silêncio pelos corredores, minha mente se concentrava inteiramente em Twilla. Percebi que a repentina falta de assunto não era mera coincidência, sim, mais uma das estratégias meticulosas de Handall. Enquanto estávamos sozinhos naqueles corredores, ele certamente direcionava toda sua atenção para mim, vasculhando meus desejos e anseios mais profundos.

Sabendo que a mente é uma arma poderosa, eu estava atenta ao alerta de Carol e me esforcei para não deixar que ele invadisse minha privacidade mental.

Ao invés disso, deixei minha mente se fixar em minha mãe, que tanto sofria e estava aprisionada por toda aquela trama cruel. Pensava em como a vida dela se transformou desde o momento em que eu havia embarcado nessa jornada. Por mais que eu soubesse que, de alguma forma era responsável por sua situação atual, não alimentei o sentimento de culpa que tentou me assombrar.

As imagens de Twilla em sofrimento invadiam minha mente, e minha angústia crescia a cada passo que dávamos. Eu desejava tanto poder libertá-la daquele pesadelo, mas me sentia impotente diante da situação, sentia-me despreparada para enfrentar Handall. Sabia que precisava encontrar uma forma de resgatá-la e protegê-la, mas também estava ciente das forças poderosas que nos rodeavam.

Aquele homem era de fato tudo o que todos diziam sobre ele.

A solidão daqueles corredores parecia ecoar minha própria aflição. E, enquanto nós seguíamos em frente, perguntava-me se conseguiria manter a força e a determinação necessárias para enfrentar os desafios apresentados. A incerteza e o medo se misturavam. Embora eu compreendesse mais sobre a minha conexão e habilidades, não parecia suficiente. Ele estava sempre um passo à frente.

Enfim, chegamos à biblioteca, um lugar que eu já havia conhecido. Handall me conduziu para um canto isolado, onde havia uma pequena mesa com alguns livros abertos e mapas espalhados. Com um gesto delicado, convidou-me a sentar, e assim fizemos.

Eu me acomodei com cautela, mantendo uma postura firme apesar do turbilhão de emoções que me invadia. Seus olhos verdes pareciam sondar minha alma. Era tão intimidador que quase fazia minhas mãos tremerem. Eu sorri, tentando aplacar o nervosismo.

Handall quebrou o silêncio com um tom de voz calmo e sereno, algo que contrastava com a imagem de crueldade que eu tinha dele até então. Suas palavras pareciam carregar uma proposta simples, no entanto, tudo o que eu sabia sobre ele, sugeria justamente o contrário. Nada com ele era simples.

— Alany, eu quero que entenda a magnitude das nossas escolhas. O que está em jogo é muito maior do que você pode imaginar. Não é sempre que a vida nos oferece uma segunda chance. Não podemos controlar o destino e a forma como ele se entrelaça ao de outras pessoas. Mas, podemos aceitar e torná-lo mais fácil, ou confrontá-lo na tentativa de alterar o seu curso. O que também é possível, porém, a que preço?

Enquanto ele falava, percebi que havia mais em sua motivação do que apenas sede de poder e vingança. Talvez, em algum momento, Handall também tivesse sido movido por amor. Talvez ele tivesse sido consumido por uma paixão avassaladora que o levou a fazer escolhas que jamais poderia imaginar.

Era difícil enxergá-lo como alguém com sentimentos e fraquezas, mas ali, naquela biblioteca, vi um lado dele que me intrigava e me fazia questionar tudo o que eu achava que sabia sobre ele. Percebi muitos sentimentos se agitando entre aquelas palavras. Ele lutava para controlar, estava vulnerário pela primeira vez. Havia uma mistura de esperança e medo dominado seus pensamentos, entrelaçando-se entre sua constante confiança.

Eu sabia que não podia confiar cegamente em suas palavras, que ele tinha seus próprios interesses e segredos a proteger. Mas também sabia que, de alguma forma, ele estava conectado ao meu destino, e que nossos caminhos estavam entrelaçados de uma forma que eu não conseguia compreender completamente.

Não ainda.

— O que quer de mim, afinal? — perguntei, cansada de tentar adivinhar as coisas.

— Creio que tenha compreendido o que vimos Spellman fazer lá embaixo. Podemos fazer o mesmo com Twilla, mas terá de convencê-la a se juntar a mim e aceitar seu destino.

Eu começava a compreender que com ele não existiam escolhas fáceis. Ele sempre encontrava uma forma de manipular as situações a seu favor, e jamais permitiria que Twilla recuperasse sua força, sabendo que ela era a única pessoa capaz de confundir suas habilidades.

— Sem pegadinhas, Handall. O que isso quer dizer?

— Que você pode salvar Twilla aceitando ligar sua vida à minha. O que acontecer comigo, acontece com você. É bem simples, na verdade.

Ele era um mestre naquele jogo, e sabia como usar a fraqueza de todos para fortalecer suas próprias posições. Ele ficou vulnerável por um segundo, o suficiente para que eu percebesse sua fragilidade. Twilla era a fonte do seu medo, eu era sua isca.

A verdade estava diante dos meus olhos, e finalmente eu compreendia as razões por trás de suas ações obscuras. Ele temia perder de vez a mulher que amava, e isso o atormentava profundamente. Handall estava disposto a ir até o fim, mesmo que isso significasse deixá-la sucumbir, mas essa tortura emocional era um preço alto demais. Ele faria qualquer coisa para mantê-la viva, desde que isso não colocasse a sua própria vida em risco.

Enquanto observava sua determinação inabalável, eu entendi que ele encontrou em mim uma oportunidade de resolver dois problemas de uma só vez: salvar sua amada e garantir sua própria sobrevivência. Ele me via como uma moeda de troca, uma peça no tabuleiro que ele poderia usar para mantê-la viva e ao seu lado. Ardiloso, ele ainda ameaçaria a minha vida, não apenas para que o casamento acontecesse, mas também para que ela permanecesse nele.

Com a mente repleta de pensamentos, respirei profundamente, considerando a proposta de Handall. A vida de Twilla estava em jogo, e eu sabia que não poderia simplesmente ignorar a situação. Se aceitasse essa ligação com ele, talvez pudesse ganhar tempo para encontrar uma solução, além de proteger minha mãe.

— Como é isso, de ligar minha vida?

A expressão de Handall se suavizou ligeiramente quando percebeu minha prontidão em ouvi-lo. Ele se acomodou na cadeira, mantendo o olhar fixo em mim, como se estivesse pesando cuidadosamente suas palavras.

— A ligação que proponho é um antigo pacto de sangue, uma aliança mágica entre duas almas destinadas a compartilhar uma conexão profunda e inquebrável. Ela nos unirá de maneira única, de forma que qualquer ferimento ou dano que aconteça a um de nós será compartilhado pelo outro. A dor será partilhada e, em certa medida, nossos destinos estarão entrelaçados — explicou sem rodeios.

Ao ouvir isso, meu coração acelerou. A ideia de estar ligada a ele de uma forma tão profunda era assustadora, mas eu sabia que era a única maneira de proteger Twilla.

— E precisa da minha permissão para fazer isso?

— A ligação só pode ser criada quando todos os envolvidos aceitam. Não pode ser forçado. Somos seres poderosos, e o equilíbrio do mundo mágico depende muito de nossas escolhas e ações. Se eu tentasse impor essa ligação sem sua concordância, poderia causar uma reação, no mínimo, desastrosa — explicou com seriedade.

Acompanhei atentamente, buscando pontos conflitantes com a verdade. Não havia nada além da sua ansiedade misturada à narrativa. Nenhum sinal de manipulação ou mentira. Talvez não estivesse revelando tudo sobre as consequências da ligação, mas mentindo ele não estava.

— Eu preciso pensar — respondi.

— Tome o tempo que precisar. Apenas se lembre de que o tempo para Twilla não é o mesmo que o nosso.

— Como assim?

— Os efeitos da fenda são imprevisíveis, em dado momento, tornam-se irreversíveis. Até hoje, conheci apenas uma bruxa que foi capaz de tirar alguém da fenda, no entanto, um pouco tarde demais. Ela só levou o que restou dele. Ainda pior do que sucumbir e perder completamente a consciência, é viver como um espírito sem alma — afirmou, dramático.

Minha mente foi automaticamente transportada para Tituba e o espírito maligno, hoje guardião de Leezah. Meu coração sangrou ao imaginar minha mãe tendo o mesmo destino.

A hesitação ainda pairava em minha mente, mas eu sabia que o tempo era precioso. Sem conseguir pensar em mais nada, respondi:

— Eu aceito, Handall. Mas saiba que minha escolha não significa submissão.

Ele sorriu, satisfeito, como se tivesse alcançado uma grande vitória.

— Eu não esperava menos. Então, estamos de acordo. Seremos unidos pelo destino, Alany, e espero que compreenda que essa aliança terá consequências permanentes. Agora, é hora de iniciar o ritual.

Assenti com firmeza, ciente das implicações da minha decisão. Enquanto Handall me observava, como se procurasse alguma intenção oculta, ignorando-o eu refletia sobre tudo o que estava prestes a acontecer. A sensação de estar caminhando por um território desconhecido era avassaladora.

Meus pensamentos se entrelaçavam em várias emoções diferentes. O peso da responsabilidade sobre meus ombros era quase insuportável, mas eu sabia que não podia recuar. Minha mãe precisava de mim, e eu faria qualquer coisa para salvá-la.

Respirei fundo e me permiti sentir o medo que me dominava. Era natural temer o desconhecido, mas eu não podia permitir que isso me paralisasse. A coragem não era a ausência de medo, mas sim a capacidade de agir apesar dele.

Sorrindo, ele se levantou e estendeu a mão para me ajudar a acompanhá-lo.

— Avise Mordon — ordenou, deixando-me completamente perdida.

— Com quem está falando? — perguntei, olhando para todos os lados.

Handall riu, divertindo-se com minha confusão.

— Nunca ouviu a expressão "as paredes têm ouvidos"?

Enquanto o seguia, minha mente estava repleta de dúvidas e questionamentos sobre o que viria a seguir. Como seria essa ligação? Quais seriam os verdadeiros efeitos em minha vida?

A incerteza me inquietava, mas eu me segurava firmemente na esperança de que essa aliança me permitiria encontrar uma maneira de salvar minha mãe e, com sorte, frustrar os planos de Handall. Ainda que eu estivesse me colocando em uma situação inesperada e assustadora, também estava garantindo minha segurança.

Não precisaria mais me preocupar que ele mudasse de ideia e decidisse acabar com a minha vida.

Caminhamos por um corredor adornado com tapeçarias ricas e pinturas antigas, que retratavam cenas de batalhas épicas. Portas esculpidas em madeira nobre levavam a salões ainda maiores, onde a luz filtrada por vitrais coloridos dançava suavemente nas paredes.

Finalmente, entramos em um espaço que parecia saído diretamente de um livro antigo. O salão real era de uma beleza impressionante. Grandes pilares de mármore sustentavam o teto elevado, decorado com afrescos que contavam a história dos antigos monarcas que viveram naquele castelo. Ao fundo, um trono imponente, com detalhes esculpidos por toda sua extensão de madeira, parecia esperar por seu soberano.

O som de nossos passos ecoava pelo salão, enquanto Handall me conduzia através da majestosa arquitetura. Meus olhos se maravilhavam com cada detalhe, e meu coração se enchia de um misto de fascinação e temor diante de tanta beleza e poder reunidos em um só lugar.

Mordon, o velho feiticeiro medonho do Ministério, fez sua presença ser sentida ao passar pelas grandes portas duplas. Sua figura imponente e misteriosa inspirava respeito, e eu sabia que ele tinha um papel importante naquela cerimônia. Ele se aproximou silenciosamente, com um olhar penetrante e sério.

No centro do salão, havia um altar de pedra antiga, onde Mordon começou a se preparar para o ritual. Os olhos de Handall brilharam com excitação, e eu senti meu coração acelerar diante da magnitude do que estava prestes a acontecer.

— Este lugar é especial — explicou Mordon, seus olhos se encontrando com os meus. — Aqui, as energias se entrelaçam com as forças mais profundas do mundo oculto. O ritual será ainda mais poderoso aqui.

Assenti, compreendendo a importância do local escolhido. Minha respiração ficou mais pesada, tanto pela tensão quanto pela expectativa.

Eu buscava encontrar um pouco de calma controlando a respiração, quando as portas duplas se abriram novamente. Dessa vez, passou por elas Carol, seu olhar era de reprovação embora estampasse um leve sorriso no rosto. Ela trazia um pequeno frasco nas mãos.

— Agora, sim, podemos começar — anunciou Mordon.

O ritual teve início, e Mordon conduziu cada etapa com maestria. Suas palavras ressoavam no salão, preenchendo-o com uma melodia antiga que parecia transcender o tempo. Handall e eu seguimos suas instruções com determinação, mantendo nossas mãos firmes sobre o frasco que, aparentemente, simbolizava nossa ligação.

O ritual seguia seu curso, e a cada movimento e entoação das palavras, uma nova onda de energia percorria meu corpo. Era como se fôssemos um só, conectados por laços invisíveis que transcendiam o espaço e o tempo. Cada batida do meu coração parecia ecoar em harmonia com o ritmo dos elementos ao nosso redor.

Minha mente estava em um estado de suspensão, absorvendo cada sensação e impressão que a magia emanava. Minha conexão com Handall crescia a cada instante, e eu sentia como se estivéssemos dançando em sintonia cósmica, em uma coreografia ancestral que nos guiava por territórios desconhecidos. As energias se entrelaçavam, tecendo uma teia de poder e mistério.

Eu me sentia elevada a um plano superior de consciência, era uma sensação vertiginosa. Parecia que nossas almas se comunicavam em uma linguagem própria, compartilhando verdades que não poderiam ser expressas em palavras.

Com cada palavra proferida por Mordon, meu coração batia mais acelerado. Uma parte de mim estava esperançosa de que aquilo poderia ser a solução para salvar Twilla, mas outra parte sentia um receio profundo, temendo as consequências desconhecidas que essa ligação poderia trazer.

Enquanto o ritual chegava ao clímax, senti uma conexão estranha, sentimentos de proteção que antes não existiam dentro de mim. Meu instinto de autopreservação agora era estendido a ele. Assim como também passamos a dividir a verdadeira razão que nos unia naquela ligação. Não era o amor por Twilla o elo daquela fusão, sim, o medo de perdê-la. Medo esse que sentimos desaparecer conforme a ligação se concretizava.

Quando o ritual finalmente chegou ao fim, um silêncio reverente pairou sobre o salão. Mordon se afastou, deixando-nos a sós. Eu olhei para

Handall, e algo havia mudado em sua energia. Uma parte de sua escuridão havia desaparecido, como se ele tivesse encontrado uma nova esperança.

Era um fio de felicidade costurando o seu coração partido.

— Muito bem. Está concluída a ligação — declarou Mordon.

— Estamos unidos agora, Alany. E essa conexão nos torna mais fortes do que jamais seríamos sozinhos — disse Handall, com uma voz serena carregada de significado.

— Também nos torna mais vulneráveis do que seríamos sozinhos — constatei.

— Não seja pessimista. Está sob minha proteção a partir de agora. Não tem com o que se preocupar.

O que isso queria dizer, afinal?

Minha cabeça começou a pesar e tudo parecia rodar. Minhas pernas ficaram fracas ao mesmo tempo em que minhas vistas embaçaram. Caminhei trôpega até uma poltrona próxima e me deixei afundar nela, sentindo o peso do cansaço se acumulando em meus ombros.

Enquanto me recuperava, Carol permanecia ao meu lado, sua expressão séria e preocupada.

— Você está bem? — perguntou Carol.

Assenti novamente, procurando encontrar minhas palavras.

— É normal se sentir fraca depois de um feitiço como esse. Precisa descansar um pouco — sugeriu Handall. — Carol, ajude-a a chegar ao quarto. Racka, mostre onde fica o novo aposento de Alany.

Vi quando Racka surgiu na minha frente, mas ele não estava ali antes. Parecia ter atravessado uma parede, como um fantasma.

— Vamos, Any — disse Carol, segurando meu braço.

— Eu não preciso descansar. Quero ver minha mãe agora — ralhei, levantando-me com o auxílio da minha amiga.

— Acredito que não chegue ao próximo corredor, que dirá até a torre — replicou Handall, sorrindo, mas também demonstrando certa fraqueza.

Ao tentar me levantar novamente, uma vertigem súbita me atingiu com força, e tudo ao meu redor se transformou em escuridão. O mundo parecia ter sumido debaixo dos meus pés, e eu me encontrava flutuando em um vazio desorientador.

Vozes distantes ecoavam em minha mente, mas não conseguia distinguir palavras ou entender o que estava acontecendo. A sensação de estar perdida em meio ao vazio era horrível e só piorava. Aos poucos, luzes começaram a brilhar e piscar na escuridão, revelando silhuetas borradas ao longe. A tontura persistia, e minha mente parecia embaçada como minha visão, então tudo sumiu.

Quando despertei e abri os olhos, eu estava em um quarto diferente. Era tão bonito que me fez sorrir, imaginando mesmo ser o quarto de uma princesa. A decoração exalava elegância e requinte, e cada detalhe parecia ter sido cuidadosamente escolhido para criar um ambiente encantador. O mobiliário era delicado, com ornamentos nobres e cores suaves que davam um toque de serenidade ao lugar.

Enquanto me ajeitava sobre a cama para explorar mais o espaço, percebi a luz do sol que adentrava pelas janelas altas, iluminando o quarto com um brilho suave.

Meus olhos ainda se acostumavam à claridade quando percebi alguém em pé, contemplando a paisagem através da janela.

— Carol? — chamei, surpresa ao vê-la ali.

Ela se virou abruptamente, como se tivesse sido pega de surpresa pela minha voz.

— Finalmente! Você está bem? — perguntou, aproximando-se apressadamente para me ajudar a levantar.

— Estou... — respondi, insegura, ainda tentando entender o que tinha acontecido. — Quanto tempo eu fiquei fora do ar?

— Você ficou desmaiada a noite toda.

Sua expressão preocupada me deixou mais confusa.

— O quê? Não pode ser...

Desesperei-me, tentando recordar o que tinha acontecido antes do desmaio.

Sentindo-me recuperada, levantei da cama, apressada. Como eu pude dormir por tanto tempo?

Precisava encontrar minha mãe, minha urgência era intensa.

— Venha ver... — Carol me levou até a janela, apontando para baixo.

O jardim do castelo se revelava em toda a sua beleza, mas era outra coisa que chamava sua atenção.

Abaixo de nós, várias pessoas se movimentavam apressadamente, preparando o local para uma cerimônia de casamento. Ao ver o pequeno altar adornado com um arco de flores, minha angústia aumentou ainda mais. Aquela cena idílica e romântica, que deveria representar a união de duas almas apaixonadas, na verdade era um rito sinistro orquestrado por Handall.

O contraste entre a beleza das flores e a ameaça me deixou ainda mais apressada.

— Preciso ir até a torre, agora — avisei já deixando o quarto.

Ao sair no corredor percebi que não sabia onde estava. Não sabia em qual ala do castelo ficava aquele quarto. Perdida, olhei para os dois lados até avistar Carol fazendo careta.

— É para este lado, apressadinha.

Agradeci e seguimos na direção indicada, vagando pelos corredores sinistros em um silêncio constrangedor.

O som abafado dos nossos passos ecoava alto, ampliando ainda mais o desconforto entre nós. Cada passo parecia aumentar a distância entre as palavras que precisavam ser ditas e o silêncio sufocante que nos envolvia. Eu não sabia como iniciar aquela conversa, como explicar minhas ações e lidar com a decepção de Carol.

O olhar de reprovação que ela lançava ocasionalmente era como um punhal em meu coração, relembrando-me a gravidade do que eu havia feito. A ligação com Handall era uma decisão impulsiva, tomada sob o peso do desespero e do medo pela vida de minha mãe. Mas agora, enfrentando as consequências daquela escolha, eu percebia quão imprudente e arriscada esta tinha sido.

Ainda assim, eu queria dizer que não havia outra escolha. Eu senti através do medo de Handall que ele estava disposto a deixá-la sucumbir mesmo que isso levasse junto o que restava do seu coração.

Enquanto andávamos, minhas palavras permaneciam presas em minha garganta. O tempo parecia se estender, e cada segundo sem um diálogo entre nós tornava o ambiente ainda mais pesado.

— Carol... Eu... — comecei a dizer, mas as palavras pareciam se embaraçar entre si.

— Eu sei — disse ela, oferecendo apoio como podia. — Você fez o que precisava para salvar Twilla.

— Mas, e agora? Salvei sua vida, mas condenei a nós duas. Ele nunca vai me deixar ir embora daqui.

Carol não disse nada. A linha fina que se formou em seu rosto confirmava minhas suspeitas.

— Vamos dar um jeito nisso — falou, tentando parecer animada.

O peso em meus ombros pareceu diminuir um pouco com suas palavras de apoio. Quando finalmente chegamos à torre. A porta dupla do quarto que abrigada minha mãe estava aberta. Carol e eu corremos pelo que restava do corredor até alcançá-la.

Antes de entrarmos no aposento, esbarramos em Zaxai que se interpôs entre a porta e o corredor.

— Bom dia! — gracejou o nojento, fazendo-nos revirar os olhos.

— Viemos ver Twilla, não você — comuniquei antes de desviar de seu corpo musculoso.

Ao entrar no quarto, fiquei sem palavras. Twilla estava em pé de frente para o espelho. Seus olhos estavam fixos em seu reflexo, e eu podia sentir a intensidade de suas emoções apenas ao olhar para ela. Seu rosto exibia uma expressão pensativa, quase intrigada. Era como se estivesse redescobrindo a si mesma, ou talvez encontrando algo que pensava ter perdido.

— Você está... Bem?

Eu mal consegui completar a pergunta, pois meu coração estava acelerado e minha garganta parecia apertada pela emoção.

Então, ela se virou e nossos olhares se encontraram. As lágrimas brotaram em seus olhos e escorreram suavemente por seu rosto. Meu coração apertou. Aquele momento, tão almejado, finalmente era realidade. Minha mãe estava ali, de volta para mim.

Corri em sua direção e ela me recebeu em seus braços com um abraço apertado. As lágrimas agora escorriam por nossos rostos enquanto nos afogávamos em um mar de sentimentos há muito tempo represados.

— Minha filha... — sussurrou Twilla, sua voz embargada pelo choro. — Eu senti tanto sua falta.

Aquele reencontro era como uma explosão de emoções. Eu sabia que aqui, nesse abraço, todas as mágoas e tristezas do passado poderiam ser curadas.

— Eu também senti sua falta, mãe... — Consegui dizer; a voz trêmula.

Ela me afastou delicadamente e segurou meu rosto em suas mãos. Seus olhos buscavam os meus com uma intensidade cheia de gratidão e carinho.

— Sinto muito que tudo isso tenha acontecido, querida...

Nós duas ficamos ali, abraçadas, por um longo tempo. Não havia necessidade de palavras, pois nossos corações estavam se comunicando de uma forma que ia além do entendimento racional. Era um reencontro de almas, uma conexão tão profunda que não é possível explicar. Todo o tempo que havíamos passado separadas estava sendo desfeito naquele instante.

Em nosso abraço havia muito mais do que saudade. Enquanto nossos braços se envolviam, pude sentir a energia desses sentimentos intensos fluindo entre nós. Cada toque, cada gesto transmitia mais do que palavras jamais poderiam expressar. Era como se, naquele instante, todos os obstáculos do passado fossem dissipados. Ao mesmo tempo, o toque representava uma cura para as feridas que havíamos acumulado por tanto tempo.

Cada aperto parecia aliviar as cicatrizes emocionais que carregávamos, como se estivéssemos nos perdoando mutuamente por todas as mágoas do passado.

O reencontro era uma bênção, uma chance de renovar todas as esperanças que tinham sido abaladas pelas provações do caminho. Era um novo começo, uma oportunidade de seguir em frente, juntas, mais fortes e determinadas do que nunca.

Enquanto permanecíamos abraçadas, senti um sorriso de alívio e gratidão se formar em meus lábios. Tudo o que havíamos passado valera a pena, pois nos trouxe até esse momento, esse encontro fazia parte da verdadeira essência da minha jornada.

E assim, permanecemos no abraço por mais alguns instantes, deixando que toda carga emocional se dissipasse e que nosso vínculo se fortalecesse ainda mais. Sabíamos que muitos desafios ainda nos aguardavam, mas estávamos juntas agora.

Capítulo 30

Twilla me olhava com carinho e acariciava meu cabelo.
— Minha menina, nem acredito que está aqui.
— Mãe, você precisa saber de uma coisa — falei com pesar, não queria estragar aquele momento.
— Handall já me contou, filha — revelou com um sorriso suave, então tossiu e se sentiu zonza, precisando se apoiar na cômoda que sustentava o espelho.
— Twilla, o que ele contou exatamente — perguntou Carol, aproximando-se.
— Que ele e Alany fizeram o feitiço de ligação — disse, parecendo exausta.
Seu tom era triste, ela soltava o ar pela boca.
— Você não está bem como eu espera — salientei, surpresa. — Não parece completamente recuperada.
— Sua mãe está ótima. — A voz veio do corredor. Então, Handall entrou no quarto. Seu olhar iluminado ao avaliar Twilla de cima a baixo. — Linda, como sempre!
Seu sorriso se alargou até reduzir o tamanho dos olhos.
— Não está como aquele homem que me mostrou — interrompi seu momento de encantamento e admiração.
Mudando o foco de sua atenção, ele olhou para mim. Seu rosto perdendo o sorriso.
— Spellman aguarda ansioso pelo final da cerimônia, quando poderá completar o processo. Então, ela ficará perfeita com sempre foi — garantiu.
— Se me derem licença, tenho de me arrumar para o meu casamento.
O homem parecia radiante. Com um último olhar na direção de Twilla, ele se virou e deixou o quarto.
— Claro que ele teria mais uma carta na manga! — bufei, sentindo a frustração e a impotência se misturando em meu peito.
— Ele sempre tem — Twilla e Carol falaram juntas.
A ira se espalhava dentro de mim, eu podia sentir suas raízes crescendo e se agarrando em minhas veias.
Carol estava especialmente apreensiva, sempre olhando pela janela. Eu seguia inconformada que aquele casamento fosse mesmo acontecer, depois de tudo pelo que passamos.

Embora acreditasse que na Base Aurora eles ainda tivessem um plano para conter os danos que Handall já havia conseguido espalhar pelo mundo, minha esperança em acabar com aquele casamento se esvaía a cada minuto que nos aproximávamos da maldita cerimônia.

— Bem, meninas... Receio que precise me trocar também, podem me ajudar se quiserem ficar.

— Claro que vamos ajudar — respondeu Carol, rápido demais.

Minha mãe não parecia tão triste quanto eu imaginei que estaria. Percebi até um fio de animação enquanto se arrumava. Confusa, eu não sabia se ajudava ou se ficava preocupada. Seus olhos refletiam uma mistura de emoções, e eu me perguntava o que estava passando por sua mente naquele momento tão crucial.

Com cuidado, eu me aproximei e coloquei minha mão em seu ombro.

— Mãe, você está bem? — perguntei suavemente, buscando entender seus sentimentos.

Ela sorriu gentilmente para mim.

— Estou bem, minha querida. É apenas um turbilhão de emoções neste momento, mas acho que finalmente teremos um pouco de paz — respondeu, com um brilho de esperança e determinação em seus olhos que eu não entendia.

A angústia tomava conta de mim, sufocando-me como um nó apertado na garganta. A situação estava me afetando de maneira intensa, e eu me sentia encurralada, sem saída. Meus tremores eram visíveis, e meus pensamentos se embaralhavam em meio à tormenta que se instalara em meu peito.

Eu sabia que sozinhas nunca poderíamos derrotar aquele maldito, e isso me corroía por dentro, minando minha paz.

Naquele momento, quando a observei vestindo seu traje para o casamento — um vestido lindo para um evento horrível —, senti o peso esmagador dos acontecimentos sobre meus ombros. Até então, ainda guardava uma centelha de esperança, mas quando ela se dissipou por completo, meu emocional desabou.

Pensei em quantas batalhas havíamos perdido. A traição de Hiertha, a morte de Beni, esse feitiço que mudaria para sempre a minha vida e a certeza de que nunca mais poderia ver Antoni de novo.

Minha respiração falhava, descontrolada. Sem querer, minha agonia transbordou em uma tempestade de desordem. O quarto se transformou em um cenário de caos, onde o desespero se refletia em ações descontroladas. O espelho quebrou em vários estilhaços, objetos voaram pelo ar e a janela trincou, ameaçando ceder à pressão da minha aflição.

O caos se instalou ao redor, refletindo a turbulência que eu sentia dentro de mim. Os cacos do espelho cintilavam no chão, como fragmentos de um reflexo partido. O ar estava carregado de energia descontrolada, e eu me sentia encurralada, sufocada pela situação que nos envolvia.

— Mas que merda está acontecendo aqui! — gritou Zaxai entrando e desviando no momento exato que um perfume cruzou o ar até se quebrar na parede ao seu lado.

— Está tudo bem, Ziki. Ela só está um pouco nervosa — explicou Carol, logo ordenando: — Você já pode sair agora.

Minha mãe ficou assustada, mas correu em minha direção, preocupada, tentando acalmar meus ânimos agitados.

— Alany, respire fundo, querida. Vai ficar tudo bem, vamos encontrar uma solução — ela me tranquilizou, mas suas palavras pareciam distantes em meio ao caos.

As lágrimas brotaram em meus olhos, eu não conseguia controlar o fluxo de emoções que me invadia. Tudo estava acontecendo rápido demais, e a sensação de impotência era esmagadora.

Eu queria lutar, queria proteger minha mãe, mas estava presa em um emaranhado de escolhas difíceis. Com esforço, tentei recuperar o controle. Aos poucos, a agitação no quarto foi se acalmando, e os objetos suspensos retornaram ao seu lugar.

A janela trincada ainda testemunhava o impacto da minha agonia, mas pelo menos não se partiu por completo.

Carol se aproximou da janela e buscou o olhar de Twilla.

— Filha, eu entendo o que está sentindo. Isso não é fácil para nenhuma de nós, mas preciso que se acalme. Saberemos o que fazer quando chegar a hora.

Respirei fundo, permitindo que suas palavras penetrassem em minha alma atribulada. Aos poucos, a tempestade interna começou a se acalmar, assim como o caos ao nosso redor.

As palavras de Twilla me trouxeram à luz. Minha mãe tinha razão, e a hora havia chegado. Enfim, eu sabia o que precisava fazer. Essa certeza foi o que me trouxe alguma paz.

Ciente de que ninguém mais faria isso, não quando me matariam com ele, percebi que só eu poderia dar um fim a essa tortura. Estava em minhas mãos acabar com a vida de Handall.

Como disse Antoni, matá-lo era um mal necessário.

— Precisamos descer — alertou Carol.

O caminho do alto da torre até o salão de entrada do castelo foi percorrido em silêncio. Twilla segurava minha mão com firmeza, buscando transmitir seu apoio e tentando conter meu nervosismo evidente. Cada passo parecia ecoar a tensão que pairava no ar, como se a iminência do casamento se transformasse em uma sombra maligna sobre nós.

O eco dos nossos passos nos corredores era ensurdecedor, ecoando os pensamentos que tumultuavam minha mente. Lutar contra Handall e seus planos aterrorizantes era um desafio que me consumiu por completo durante muito tempo, e isso teria um fim hoje.

Enquanto atravessávamos o salão de entrada, seguindo para o jardim onde estava posicionado o altar, a atmosfera parecia ainda mais tensa. Todos os convidados estavam sentados nas cadeiras enfileiradas que ladeavam a improvisada passarela, esperando ansiosamente pelo início da cerimônia. Sorrisos e olhares curiosos nos rodeavam, e eu me perguntava se eles conseguiriam notar o turbilhão de emoções que nos dominava. Se eles sabiam que tudo ali era uma farsa.

Segui com Twilla até o início do tapete vermelho que se estendia da saída do castelo até o altar onde Handall a aguardava, elegante e ansioso.

Antes de me separar dela, pude sentir que tremia levemente, revelando sua própria inquietação. Em resposta, apertei sua mão com suavidade, transmitindo-lhe o quanto estávamos unidas nessa jornada. Então seguiu pelo tapete vermelho, caminhando para um destino que não escolheu.

Enquanto ela era o centro das atenções, dei a volta pelas cadeiras que acomodavam os poucos convidados, passei por uma mesa de frutas e peguei uma faca discretamente a ocultando sob a roupa. Caminhei até a primeira fileira, parando ao lado de Carol como uma expectadora daquele show de horrores. Reparei que o homem chamado Spellman também ocupava um dos lugares naquela fileira.

O olhar de Handall se encontrou com o meu por um breve momento, e naquele instante, soube que estava prestes a enfrentar o maior desafio da minha vida. Seus olhos eram um reflexo do seu caráter cruel e implacável.

Então aconteceu o barulho. Alto e indecifrável.

Olhei para os lados, tentando entender o que estava acontecendo. Handall arregalou os olhos e em um segundo Zaxai estava ao seu lado. Eu pensava em como me aproximar deles sem que Handall percebesse minhas intenções. Talvez eu conseguisse guardar meus desejos como Twilla era capaz de fazer, eu precisava tentar.

Se não funcionasse, o que ele faria? Ele mesmo criou o inconveniente de não poder me matar.

Seguranças começaram a andar apressados em direção ao estrondo, quando um novo barulho rompeu o ar, deixando todos em alertas. O burburinho foi geral. Os convidados provavelmente eram celsus do próprio Ministério, eu não os conhecia. Ainda assim, percebi que um grupo de cinco pessoas sentadas em uma das fileiras dianteiras, fugia do padrão do restante. Suas roupas eram neutras e carregavam símbolos que representavam algo específico, parecia um brasão de família ou emblemas de algum tipo de instituição. Os cinco se levantaram e questionaram Handall.

— O que está acontecendo, Handall? — perguntou um homem com uma túnica azul. Incomodado e irritado, ele voou até o altar e continuou a reclamação. — Você nos trouxe para testemunhar um casamento ou um ataque?

— Ataque? Do que está falando. Esse castelo é uma fortaleza e tomei todos os cuidados para que ninguém não autorizado entrasse. Não tem por que se preocupar. Mas, pode ser uma tentativa de alguns rebeldes de se infiltrarem na festa — comentou, tentando parecer tranquilo.

— Carol, cuide para que isso, seja o que for, deixe de nos interromper — ordenou Handall.

O clima de tensão aumentou, quando o estrondo ecoou mais uma vez.

Um dos legados retornou dizendo que havia um grupo de insurgentes forçando a entrada pelos portões.

— Insurgentes? — Handall riu. — Zaxai, por favor, controle seus amigos baderneiros.

Ele não estava feliz, mas não havia um traço de preocupação em seu rosto.

— Meus amigos, vamos voltar para a cerimônia. Peço desculpas pela interrupção desagradável. Por favor, retornem aos seus lugares!

Mordon se colocou à frente do altar. Handall estendeu a mão para que Twilla o acompanhasse. Eu precisava agir, aproveitar que Zaxai não estava por perto, mas meu corpo tremia tanto que mal consegui dar um passo. Dois legados permaneciam atrás do pequeno altar. Garantindo a segurança de Handall.

Todos se sentaram e eu permaneci em pé. Respirei fundo buscando algum equilíbrio, não podia agir apenas movida pela raiva, meus movimentos precisavam ser estratégicos. E naquele momento eu só estava conseguindo chamar mais atenção do que precisava.

Perdendo novamente o controle, senti as folhas começarem a se agitar no chão. As árvores pareciam nervosas, balançando motivadas por uma ventania repentina. As pessoas já olhavam para o céu buscando uma explicação para aquela mudança repentina no clima.

Enquanto Handall me lançava um olhar de fúria, deixando claro que sabia quem era a responsável pela pequena perturbação. Alheio ao meu discreto protesto, Mordon iniciou a cerimônia.

"Any, você precisa se acalmar", uma voz ecoou dentro da minha cabeça.

No mesmo momento senti uma tranquilidade forçada me invadir. Automaticamente tudo parou, o vento e a inquietação no meu peito.

Eles estavam ali. Meus amigos vieram ajudar. Embora eu não pudesse vê-los, sabia que estavam dentro dos limites do castelo.

Meu coração só não pulou pela boca porque eu estava sob a influência de Alamanda. Ainda assim, senti minha carne tremer de alegria e ansiedade.

Enquanto Mordon discursava sobre a importância do matrimônio entre celsus, sua voz eloquente deixava claro que ele acreditava piamente naquela união como um marco essencial para a preservação de uma linhagem real.

— Este enlace é muito mais do que uma união amorosa. É um ato de profunda importância para a estabilidade e prosperidade de nosso mundo, pois traz consigo a promessa de continuidade e harmonia entre os nossos. Essa aliança é a união de forças, de sangue, de propósitos, e é isso que garante nossa força diante dos desafios que sempre enfrentamos e sempre enfrentaremos. Uma nova era, onde retomaremos os valores de uma dinastia real...

Nesse momento uma grande revoada de pássaros surgiu de repente, circulando entre os convidados, causando um novo alvoroço e interrompendo o discurso.

Antes que pudessem processar o que estava acontecendo, eu os vi... Saindo de vários lugares diferentes. Antoni caminhava pelo tapete vermelho como se nada temesse.

— Nunca ouvi tanta bobagem! — declarou Antoni, chamando a atenção de todos para si.

Os olhos dos presentes se voltaram para ele, que caminhava com uma confiança desafiadora pela passarela central improvisada entre as cadeiras. Os pássaros sumiram e o silêncio tomou conta de tudo. Sua presença emanava força e determinação que intimidavam até mesmo os mais poderosos ali presentes.

— Você acha mesmo que pode enganar a todos nós com esse casamento falso? — continuou Antoni, com um sorriso sarcástico no rosto. — Handall, você realmente acredita que pode manipular nossas vidas para satisfazer seus desejos egoístas?

As palavras de Antoni ressoaram no ar, ecoando a dura realidade que todos ali precisavam enfrentar. Os convidados olhavam uns para os outros, surpresos e confusos. Alguns demonstravam raiva, outros incerteza, mas o impacto das revelações estava se espalhando rapidamente.

— Como foi que isso aconteceu? — perguntou Handall a si mesmo, porém em voz alta.

Antoni apenas sorriu, vitorioso.

— Vocês encontraram o Véu de Éter — constatou, intrigado. — Se eu soubesse que era isso que o tiraria do buraco onde se escondeu, teria feito antes — declarou Handall; seu tom ameaçador.

— Seu reinado de mentiras e manipulações está chegando ao fim, Handall — declarou Antoni, sua voz firme e segura causava dúvidas nas pessoas. — Nós não seremos mais controlados por você.

Passado o choque, Handall recobrou a confiança.

— Nós? Só vejo um homem atormentado criando desordem.

— É melhor olhar de novo — sugeriu Antoni.

Suas palavras levaram todos a olhar em volta. Havia vários celsus em posição de ataque, esperando para entrarem na briga. A maioria eu nem conhecia. Pareciam formigas surgindo de vários cantos.

— Vocês sabiam que ele matou Frederick Solomon para assumir a posição de liderança dentro do Ministério? — o ex-legado revelou para os convidados.

— Ingênuo — respondeu Handall, tranquilo demais para quem estava sendo atacado em sua própria fortaleza.

Com um rápido olhar para os legados, ele fez um sinal com as mãos para que atacassem.

Em um movimento coordenado, um lobisomem acompanhado por Max, surgiu pela esquerda de Handall, ao mesmo tempo em que William e um tigre enorme e feroz surgiram do lado direito, todos determinados a atacar

Handall. Agindo por instinto, os legados se dividiram e atacaram as ameaças.

Antoni sorriu, debochado. Ele entendia melhor do que qualquer um o comportamento de um legado. Uma vez me contou que foram condicionados a protegerem a vida do líder do Ministério acima de tudo, ignorando qualquer distração, e era exatamente o que estavam fazendo. Enquanto ele não tentasse atacar o djinn, não chamaria a tenção do clã.

Observando a luta que se travou no entorno do altar, Handall finalmente demonstrou alguma preocupação, olhando para os lados, em busca de Zaxai. Sem encontrá-lo por perto, ele se viu em desvantagem.

Os membros do conselho se entreolharam, nervosos e pensativos. Um deles ameaçou entrar na luta em defesa de Handall, mas foi barrado pelo homem de túnica azul.

— Essa luta não é nossa. Vamos esperar. Quero estar do lado certo, quando escolher um.

— Mas, Zelfy... Nós estamos falando do líder do Ministério — argumentou uma das mulheres.

— Eu sei. E do outro lado está o filho do antigo líder, que nos conduziu por décadas de paz.

Indignado, Handall buscou ajuda em Mordon, que imediatamente lançou sua magia sobre Antoni. Um raio de energia saiu de suas mãos, girando e voando até atingir uma parede invisível. Nathaniel era um conjurador de escudos e se colocou entre Antoni e a magia de Mordon.

— Quero que todos aqui saibam que este homem está tramando há muitos anos pelas costas de todos vocês do conselho. E de vocês... — Antoni apontou para as pessoas na fileira junto ao homem de túnica azul. Ao lado dele havia três mulheres elegantes e enigmáticas e um homem mais velho, com um terno muito fino e alinhado. — Que representam o Ministério em várias partes do mundo. Por isso ele não hesitou em tirar Frederick do seu caminho.

Mordon investiu novamente, uma onda invisível serpenteou pelo ar atingindo e enfraquecendo o escudo de Nat. Eu podia ver a energia vagando e se sustentando no ar. O feiticeiro era poderoso, Nathaniel não conseguiria manter a proteção por muito tempo.

Handall sabia disso. Mudando a abordagem, tentou ganhar tempo.

— Seu desespero é lamentável, Antoni — disse ele, caminhando em direção ao seu inimigo. — Por que acreditariam em você? Um desertor, que não fez nada além de fugir e se esconder. Diz para eles onde você estava, quando Frederick morreu.

Antoni foi tomado por uma raiva crescente. Suas mãos fechadas em punho.

Handall então, continuou o ataque:

— Ele teve o nosso apoio, mas tenho certeza de que preferia ter o rosto do filho como sua última lembrança.

A ira de Antoni poderia ser a ruína de tudo, se ele tentasse atingir Handall fisicamente, quebraria o escudo e seria atacado por um legado.

Havia uma guerra à nossa volta. Guardas e celsus lutavam enquanto a batalha decisiva era travada sobre aquele tapete vermelho.

— Apoio? Você chama envenenamento de apoio?! — gritou Antoni.

— Calúnias, sem qualquer prova. Todos vocês acompanharam o sofrimento de Frederick. Somos seres privilegiados com uma longa vida, mas não somos imortais. Um dia todos nós chegaremos ao fim da linha.

Handall, orador astuto e manipulador, percebeu que a situação estava escapando de seu controle. Com um sinal para Mordon, indicou que algo ainda pior estava por vir. Vi quando o feiticeiro fez com que sua magia se infiltrasse na terra, rastejando como uma serpente venenosa.

Instintivamente, concentrei toda a minha força no feiticeiro, criando um poderoso ciclone que o arremessou longe, cortando o feitiço que certamente pegaria Nathaniel de surpresa.

Mordon lutava para recuperar o equilíbrio e, enfurecido, dirigiu seu olhar ameaçador para mim, não era a primeira vez que atrapalhava seus planos. Investiu novamente, e dessa vez, tentáculos negros se projetaram de suas mãos em minha direção. Concentrando toda a minha ira, intensifiquei a energia, criando uma fúria ao redor. Cadeiras e objetos voaram em todas as direções, causando ainda mais confusão.

Mordon evocava palavras estranhas, dando mais força para as sombras que escapavam de sua pele. Então elas se uniram, criando um cenário de filme de terror. Uma horripilante e gigantesca serpente esfumaçada surgiu dessa união, avançando em minha direção, fazendo-me recuar.

Percebi que ele estava tendo ajuda Handall, unindo forças eles queriam me afastar.

— Alany! — gritou Antoni, deixando o escudo e seguindo em minha direção.

Quando raios começaram a cortar o céu na direção de Mordon, entendi que era Twilla unindo suas forças com as minhas. Juntas, criamos um poder indestrutível, como se a natureza estivesse totalmente contra Mordon, atacando-o sem piedade. Enfraquecendo-o até que perdesse o controle.

Antoni tentava, mas era impossível nos alcançar, estávamos dentro de um tornado que nossa própria força criou. Os convidados se protegiam como podiam, enquanto tudo em volta estava sendo arrastado e destruído.

Alguns tentavam entrar no castelo, mas ele estava protegido por magia, bloqueado.

— Alany! Twilla! Não acredito que estou aqui, vendo vocês. — A voz do meu pai me fez perder o ar.

Ele estava na nossa frente, dentro do ciclone. Emocionado, ele me olhava com um lindo sorriso no rosto.

— Pai?

— Ah, meu Deus! — Minha mãe ficou muito abalada.

A tempestade e os raios diminuíram aos poucos, até cessarem.

Twilla começou a caminhar em direção ao meu pai. Um pouco zonza e sem energia, ela seguia devagar e trôpega.

— Não é ele, mãe. Não existe energia nenhuma naquele corpo, é só uma ilusão — alertei, alcançando-a.

Perdendo Mordon também, Handall se viu em desespero, apelando para uma ilusão que sabia ser o ponto fraco da Twilla.

Ela olhou para mim, entristecida. Então perdeu as forças, apoiando-se em meus braços, fraca demais para se manter de pé. Os efeitos da fenda voltaram a atingi-la.

Antoni me ajudou a segurá-la antes que caíssemos no chão. Nossos olhares se cruzaram e a confusão pareceu não existir por um breve segundo. Alamanda e Nara chegaram do meu lado.

— Se ele morrer, Twilla não tem mais nenhuma chance.

Quando voltei os olhos para Handall, ele segurava Spellman pelo braço, ameaçando-o com uma adaga.

— Não! Não faça isso, por favor! — implorei, apelando para algum fio de amor que ele ainda sentisse por ela.

Antoni não entendia o que estava acontecendo, ninguém sabia quem era aquele homem e o que ele poderia fazer pela minha mãe. Mesmo assim, meu protetor correu em direção a Handall, tentando dissuadi-lo.

— Quer mesmo mostrar para todos do conselho o quanto é covarde? — desafiou Antoni.

— Eu sou covarde? Por que não diz a todos que esse circo não passa de uma vingança infundada. Que escolheu proteger Twilla e sua família, traindo as ordens do Ministério. Por que não conta como tentou me matar pelas costas? — desafiou, soltando Spellman, que caiu no chão, assustado.

Antoni se aproximou perigosamente dele.

— Tem razão, eu tentei te matar e ainda desejo isso, como você pode sentir.

— Pena que não pode fazer isso hoje, não é? Não sem levar a pobre menina órfã junto. Ou será que ainda não sabe que estamos ligados? — Handall revelou, sentindo-se confiante de novo.

Irradiando ódio e desprezo, Antoni sorriu de nervoso, olhando-o nos olhos quando respondeu:

— Por que acha que ainda está vivo?

Handall engoliu o medo como um comprido e soltou mais de seu veneno.

— Você é apenas um rebelde. Até Solomon sabia disso, quando o fez entrar para os legados, foi o único jeito que ele encontrou para controlar você. Ele conhecia o seu lado sombrio, sabia que um dia teríamos problemas com seu caráter impulsivo e manipulador.

As palavras duras daquele homem estavam minando a confiança de Antoni. Amargurado por não poder concluir o que planejava há muito tempo, vi meu protetor se fechar. Sua raiva o dominava.

Handall estava conseguindo. Os integrantes do conselho começavam a acreditar nele, até Zelfy já apresentava sinais de rendição aos seus argumentos.

— Não adianta, Antoni. Nem todo esse circo vai conseguir me impedir de fazer o que é melhor para todos nós.

Em questão de segundos Zaxai apareceu e, ainda que Antoni não estivesse atacando Handall, havia a tensão de uma rivalidade entre eles. Sem hesitação, Zaxai se lançou sobre Antoni com uma ferocidade sobrenatural. Os dois lutavam como titãs, uma batalha de generais do clã dos legados, cada movimento carregado com poder e determinação. Cada golpe ecoava pelo ar, uma dança mortal de força e agilidade.

Zaxai era indomável, sua força sobre-humana e suas garras letais cortavam o ar, buscando atingir Antoni a todo custo. Mas Antoni também era um guerreiro habilidoso, e sua determinação parecia inabalável. Ele desviava dos ataques com precisão, retaliando com golpes rápidos e certeiros. Mas nada parecia enfraquecer Zaxai.

Eu sabia como aquilo acabaria e não podia permitir.

Tomada pelo desespero, peguei a faca que guardei sob a roupa e a segurei apontada para meu coração.

— Handall! — gritei.

— Você não teria coragem... — ele disse tentando não se desesperar; seus olhos arregalados de medo.

Ele deu ordem para Zaxai parar.

O grito de Antoni, provavelmente, foi ouvido a quilômetros de distância, mas a minha mente estava entorpecida. Soou como um som longe e fraco. Assim com a sua tentativa de me alcançar parecia em câmera lenta, para mim. Nara, Alamanda e Antoni se aproximavam para me impedir, eu não podia pensar muito.

Decidida, puxei o ar e empurrei a faca. Mas algo me impediu. Na verdade, eu fiquei paralisada. Dura como uma estátua.

— Desculpe, Alany! Mas não posso deixar que faça isso — disse o hacker.

O fada simplesmente surgiu do nada voando até mim com suas pequenas asas translúcidas para tirar a faca da minha mão, isso depois de me parar.

O Fantasma não era mesmo um traidor afinal.

E então, quando eu pensei que a luta recomeçaria, alguém tomou a palavra, chamando nossa atenção.

— Tudo que Antoni disse é verdade! — A voz de Carol cortou o ar, causando grande surpresa para todos.

Os membros do conselho se entreolharam, murmurando palavras desencontradas, o espanto era claro em seus olhos.

— Carol? — Handall estava indignado.

— Sim, Handall envenenou Solomon — ela continuou, agora se voltando para o ex-general. — Mas o que você não sabe, Antoni, é que seu pai sabia disso. Solomon deixou que Handall seguisse com seu plano, ele estava doente, sabia que teria de deixar o posto mais cedo ou mais tarde.

— Eu deveria saber que você também foi seduzida por essa família. Mais uma traidora! — Handall atacou. — Foi assim que conseguiram entrar aqui, sempre tem uma fruta podre no cesto, não é?

— Ah, sim. Sempre tem... — ela tranquilamente retrucou. — Infelizmente no Ministério essa fruta é você. Aquela garota se chama Alany e é filha de Twilla com um humano. Uma híbrida que todos esses anos ele escondeu de vocês. Ela é tão poderosa quanto qualquer um aqui. Híbridos não são uma aberração, nem uma ameaça.

O burburinho foi geral. Todos viram quando ataquei Mordon. Viram que tenho habilidades, igual a eles.

— Como podemos saber se ela é mesmo híbrida? — perguntou um dos membros mais velhos do conselho.

— Que diferença isso faz? — indagou Antoni.

— Não podemos confiar em híbridos, sabemos disso — disse outra pessoa do conselho.

— Eu garanto que podem — disse ele. — Somos iguais a vocês — revelou Antoni, causando choque em todos. — Solomon não era meu pai biológico, como alguns já sabem.

— Ah, não! Você vai mesmo inventar uma história para proteger essa menina? — questionou Handall.

Antoni se aproximou dele, os olhos cheios de fúria e coragem, encarando-o intensamente, fazendo-o calar sem precisar de esforço.

— Como você acha que consegui fugir e me esconder por tanto tempo? Ou, como nunca fui pego em uma das suas emboscadas? — Sua voz ecoou seca no silêncio.

Handall ficou boquiaberto, a incerteza brincando com sua mente. Antoni sorriu e, cheio de escárnio, continuou:

— Sabe qual é a única espécie sem um caso de assassinato em toda a história?

Ele fez uma pausa dramática. A plateia estava em silêncio, completamente envolvida por aquela revelação. Os olhos de Handall se arregalaram, a mente conectando as peças rapidamente.

— Ser híbrido nunca foi um problema para mim — declarou Antoni com firmeza, deixando claro que nunca se sentiu inferior por sua natureza. — Meu pesadelo é saber que sou seu filho!

Antoni encarou Handall com olhos cheios de desafio. O líder do Ministério ficou sem palavras diante a revelação. A verdade estava exposta e não havia como negar o impacto que aquelas palavras tiveram sobre ele e sobre todos os presentes.

Sentindo o peso dos acontecimentos, Handall deu um passo para trás. Atordoado.

Carol olhou para Antoni e assentiu. Havia algo diferente nela. Um ar de autoridade que nunca tinha sentindo antes.

— Solomon, fez tudo para protegê-lo, Antoni. Quando cobrou um favor de Hiertha para que o ensinasse a não ser um djinn e conseguisse se parecer com um íncubo, ou quando o colocou entre os legados, imaginando que isso ocultaria a sede de vingança que viu nascer em você quando percebeu quem era seu pai biológico. Frederick Solomon era seu pai, nunca se esqueça disso.

— Como vamos acreditar em você, Carol? — indagou Zelfy. — São alegações muito sérias. Se Handall matou Solomon, por que não está na fenda?

— Como eu disse, ele envenenou Solomon, deixando-o fraco e acelerou o processo que já seguia seu curso. Infelizmente, nós o perderíamos de um jeito ou de outro. Por isso, enquanto deixava Handall pensar que estava um passo a frente, ele criou a Ordem do Sol — revelou Carol, mais uma vez, deixando Handall arrasado. — Já devem ter ouvido falar, eu sei que Handall já ouviu.

O quê?!

Minha mente estava girando em looping. Tudo fazia sentido agora.

— Somos uma estrutura criada e organizada para estudar e promover maneiras de interação entre humanos, celsus e híbridos. Aproxime-se — pediu a Zelfy. — Quero que veja por si mesmo. Solomon também se antecipou à resistência de vocês. Ele deixou uma mensagem.

Foi quando Racka se aproximou e tudo ficou ainda mais claro para mim. Ele era o homem de confiança de Handall, por isso Carol conseguia tantas informações e acesso. Sempre muito calado, Racka colocou as mãos na cabeça de Zelfy, transmitindo alguma mensagem que não sabíamos o que era. Mas logo o representante do Ministério nas terras do Sul ficou com os olhos maximizados e brilhantes, nitidamente emocionado.

Zelfy olhou para os outros e assentiu.

Só então percebi que não havia mais luta ao nosso redor. Isso porque Zaxai estava parado à frente do esquadrão de legados, aguardando saber o destino do Ministério. Entendendo que Handall não seria mais seu líder.

Um a um, os membros do conselho passavam pelas mãos de Racka.

Meu coração batia acelerado, eram muitas revelações importantes ao mesmo tempo. Ainda assim, minha mente só conseguia se concentrar em uma coisa... Eu precisava falar com Antoni, estar perto naquele momento, apoiá-lo e mostrar que sempre estaria ao seu lado.

Com passos decididos, aproximei-me de Antoni, sem me importar com mais nada.

Nossos olhares se encontraram e, em silêncio, eu me aproximei e o abracei, envolvendo-o com todo o amor que eu tinha em mim, ignorando qualquer choque que pudesse sentir. Em resposta, Antoni retribuiu o abraço com tanta intensidade que meu corpo tremia sob sua proteção. Naquele momento, percebi que ali era o meu verdadeiro lugar no mundo, o lugar onde eu queria estar; para sempre.

O mundo inteiro poderia estar em tumulto, mas ali, em seus braços, eu encontrava a paz que tanto buscava.

No meio do caos ao nosso redor, enfrentando os efeitos do choque que ainda pulsavam em nossos corpos, Antoni segurou meu rosto gentilmente entre suas mãos e, sem dizer uma palavra, ele me beijou com uma intensidade que eu não esperava. Um beijo tão carregado de significado que nem parecia real.

Mas o choque que se seguiu foi como um corte profundo e dolorido.

Tentei me afastar, mas alguma coisa estava me prendendo a ele. Quando olhei para baixo percebi que nossos colares haviam se enganchado. Sorrindo, Antoni passou a corrente dele pelo pescoço e colocou no meu. E foi assim que aconteceu...

Senti um choque correr pelo meu corpo inteiro, dos pés à cabeça, então tudo voltou. Todas as memórias perdidas.

A gritaria e o caos tomaram conta do ambiente enquanto eu lutava para compreender o que estava acontecendo. Num ato de puro desespero, Handall tentou atacar Carol pelas costas com a adaga, mas Zaxai, com uma velocidade impressionante, colocou-se na frente dela, protegendo-a.

O choque tomou conta de mim ao testemunhar aquela cena. Zaxai, com o rosto contorcido em dor, segurava o braço de Handall, ainda junto ao seu peito. O sangue escorria, e a expressão determinada de Zaxai mostrava que ele estava disposto a se sacrificar para proteger Carol.

— Não! Não! Não! Não! — O grito de Antoni ecoou pelo ar espantando alguns pássaros que das árvores assistiam ao espetáculo.

Em sua reação desesperada, olhava para mim com lágrimas nos olhos.

No aperto do abraço de Antoni, eu senti sua angústia e preocupação. Seus gestos eram gentis, como se ele temesse que eu pudesse desaparecer a qualquer momento. Seu olhar transbordava com uma mistura de amor e aflição. Foi nesse momento que a verdade me atingiu como um raio: eu estava ligada a Handall e iria para a fenda com ele.

Antoni segurou meu rosto entre as mãos e fitou meus olhos, buscando por respostas. Era como se ele quisesse encontrar uma maneira de impedir que isso acontecesse, mas sabia que era impossível. Mesmo sua determinação não podia mudar o destino que estava diante de nós. Eu tinha aceitado a ligação com Handall, e isso implicava em compartilhar sua jornada, até mesmo na fenda.

Não havia mais nada a ser feito. Resignada, sorrindo perguntei:

— Está sentindo alguma coisa?

Ele me encarou e negou com a cabeça.

— Exatamente! — falei.

Naquele momento, nossas almas se fundiram, e todos os medos, dúvidas e inseguranças foram dissipados. Não havia mais choque. O feitiço estava quebrado.

— Eu me lembrei de tudo — falei antes de beijá-lo pela última vez.

Epílogo

Com muito esforço, consegui deixar os seus lábios e focar naquele rosto que há muito tempo queria ter entre as minhas mãos, sem choques para me atrapalhar. A felicidade transbordando de mim, contrastando com a imensa tristeza que encontrei em seus olhos.

Com um suspiro, percebi que o tempo estava se esgotando e eu precisava agir rapidamente. As palavras saíram com urgência quando falei:

— Pensei que híbridos não fossem para a fenda.

— E não vão — ele confirmou, fechando os olhos e puxando o ar. — Quando não estão ligados a um celsu.

— Foi o que eu pensei. Então, acho que preciso me apressar — constatei, já sentindo os efeitos da fenda se aproximando. — Preciso dizer duas coisas; você precisa encontrar aquele homem que se chama Spellman, ele vai salvar Twilla. E, agora que recuperei minhas memórias, descobri que eu te amava muito antes, mas percebi que te amo muito mais agora.

O olhar de Antoni era sério, e seus olhos se fixaram nos meus como se o mundo ao nosso redor desaparecesse. Uma lágrima escorreu por seu rosto e percebi que ele mal conseguia falar.

Esforçando-se, para conter o desespero, ele encostou a testa na minha e disse:

— Eu vou buscar você!

Suas palavras ecoaram na minha mente, como uma linda, porém triste determinação. Seu olhar fixo nos meus olhos, suas mãos segurando as minhas com firmeza. Eu sabia que Antoni estava disposto a fazer qualquer coisa por mim, mas sentia o peso da certeza de que nada poderia ser feito.

Meu coração apertou, sentindo uma mistura de gratidão e tristeza. Eu o amava, mas também sabia que nossa jornada havia terminado. Sempre soubemos que a batalha contra as forças sombrias exigiria sacrifícios.

Enquanto minha visão se desvanecia, eu sentia o pânico se espalhando. O mundo ao meu redor parecia distante e distorcido, como se eu estivesse sendo levada para um lugar desconhecido e inóspito. O vazio tomava conta de mim, e eu sabia que estava prestes a enfrentar a terrível escuridão da fenda.

Tentei me agarrar à última lembrança dos olhos de Antoni, à sensação de seus dedos entrelaçados aos meus, mas era como tentar segurar uma brisa suave. Tudo estava escapando de mim, eu me sentia perdida e sozinha em meio àquele mar de sombras.

A escuridão da fenda me envolveu, a sensação era sufocante. Eu estava sendo tragada por um redemoinho de desespero e solidão, onde não havia luz ou esperança e me sentia como uma folha ao vento, sendo carregada para onde quer que aquele cruel destino decidisse me levar.

O tempo parecia ter perdido seu significado, eu sentia como se estivesse flutuando em um vácuo silencioso. Não havia mais vozes, nem lágrimas, apenas o vazio absoluto. Toda a energia e vida pareciam ter sido sugadas de mim, e eu me sentia cada vez mais fraca e impotente.

Enquanto vagava pelas sombras, minhas memórias se misturavam em flashes desordenados. Lembranças de minha família, meus amigos, os momentos felizes e os desafios que enfrentamos juntos. Tudo parecia tão distante agora, como se eu estivesse observando tudo de longe, sem poder interferir.

A fenda me arrastava mais fundo em seu abraço sombrio, mas eu me recusei a desistir, ela não me venceria tão fácil, não deixaria que levasse minha consciência tão rápido assim. Agarrei-me à raiva por não ter tempo nem de me despedir das pessoas que amo. A maldição era mesmo implacável.

Depois de me sentir zonza e confusa, senti o peso da escuridão à minha volta. Não havia dúvidas de onde estava. Eu sabia que em breve estaria sentindo minha energia esvaindo completamente, drenada pela maldição.

Eu me vi em um lugar onde não havia casas e ruas abandonadas, ali só encontrei árvores e uma vegetação estranha, sem vida. Apesar de não ser como eu imaginava, lembrei daquela parte da fenda, já estive ali uma vez e não foi nada agradável. Na fenda, nunca era.

Entre as sombras da floresta morta, o medo tomava conta de mim de uma forma diferente. Não era o medo do desconhecido ou do perigo iminente, sim, o medo do inevitável. Eu sabia que não haveria escapatória, que estava destinada a me tornar uma daquelas criaturas que vagavam sem rumo.

Caminhando silenciosamente entre as árvores sem vida, eu podia sentir o chamado das sombras, como se estivessem me convocando para fazer parte delas. Por mais que eu tentasse resistir, a energia da fenda me envolvia cada vez mais, como se estivesse me arranhando com suas garras sombrias.

Ali as árvores não eram verdes e o solo era apenas uma base para nos sustentar. Quando estive nesse lugar, jamais imaginei que um dia retornaria, principalmente como uma prisioneira. Caminhei por entres árvores e raízes secas, por algum tempo. Com esforço, eu buscava na memória tudo que tinha vivido, todas as pessoas importantes nessa trajetória. Alguns detalhes me escapavam, mas o rosto de Antoni sempre aparecia na minha frente, seu olhar triste e desesperado.

Meu coração doía com a lembrança.

Eu olhava ao redor, observando as criaturas com seus olhos brilhantes e almas vazias. Elas me encaravam como se sentissem pena por saber o que me esperava, como se quisessem me acolher em sua triste realidade. Elas sabiam que em breve eu também seria uma delas, condenada a vagar para sempre naquela terra amaldiçoada.

A sensação de algo pulsando no meio da morte me intrigou. Entre as sombras da floresta morta, segui o fraco sinal de vida que parecia pulsar em sincronia com meu coração. Minha intuição me guiava, e mesmo sem enxergar nada, segui em frente, impulsionada por essa estranha conexão.

Enquanto me movia entre as árvores sem vida, um vislumbre de esperança começou a surgir em meu peito. E, então, me deparei com ela... Uma árvore majestosa e frondosa, exatamente como na foto que eu tinha visto antes.

Era linda e imponente, destacando-se em meio àquela paisagem sombria.

Um sorriso involuntário brotou em meus lábios ao contemplá-la. Aquela árvore era diferente de todas as outras ao seu redor. Mesmo naquele lugar tomado pela morte, ela exalava vida e esperança. Como se a própria natureza quisesse mostrar que, mesmo no mais profundo da escuridão, sempre havia uma centelha de vida que podia renascer.

Aproximei-me dela com cautela, quase como se temesse quebrar o encanto daquele momento. Toquei suas folhas verdes com as pontas dos dedos, sentindo uma energia pulsante que me envolveu. Senti que ela queria se comunicar comigo, compartilhando uma mensagem que eu ainda não conseguia compreender completamente.

Entendi que aquela árvore era uma peça fundamental na minha jornada. Um símbolo de resistência contra as sombras que tentavam dominar aquele lugar.

Um calafrio percorreu meu corpo quando toquei o tronco da árvore e uma luz intensa começou a subir desde suas raízes. Talvez eu tivesse ativado sua energia vital e a própria natureza estivesse fluindo através dela, iluminando cada parte de sua estrutura. Fiquei maravilhada ao ver a luz alcançar seus galhos, pulsando com uma energia renovada,despertando de um longo sono.

Enquanto a luz continuava a se elevar, atingindo a copa da árvore e se espalhando em todas as direções, criava um espetáculo de cores brilhantes que contrastavam com a escuridão ao redor.

Senti-me presa a ela, literalmente.

Ela simplesmente me abraçou com sua luz e uma visão inundou a minha mente. Eu vi Darkspell conjurando o feitiço que condenou aquele lugar. Em uma língua que eu não conhecia, ele repetia as mesmas palavras que ouvi na voz do senhor Spellman. Percebi que a força para criar aquela magia tão poderosa veio daquela árvore, ela sugou toda energia à sua volta concentrando tudo em suas raízes e enviando ao feiticeiro.

A visão era impressionante e assustadora ao mesmo tempo.

Eu pude compreender o papel crucial daquela árvore na trama sombria que havia se desenrolado e como havia sido usada como fonte de energia para o terrível feitiço de Darkspell. Então, um símbolo brilhou no meio do tronco sob as minhas mãos.

Um incrível espetáculo em meio a um cenário tenebroso e melancólico. Ainda que meus olhos estivessem cheios de animação, minha força seguia se esvaindo. Quando a visão terminou completamente e consegui me soltar, apoiando-me no forte tronco, deixei meu corpo escorregar até me sentar sobre suas raízes.

Eu olhei em direção a floresta morta, o breu ameaçador. Minha visão estava turva, silhuetas caminhavam entre as árvores. Pareciam criaturas correndo em minha direção, provavelmente, atraídas pelas luzes que ainda brilhavam às minhas costas. Eu tentava focar e decifrar aquelas imagens desfiguradas, mas a exaustão me consumia, tornando tudo ainda mais confuso. Quando elas finalmente se aproximaram o bastante, senti mãos quentes me levantando e depois me abraçando.

— Eu achei você, vai ficar tudo bem agora — disse Antoni; sua voz carregada de alívio.

Suas mãos quentes segurando meu rosto trouxeram um sopro de força. Antoni encostou sua testa na minha e se perdeu ali por um momento. Depois beijou os meus olhos fechados e úmidos pelas lágrimas, então encostou seus lábios nos meus.

Tão delicado quanto era possível.

— Nem acredito que está bem... — suspirou Twilla, ao nos alcançar.

— Mãe?

Com lágrimas nos olhos, Twilla e Nara se aproximaram, abraçando-me com carinho.

— Estávamos procurando por todo lugar — disse Nara. — Quando vimos a luz da árvore, sabíamos que era você.

— Como você é forte, Alany — disse minha mãe, tentando sorrir.

— Não, mãe, eu não sou forte. Nem sei como consegui chegar até aqui. Estava tão fraca... Devo estar aqui há uns trinta minutos e já estou péssima.

Eles se entreolharam e eu percebi que havia algo errado.

— Não, querida. Você está aqui há quase dois dias — revelou Twilla.

Quase dois dias? Eu mal conseguia acreditar que tanto tempo tinha se passado desde que fui arrastada para esse lugar. Tudo parecia um borrão em minha mente, uma mistura de medo, dor e desespero.

Olhei para meus amigos e minha mãe, sentindo-me grata por tê-los ao meu lado. Eles estavam ali todo esse tempo, preocupados e me procurando. Lágrimas escaparam dos meus olhos enquanto eu me abraçava a eles com força.

— E vocês estão aqui todo esse tempo?

— Sim, mas estamos com Nara, então... estamos bem — explicou Antoni.

— Tituba me falou sobre uma porta pela qual podemos sair daqui, mas para isso alguém deveria ter entrado por ela — falei, constatando que eles não poderiam me tirar da fenda.

Do contrário já estaríamos longe daqui.

— Eu sei, querida. Mas não tínhamos tempo para procurar a entrada. Não queríamos arriscar quando tínhamos uma chance de, pelo menos manter você bem, até que a encontrem. Enquanto estamos aqui, Carol e os outros estão procurando e entrada — revelou Twilla, segurando minha mão.

— Vejo que encontraram Spellman — falei vendo minha mãe tão forte.

— Na verdade, não, ele sumiu depois da confusão... E não o culpo — disse Antoni. — Mas, por sorte descobrimos o que havia de tão especial em Nara.

— Claro! Eu sabia que tinha visto aquele nome em algum lugar, estava escrito no papel onde você desenhou aquele símbolo. Ah, meu Deus... O símbolo! — exclamei, empolgando-me com a clareza que me atingiu.

Meus olhos ganharam novo brilho ao me lembrar da visão e do símbolo talhado na árvore.

— Mãe, por que tinha uma foto dessa árvore com as coisas que deixou para mim?

— Solomon me deu essa foto, ele me pediu para guardar em um lugar seguro e disse que um dia eu saberei por que e, mesmo que eu não descobrisse, ela deveria ficar na nossa família. Ele implorou para que eu nunca a mostrasse a ninguém, muito menos para Handall. Então, eu não podia levar comigo, achei que o Malum seria o lugar mais seguro.

Parecia que Solomon realmente estava sempre um passo a frente de todos.

— Nara, você se lembra do que estava escrito na foto? — indaguei.

— Lembro. Precisei dizer aquelas palavras para salvar Twilla. Nathaniel conseguiu descobrir como funcionava esse lance de retirar a magia da fenda depois que eu mostrei a frase para ele. Eu não sabia o que era, mas Alamanda, sim. Significa início e fim em irlandês.

— Ótimo, porque nós vamos acabar com essa maldição — afirmei, atraindo olhares desconfiados. — Quando encostei na árvore tive uma visão, vi quando tudo começou e como podemos terminar. Início e fim.

Segui até a árvore e expliquei o que Nara precisava fazer. Como uma descendente de Darkspell, só ela tinha o poder de quebrar a maldição, mas precisávamos de alguém com a conexão necessária com a única fonte de vida que ainda existia naquele lugar. Nós estávamos destinadas a isso.

Com o coração pulsando com determinação, coloquei minhas mãos na árvore e concentrei minha energia. Eu podia sentir a conexão entre nós, como se nossas almas estivessem entrelaçadas.

Nara me acompanhou recitando o que estava escrito na foto; "Tús agus deireadh", uma contração das palavras sombrias de Darkspell.

A luz que emanava da árvore ganhou intensidade, respondendo ao nosso chamado. À medida que o feitiço começava a se desfazer, a floresta ao nosso redor reagia, como se sentisse o alívio e a libertação. As sombras retrocediam, e a vida retornava aos poucos.

Quando finalmente a última palavra foi pronunciada, a energia da árvore explodiu em um último brilho resplandecente. Era como se ela estivesse se despedindo, agradecendo a mim por ter sido a chave de sua libertação.

O brilho ofuscante da árvore parecia dançar no ar por um momento, parecia celebrar a sua própria liberdade. Enquanto a energia da árvore se dissipava aos poucos, a fenda sombria parecia desmoronar à nossa volta, como se estivéssemos sendo liberados de suas garras traiçoeiras. As criaturas sombrias que antes nos cercavam haviam se desvanecido, e aquele pedaço do mundo ganhava vida novamente.

Enquanto aguardávamos o início da cerimônia, o jardim do Ministério estava repleto de expectativa e emoção. Era um momento histórico, onde Carol seria oficialmente reconhecida como a líder da Ordem do Sol, e as tensões entre a Ordem e o Ministério seriam amenizadas, dando lugar a uma nova era de cooperação e harmonia.

Enquanto os convidados se acomodavam, eu observava ao redor, sentindo uma mistura de gratidão e nostalgia. Olhando o rosto dos meus amigos, minha mãe e minha avó, lembrei-me de nossa jornada, das batalhas travadas, das descobertas surpreendentes e das amizades inestimáveis que forjamos ao longo do caminho. A jornada que nos trouxe até esse momento parecia uma vida inteira em retrospectiva.

Enquanto Antoni me abraçava apertado, meu coração parecia querer escapar do peito, pulsando com uma intensidade avassaladora. Cada batida era uma explosão de sentimentos que eu mal conseguia explicar. Ele continuava sendo o mesmo homem misterioso e sinistro que conheci, mas eu o amava ainda mais por isso. Nunca deixaria de ser fascinante.

— No que você está pensando, parece preocupada? — perguntou Antoni, enquanto eu tinha o olhar perdido no horizonte.

— No sacrifício — respondi, mudando o foco da minha atenção e encarando Antoni.

— O quê?

— Esse feitiço de esquecimento que o traidor do Hiertha fez... Será que ele contou para você que haveria um sacrifício? E mesmo assim você decidiu continuar.

— E isso importa?

— Não acho justo que só eu consiga me lembrar de tudo enquanto você nunca mais vai ter suas memórias de volta — lamentei.

Ele sorriu, aquele lindo sorriso torto. Então respondeu com a maior tranquilidade que já vi naqueles olhos negros.

— Eu não preciso me lembrar, Any. Não, quando sei que não é possível que eu a tenha amado mais do que a amo agora! Apesar de ser a minha princesa das sombras, você também é o sol que ilumina cada canto escuro da minha alma. Nada que tenha acontecido antes disso me importa.

Sorrindo, fechei os olhos e senti os seus lábios apertando os meus. Eu nunca me cansaria daquela sensação. Nunca me afastaria, afinal, aquele era o meu lugar no mundo.

O futuro ainda era incerto, com mistérios e aventuras à nossa espera, mas agora eu sabia que não estava mais sozinha, finalmente eu tinha alguém disposto a enfrentar cada novo desafio ao meu lado.

Nota da autora

Queridos leitores,

É com imensa gratidão e emoção que compartilho com vocês "Sombras do Mundo". Essa história nasceu em meu coração como um sussurro suave e se transformou em uma jornada épica de fantasia, repleta de mistérios, magia e amizade.

Ao longo dessa narrativa, acompanhamos a trajetória de Alany, uma jovem determinada a descobrir a verdade sobre si mesma. Nessa jornada, ela se depara com desafios inimagináveis e faz descobertas que mudarão sua vida para sempre, ainda assim, são essas descobertas que trazem paz ao seu coração.

Ela não é diferente de mim ou de você.

Acredito que, de alguma forma, nós nos identificamos com Alany. Todos nós temos anseios profundos por compreender quem somos e o que nos move. Somos seres em constante evolução, buscando a verdade que nos motiva e nos inspira a enfrentar os desafios da vida.

Espero que tenham compreendido que esta é uma história sobre coragem, amizade verdadeira e a luta incansável pela sobrevivência em um mundo onde o bem e o mal se entrelaçam. Os laços entre os personagens se fortalecem, e juntos enfrentam suas próprias fraquezas e medos, provando que a união é a chave para superar as adversidades, o que não é diferente do que fazemos a vida toda.

Quero agradecer a todos os leitores que embarcaram nessa jornada com Alany e seus amigos, acompanhando-os em cada reviravolta e desafio. Espero que essa história tenha tocado seus corações, assim como tocou o meu ao escrevê-la.

Que "Sombras do Mundo" seja uma lembrança de que, mesmo em meio à escuridão, sempre haverá uma luz capaz de iluminar o caminho. A maldade pode espreitar nas sombras, buscando enfraquecer os corações, mas é nossa responsabilidade lutar contra ela, agir com determinação e não apenas observar passivamente.

Com todo o meu carinho,

Daniella Rosa

Agradecimentos

Gostaria de expressar minha profunda gratidão a todas as pessoas que contribuíram para tornar este livro uma realidade.

Primeiramente, agradeço a minha família, que sempre me apoiou em minha jornada como escritora e me incentivou a seguir meus sonhos. A vocês, meu eterno amor e gratidão.

Em especial ao meu marido, Alexandre, que se mostrou o homem mais paciente do mundo.

Aos meus amigos, que estiveram ao meu lado durante todo o processo criativo, obrigada pelas palavras de encorajamento, pelos feedbacks valiosos e por serem minha fonte inesgotável de inspiração.

Um agradecimento especial aos leitores, que tornam cada palavra escrita significativa e fazem com que cada história ganhe vida. Vocês são a razão pela qual eu escrevo, e espero que as palavras deste livro encontrem um lugar especial em seus corações.

Destaco um agradecimento à Fernanda, leitora querida que me ajudou na decisão da melhor capa possível

À equipe editorial e de publicação, meu sincero reconhecimento pelo trabalho árduo e pela dedicação em tornar este livro possível. Sua expertise e apoio foram essenciais em cada etapa do processo. Especialmente Halice FRS e Catia Mourão, minhas companheiras nessa jornada.

E, por último, mas não menos importante, agradeço a cada personagem desta história por permitirem que eu as explorasse, compreendesse e as descrevesse em palavras. Vocês se tornaram parte de mim e sou eternamente grata por isso.

Que "Sombras do Mundo" possa tocar seu coração e iluminar sua mente, assim como iluminou a minha ao escrevê-lo.

Com amor e gratidão,

Daniella Rosa

www.lereditorial.com

@lereditorial